EL
HERMANO

JOAKIM ZANDER

EL HERMANO

SUMA
de letras

Título original: *Orten*
Primera edición: junio de 2016

© 2015, Joakim Zander
© 2016, de la presente edición en castellano para todo el mundo:
Penguin Random House Grupo Editorial, S. A. U.
Travessera de Gràcia, 47-49. 08021 Barcelona
© 2016, Pontus Sánchez, por la traducción

Printed in Spain – Impreso en España

ISBN: 978-84-8365-788-1
Depósito legal: B-7326-2016

Impreso en Rodesa, Villatuerta (Navarra)

SL57881

Penguin
Random House
Grupo Editorial

A mis padres

he pagado por mi traición
pero entonces no sabía
que os ibais para siempre

y que se haría
oscuro

ZBIGNIEW HERBERT

1

Bergort
Invierno de 2011

Esta noche volamos bajo por el Barrio, nuestra velocidad, perfectamente calibrada; nuestra formación, fuerte y compacta. Esta noche somos inaudibles. Nuestros ojos, meras astillas y rayas. Somos X-Men, Hermanos de Sangre, somos élite.

Hay un coche en llamas en la avenida Drivvedsvägen y oímos las lunas estallar por el calor, vemos los cristales esparcirse como hielo sobre la nieve, esquirlas transparentes de frustración y entretenimiento. Es como cualquier otra noche de este invierno y los chavales ni siquiera se molestan en escapar por el puente que cruza las vías, sino que se quedan junto al coche, tan cerca que las llamas se reflejan en sus ojos abiertos de par en par y les chamuscan la piel. Saben exactamente cuánto tiempo tardan en sonar las sirenas, no tienen ninguna prisa, ningún *tempo* que cumplir, ya ni siquiera tienen de qué huir.

Pero nosotros no nos detenemos, nuestro objetivo es mayor, ya no somos polluelos que le prenden fuego a los coches, somos águilas y halcones, depredadores con zarpas más afiladas, picos más puntiagudos, mayor apetito. Lois, Zorro, Mehdi y Bounty. Giro la cabeza y miro a mis hermanos, sus contornos como sombras en el resplandor del fuego. En mi corazón hay algo que se expande más y más. He dejado de perseguirte. Hace tanto tiempo que empezaste a alejarte de esto. Y, aunque todavía sea tu sombra la que cae cada noche sobre la pared gris de mi cuarto cuando me pongo a dormir, son ellos, mis amigos, mis hermanos, los que son como yo. Igual de erráticos e inconscientes que yo. Igual de vacíos y cansados que yo.

—Ey, ¿Fadi?

La voz de Bounty es aguda y hueca, como si no tuviera aire o fuerza suficiente en los pulmones.

—Calla, marica —espeta Zorro.

Le da un empujón en el hombro que hace que Bounty avance un paso al lado, en la nieve aún más profunda.

—Cortaos —digo yo—. Esto va en serio, ¿estamos?

—Pero… —dice Bounty.

—Sin peros, *sharmuta*.

Zorro vuelve a bufar y levanta la mano.

—Pero ¿estás seguro del código? —continúa Bounty y da un paso hacia atrás, evitando el golpe—. ¿Estás seguro de que no lo han cambiado?

El hormigón se inclina sobre nuestras cabezas, nos engulle, nos tiene presos. El aire está lleno de diez bajo cero y gasolina ardiendo. Me encojo de hombros, noto cómo se me retraen los pulmones. Siento lo de siempre: que no sé nada, que no estoy seguro de nada.

—Que sí, cojones —digo—. Cállate de una vez.

Esperamos en la sombra del otro lado de la Plaza Pirata a pesar de que esté vacía, a pesar de que sea la una y media de la madrugada. Esperamos hasta que oímos las sirenas cortando por la autovía, esperamos hasta que vemos el cielo volverse de color azul sobre el parque infantil. Esperamos hasta que vemos a Mehdi volviendo con paso torpe por las placas de hielo de delante del Samis Kebab; sus zancadas son golpes sordos en la noche de invierno. Las sirenas han callado, ahora solo se oye el ruido de los chavales gritando y graznando mientras cruzan el puente en la otra dirección.

—Todo bien —dice Mehdi, sin aliento; sus pulmones resuellan y pitan por el asma.

Se inclina hacia delante, jadea y gimotea.

—Solo los bomberos, ya ni siquiera mandan a la *aina*.

Todos asentimos en silencio, con la solemnidad propia de un entierro. Ahora va en serio. La llave me quema en el bolsillo, el código en la cabeza. Echo la cabeza hacia atrás y dejo que mi mirada se pasee por las ventanas llenas de huellas de manos pequeñas del otro lado de la plaza, suba por fachadas agrietadas, persianas enmarañadas, sábanas a modo de cortinas, parabólicas y banderas somalíes, y aún más arriba, por encima de los tejados y más allá. El cielo es negro y frío y esta noche ni han salido las estrellas, ni siquiera medio gajo triste de luna, solo nubes negras y vacías y nada. Aun así dejo que la mirada descanse un momento allí, igual de helada que la noche, que mis dedos. Esta es la elección real. Tú o mis hermanos.

Arranco la mirada de la noche como quien tira de una lengua pegada a un palo congelado, y digo:

—¿A qué esperáis? *Jalla!*

Volamos en formación por la plaza, silenciosos como unos *stealth*, como unos putos drones. Somos una unidad, somos gánsteres, somos élite. Ni un ruido, solo el vaho de nuestras bocas, solo respiración y sangre silbando en los oídos, solo nosotros y la misión.

Es fácil. Solo la llave en la puerta, sin miradas hacia atrás. Todo el mundo adentro y luego solo hago lo mismo que tú, lo que te he visto hacer, solo me acerco al cajetín blanco, solo el corazón palpitando, solo el código y «Clave» en la pantallita, solo una milésima de segundo de espera hasta que suena el largo pitido que significa que funciona, que estamos dentro. Chocamos rápidamente los cinco, en silencio, fuera linternas, cruzamos el vestíbulo y entramos en el estudio.

Dos MacBooks sobre la mesa en la sala de mezclas. *¡Flas!* Nuestros. Dos Samsung cargándose. *¡Flas!* Nuestros. Tres tabletas. *¡Flas!* Micros y guitarras. Nos miramos. A la mierda. Pesa demasiado. Me agacho debajo de la mesa de mezclas, me pongo en cuclillas, tanteo en la oscuridad hasta que la encuentro. Saco lentamente la caja de zapatos. Nike. La abro, hundo la nariz y siento el dulce aroma a hierba llenándome los pulmones.

—¡Ey!

Les enseño un canuto ya liado a mis hermanos, quienes abren los ojos y levantan el pulgar. Pero hay más. Lo vi cuando estuve aquí contigo, vi a Blackeye sacar dos mil y dárselos a algún jodido colgado para que comprara alcohol. Fue así como se me ocurrió, fue entonces cuando tuve la idea.

Entro a hurtadillas en la sala contigua, el despacho. Tiro del primer cajón, pero está cerrado. ¡Bingo!

—Zorro —susurro asomando la cabeza en el estudio—. Destornillador.

Zorro es el rey del destornillador, el cincel y la pata de cabra. No hay ventana ni puerta que no pueda abrir, y lo de aquí es demasiado sencillo. Le basta con hacer palanca contra la hoja del escritorio y tira hasta que el cajón salta y se abre de golpe. La cajita fuerte es verde y pesada y detengo a Zorro cuando empieza a pelearse con ella.

—No te rayes —digo—. Lo hacemos luego.

Y después ya está. Fluimos a la calle como el agua, con las manos cargadas de botín, y bajamos al parque, donde nos lo repartimos de cualquier manera. Yo cojo la cajita fuerte y un MacBook.

—Máxima discreción. Nos vemos el jueves.

Y después se acabó. La noche es fría y silenciosa. Ya ni siquiera arden los coches y el cansancio se me echa encima como un océano, como la nieve, como la oscuridad, y vuelvo a casa a trompicones, callado y vacío, no eufórico y lleno de desenfreno, no satisfecho y fuerte, no como yo me había esperado.

Más tarde, en mi cuarto, el resplandor amarillento de la farola de fuera no me suelta ni un segundo, se me cuela por debajo de los párpados y me penetra las pupilas, aunque cierre los ojos y hunda la cabeza en la abultada almohada. Haga lo que haga, no me deja descansar. Al final me rindo y abro los ojos, me incorporo en la cama, pero no enciendo la lámpara. El tiempo se prolonga y se ralentiza hasta que se detiene por completo, y oigo crujir la puerta de mi cuarto, el suelo quejarse y crepitar. No me vuelvo, tan solo dejo que la mirada se detenga en la pared.

Traes el invierno contigo al abrir la puerta y te sientas en los pies de la cama. El aire permanece inmóvil.

—¿Te acuerdas de cuando éramos pequeños? —empiezas—. O a lo mejor ya tenías diez. ¿De cuando empecé a decir que tenía que salir de aquí?

Sé lo que me vas a contar, es una de nuestras historias, parte de nuestra mitología, pero no digo nada. Me limito a quedarme sentado, vacío y con la espalda erguida.

—Había vuelto a tener una bronca con ellos. No recuerdo por qué. Cualquier *khara*, cualquier mierda, ¿quién sabe? Y me largué. No volví hasta muy tarde. Y tú ya eras demasiado mayor para jugar con tu viejo y sucio lego de segunda mano. Pero, cuando volví, habías colocado todas tus piezas azules en una de esas planchas verdes, un poco de blanco aquí y allá, y lo habías dejado en mi cama antes de acostarte. ¿Lo recuerdas?

Asiento discretamente. Lo recuerdo. Lo recuerdo todo.

—¿Recuerdas qué era?

No digo nada. Ha pasado demasiado tiempo. Han ocurrido demasiadas cosas.

—Dijiste que era un mar. Que habías construido un mar para nosotros por donde podríamos irnos. Y que arreglarías un barco en el que podríamos navegar.

Siento un ardor detrás de los párpados y en el pecho. Siento cómo todo se encoge, noto el pasado ahogándome, el futuro ahogándome. Noto que no se necesita agua para ahogarse.

—Pero no llegaste a preparar el barco, Fadi, solo el mar.

Quiero decir algo, quizá dar una explicación, quizá un perdóname, perdóname, perdóname. Pero sé que lo único que puedo hacer es rechinar y graznar, que lo único que puedo generar es caos y estrés. Nos quedamos en silencio.

Después, al final:

—A lo mejor ahora has conseguido armar el barco, Fadi —dices tú—. Pero solo es lo bastante grande para uno.

Por fin me vuelvo y te miro. Estás cansada y delgada, tu piel se ve pálida en la tenue luz. Te he visto a punto de marcharte desde que era pequeño. Pero nunca te he visto como ahora.

—¿Qué quieres decir? —pregunto yo.

Pareces triste cuando me miras. No decepcionada, ni enfadada. Solo triste.

—¿Qué te pensabas? ¿Que no iban a averiguar de quién era la llave? ¿De quién era el código? Los códigos del estudio son personales. Todo el mundo tiene uno, cada uno el suyo, así que se puede saber quién ha estado allí, a qué hora. Lo primero que van a hacer mañana cuando Jorge entre es mirarlo, y entonces verán que es mi código el que ha sido usado, ¿verdad?

¿Qué voy a hacer? La vergüenza me arde por dentro. El engaño. La maldita estupidez. Soy un *khain*, un traidor.

—Jorge y Blackeye —digo—. Me van a matar.

—Ellos no —respondes—. Pero Biz o Mahmud o el Ruso seguramente sí.

Ahora noto las lágrimas corriendo por mis mejillas. Es tan vergonzoso, las lágrimas, sin duda, pero también que solo es el miedo lo que me paraliza.

—Fadi, *habibi* —dices—. ¿Cómo has podido ser tan rematadamente imbécil? Sabes que no se van a contentar con recuperarlo todo. Quien le hace algo así a Pirate Tapes… Joder, Fadi, es lo único que tenemos para sentirnos orgullosos. Quien haya hecho esto es un traidor. Para todo el Barrio. Nadie va a salir en tu favor.

A través de las lágrimas te veo levantarte de la cama e ir a tu armario. Casi nunca vienes aquí, pero sé que aquí tienes tus libretas de bocetos. Ahora te estiras para alcanzar el estante superior, juntas las libretas y los libros y los metes en una bolsa de tela de Pirate Tapes junto con tu diccionario de sueco. Está raído y usado, las esquinas dobladas, de todos nuestros días y noches.

Ahora me parece tan lejano, cuando nos creímos que sería suficiente, que bastaría con aprenderse todas las palabras, que bastaría con canturrear como los demás, no graznar y rechinar. Te detienes y vuelves a sacar el diccionario, lo dejas en la cama.

—Es mejor que lo tengas tú —dices—. Yo ya no lo necesito.

Escondo la cara en las manos, ya no puedo mirarte.

—¿Cómo lo has sabido? —digo en un susurro—. ¿Cómo te has enterado de lo de Pirate Tapes?

A través de las manos te vislumbro encogiéndote de hombros, negando con la cabeza.

—Os vi fumando sin parar en el puente ayer por la tarde. Estaba claro que teníais algo entre manos. No sois tan *smooth*, Fadi. Después oí lo del robo. ¿Sabes? No soy gilipollas.

—¿Qué vas a hacer? —digo—. ¿Dónde te vas a meter?

—Eso no importa. Es mejor que no lo sepas. Ya te llamaré.

Te pones en cuclillas a mis pies, me apartas las manos de la cara, me obligas a mirarte.

—Escucha —dices, y tu voz es tan seria que hace temblar el aire que nos rodea—. Ellos comprobarán que fui yo la que estuvo en el estudio anoche. Es mi código. Si desaparezco sin decir una palabra, no hay motivos para que sospechen de otra persona.

Me coges de las muñecas, me miras directamente a los ojos, a través de las lágrimas y la vergüenza, de los espejos y el humo, de los espejismos, miras directamente a lo que quizá sea yo, directamente al fondo de mi ser. No sé qué hacer, abro la boca y la cierro, intento apartar la mirada de tus ojos profundos, pero tú no me sueltas.

—Pero no lo entiendo —intento.

—Es simple, *habibi* —dices—. Al final me has construido un barco.

Me mesas el pelo con la mano.

—Perdóname —digo—. Perdóname, perdóname.

Cierro los ojos y noto tus labios secos en mi mejilla. Cuando los vuelvo a abrir, has desaparecido.

2

Brooklyn, Nueva York
Jueves, 13 de agosto de 2015

El cemento debajo del colchón delgado, el ruido de un camión en la calle que hace vibrar las ventanas sucias, las voces esporádicas y el taconeo de zapatos en el asfalto, las sirenas por la Atlantic Avenue, el calor que aprieta y estremece, el pulso que resuena entre las paredes de ladrillos, la llave en la puerta.

Yasmine se incorpora. La cabeza se le despeja en cuestión de segundos, los ojos abiertos, de par en par, preparados para cualquier cosa, casi cualquier cosa. Todos los sonidos, y la luz que se refleja en el suelo. Oscuridad, reflejos y señales que no sabe identificar en un primer momento, que no logra integrar. Solo la llave en la puerta. Mira a su alrededor, se pasa la blusa del día anterior por la cabeza y los hombros, se pone los tejanos, se pasa los dedos por la gruesa melena negra y se levanta en silencio. Le sorprende el frío del tosco suelo al contacto con sus pies.

La cerradura se entorpece y se revuelve. *Chickchackchackchick.* La llave se retuerce y empecina. El ruido resuena y brinca por el piso vacío. Las luces azules de la calle titilan por la ventana, sobre los lienzos medio terminados que se apoyan en las paredes.

Es plena madrugada. ¿Cuánto lleva durmiendo? ¿Acaso ha dormido algo? El desfase horario zumba y sisea en su interior, como si todos sus sentidos se filtraran a través de una frecuencia de radio lejana que disminuye su ritmo, que la vuelve torpe y lenta. Sacude la cabeza otra vez para reducir el zumbido, para aclarar la mente. Se mueve con cuidado en dirección al ruido, a la puerta, de manera instintiva y reactiva, como un animal. A su espalda las sirenas se alejan por el asfalto agrietado y dejan tras de sí algo que parece calma. Solo el ruido de la llave en la cerradura.

Se acerca más a la puerta, tanto que sus labios rozan la chapa cuando susurra en sueco:

—¿Eres tú?

Los restos de aire de avión en sus pulmones hacen que le salga una voz seca y afónica. La llave deja de traquetear en la cerradura.

—¿Yasmine? —dice él al otro lado.

El modo en que dice su nombre. La entonación y la melodía entrecortada e impaciente en su pronunciación. La agresión y el desconcierto. Todo lo que han construido se derrumba en un instante. Ella hace girar la cerradura y la puerta se abre.

David casi tiene el aspecto de siempre, casi el de hace una semana. Son los mismos labios ligeramente torcidos, el mismo surco en la frente. Los mismos pómulos y hoyuelo en la mejilla izquierda, la misma cabeza rapada, la misma camiseta gris con las mismas manchas de espray y rotulador, los mismos tejanos de tela vieja y gruesa que ella le compró en Shibuya en su primer viaje a Tokio. Pero también la perilla y las uñas sucias, la mirada de mercurio y la mandíbula inquieta.

—*Yasmine, baby!*

Se abre de brazos, cruza el umbral con los dientes brillando amarillos bajo el resplandor de la calle. Ella da un paso atrás y se retuerce para alejarse de él, de su intento de abrazo.

—*Baby, I didn't realize... What time is it?*

Él gira la muñeca en busca de un reloj de pulsera que no lleva puesto, se golpea los bolsillos en busca de un móvil que al final logra sacar. Lo toquetea frenético sin conseguir que reaccione.

—*What the fuck? I'm outta battery, baby! What time is it?*

Mastica y mastica y deja caer el teléfono, que restalla sobre el hormigón. Se acerca a ella, ahora con las manos por delante y haciendo cuenco para rodearle la cara. Ella retrocede hasta que llega al centro de la sala, del loft, como él lo suele llamar, pero no es más grande que una habitación de estudiantes, un vestidor, aunque el techo sea alto y la ventana, a veces, algunas mañanas, temprano, llene el cuarto de luz.

—¿Por qué estás hablando en inglés? —pregunta ella.

Él se detiene y la mira como si no se hubiera percatado del todo de su presencia hasta ahora.

—¿Cómo has entrado? —dice él en sueco, en un tono acusador que suena a paranoia y agresividad.

—David —dice ella, con la cabeza ladeada, como una niña—, ¿qué ha pasado?

Permanece en el centro del suelo de cemento y de brazos cruzados. Nota la rabia que tiene dentro, creciendo. Hay un agujero dentro de ella, dentro de ellos, dentro de esta habitación. Cada vez que ella cree haber agarrado la abertura porosa del agujero nota cómo este se expande y sus dedos empiezan a deslizarse por la gravilla. Por mucho que luche, patalee y sangre, cae sin tener dónde aferrarse, siempre hacia abajo.

—¿Eh? —dice él—. ¿Cómo que qué ha pasado?

Abre la nevera y saca y mete los cajones para las verduras, aparta sobras de comida en los estantes. Un paquete de mantequilla cae al suelo sin que él parezca darse cuenta.

—Timmy y Aisha dieron una fiesta, después salimos con Rasheed y algunos más.

Se vuelve hacia ella, sorprendido.

—¿Qué haces aquí? No ibas a volver hasta el jueves.

—Es jueves —dice ella, y se aprieta las sienes con los dedos—. O a lo mejor ya es viernes.

El zumbido no cede, más bien lo contrario.

—Timmy y Aisha montaron la fiesta el martes —dice ella—. No has pasado por casa desde entonces, ¿verdad?

Él se encoge de hombros y parece esforzarse en pensar.

—¿Jueves? —dice él—. Rasheed y yo nos quedamos atrapados con unos ritmos que le han salido. Luego fuimos a una fiesta en Bushwick. Lauren estaba allí.

Parece esperarse algún tipo de alabanza por haber mencionado el nombre de una galerista que ambos saben que nunca expondrá ninguno de los cuadros de David.

—Estaba la hostia de interesada en el nuevo rumbo que estoy cogiendo, ¿sabes?, los pájaros y las iglesias. ¿Te lo he contado?

Yasmine se pone en cuclillas, esconde la cara en las manos. Sus dedos resbalan en la gravilla.

—Mil millones de veces, David. Pero no has pintado una mierda, ¿verdad? ¡Ni una puta línea!

Se vuelve a levantar, va al colchón doble del rincón y coge dos papeles finos que crujen. Vuelve hasta David y se los deja en la encimera de la cocina que tiene delante sin decir palabra.

Él se inclina y los mira con ojos entornados.

—Bah —dice—. Olvida eso. Pasará una eternidad antes de que nos lleven a juicio. *We're artists, baby!* Los desahucios solo son parte de nuestra historia.

—Vamos a juicio en diez días, David. Después nos quedaremos en la calle, ¿me oyes? Te he dado dinero cada semana para que pagues el maldito alquiler. ¿Qué has hecho con él? *¿Speed?* ¿Fiestas en Bushwick?

Más y más abajo en el agujero. Ya ni siquiera tiene fuerzas para resistirse.

—Necesito un trago —dice él, y abre de un tirón la puerta del congelador.

Trastea y remueve con las manos en el compartimento helado hasta que consigue coger una botella empañada que alza en la penumbra gris de la noche. La agita y la pone boca abajo antes de tirarla con todas sus fuerzas contra la pared gris de ladrillos. La botella no acierta en la ventana por medio palmo y revienta en una cascada de cristales congelados.

—¿Por qué cojones te has bebido el vodka? —pregunta David furioso, y se vuelve hacia ella.

Quizá sea el desahucio, quizá sea el viaje y el desfase horario. Quizá sean la tristeza y el desconcierto del último mes lo que se retuerce y expande en su interior. Quizá sea el agujero bajo sus pies, que no para de ensancharse. Quizá sea la suciedad debajo de las uñas de David. Quizá sea lo que le hace ver el fondo oscuro y sangriento del agujero. Quizá no sea nada. Pero de repente la amenaza de David se convierte en promesas. De repente ella sabe lo que hace falta.

—No he tocado tu vodka, David —dice.

Y no solo eso. No le tiembla la voz, no aparta la mirada, no retrocede ni un paso, no se marcha de allí. En lugar de todo eso, se cruza de brazos y da un paso al frente, hacia él. Nota cómo un trozo de cristal le abre un corte profundo en la planta del pie izquierdo, nota lo frío que está el cristal a pesar del calor, incluso lo fría que está la sangre con tanto calor.

David parece consternado. Lo que ella está diciendo no cuadra con la historia que tienen, una historia llena de episodios en los que ella está de rodillas en un rincón con un recogedor o un papel o cualquier cosa barriendo cristales. Por un momento él parece preocuparse. Las mandíbulas aprietan. Las pupilas amenazan con estallar. Luego:

—¿Qué coño has dicho?

Él da un paso en dirección a Yasmine y la comisura de su boca sufre espasmos por el *speed* o por el esfuerzo o por la falta de sueño. Ella nota los dedos resbalando en la gravilla, entre arañazos y rasguños, la sangre brotando de su cuerpo, del pie, sobre el hormigón.

Sabe que puede acabar aquí y ahora. Que puede dar marcha atrás y doblegarse. Ir a buscar papel en el lavabo y recoger los malditos trozos de cristal. Que puede bajar corriendo al indio que abre toda la noche en Classon Avenue y comprar una botella de Jack. Él podría tomarse la mitad y quizá gritar un rato. Yasmine podría darle la vuelta a su odio para que no apuntara hacia ella, sino hacia fuera, a los galeristas y los agentes y todos los demás que tienen que pagar el muerto de que él no haya pintado un cuadro decente desde que llegó a Brooklyn. A lo mejor le puede pedir dinero prestado a Brett para evitar el desahucio. Hacer un par de viajes a Tokio o Berlín. Seguir ahorrando para tener un colchón, para un piso o para desaparecer una noche oscura. Puede hacer todo aquello que ya ha hecho cien veces antes, dejarse caer lentamente en el agujero otra vez y dejarse engullir de nuevo por la historia.

Pero no lo hace.

—Te he dicho que he estado diez días en Tokio —dice—. Y sabes que no he tocado tu jodido vodka.

Él se le acerca un paso y por un momento parece sopesar lo que ella acaba de decir.

—Mientras tú has estado aquí gastándote la pasta del alquiler por enésima vez en fiestas con tu puto club de perdedores, yo me he roto la espalda para que podamos salir adelante, salir de esta mierda —continúa.

Ya ha ido demasiado lejos. Más que nunca. Pero la falta de sueño la vuelve ligera y volátil. Por un instante es como si ya no formara parte de esto, no del todo. Es como si este último mes la mano que la aprisionaba hubiese perdido fuerza de manera momentánea, como si lo que ella y David han tenido juntos ya no fuera real, sino mera materia y mito y sueño.

Ya ha pasado un mes, un mes entero desde que Fadi desapareció para siempre, un mes desde que su teléfono le vibró en el bolsillo en el metro, en algún punto debajo de Washington Square Park, y el mundo se ralentizó a su alrededor. Ha pasado un mes desde que empezó a huir de ello, de la tristeza y del pasado, más deprisa y más lejos de lo que se creía capaz. Y, luego, cuando ya pensaba que no podía alejarse más, cuando empezaba a tener la sensación de que la terrible sombra de la pena iba a alcanzarla, cuatro días atrás recibió el segundo mensaje. La imagen borrosa de lo que quizá era Fadi en Bergort. Fadi está muerto. Fadi está vivo. Ya nada encaja, ya no hay ningún patrón.

—¡Maldito cabrón! —grita ahora, y nota cómo la voz se corta, se vuelve cruda y ulcerada.

—¡Cállate! —ruge David, más alto, más profundo.

Él levanta una mano delante de la cara de Yasmine, como para impedir físicamente que sus palabras llenen la estancia.

—¡Que te calles de una puta vez! ¿Quién coño te crees que eres? ¿Eh? No te debo una mierda. Lo sabes.

Ahora él está pegado a su cara, ella puede percibir su aliento químico, el áspero olor a sudor de una fiesta de cuarenta y ocho horas en su ropa, en su piel. Ahora la voz de David es más grave, más amenazante.

—¿Quién eres tú para venirme con esa mierda? Si no fuera por mí aún estarías en *morolandia*. Si no fuera por mí, estarías trabajando en el puto salón de belleza en casa de la madre de tu amiga, rodeada de hormigón, maldita zorra desagradecida. O estarías muerta, como tu jodido hermano. Restregarme por la cara tus viajecitos a Tokio… Como si no fuera yo el que te los consiguió. ¡Joder!

Ella nota la saliva de David salpicándole la mejilla y sabe que lo que dice es cierto. Lo ha dicho tantas veces antes. Ella lo ha pensado tantas veces que la deuda que tiene con él es tan grande que justifica el agujero, que lo justifica todo. Nota cómo el puño de la historia vuelve a aprisionarla. Su fuerte opresión se la lleva y poco a poco la va arrastrando hacia abajo.

Justo ahí está a punto de soltarse del borde. Echarse a los brazos de David. Pegarse a él, notar su cabeza en el hombro, sus brazos rodeándole la cintura.

Pero esta noche hay algo distinto. Es como si hubiera una escalera de cuerda colgando por el agujero, justo al alcance de su mano. La muerte y resurrección de Fadi. El mundo se sacude y gira y le produce vértigo. El viaje entre franjas horarias la vuelve ligera e irreal. Pero sabe que no conseguirá agarrarse por sí sola a la escalera, que lo necesita a él, incluso para esto. Quizá sobre todo para esto. Necesita sus manos para salir del agujero sin fondo y desencallar su historia. Lo necesita para liberarse y para poder salvar cuanto sea salvable.

Así que se arma de valor y se retira, obliga al cariño a transformarse en odio con nada más que su propia voluntad. Le da un empujón con todas sus fuerzas en el pecho y se desgañita gritando con toda la energía de que la ha dotado la historia anómala que comparten.

Él tropieza hacia atrás, por un momento desorientado.

—Joder, qué pedazo de *fake* eres —le grita—. ¡Eres un auténtico payaso, David! Te crees un artista…

Suelta una risa hueca, carente de alegría.

—¡Un artista! ¡Menuda broma! ¡Llevas un año sin hacer una puta mierda! Eres un yonqui, David. A un paso de la calle. ¿Y tú me ha salvado a mí? Lo único que te separa de un puto banco del parque soy yo.

No le da tiempo de más porque el puño cerrado de David le asesta un golpe en la sien. Yasmine nota la quemazón y el silbido en la cabeza, se siente ingrávida. La habitación empieza a dar vueltas y a saltar mientras ella cae de espaldas al suelo. El sabor a metal en la lengua. Le sabe a pena y vacío. Como el final de una historia.

Le sabe a victoria.

3

Bergort
Otoño de 2000

Así que se llama Bergort, ellos lo llaman Bergort, pueden llamarlo como quieran, a nosotros nos da igual. De todos modos, no lo sabemos pronunciar, y eso que ya somos mejores que ellos. Ahora lo sabemos: ellos nunca sabrán hablar aquí, nunca podrán hacerse entender. Fuera de estas paredes serán mudos, peor que mudos, porque lo van a intentar. Sisearán y se encallarán y se creerán que sus largas consonantes y sonoras vocales bastarán para salir adelante, que basta con poder tartamudear y tropezar hasta llegar a lo que uno quiere. Pero no es suficiente, nunca es suficiente. Sus brazos agitándose, sus miradas saltando, pantalones de traje negros y raídos, velos y joyas. ¿Cómo iba a ser eso suficiente? Nosotros lo hemos sabido desde el primer día. ¿Cómo lo han podido pasar por alto? Que aquí somos extraños. Que nunca seremos más que la suma de nuestras limitaciones. Que para la gente como nosotros nunca es suficiente con hacer todo lo que podemos.

Así que aquí tomamos una decisión, en el suelo de la sala de estar de nuestro nuevo, viejo, piso destartalado, con rayas en el parqué, garabatos de niños en los armaritos de la cocina, con nuestros ridículos recuerdos aún metidos en cajas de mudanzas junto a la pared, aún a la espera de que alguien coja las riendas de la situación. Que alguien nos desempaquete y nos meta en todo esto que es nuevo. Aquí en el parqué decidimos que no somos como las cosas que hay en las cajas, que no podemos esperar a nadie, que nunca podremos confiar en esos que están en la cocina, los que nos han traído hasta aquí y luego han capitulado. Esos que no son más que ropa vieja, ideas viejas y lengua vieja.

Permanecemos en silencio. Los oímos tartamudear y murmurar en la cocina, quejarse del *tahinin* del colmado de la plaza, que si los tomates son ácidos, que si el perejil, que si el aceite de oliva, que si aquí arriba no hay hortalizas que valgan la pena. Nos miramos y tú me sonríes y me acaricias la mejilla, me apartas un mechón de pelo de la frente. Me acabas de enseñar una palabra que es tan divertida. *Wienerschnitzel.* Es algo que han servido en el comedor de la escuela, algo que era marrón y gris y que a lo mejor contenía carne. No deberíamos comer cerdo, pero a nosotros eso nos da igual. Venía con patatas, siempre ponen patatas en todo.

Estamos ahí sentados en el suelo escuchando su murga y sus quejidos en la cocina y da la sensación de que aquí estamos solos, tú y yo, que hay océanos y mundos enteros, galaxias y universos entre nosotros y la cocina. Una brisa fría se cuela por la puerta del balcón y tú me susurras:

—A lo mejor deberíamos comer más *Wienerschnitzel.*

Y nos reímos hasta que nos quedamos sin aire. Aquí es donde empieza. Aquí es donde decidimos que solo somos nosotros.

Al principio nunca salimos más que para ir a la escuela. Yo te espero delante de los barracones y me escondo detrás de los arbustos que pierden las hojas en otoño y se quedan igual de calvos y feos que todo lo demás. Mientras cuento los minutos en el gran reloj del edificio de ladrillo del otro lado del patio, voy recolectando aquellas bayas blancas de los arbustos y las noto explotar y derramarse entre mis dedos.

Siempre hace un día gris, siempre llueve, hasta que se pone a nevar. Y al principio no me lo puedo creer, esos copos que salen de ninguna parte y que son livianos como un pensamiento, como un sueño, como el viento. Tengo frío y brinco y tirito y espero y espero y espero.

Y me pregunto quiénes son los que pueden ir allí, a la gran escuela de ladrillo, y por qué nosotros tenemos que venir a estos barracones, y cuento los segundos que me parecen minutos, horas y días, hasta que por fin sales por la puerta, siempre la primera, siempre sola, siempre oteando los arbustos hasta que tus ojos me descubren. Y entonces deja de hacer frío, deja de ser desolador, los segundos dejan de ser horas: la tarde se vuelve libre e infinita, allende todo reloj y tiempo.

Es este otoño, este invierno, que cambiamos sus *Wayed Wayed* por nuestro *Razor Tongue* y *7 Days* y Britney. Es este otoño, este invierno que cruzamos el asfalto, entre setos pelados y hierba helada, atravesando un mundo que se vuelve cada vez más oscuro hasta que pienso que nunca más volveré a ver el sol, que ha desaparecido y me ha dejado solo. Igual que todo lo demás me ha dejado solo. Todo menos tú, hermana mía.

Y caminamos despacio hasta su casa, cruzando el asfalto helado, arrastramos los pies por la nieve virgen entre las casas creando surcos y canales, señales que podremos seguir a la vuelta. Como si fuéramos Hansel y Gretel y no necesitáramos una manera de encontrar el camino de vuelta a casa, sino una manera de encontrar otra forma de marcharnos.

El frío cala tan deprisa y se me hielan los pies en mis viejas zapatillas de tenis cuando la nieve se cuela debajo de la lengüeta, por los agujeros de la suela y por los bajos de mis pantalones demasiado cortos.

—Creces demasiado rápido, hermanito —dices tú—. Dentro de poco ya no nos llegará para tus piernas.

El frío logra atravesar la chaqueta de poliéster y la rebeca de color mostaza de Myrorna, la tienda de ropa de segunda mano, e incluso atraviesa la camiseta y la piel hasta llegar a los huesos y el tuétano.

—Dentro de poco estaremos en casa, *habibi* —dices—. Nos daremos un baño caliente.

Y nos reímos porque no tenemos bañera, solo una ducha con chorro ralo y fino de agua tibia en el único lavabo del piso, pero la risa me reconforta.

Tú dices:

—Tambor, tutor, trotar, tener.

Nuevas palabras que has aprendido. En tu boca recuerdan al trino de un pájaro, totalmente ajenas, no humanas. Pero sabemos que son la llave, que lo son todo, todo. Entendemos que ahora estamos aquí, que no tenemos opciones, que no podemos cambiar nuestros pantalones cortos, nuestras zapatillas mugrientas, nuestra casa agobiante y horrible. Pero podemos practicar la melodía hasta que sepamos cantar las canciones mejor que nadie. Y, cuando la primavera al fin esparce su pálida luz sobre la hierba amarilla, yo grazno:

—Gallo, tallo, fallo, pollo.

—Pero si eso no rima —dices tú.

Y nos volvemos a reír, sin parar, sin respirar, hasta que nos desplomamos en la nieve semiderretida, dos críos livianos, flacuchos y completamente solos en un mundo totalmente ajeno.

A veces, por las tardes no hay nadie cuando llegamos a casa, el piso está a oscuras y apagado, solo quedan los olores. Entonces nos arrepentimos de no habernos dado más prisa, de no haber vuelto corriendo a casa a través del invierno para así tener más de esos instantes para nosotros solos aquí dentro, en la oscuridad, en el relativo calor.

Esas tardes para nosotros, cuando ponemos los cojines en el suelo, bien pegaditos, casi metidos en la tele, son lo más cerca que he llegado a estar de la felicidad durante todo este tiempo. Aprendemos la palabra *zapping*, y hacemos *zapping* por los canales árabes hasta que encontramos *Ricki Laje* y *Oprah* y las repeticiones de *Beverly Hills.* Untamos pan seco en hummus o *baba ganoush* o lo que encontremos olvidado al fondo de la nevera, detrás de los tomates ácidos y los pimientos insípidos medio podridos. Después nos quedamos allí tumbados, aún con frío, pero adormecidos, con los ojos entreabiertos, y tú me lees los subtítulos en voz alta con voz pesada y cansada y tan cálida que sueño en poder envolverme en ella como si fuera una manta, el edredón más grueso y mullido, y dormir hasta que el frío haya abandonado mi cuerpo y el sol entre por las ranuras de las persianas rotas y nos vuelva a brindar el mundo.

Pero normalmente uno de los dos está en casa después de sus cursos o trabajos temporales, con sus suspiros y jadeos, sus ojos cansados, sus broncas desganadas, preguntas descorazonadas sobre deberes y sermones enfurruñados y manos abiertas y en alto cuando decimos que no tenemos nada. ¿Cómo vamos a aprender nada? Esta sociedad es demasiado débil, demasiado liviana. Que hagan ellos sus propios ejercicios de mates y árabe, porque pueden oír cómo nos vamos escurriendo, cómo nos vamos alejando de ellos, cómo susurramos a hurtadillas:

—Asa, rasa, masa, casa, tasa, gasa.

—Gol, mol, col, sol, rol, bol.

Pueden oírnos graznar y casi canturrear.

Pueden ver cómo nos crecen las alas.

4

Manhattan, Nueva York
Sábado, 15 de agosto de 2015

El sol ya se asoma tras una neblina gris de verano cuando el tren sale chirriando al puente de Manhattan. Ya hace calor y el ojo izquierdo de Yasmine palpita y le duele. Pero si hay algo físico que la preocupa es el pie, del que enseguida extrajo el trozo de cristal ayer por la mañana antes de ponerse las zapatillas Canvas. Solo lo extrajo, no se lavó ni se vendó debidamente la herida hasta mucho después, por la tarde, en los lavabos de un *diner* de Prosper Heights. Ahora puede notar la herida latiendo sobre la suela de caucho, la sangre untando y embadurnando la abultada compresa. Tampoco fue de gran ayuda el que se pasara horas deambulando en la oscuridad de Prospect Park ayer por la noche, como una muerta viviente desvelada, hasta que al final se metió en un hotel demasiado caro para ella, en Dean Street, para pasar otra noche negra en vela.

Otea el río y la silueta compacta y gris matinal de la ciudad, y es como si su vida hubiera vuelto a terminar, como si una vez más hubiera alcanzado el límite de lo que su vida es o ha sido. La sorprende que esa sensación no tenga apenas nada que ver con David. Se había imaginado de otra forma el momento en el que finalmente iba a dejarlo. Más nítido y claro, algo colosal, no por añadidura y en medio de otra cosa, algo más grande, más importante.

Ahora todas sus posesiones yacen a su lado en el asiento. Una bolsa de tela de la armada estadounidense que compró para su primer viaje a Liubliana, hace medio año. Dentro lleva la libreta, el portátil, algo de ropa interior, camisetas, varios pares de calcetines, una falda holgada azul marino de media pierna de un diseñador inglés, tan cara que le dio un vahído cuando hizo clic en el botón de envío de eBay unos meses atrás. Y una parka M51, del tamaño más pequeño, pero aun así demasiado grande, que se compró en la misma tienda outlet de la armada. Luego el teléfono y la tarjeta de crédito activada de American Express en el bolsillo. Es todo lo que consiguió llevarse. Todo lo demás forma parte del pasado. De otro de sus pasados.

Vuelve a sacar el teléfono, las vibraciones del tren al cruzar el puente se propagan y hacen que le tirite la mano, nota el teléfono saltando y temblando. Está caliente, exactamente igual que un mes atrás mientras iba en otro vagón de metro, de camino a la parte alta, como ahora, para encontrarse con algún cliente en Grand Central Station. Ya no recuerda ni quién era ni de qué se trataba, solo que el teléfono tintineó en su mano y que un escalofrío le recorrió el cuerpo de vergüenza y alegría a partes iguales cuando vio el remitente. Un mail de Parisa. Vergüenza porque la obligó a pensar en todos los mails que no le había contestado. Vergüenza porque transportó su mente de vuelta a Bergort, a su antigua vida, a todo lo que había dejado atrás, a Ignacio, a Fadi.

Al mismo tiempo, alegría porque Parisa resistía y seguía escribiendo de vez en cuando, alguna vez al año, a pesar de que Yasmine no contestara nunca, a pesar de no saber si Yasmine siquiera leía sus mails. Incluso Fadi acabó dejando de escribir. Al principio ella había querido contestarle, al menos a los correos. Había formulado las respuestas en su cabeza tumbada en el colchón en el suelo en Crown Heights. Mails largos y detallados, llenos de explicaciones y promesas de que volvería.

Todavía lo hacía, incluso ahora, quizá tres años después del último correo de Fadi. Pero nunca llegaba a escribirlos. No porque no quisiera, sino porque no sabía cómo empezar. Su ruptura con Bergort había sido tan repentina y absoluta. Había sido la única manera; había dejado a Fadi y se había ido con David directa al aeropuerto de Arlanda. ¿E Ignacio? ¿Había sabido algo? ¿Que se estaba yendo? ¿Que ese era el motivo por el cual lo había dejado con él incluso antes de conocer a David? Al final incluso los mails de Ignacio habían dejado de llegar.

David y ella habían estado como borrachos al comprar los billetes con el dinero de las becas estudiantiles, y ella cerró sus cuentas de Facebook e Instagram al mismo tiempo. Borró todo cuanto la había tenido presa en la telaraña del Barrio. Todo excepto la dirección de correo electrónico, una última cuerda de salvamento. Todo menos la vergüenza.

¿Cómo pudo dejarlo todo atrás tan rápido? Bergort, que le había dado forma. Ignacio, que había sido su primer amor. Pero, sobre todo, Fadi. ¿Cómo pudo? Su hermano, su propia sangre, al que había protegido y cuidado desde que tenía uso de razón. Pero nunca había habido ninguna alternativa, era como si el Barrio hubiese amenazado con fundirse con ella y arrastrarla a un fondo tenebroso, algo cuya presencia ella siempre había percibido y de lo que ella siempre, de algún modo, se había imaginado formando parte.

Pero, cuando conoció a David, fue como si de pronto se abriera un nuevo camino. Otro rumbo, otra vida. Y ella lo había elegido casi sin pensarlo. Porque, cuando tienes que salir adelante, hay pensamientos que no se pueden dejar madurar del todo.

En el mismo instante en que el viejo y curtido avión de American Airlines tomaba tierra en el JFK cuatro años atrás, su vida empezaba de cero. Como otros tantos millones de personas, Yasmine se echó la ciudad de Nueva York por encima como una capa de invisibilidad y desapareció. Nada antes de Nueva York. Ningún pasado, solo futuro. El sueño americano. A pesar de David y la droga y la precariedad. A pesar de la añoranza y la incómoda sensación de que eso que estaba tirando de ella hacia abajo, eso oscuro y pegajoso, no se hallaba en el Barrio sino dentro de sí misma, siempre.

Y de pronto había llegado el mail de Parisa. De la nada. Ni siquiera sabe por qué lo abrió, pero quizá había sentido Bergort tan lejano que creía haber roto la maldición. En cualquier caso, el correo había sido breve, unas meras líneas:

> Hola, Yazz.
> No sé ni si este sigue siendo tu mail. Da igual, no sé cómo decirlo pero tu hermano está muerto. No sé qué sabes tú, pero se largó a Siria. Ahora han subido a Facebook que murió en combate. Mehdi ha hablado con tus padres. Lo siento, hermana.

Recuerda que el tren se había detenido en la calle 13 justo mientras leía la última frase y que se había puesto de pie y se había abierto paso entre la gente para apearse y había subido corriendo por las escaleras mecánicas en dirección a Washington Square Park.

Después no recuerda absolutamente nada más del día hasta la última hora de la tarde, cuando David se la había encontrado en casa en el desordenado estudio en Crown Heights, acurrucada bajo la ventana que daba a la calle. Era como si todo aquel día hubiese sido eliminado, como si nunca hubiera existido.

—Tienes que llamar a tus padres —le había susurrado él, y se había sentado en el suelo a su espalda, por una vez ni impaciente ni apresurado, sino tranquilo y cálido.

Pero ella se había liberado de su abrazo y había negado con la cabeza y se había quedado mirando la pared mientras la vida poco a poco se iba escurriendo de su cuerpo con cada exhalación.

A la mañana siguiente se había despertado con una nueva sensación en el pecho. Una desolación que no creía posible. David había vuelto a desaparecer y la habitación estaba vacía y fría. Un rayo de sol candente había encontrado un hueco por donde colarse en la sucia ventana y se había posado en el suelo de hormigón como un vaso de zumo de naranja derramado.

No había salido de casa en varios días, hasta que Brett había terminado por ir a buscarla después de que ella no se hubiera presentado a una reunión que tenían concertada, y la había obligado a salir y a meterse en una cafetería, donde se había comido medio *bagel* sin apenas abrir los ojos. Lo cierto es que nunca se habían visto fuera del trabajo y Brett no era el mejor tipo para dar consuelo, ni ella la mejor tipa para ser consolada, así que más que nada habían aguantado en doloroso silencio hasta que ella al fin abrió los ojos y se cruzó con la incómoda mirada de él.

—Consígueme un trabajo —dijo en voz baja—. Cualquier cosa. Pero que sea lejos.

Cualquier cosa con tal de no pensar en Fadi, con tal de no tener que hablar de ello con David. Cualquier cosa para no tener que llamar a sus padres ni volver a Bergort. Cualquier cosa para evitarse a sí misma y su traición.

Brett había asentido en silencio y la había invitado al exiguo desayuno. Tres días más tarde estaba sentada en un vuelo a Detroit y luego a Baltimore y después a Tokio. Apenas le había dado tiempo de lavar la ropa entre uno y otro. Vacía y negra como una silueta o una sombra se había dejado llevar entre hoteles y aeropuertos, entre reuniones con artistas y publicistas, sin ningún interés en el contenido ni en el mundo que la rodeaba. Lo único que la había mantenido derecha eran el movimiento y la inercia.

Fue en Tokio el martes pasado, en un hotel silencioso y moderno lleno de ángulos rectos y madera clara, en algún lugar de Shibuya, en algún momento en plena noche, cuando recibió el segundo mail. Era la primera vez que veía la dirección de correo de su madre y, por un segundo, pensó en borrarlo sin leerlo. Pero estaba tan agotada, tan cansada de resistir y huir, que lo había abierto. El texto era breve, apenas unas frases:

En Facebook pone que Fadi murió hace un mes, pero ha estado en Bergort hace tan solo unos días. No lo entiendo, Yasmine. Por favor, vuelve a casa.

Se había incorporado en la cama y había encendido la luz. Con el mail venían cuatro fotos adjuntas. Había hecho clic en la primera y había visto la pantalla del móvil llenarse con la imagen de un hombre joven sosteniendo una plantilla cuadrada de un metro de largo contra una pared sucia y sobre la que estaba echando espray rojo.

Bajo el resplandor de la farola el perfil del hombre se distinguía asombrosamente bien. Yasmine había deslizado sus trémulos dedos sobre la imagen y la había ampliado todo lo posible, hasta que en la pantalla casi solo aparecía la cara granulada y pixelada de aquel hombre. Estaba delgado y demacrado, más flaco que de pequeño, a medio camino de ser otra persona. Pero

Yasmine supo en el acto que se trataba de él. Lo habría podido reconocer en cualquier sitio, en cualquier imagen. Era Fadi, sin lugar a dudas.

Yasmine se baja cojeando del metro en Bleecker Street y sube las escaleras hasta Houston Street. Brett la espera en el aparcamiento de la gasolinera, apoyado en un SUV gris lo bastante monstruoso como para pertenecer a un oligarca. *¿Se siente suficientemente seguro?*, pregunta una empresa que se llama Stirling Security en letras de un metro de alto en la valla publicitaria que tiene encima. Yasmine aprieta los dientes y trata de no pensar en el dolor en el pie. Ahora no puede ocuparse de eso.

David se ha gastado todo el dinero que ella había tratado de ahorrar. Los contactos de Brett y su propia astucia callejera son lo único que pueden hacer que se suba a un avión a Estocolmo. Le ha enviado las otras tres imágenes adjuntas que venían en el mail de su madre. Tres fotos que muestran que se está cociendo algo en Bergort. Ahora se trata de conseguir que sirvan de excusa para hacer un viaje, una oportunidad para aclararlo todo.

5

Bergort
Primavera de 2007

Es primavera, un milagro, un sueño imposible, y las chaquetas que nos pusimos en la tienda de deportes Stadium del centro en noviembre se escurren ahora de nuestro cuerpo, dejando al descubierto nuestros brazos flacos y pálidos, macilentos por tanta oscuridad, en los ojos todavía el reflejo de un invierno lleno de Halo y Fifa. Ya casi no podemos ni graznar, ya no tenemos referencias más allá de las pantallas de televisión. Con el delicado y apagado sol en la cara, repartidos por los bancos rotos y pintados del parque, comenzamos a recordar otra vida, comenzamos a inventar una nueva vida.

—¡Podemos hacer barbacoa, *len!* ¡Vaya salchichas!

—¿Cuándo nos podremos bañar otra vez? ¿En mayo?

—Ey, yo con chupar algo frío al sol ya tengo bastante, tío.

Pero aún no es verano y tiritamos, aunque nos negamos a ponernos las chaquetas, así que nos vamos pasando el balón mientras bajamos al Camp Nou, nuestras articulaciones rígidas y estridentes, el aliento todavía saliendo en forma de vaho de la boca.

Y nos subimos al campo de césped artificial, donde aún quedan pegotes de nieve sucia y dura en los córneres, echamos a los críos que juegan con una pelota de goma y nos repartimos en equipos, tres en cada. Hacemos estiramientos y chutamos la pelota tan fuerte que el ruido del traqueteo de la valla que rodea el campo se extiende como un trueno por el hormigón. Somos Lois, Zorro y yo contra Mehdi, Bounty y Farsad, y está claro que es injusto: Bounty pesa por lo menos cien kilos y el asmático de Mehdi jadea y suelta chiflidos, pero me la suda, yo solo quiero ganar, solo quiero sentir el viento en la espalda, la primavera en la cara, el verano tan cerca que se puede tocar con los dedos. Y esta tarde puedo correr sin descanso, puedo pasar de talón e incluso meterla de chilena. Soy Thierry y Eto'o. Soy Zlatan. Y cuando meto la pelota por la escuadra desde medio campo puedo sentir cómo el mundo entero me infla el pecho, y cuando extiendo los brazos y corro en un gran círculo por el penoso césped artificial oigo los gritos y vítores del público que me rodea, siento que me crecen los brazos, que me crecen las alas, que mi cuerpo se vuelve más y más ligero hasta que me despego del suelo y salgo volando por encima del campo, por encima del asma de Mehdi, por encima del hormigón.

Esos días de principios de primavera no se acaban nunca, ni siquiera cuando se ha puesto el sol, cuando la temperatura baja y casi vuelve a ser invierno. Ni siquiera entonces se acaban, pero, cuando las sombras vuelven a caer, nosotros nos ponemos de nuevo las chaquetas, una retirada, no una capitulación, y nos sentamos en los bancos del parque infantil, fumando y tomando Cola y compartiendo sueños nuevos, grandes, vertiginosos, con el sudor del fútbol secándose en nuestra piel.

—Joder, Ana María, ¿sabéis? La hermana pequeña de Jorge. Vaya pechos se le han puesto. *Wallah,* te lo juro, a lo Rihanna.

—Deberíamos conseguir panoja y largarnos a Barcelona, *yao.* Mirar un partido. ¿Jorge no tiene un tío allí?

—Yo voy a conseguir panoja y largarme a Australia, *len*. ¿Sabes lo que llegan a molar los canguros?

—¿Australia? Joder, qué pedazo de *bati* eres, Bounty. ¿Canguros? ¡Ja, ja, ja, ja, ja, ja!

—¡Canguros!

Nos reímos de Bounty hasta que acabamos tirados en la arena dura, aún congelada, hasta que apenas nos queda aire, hasta que Bounty rebuzna y resuella y casi se pone a gritar y al final se rinde y se larga.

Nos quedamos allí tirados hasta que la risa se disipa sobre los tejados y nos deja en silencio e inquietos, mientras la luz que nos rodea pasa de claro y pálido a gris, luego al azul más profundo. La noche no es de primavera, no es tibia, sino gélida, las estrellas todavía son estrellas de invierno, diáfanas y nítidas sobre el fondo azul, y vuelvo la cara, cierro los ojos. Puede que sea esta luz singular o la primavera que ha venido y desaparecido en un mismo día, pero de repente me invade la angustia como una ola y suelto un jadeo, apenas consigo coger aire. El corazón me palpita con tanta fuerza que me tumbo boca abajo en el cajón de arena.

Esto no es algo de lo que se hable con los hermanos, a menos que quieras ser como Bounty. Jadeo y jadeo y aspiro litros y litros de aire gélido, noto la arena helada en los labios, me obligo a tranquilizarme, obligo a mi corazón a dejar de palpitar.

—Ey, ¿Fadi? ¿Qué coño haces?

Obligo a mis ojos a abrirse, obligo a la sensación de mi estómago a diluirse, obligo a mis pies a levantarme.

—Nada, marica —digo—. Nos largamos.

Así que nos largamos. Subimos hacia el puente peatonal que cruza las vías, muertos de frío, solo camisetas debajo del abrigo, pero con la primavera aún brincando y crepitando bajo la piel.

Nos quedamos un rato en el puente sobre el metro, apoyamos la espalda en la valla, escupimos y fumamos y vemos los trenes chirriando y tronando bajo nuestros pies, llenos de luz blanca, todos en la misma dirección.

Chocamos los cinco con Adde, que llega deslizándose desde las casas pareadas, con un abrigo de Canada Goose y una bolsa que tintinea.

—¡Joder, qué frío hace! —dice—. Pensaba que era primavera.

Asentimos en silencio. Pienso en ti cuando lo veo, en que llevo una semana sin verte, siquiera tu sombra. Pienso en preguntarle si te ha visto en el estudio, pero no me atrevo. Así que le tiro un poco del cuello de borrego de su enorme chaqueta.

—Vaya *gawad* —digo yo—. Estás hecho todo un Diddy con esa chaqueta.

Él se encoge de hombros, la bolsa tintinea.

—¿Tienes priva? —grazna Mehdi—. ¡Invita a algo!

—Qué va —dice—. Fiesta en casa de Red. Esperad un par de años y a lo mejor podréis venir, niñatos.

Se ríe y se aleja puente abajo.

—¡Qué *taytish* eres! ¡Qué rata! —le grita Mehdi de lejos.

Adde ni siquiera se vuelve, se limita a levantarnos un dedo y sigue bajando hacia el hormigón.

Así que subimos y bajamos por el asfalto agrietado, cruzamos por las parcelas de césped aún rígido y amarillo, por debajo de las farolas estropeadas. Pintamos paredes y armarios eléctricos con nuestra deplorable firma. *Boing.* Donde la *o* es una estrella. No significa nada, ni siquiera sabemos de dónde ha salido, pero ahora tatuamos todo el Barrio con nuestra cutre pequeñez y yo mantengo la mirada en el asfalto negro, en las fachadas gris marengo, porque, si la dejo trastabillar y resbalarse y subir disparada al vacío de color azul marino que hay allí arriba, no sé qué pasaría.

Algo tiene que pasar. No puede ser siempre esto, silencio y vacío y pobreza eternos. Así dejo a los demás en el parque infantil fumando sus cigarros y haciendo sus bromas sin gracia. Me desabrocho la chaqueta y me bajo los tejanos aún más por las caderas.

—Solo voy a mirar una cosa —digo.

—¿El qué, *bro?* —dicen ellos.

—Nada, enseguida vuelvo.

Cruzo la plaza en diagonal, paso por delante del kebab donde los finlandeses están bebiendo hasta desfallecer, por delante del Asirio y la luz amarilla del metro, por delante de los bloques de diez plantas y luego por entre los de tres, cuyas fachadas apenas se ven por el muro de parabólicas que las cubren como hiedra, agujeros de gusano nostálgicos de vuelta a otro tiempo, otro contexto, una realidad que es falsa e inmutable como en un cuento.

No importa que no recuerde exactamente dónde vive Red porque oigo a Ghostface y Trife rapeando por el balcón abierto del primer piso, oigo toda la fiesta rapeando el estribillo de *Be Easy* y te veo en la barandilla, llevas una camisa de franela a cuadros verdes, abierta, camiseta ceñida debajo, los tejanos no son ajustados como los de las otras tías, sino sueltos y holgados como los de un tío. Ahora tienes el pelo liso, tu piel levemente iluminada por el mechero que sostienes delante de la cara para encenderte un canuto. Me acerco sigilosamente a la barandilla, con cuidado, no quiero que toda la fiesta me vea, me aclaro la garganta.

—*Shoo,* Yazz —digo en voz baja.

Pero tú no me oyes, estás hablando con Blackeye e Igge, Ignacio, y le das caladas largas al porro y dejas que el humo supure lentamente de tus pulmones, al balcón y luego hacia el haz de luz de la farola. Estoy justo debajo de tu codo, en la sombra. Cuando *Be Easy* se va apagando oigo el timbre de tu risa por un instante antes de que la música reemprenda la marcha. Vuelvo a abrir la boca, alargo la mano para tocarte, para decirte que estoy aquí. Pero tú retiras el brazo, das otra calada al porro y se lo pasas a Igge, para luego atravesar volando el balcón y meterte en el piso, en la fiesta, en tu propia vida.

Me quedo allí un segundo, sin tener claro qué hacer, qué hago aquí de todos modos. A mis espaldas oigo que se abre el portal y Adde sale dando trompicones, las pupilas resbalando libremente en sus ojos, la cara retorcida y casi de color verde. Se agacha entre los arbustos pelados y vomita toda la bolsa de birras que iba cargando hace apenas un par de horas. Cuando termina se da la vuelta, de repente ha recuperado más o menos el control de sí mismo, media sonrisa en los labios. Se seca las comisuras de la boca con el reverso de la mano, balbucea un poco, se tambalea.

—¿Qué coño haces aquí, *len?*

Me encojo de hombros.

—Nada.

—Pues lárgate, *abri.* Aquí no hay nada para ti, igualmente, ¿no?

¿*Len?* ¿*Abri?* Si él ni siquiera es de aquí, es de las casas pareadas, un puto *suedi.* Que le jodan. Pero no digo nada, solo me quedo mirándolo, me abrocho la chaqueta y me marcho.

Cuando vuelvo siguen sentados en el parque viendo algo en el teléfono de Mehdi.

—¡Joder, ahí estás!

Jorge se pone de pie.

—Venga, vamos a casa de Bounty a jugar al Fifa. Hace demasiado frío.

Niego con la cabeza y siento cómo crece el vacío en mi interior.

—¿Zorro? —digo—. ¿Tienes manguera, ya sabes, para gasolina?

Zorro asiente y sonríe.

—Lo tengo todo, *bre*. Ya lo sabes.

—Bien, ve a buscarlo. Y una pata de cabra, de paso.

Zorro no tarda ni cinco minutos en ir a casa y encontrar lo que hace falta; ni cinco minutos en volver, con la cara roja, los ojos estrechos y preparados para lo que haga falta, cualquier cosa menos parques y Fifa, menos tristeza y lo de siempre.

—¿Qué hacemos, hermano?

—¿Cuánto odiáis al Asirio? —digo—. ¿Cuánto odiáis sus putas maneras de moro y su mierda de tienda apestosa?

Ellos asienten con la cabeza, a todos nos han pillado allí, todos hemos notado su manaza de campesino en las orejas, las llamadas a la policía.

—Ha llegado la hora de darle una lección, ¿estamos? Se va a enterar.

Ahora me miran con otra cosa en los ojos, el Fifa ha quedado olvidado, el frío también. Esto es otra cosa.

—¿Habéis visto su nuevo Audi? —digo—. Bueno, nuevo, *wallah*, tiene como cien años, pero para él es nuevo. ¿Lo habéis visto conduciéndolo? Orgulloso como un ricacho, como si se creyera alguien, el puto maricón.

—*Aaight* —dice Mehdi—. Vaya que si le toca, lo juro.

Así que nos reunimos, metemos manguera y palanca bajo los abrigos, las cabezas en las capuchas, sentimos la sangre correr fresca y enérgica por nuestros cuerpos por primera vez desde el Camp Nou. Damos un par de vueltas por el aparcamiento hasta que encontramos el Audi. Un familiar, debe de tener por lo menos diez años, verde, sucio y tocapelotas. Primero pasamos por su lado, como si nos diera igual. Un par de vueltas más, nos aseguramos de que el aparcamiento esté vacío. No hablamos, no graznamos, solo nos deslizamos por el asfalto, Shaolin, como Wu-Tang, como auténticos gánsteres. Después, en las sombras:

—¿Cuánto tardas, Zorro?

Se encoge de hombros.

—Diez segundos para la tapa, un par de minutos para las puertas. No más.

—¿Y luego?

—Bah, fácil, solo unos minutos. Relájate, *bre*. Lo tengo controlado.

Así que nos miramos, imposible no sonreír, imposible no mostrar cuánto tiempo llevamos esperando esto, la primavera, la vida de gánster. Así que nos deslizamos en el resplandor amarillo del aparcamiento, planeamos silenciosos en dirección al Audi, no vemos nada que no sea esto, venganza y caos.

Y Zorro es un genio, hace palanca y doblega y la tapa del depósito de combustible salta con un chasquido, y luego vertemos gasolina en una botella de Cola y después otra. Con medio litro basta. Después nos miramos y asentimos y Zorro blande la pata de cabra contra la luna. Una vez. *Boom*. Nada. Sus ojos se entrecierran, pero Mehdi le quita el hierro sin decir palabra.

Y carga sus cien kilos de peso en una batida de béisbol que será legendaria y que vivirá con nosotros todo el verano, y revienta el cristal a la primera y la ventanilla estalla en mil pedazos que cubren el asfalto, pero antes siquiera de que hayan aterrizado Zorro ya está dentro del coche con las dos botellas y las vacía en el asiento de atrás, abre las puertas del todo para generar corriente. Después sale y nos mira. Me ofrece la cajita de cerillas.

—Ha sido idea tuya, hermano. Lo más justo es que tú le prendas fuego.

Cojo las cerillas, lo miro a los ojos, miro a Mehdi a los ojos, a Jorge a los ojos. Todos asienten en silencio, caras enrojecidas, enardecidos. Y lo hago. Enciendo tres cerillas de una sola vez y las sostengo un segundo. Después las suelto dentro del coche, observo los vapores prendiéndose en llamaradas azules y rojas sobre el asiento, y todos nos damos la vuelta, y volamos a través del aparcamiento mientras las llamas van creciendo a nuestras espaldas. Ya estamos en la plaza cuando el depósito de combustible explota.

6

Manhattan, Nueva York
Sábado, 15 de agosto de 2015

Te veo cansada —dice Brett cuando Yasmine se hunde en el blando asiento de piel clara del acompañante.

Él se acababa de despertar cuando Yasmine lo ha llamado, hará cosa de media hora, pero cuesta creerlo viéndolo allí sentado con su traje a medida, con la camisa blanca desabrochada en el cuello, sus zapatos brillantes italianos, su pelo castaño ondulado que parece estar esculpido sobre el cráneo.

Yasmine baja la visera y echa un vistazo rápido al espejito del reverso. Su sien izquierda se ha inflamado y ha adoptado un color lila rojizo. Se acaricia la hinchazón con los dedos y la nota latir suavemente.

—He tenido unos días muy largos —dice.

Cierra la visera de piel con un golpecito y entorna los ojos mientras se reclina en el asiento.

Antes de conocer a Brett en la inauguración de un amigo de David en Williamsburg hacía un año, Yasmine nunca se había topado con nadie como él. Los había visto en fotos, por supuesto, en Suecia, inclinados sobre mesas llenas de marisco y vino rosado bajo el sol de las terrazas de Estocolmo, cuando ella pasaba por la plaza Stureplan con su pandilla de adolescentes de camino al McDonald's. Pero con sus elegantes trajes y pisos del siglo pasado, ellos pertenecían a una raza que vivía la vida totalmente aislada al otro lado de las aduanas; los precios de sus viviendas y de sus estudios eran como un muro de separación que los protegía del caos que reinaba en el día a día de Yasmine.

Brett es todo eso y más. Es el sueño americano, más que el sueño americano. Es Harvard y pies descalzos en mocasines, casa en The Hamptons. Es ochenta horas a la semana en el despacho y Navidades en el Caribe. Al mismo tiempo hay una disonancia en él, algo rebelde e irónico que abre una brecha en la pulcra superficie. Puede ser algo que se le escape tras una broma inesperada o una cara de resignación en una reunión con un cliente terco.

Ahora da marcha atrás lo mejor que puede con el SUV entre los surtidores de la gasolinera y echa una mirada fugaz de reojo a Yasmine.

—Parece algo más que unos días largos —dice.

Yasmine hace como que no lo oye y sigue cerrando los ojos. Brett es agente de publicidad. Se dedica a buscar lo que él llama «talentos», es decir, gente joven creativa con algún tipo de talento especial, que luego vende a distintas agencias de publicidad y otros clientes que necesitan cierta competencia para algún proyecto en concreto. Antes de conocer a Brett, Yasmine no tenía ni idea de que existía ese trabajo. No sabía nada del mundo de la publicidad y al principio se lo había pasado bien viendo cómo Brett, tras dos copas de chardonnay en aquella pequeña galería de Roebling Street la primavera pasada, se había puesto a presumir de su trabajo y sus contactos. Había dado por hecho que estaba intentando ligar con ella y Yasmine había tenido que esforzarse lo suyo para que su torpe performance no fuera detectada por el radar de David, quien ya había comenzado a mirarlos con oscura intensidad desde la otra punta del suelo de hormigón sin tratar de la galería.

Cuando al cabo de un par de días Brett la llamó y le ofreció juntarla con lo que él llamaba «la unidad de inteligencia urbana» de una empresa líder mundial de bebidas energéticas, ella no pudo evitar sorprenderse. Aún mayor fue su asombro al saber que querían verla aquella misma semana en algo que llamaban su «casa club», en una parte del Bronx que parecía oscilar en una estrechísima frontera de aburguesamiento. Ni enotecas ni tiendas ecológicas todavía, pero le había parecido ver algunos indicios primerizos: el logo de Stumptown Coffee en el escaparate de una cafetería y hombres barbudos con ropa de trabajo inspirada en los años treinta al otro lado del polvoriento escaparate. Le había preguntado a Brett si la acompañaría a la reunión, pero a él le había asomado un atisbo de incomodidad por la mirada y se había mesado el pelo con su mano de manicura perfecta.

—Está en el Bronx —fue su única y, por lo visto, más que aclaratoria explicación, para luego ofrecerse a acercarla al metro más próximo.

La «casa club» se encontraba metida en un viejo local comercial de grandes ventanales que daban a la acera sucia, compartía pared con un auténtico bar que, irónicamente en muchos sentidos, se llamaba Energy. La unidad de inteligencia urbana estaba formada por cinco chavales de veinte años que entre todos parecían cubrir la mayoría de grupos étnicos y subculturas.

Después de haber dado la murga con Banksy y Shepard Fairey y su «capital urbano», Yasmine pudo presentar brevemente a un par de artistas actuales que a ella le parecían interesantes. No había hablado ni diez minutos y ya le habían dado el trabajo. La semana siguiente se subió por primera vez a un avión rumbo a Tokio. Con el hotel pagado y con un cargamento de cámaras digitales de última generación cuyo funcionamiento desconocía por completo, solo tenía una misión: encontrar al «próximo Banksy».

Así que se había movido como una sombra por calles que desconocía, en un país que se le antojaba otro planeta, con otra lengua y otro alfabeto. Todo lo que tenía eran las cámaras y un par de números de teléfono de algunos publicistas que por lo visto eran colegas de la gente de las bebidas energéticas. Los publicistas japoneses habían sido afables y la habían llevado a bares y fiestas, le habían enseñado los mejores *noodles* y centros comerciales, que eran como mundos autónomos y autofluorescentes. Pero todo apuntaba a que los agentes tenían tan poca idea como ella. Le mostraron grafitis y murales manga en barrios que se llamaban Shimokitazawa y Koenji y que parecían versiones titilantes y hacinadas de Hornstull o Williamsburg. Y ella iba sacando fotos concienzudamente, pero todo era plano y vacío, arte global plano y producido en masa para directores de arte con barba prominente, nada que no se pudiera encontrar en cualquier otro sitio, en cualquier ciudad. Nada por lo que mereciera la pena un viaje a la otra parte del mundo para descubrirlo.

Había tirado la toalla, había decidido pasar de la misión; en cualquier caso había conseguido un viaje a Tokio, había podido alejarse un rato, y con eso bastaba.

Pero la última noche, en una fiesta, en lo que parecía ser una residencia de estudiantes, acabó sentada junto a una chica que se llamaba Misaki y que no parecía tener ni veinte años. En verdad Yasmine ya iba de camino al aeropuerto, pero aún le sobraban algunas horas y los publicistas, en su intento por mostrárselo todo, le habían insistido.

Misaki era taciturna y seria y había algo en ello que había captado la atención de Yasmine. Era agradable poder estar en silencio la una al lado de la otra, esconderse del resto de la noche. Pero, al cabo de un rato, Misaki se había vuelto hacia Yasmine y, con un inglés entrecortado y de disculpa, le había dicho que había oído que Yasmine era una comisaria y le había preguntado si le podía enseñar su arte arquitectónico. Yasmine había soltado una risotada, apenas sabía qué significaba comisaria, pero había aceptado alegremente que Misaki le mostrara sus obras. Y como por arte de magia ella había sacado un ordenador de ninguna parte y pronto estuvieron las dos pegaditas una junto a la otra en un sofá marrón en lo que parecía un balcón acristalado que daba a un callejón oscuro y lúgubre.

En el ordenador Misaki le había mostrado esbozos de arquitectura hechos a mano y escaneados de bloques idénticos que habían sido ensamblados para crear figuras robóticas angulosas, figuras que parecían estar haciendo diferentes ejercicios. Algunos se agachaban con los brazos estirados, como en una suerte de gimnasia o yoga básicos, otros permanecían de rodillas con los brazos al aire como rezando. Y otros estaban a la pata coja. En total, una decena de figuras.

En aquel momento Yasmine no supo qué decir, parecían tremendamente bien hechos, pensados y diseñados. Pero, al mismo tiempo, eran simples, como el dibujo que podría haber realizado una niña ligeramente autista y llena de talento. Había sonreído, con suerte mostrando alegría, y había asentido con la cabeza. Misaki había señalado las figuras y se había inclinado hacia ella.

—Arquitecto —había dicho—. Se sostienen. Contenedores.

Y con el inglés entrecortado de Misaki fue surgiendo poco a poco la imagen de lo que había creado: esbozos y cálculos de resistencia de cómo las figuras podrían ensamblarse a base de contenedores de mercancías. Esculturas monumentales, decenas de metros de altura. Era la primera vez en todo el viaje que Yasmine sentía haber dado con algo realmente interesante, y, antes de marcharse corriendo al aeropuerto, le había pedido a Misaki que le enviara los bocetos por correo electrónico.

En casa, en Nueva York, a los de las bebidas energéticas les habían encantado los esbozos de Misaki.

—¡Es exactamente lo que estamos buscando! —había exclamado un chico barbudo cuyo nombre a lo mejor era Rainbow y le había dado un abrazo a Yasmine—. ¡Qué cosa más *fresh!*

Brett la había llamado comisaria rebelde, incluso había mandado hacer unas tarjetas que luego Yasmine, incómoda y consecuente con la excesiva oquedad del título, se había negado a repartir. Y después de Tokio Yasmine pasó a formar parte del establo de Brett de jóvenes con sensibilidad para la moda que habían llegado a Nueva York de todas las partes del mundo por miles de motivos distintos. Brett la emparejó con otras empresas, con otros chavales con ropa de camuflaje que querían algo *fresh,* u hombres trajeados de Midtown que deseaban entender «la calle». Y gracias a Brett la habían enviado una y otra vez al extranjero. A Liubliana, a Detroit y de vuelta a Tokio. Siempre compañías distintas, siempre las mismas misiones difusas.

A veces daba con algo verdaderamente interesante, como Misaki, y a veces con nada en absoluto. Pero en los últimos seis meses se había percatado de que, de algún modo, sabía cómo se hacía, que tenía algún tipo de olfato para encontrar proyectos nuevos e inesperados. Y los encargos habían seguido entrando, y el dinero había continuado sonando, solo para ser rápidamente derrochado por David. Pero los trabajos le brindaban la posibilidad de quedarse en Nueva York, en el exilio, y luego desaparecer cuando la fiesta de David iba escalando. Le ofrecían la posibilidad tanto del exilio como de la huida del exilio.

Y ahora, en el grotesco coche de Brett, cruza los dedos para que su renombre sea suficiente, que sea lo bastante grande como para darle una posibilidad más. La de huir de sí misma otra vez. O quizá huir de la persona en la que se ha convertido, de vuelta a la que era.

Cuando abre los ojos ve que Brett está mirando de reojo la hinchazón que tiene en la sien.

—No es nada —dice ella anticipándose—. No quiero hablar de ello.

Se frota la mano en el tejano, saca el teléfono, va pasando mensajes inexistentes, solo para no tener que hablar, no tener que contar y dar explicaciones. Por el rabillo del ojo ve que Brett asiente en silencio, quizá aliviado por no tener que preguntarle más sobre el ojo, y ahora ya no quita la vista del creciente tráfico de Lafayette.

—¿Tienes el *pitch* preparado? —dice al final—. No te ofendas, pero pareces un poco jodida.

—¿*Pitch*? —contesta ella—. Si ni siquiera sé con quién hemos quedado.

—¿No eras tú la que quería un viaje pagado a casa? —replica él y arquea una ceja—. Hemos quedado con Shrewd & Daughter, una de las agencias de publicidad más prestigiosas del mundo. Quiero decir, todo esto es idea tuya, ¿no es cierto? Fuiste tú la que me llamaste para pedirme que buscara un cliente para un proyecto que tienes. ¿Qué te crees? ¿Que las agencias se mueren de ganas por echarte dinero encima solo porque encontraste a una artista de contenedores japonesa hace medio año?

Suelta el volante y levanta los brazos, de pronto parece molesto.

—No estás sola en este mundillo y, seamos claros, tu reputación tampoco es tan sólida. Vale, todo el mundo ha oído hablar de la chica de los contenedores, lo cual hace que también se mencione tu nombre, lo cual hace que, como mínimo, se dignen a recibirte. Pero, cuando estés allí, será mejor que tengas algo. Por favor, dime que te has preparado algo. Que no solo estoy malgastando mi sábado por la mañana.

Yasmine nota cómo aumenta la presión por dentro, el escozor en el ojo dañado, las palpitaciones en el pie. De alguna manera, eso es lo que se había esperado. Que bastaría con decir que tenía algo en marcha en Estocolmo, que tenía algunas fotos de algo interesante y que Brett conseguiría encontrar a alguien que le pagara el viaje. No había pensado que tuviera que enseñar nada, sino que se había limitado a adjuntar las imágenes del mail de su madre. En lo único en lo que piensa es en Fadi. En lo único en lo que piensa es en que estaba muerto y en que a lo mejor ya no lo está. Lo único que tiene en mente es intentar arreglar las cosas.

Ahora siente de pronto cómo una especie de desesperación se apodera de ella y tiene que reprimir el impulso de abrir la puerta del coche y lanzarse a la calle Lafayette, reprimir el impulso de correr como no ha corrido nunca, lo más lejos que pueda, hasta que ya nada pueda dar con ella. Porque sabe que no sirve de ayuda, que ya nada sirve de ayuda, que aquello de lo que huyes siempre se ve aplastado por el peso de aquello de lo que nunca puedes huir.

Así que vuelve a cerrar los ojos, respira con cuidado, vuelve la cara hacia las fachadas del Soho y se seca con el mayor disimulo que puede algo que podría ser una lágrima bajo el ojo.

—Viste las imágenes que te pasé, ¿no? —dice, y hace todo lo que puede para que el tono suene neutral, obvio—. Ahí hay algo. ¿Por qué haces esto si tú mismo no crees en ello?

Brett se hunde un poco más en el asiento y suspira.

—Yo también me lo pregunto.

7

Bergort
Invierno de 2011

Al final me despierto, así que debo de haber dormido. Ahora la habitación es más gris, más blanca, menos oscura y amarilla por la farola de fuera, así que imagino que se ha hecho de día. La sábana está hecha un revoltijo, el edredón casi se ha salido de la funda y por un momento pienso que el día de ayer aún no ha tenido lugar, que no es más que un plan, sin realizar y lejano. Pero cuando levanto mi delgado colchón me encuentro la cajita fuerte con el dinero del estudio debajo de la cama, en el hueco entre el somier y el suelo. Al otro lado de la habitación veo la puerta del armario aún entreabierta después de que tú recogieras tus bocetos. Todo ha ocurrido. Todo.

Alargo la mano y cojo el teléfono, intento llamarte, pero no me llega el saldo. Te mando un SMS: «¿Dónde estás?», y aprieto «Enviar», pero no sale. No queda saldo ni para eso. Dejo caer el móvil al suelo y me reclino contra la pared, siento el arrepentimiento y la angustia tirando de mí y desgarrándome. Me golpeo la frente con los nudillos, primero un tanto descorazonado, mera apariencia, pero luego más y más fuerte hasta que temo abrirme las cejas, así que paro, me desplomo como una pelota en la cama, susurro:

—No, no, no.

Salgo al piso a hurtadillas pasadas las diez. Reina el silencio y está vacío, están trabajando, en alguno de sus trabajos, para ganar algo de ese dinero que nunca sabemos adónde va, que se envía a casa, a la familia, que se amontona, que siempre se usa para el pasado o se guarda para el futuro y que nunca se utiliza aquí ni ahora. Abro el viejo portátil y lo vuelvo a intentar:

¿Dónde estás? Lo arreglaré.

Veo que los hermanos están online y les mando rápidamente un mensaje, sin explicaciones.

Camp Nou. Ahora. Tenemos que hablar.

Diez minutos más tarde estoy respirando escarcha y hielo en el córner del campo de césped artificial. Debe de haber nevado otra vez durante la noche porque hay una capa de nieve homogénea y esponjosa en cada rombo de la malla metálica que rodea el campo. Un campo de nieve, rodeado por una red de nieve. Taconeo en el suelo y el ruido es apagado y crepitante en el silencio. Tardan media hora en presentarse, mejillas rojas, riendo.

—*Shoo*, Fadi, ¿qué *paisha*, hermano?

—Joder, *len*, no tendrías que haber hecho campana. ¡El plan, hermano, el plan!

Palmadas en la espalda, están satisfechos y despreocupados. Echo una mirada por encima del hombro. Doy saltitos y golpeo el suelo, doy vueltas, paranoico.

—Escuchad —digo—. Se ha jodido, ¿vale? *Wallah*, se ha jodido en serio.

Me enciendo un cigarrillo arrugado y les cuento lo del código, que era el código de Yazz el que usamos para cometer el robo.

Pero los hermanos se limitan a encogerse de hombros, a reír, a mirarse entre sí como si yo estuviera *hullu*.

—¿O sea que paga ella? —dice Bounty—. ¿Cuál es el problema, hermano? Si ella se quiere largar de todos modos, *yao*. Pues déjala que se lo lleve consigo, ¿no?

Los demás asienten con la cabeza, no pillan nada. Yo fumo y fumo y soplo nubecillas dentadas de color gris azulado, que ascienden por el hormigón dentado y azulado en dirección al cielo también dentado y azulado.

—Joder —digo—. No va con ella, ¿no es así?

Miro a Jorge, le busco la mirada, los demás me la sudan, Bounty me la suda porque es un retrasado mental. Zorro me la suda porque él ya es un criminal, siempre lo ha sido, estas cosas no le importan, ya se ha dado la vuelta y está con el móvil. Mehdi me la suda porque es un gordo. Solo miro a Jorge, porque él siempre es el último en apuntarse a nuestra mierda, siempre escéptico, siempre medio paso por detrás, una neurona por delante. Pero solo se encoge de hombros.

—¿Qué quieres que te diga, hermano? Lo hecho, hecho está. Y se lo come tu hermana, ¿no? Todo *tranqui, yao*. A pasar desapercibido.

El cigarro se ha acabado, pero le doy una calada más hasta que se quema el filtro antes de tirarlo a la nieve. Vuelvo a mirar a Jorge, pero ya se está riendo por algo que ha dicho Mehdi.

—Vale, pues a la mierda —digo.

De todos modos, me importa un comino. Su análisis de riesgo tan mediocre. Igualmente, ese no es el tema. Me la suda si la cosa se sostiene. Lo único que me importa es que hayas partido para siempre. Que hayas estado volando tanto tiempo sobre mi cabeza, pero que ahora hayas salido de la atmósfera.

Que tu sombra vaya a caer en otra parte. Pero eso no es algo que se comparta con los hermanos. Eso no se comparte con nadie.

Se pone a nevar cuando me marcho del Camp Nou para volver a casa, cruzo el parque que está desierto y vacío sin columpios, sin niños, los bancos ocultos bajo pilas de nieve. Aún oigo las voces de los hermanos, amortiguadas por la nieve, mientras se alejan en la otra dirección, por los bloques de tres plantas y la arboleda para luego bajar a la escuela. Hoy no soy capaz de pasar la tarde allí. Hoy no soy capaz de pasar el tiempo sentado. Está todo vacío entre los edificios, ni siquiera los borrachos permanecen en los bancos delante de Systembolaget, y los carteles de ofertas —siempre la misma puta pechuga de pollo a 79 coronas el kilo— oscilan y chirrían con el viento. Es como si estuviera aquí solo, como si todos los demás se hubieran ido, como si hubiese tenido lugar una evacuación de la que nunca me informaron.

Cojo el atajo que va junto a las vías porque el día de ayer me empuja lejos de la Plaza Pirata, me hace imposible acortar por allí. Me repele. Repele, interpele, pele. Al final estuvimos bien, Yazz. Nos aprendimos las palabras. Pero éramos nosotros los que estábamos equivocados. No bastaba con imitar. Hacía falta algo más. A los que son como nosotros siempre se les exige algo más.

Cuando al final los tengo delante sé que se ha acabado, que todo ha terminado.

Sucede todo tan deprisa. Ahora estoy tirado boca arriba en la nieve, sabor a metal en la boca, el cogote me late y zumba por la caída, la nieve se me cuela por el cuello de la chaqueta, noto los copos en la cara. Ni siquiera sé quiénes son hasta que se inclinan sobre mí.

—Ahí estás, *sharmuta* —dice alguien, quizá el Ruso—. Ahí estás, puta.

Me levantan de un tirón y la cabeza me pesa tanto después de la caída que me da la sensación de que se me va a soltar de los hombros. Veo a Mladic, al Ruso y a Blackeye. Alguien me agarra por detrás, pero no sé quién.

—¿Es él? —dice Mladic y se vuelve hacia Blackeye.

Blackeye solo asiente en silencio y aparta la mirada. El Ruso me golpea en el estómago con el puño cerrado, y, aunque el abrigo lo amortigüe un poco, se me corta la respiración. Intento coger aire, es como si fuera a morir. ¿Voy a morir ahora?

Noto las lágrimas rodando por mis mejillas, noto al hombre que tengo detrás soltarme y caigo de bruces en la nieve; esta me llena la boca, la nariz. Me dan una patada en la barriga y yo me echo a un lado para protegerme, pero allí también hay alguien que me patea una y otra vez. Pero no me alcanzan, la nieve es demasiado profunda y se cansan y alguien me vuelve a poner en pie. Mladic se me pega a la cara con sus cicatrices de varicela y su cabeza afeitada, sus ojos enloquecidos. Me escupe en mitad de la cara, noto la saliva rezumar por mi tabique y gotear sobre mi barbilla.

—¿Cómo se puede llegar a ser tan tonto, eh, moñas? —dice—. ¿Qué *sharmuta* es tan imbécil de robarle el código de alarma a su hermana? ¿Y robar en Pirate Tapes?

Da un paso atrás y me lanza un puñetazo en la sien y mi cabeza relampaguea y se sacude y lo único que quiero es volver a caer en la nieve, pero el que me tiene cogido no me deja. Me quejo, no quiero quejarme, no quiero pedir piedad. Pero eso es lo que hago, mientras noto el pis correrme pierna abajo, el terror creciendo en mi interior.

—Por favor —digo—. Por favor, por favor.

—¿Por favor? —se ríe el Ruso en algún sitio a mi lado—. Compórtate, maricona.

Y luego me dan un empujón por la espalda y yo vuelvo a caer en la nieve. Después me cogen de las piernas y me arrastran boca abajo hasta el camino peatonal en el que han echado arena, me siguen arrastrando hasta las vías y mi mejilla rebota y sangra en la gravilla, en la nieve apelmazada.

—¡No, no, no! —grito.

Tiran de mí y me levantan para hacerme pasar por la brecha oxidada que se abre en la valla y que da a las vías del metro, tiran y me llevan en volandas hasta los raíles, hasta la mismísima vía. Noto la mejilla fría y lisa sobre el riel.

—¿Qué hacéis? Por favor, lo tengo todo. Os lo daré todo…

Me patean en el estómago y mi cabeza choca contra la vía. El Ruso se inclina sobre mí, su aliento está lleno de tabaco y acetona.

—Vas a morir aquí, maricona —me espeta al oído—. Vas a morir aquí y ahora.

Y yo lloro y grito como un maldito cerdo. Noto todo mi cuerpo tiritar y desmoronarse y dejar de responder.

—Tus amigos maricones iban contigo, ¿no? —dice Mladic, su voz pegada a mi oreja, razonable, casi comprensiva.

Asiento con la cabeza y tiemblo.

—¡Sí! —digo—. Bounty, Zorro, Mehdi, Jorge.

Se miran entre sí y sonríen burlones.

—No solo eres un mariconcete, sino que además eres un puto chivato. Joder, qué asco das, *sharmuta*.

Me escupen, todos, uno detrás de otro.

—Todas las cosas en el estudio esta tarde, maricón —dice el Ruso.

Oigo el tren chirriando y traqueteando dentro del túnel de la estación. Noto su fuerza propagándose en las vibraciones del raíl.

—Por supuesto —susurro—. Ha sido un error. Perdonadme, perdonadme, perdonadme.

Se levantan y se sacuden la nieve. Se marchan sin decir nada.

En la vía noto que aumentan las vibraciones, oigo el ruido de la aceleración del tren. Noto la orina húmeda y fría en los pantalones. Noto que aquí se acaba todo. Que realmente se ha acabado todo. Que debería mantener la cabeza donde está. Que debería dejarlo terminar ahora. Qué alivio sería, qué liberación.

Pero no puedo ni con eso.

Ni para eso tengo el valor suficiente.

8

Manhattan, Nueva York
Sábado, 15 de agosto de 2015

Las puertas del ascensor se abren directamente en un escenario de oficina que es inesperadamente oscuro y sosegado, a pesar de que la intensa luz del sol debería entrar a raudales por las ventanas que dan al Madison Square Park. Pero es como si la moqueta granate absorbiera la poca luz que las paredes de color verde profundo dejan escapar.

La sala está amueblada con una decena de mesas idénticas de madera de cerezo gastada puestas en fila. Sillas de oficina negras a juego con las lámparas de metal, la mayoría encendidas para compensar la lobreguez del resto del mobiliario. Si no fuera por las personas jóvenes en tejanos, lino y cachemira de color mostaza parecería una oficina pública inglesa al estilo de los años treinta, pero las personas, y su manera de inclinarse sobre pantallitas encendidas, combinado con la ausencia de polvo y de pilas de papel, denotan que no hay nada casual ni descuidado en la decoración. Al contrario, el conjunto infunde una sensación de cálculo y mesura, una sensación de encargo minimalista que un interiorista excéntrico con anglofilia galopante hubiera recibido.

Yasmine mira de reojo a Brett, pero la mirada de este ya está puesta en el fondo de la sala, oteadora y profesional. Si hay alguien que sabe poner cara de póquer es él.

—¡Brett! —dice una voz grave desde el fondo de la sala, junto a una de las grandes ventanas.

Estira el cuello para ver por encima de las mesas. Alza una mano cautelosa a modo de saludo.

—¡Ahí estás! —dice la mujer, que ahora se mueve en dirección a ellos entre las filas de escritorios—. Y tú debes de ser Yasmine. Yo soy Geneviève.

Ya los ha alcanzado y alarga una mano. Yasmine piensa que, al igual que nunca había conocido a nadie como Brett antes de aquella inauguración, aún menos había conocido jamás a alguien como la tal Geneviève. Es bajita y delgada, y tiene una melena gruesa de color acero ondulada, quizá por permanente, y que brota de su frente nívea y transparente, se eleva por su delicada coronilla y le baja por detrás de las orejas, en las cuales se balancean lo que podrían ser dos zafiros ribeteados en oro. Los rasgos de su cara son tan marcados que la escasa luz que consigue penetrar en la sala parece reflejarse en ángulos inesperados en sus mejillas y en su nariz recta. Va vestida con un caftán que le llega por los tobillos, de color verde musgo con enmarañados bordados en oro que recuerdan a plantas e insectos en las mangas y el pecho. Alrededor del cuello lleva un chal de seda rojo escarlata atado de cualquier manera. ¿Cuántos años tiene? ¿Sesenta? ¿Setenta? Es imposible decirlo. Parece tener un pasado singularmente rico, pero sin ser ni de lejos tan interesante como su porvenir. Resulta impensable sopesar siquiera la posibilidad de llamarla «Jennie».

—Eso no tiene buena pinta —dice, señalando con un gesto delicado el ojo de Yasmine—. Pero no es algo que no podamos resolver.

Se vuelve hacia la sala.

—¿Hermione? —dice en un inglés transatlántico que transporta el pensamiento a una copa de champán o a una excursión dominical en Jaguar en alguna de esas miniseries inglesas que la televisión pública pasaba cuando Yasmine era pequeña. Una mujer joven y rubia en camisa, rebeca gris y grandes gafas de carey levanta la vista de su pantallita.

«Hermione —piensa Yasmine—. Por si fuera poco con Geneviève, aquí incluso hay gente que se llama Hermione».

—¿Serías tan amable de llamar a Gretchen? Pídele que venga y dile de mi parte que corre prisa.

La mujer asiente y se estira para descolgar el teléfono.

—De verdad que no es nada… —empieza Yasmine.

Geneviève la hace callar con la mano, como si lo que estuviera diciendo quedara tan fuera de lugar que no mereciera la pena siquiera considerarlo, y luego la coge con cuidado por el codo para llevarla hasta un cubo grande y oscuro que ocupa el rincón derecho de la sala. La seguridad con que lo hace debería irritar a Yasmine, pero en este momento, justo aquí, en esta oficina tan rara, después de esta horrenda noche, lo único que quiere es que Geneviève no la suelte nunca.

Pero al final lo hace cuando llegan al cubo y abre una puerta oculta en el lateral por lo demás completamente simétrico.

—A la oficina le faltaban salas de reuniones —dice Geneviève y se encoge de hombros—. Así que nos construimos una aquí en el rincón.

El interior del cubo está recubierto de cajas de huevos lilas y aterciopeladas, algo que hace tener un *déjà vu* a Yasmine de la cueva que Affe y Redrun tenían por estudio de grabación en la Plaza Pirata, donde ella se pasaba las horas cuando tenía quince años. Casi puede notar el olor a cerveza y a hierba. Pero es una ilusión, porque en esta sala huele a vainilla cara de una vela aromática que arde en un pequeño pedestal que hay en una esquina. Y, si es una cueva, es infinitamente más exclusiva que la de su adolescencia. El mobiliario está compuesto por una mesa de la misma madera de cerezo gastada que las mesas de la sala abierta y ocho sillas de oficina restauradas de piel negra. Geneviève le hace un gesto a Yasmine para que tome asiento mientras ella misma se queda de pie y deja un libro electrónico sobre la mesa.

—Bienvenida a Shrewd & Daughter, Yasmine —dice.

La salita hace que su voz suene amortiguada y clara, como si todo excepto el núcleo mismo de las palabras hubiese sido limado. Yasmine sigue a Brett hasta uno de los lados largos de la mesa. Una chica de su misma edad, blanca y elegante, pero informal, con su coleta y pendientes de plata titilantes, les sonríe y se sienta al lado de Geneviève.

—Nos alegramos de que hayas podido venir —continúa Geneviève—. Ella es Mary, mi asistente.

Mary saluda a Yasmine con la mano y le guiña un ojo.

—Hemos oído hablar tan bien de ti —dice, y vuelve a sonreír.

Un hombre de unos treinta y cinco años vestido con pantalones de pitillo y un blazer azul marino, con gafas de pasta y pelo castaño revuelto entra en la salita y cierra la puerta tras de sí.

—Y aquí tenemos a Mark —dice Geneviève—. Uno de nuestros analistas de tendencias.

Se dirige a Brett y le dedica una cálida sonrisa, hace un giro de muñeca.

—Será mejor que empecemos —dice—. Los sábados siempre intentamos estar en casa para la hora de comer. Brett nos cuenta que tienes algo interesante para nosotros. Parto de la base de que nos conoces.

Yasmine asiente con la cabeza mientras Mark toma asiento y se quita las gafas; las limpia con el reverso de la corbata verde a rayas. Parece simpático.

Claro que conoce a Shrewd & Daughter. Es uno de los nombres que no ha parado de oír desde que empezó en este mundillo: una agencia de publicidad legendaria con un olfato casi sobrenatural para encontrar las últimas modas y luego usarlas en anuncios para sus clientes justo antes de que dicha moda arrase a gran escala, mientras aún se perciben como nuevas. Encuentran subculturas y las usan como vías de acceso a las grandes masas y trabajan con todo, desde campañas para grandes marcas de zapatos hasta representar a artistas internacionales. Siempre con la oreja pegada a la calle. Siempre campañas dirigidas a adolescentes. Yasmine desearía que justo este *pitch* fuera para otros, alguien que no molara tanto. Alguien que no fuera tan difícil de engañar.

—Es un verano de revoluciones, esas cosas siempre son difíciles de prever —continúa Geneviève—. Las manifestaciones contra los acuerdos comerciales y las guerras y todo eso. Tanto aquí como en Europa. Estamos muy interesados en esto. Siempre es importante para nuestros clientes comprender lo que está pasando en la calle, y es importante que entendamos de dónde salen las tendencias. No quiero parecer cínica, pero las revoluciones van a ser muy comerciables este otoño, si sabemos cómo usarlas.

Hay algo en la iluminación de la salita de reuniones que ha cambiado. Si hace un momento era cálida y profunda, ahora es más recta y fría. Yasmine pasea la mirada, pero no logra encontrar la fuente, no hay ninguna lámpara a la vista.

—Luces LED —dice Geneviève como si le leyera el pensamiento a Yasmine—. Debajo de esos azulejos de la pared.

Señala los cartones de huevo aterciopelados que cubren las paredes y el techo.

—Estuvimos trabajando con un psicólogo de la NYU que sacó un perfil de iluminación que pretende maximizar la concentración en nuestras reuniones. Quién sabe si funciona.

Yasmine traga saliva. El ojo le late, el pie también. Ve cómo se inclinan hacia ella, cómo se esfuerzan en escuchar, en oír lo que trae para ellos, qué caminos a la cultura de la calle les va a abrir. Ve las luminiscencias verdes de sus caftanes, sus cachemiras y gafas de pasta, sus pendientes de plata. Piensa en las fotos y en Bergort. De repente siente asco por ellos y por sus ojos explotadores, su búsqueda de algo auténtico, algo que puedan sangrarle a alguien para reducirlo a nada más que mera fachada. Asco por estar participando en ello, por dejar aquello de lo que huyó. Por dejar su sangre y su origen. Y más que eso. Aquello que debía proteger. Que dejara aquello por esto. Por maltrato y salitas de reuniones sin ventanas con personas a las que nunca vio durante su infancia.

Lentamente abre la pantalla del ordenador, la gira para que todos puedan verla, pero Mary no tarda en aparecer con un cable que enchufa en el aparato, y, antes de que Yasmine pueda decir nada, su escritorio aparece proyectado en la única pared de la estancia que no parece estar cubierta de cartones de huevos.

Se lía y se despista con las fotos. Va haciendo clic para encontrar lo que les quiere mostrar, no sabe muy bien qué decir. Al final da con la primera de las imágenes que le enviaron hace un par de días. Hace doble clic y oye a los que están al otro lado de la mesa coger aire; por el rabillo del ojo ve que Mary aparta la mirada.

Yasmine mira la imagen proyectada y entiende la reacción que han tenido, al mismo tiempo que, de algún modo, disfruta de ella. Así es como es, les quiere gritar. *¡Wallah*, esta es la puta realidad! ¡Haz una jodida campaña con eso, *bre!* Pero no dice nada, solo deja que la foto pixelada y sombría de un gato negro, colgando inerte de un cable eléctrico, hable por sí sola.

9

Bergort
Primavera de 2014

Hace semanas que ya no vivo aquí. Duermo en mis sábanas viejas y sucias, como lo que puedo encontrar en nuestra nevera casi vacía, solo salgo del piso para comprar tabaco y Red Bull. Pero ya no vivo aquí. Ya no soy Fadi.

Ahora vivo en San Andreas y llevo un jodido Ferrari. Tengo mil armas y robo bancos, mato a polis y a civiles, no respeto nada ni a nadie, secuestro barcos y aviones, cumplo misiones y quemo coche tras coche tras coche. Todo el mundo me toca los huevos, todo el mundo lo paga por mil.

O paso de todo y solo doy vueltas con el coche. Sintonizo West Coast Classics y espero a que suene *Gangsta, Gangsta*. Tiro a algún *shuno* de su chopper de un empujón, le pongo una Glock bajo la barbilla al tío, me parece intuir el pánico en sus ojos alterados antes de volarle los sesos, y quemo neumático al subir por Mt. Vinewood Drive. Me quito la *aina* de encima en las montañas y bajo hasta el mar para la puesta de sol con *Gin and Juice* en los auriculares.

Ya no vivo aquí, vivo allí, en una California ficticia donde el sol no está más bajo cada día que pasa, donde las alternativas no están limitadas, donde la soledad se elige libremente y es fuerte como un titán.

Es lo más cerca que huiré. Lo más cerca que estaré de ser otra persona que no sea yo mismo desde que dejé de esperar tus mails. Desde que dejé de esperar tu regreso. Al final dejé de esperar que me perdonaras, que Mehdi y Zorro y Bounty me perdonaran. Cada uno comete sus errores y vive con ellos. Uno se acostumbra a la soledad.

Pero en San Andreas solamente estoy solo cuando quiero. Tengo a Psych7876 y a Amirat, con los que me codeo en la red y somos hermanos de sangre en robos a bancos y persecuciones en coche, nos cubrimos las espaldas hasta que nos cansamos y nos apuntamos a la cara con metralletas. A veces no tenemos energía para jugar, así que solo robamos un coche y vamos a la cancha de tenis, echamos unos sets mientras el cielo pasa de azul a naranja.

Hoy es una noche de esas y solo estamos Amirat y yo. No hace ni dos semanas que nos juntamos por casualidad en el modo online del GTA V, pero ya nos llamamos hermano el uno al otro, somos de la misma calaña, distintas costas pero del mismo Barrio. Esta noche hemos hecho algunas carreras, ganado unas, perdido otras, y no tenemos ganas de que nos persigan, ahora no. Amirat es malísimo en tenis, y es una gozada pelotear con él, hacerlo correr de aquí para allá como una pequeña *sharmuta* por la línea de fondo hasta sacarlo de quicio. Pero hoy me lo tomo con calma, demasiado cansado para tensión y mierdas. Llevamos un buen rato jugando cuando suena la campanilla de aviso de mail nuevo en el móvil.

—¿Has mirado esto? —dice Amirat por los auriculares.

Siempre esto o aquello, solemos hacer guasa con su pésimo acento barriobajero de Gotemburgo. Abro el correo. Me ha mandado un link a YouTube, azul y largo. Lo abro, miro el vídeo con un ojo mientras respondo con voleas de drive a cada revés que me lanza.

Empieza con la pantalla en negro, con texto árabe que no tengo ánimos de descifrar, algo sobre Alá, algo sobre la yihad. Ya hemos hablado antes del tema. O Amirat ha dado la lata con ello, tiene algunos años menos y va a una escuela musulmana en algún suburbio, si no lo he entendido mal, y dice que su hermano mayor es un barbas, que es un radical.

En el vídeo hay alguien recitando el Corán de fondo, suena a música, como una plegaria de viernes inesperadamente hermosa. Después salta a una colina pedregosa con algunos matojos. En el centro de la imagen hay un grupo de chicos con pasamontañas negros en la cabeza, uniformes del mismo color. Recitan una larga retahíla en árabe difícil de oír y luego cantan *Allahu Akbar* como diez veces.

Cuando terminan, el hombre sentado en el centro empieza a hablar en sueco, en sueco del barrio, mi sueco. Habla de las injusticias y la vergüenza, de que ya es hora de hacer algo, que los musulmanes están sufriendo alrededor del mundo, que tenemos que impedirlo, que no hay elección, que la yihad no es ninguna elección, sino lo único que tenemos que hacer.

No sé decir por qué, pero noto que mi corazón empieza a latir. Me impresionan esos chicos con sus máscaras, con sus uniformes negros y cubiertos de polvo. En realidad no es lo que dicen, no es nada nuevo, son cosas que ya llevas cien años oyendo en la plaza en boca de todos. Lo que pasa es que los del vídeo…, los del vídeo no solo se quejan y dan la paliza. Hablan en sueco como yo, son como yo. Pero están sentados allí, en Siria, con sus armas y sus uniformes negros, justo volviendo de librar una batalla, quizá. Lo veo todo el tiempo por el rabillo del ojo. El Estado Islámico y la guerra, el sufrimiento en Siria, los hermanos y las hermanas que están sufriendo. Lo pensamos todos cuando lo vemos pasar: es un infierno, Al Asad y los judíos y los estadounidenses y los suecos y todo el mundo. Lo único que hacen es mantenernos con la cabeza gacha, humillarnos, meternos en campos de refugiados o en putos guetos, obligarnos a volvernos como ellos, y ni siquiera eso sirve de ayuda. Ni siquiera cuando nos aprendemos todas las palabras y cantamos mejor que nadie, ni siquiera entonces el hormigón nos suelta. El corazón me palpita con fuerza.

—Eh, Amirat —digo—. Lo dejamos por hoy, *yao*. Estoy *canshado*.

Después de colgar, salgo a hurtadillas al salón para coger el portátil y me meto en la cama. Vuelvo a reproducir el vídeo, y no es la primera vez que veo un vídeo como este, pero sí es la primera vez que lo hago en sueco, y hay algo en la voz de ese *shuno*, algo en cómo suena: tan sincera, tan honesta y genuina. Dice que espera poder morir en la arena, que espera que Alá lo lleve consigo. Pero que espera tener la oportunidad primero de servirle debidamente a Alá, de ayudar a todos los musulmanes que pueda, de erigir el Estado, de batalla en batalla. Y hay algo en sus ojos, debajo del pasamontañas. No están ni enfadados ni son acusadores, solo tristes, solo honestos y sinceros. Quieren algo, esos ojos, algo más grande y mejor. De esos ojos mana una fuerza que corta o quema a través de toda esta mierda y este hormigón. Esos ojos me aceleran el corazón y hacen que mi mente salga volando en direcciones que hasta ahora desconocía.

Sigo abriendo enlaces, busco suecos en Siria en YouTube y Facebook y no me entra en la cabeza que no lo haya hecho hasta ahora. Se cuentan historias, las puedes oír en el Barrio: las leyendas, los hermanos que se han largado allí. Nadie sabía nada, hicieron las maletas y se marcharon en mitad de la noche. Solo un mensaje unas cuantas semanas más tarde para la familia, sobre Alá y los sacrificios. Pero de alguna manera siempre ha dado un poco de miedo, y siempre han sido hermanos lejanos, hermanos a los que no conoces, que han ido a la suya y luego, *boom,* ya no están, solo cuentos y fantasmas, historias, no son reales.

Pero ahora paseo la mirada por mi cuarto, el corazón aún a galope, es como si se me hubiera quedado algo en la cabeza, algo que tira de mí y se abre camino en esa soledad que ha estado presente durante meses, años, desde que desapareciste, desde que me chivé de los hermanos y me volví un paria.

Miro tu cama, que sigue en su sitio, a apenas un metro de distancia, aún hecha, como si te estuviera esperando, como si en cualquier momento fueras a volver. Pero ahora lo sé. Sé que nunca volverás. Miro el empapelado gris de las paredes, solo recuadros blancos donde estaban los pósters de Messi, las fotos de equipo del Barça, el logo de Pirate Tapes. Todo eso que ha sido arrancado, todo eso que arranqué y destripé en pedacitos pequeños, de la misma manera que jamás he sabido dejar nada entero.

Solo la tele aquí dentro, solo ella y la Playstation, solo juegos y calcetines, calzoncillos que cubren el suelo. Solo luz gris, un sol que solo baja y baja, solo luz amarilla de la farola de fuera, solo hormigón y grisura, solo nada.

Es como si viera mi propia vida a través de los ojos de aquel yihadista. Lo pobre y vacía que es, la total ausencia de sentido que la llena. Se reduce a estar despierto o dormido. Solo la misma repetición, el mismo vacío.

Todo solo nada, nada, nada.

Y siento cómo ahora me llena, más que nunca. Cómo me lleno de esa nada otra vez, un vacío sin cabida, sin espacio, un vacío que encierra y excluye al mismo tiempo, y cómo me voy hundiendo como una campana de buceo, negra y pesada y totalmente sola. Es como si mi cerebro pudiera abarcar y comprender la magnitud de aquello que nadie puede permitirse entender: que nada importa absolutamente nada.

Me hago un ovillo en la cama y noto que mi pecho sube y baja más deprisa, me relampaguean los ojos, noto que se me acaba el oxígeno, siento que muero, que a lo mejor muero ahora.

Tiene que haber un final para esta presión en mi pecho y mis sienes, para esta eternidad que me llena el cuerpo y que sale a presión con cada una de mis espasmódicas exhalaciones.

Y de pronto veo delante esos ojos del vídeo de YouTube. Veo que no son impasibles, que no están solos ni perdidos, sino que son fuertes y cálidos y están llenos de sentido y rumbo.

Me acurruco como un recién nacido en la cama mientras mi cabeza se llena de imágenes de los hermanos de negro en fila, de rodillas en la arena, sus espaldas arqueadas. Cómo se inclinan todos al mismo tiempo para rezar. Sin que me haya dado cuenta, noto que mis labios han empezado a moverse, primero despacio y titubeantes. Pero luego más y más deprisa y más fuerte cuando cierro los ojos y dejo que las palabras corran por mi interior.

Cuantas más palabras logro sacar, más aire consigo coger. Cuanto más alto murmuro, menor es la presión en el pecho. Me caigo de la cama, me pongo de rodillas, las manos sobre las orejas, mis labios balbucen palabras que no conozco, palabras que no sabía que conocía, que tenía dentro. Más y más alto.

A cada repetición se reduce la presión dentro de la campana. A cada palabra se reduce la presión del mar y cambia de tono, cambia de color, de negro a gris a azul a claridad. Caigo hacia delante sobre el suelo sucio, descanso la frente sobre una toalla vieja, dejo que los brazos se extiendan al frente, como los hermanos en la arena, noto que el vacío empieza a ceder, que una brecha se abre en el vacío, a través de la cual entra luz, o algo que se asemeja a la luz, y me baña como el más pálido de los rayos del sol, la más delicada de todas las piedades. Y oigo mi propia voz en el silencio:

Ashaddu an la ilaha illa-ilah wa ashaddu anna Muhammadan rasulu-Ila.

10

Manhattan, Nueva York
Sábado, 15 de agosto de 2015

El gato muerto cuelga en una de las paredes de la salita de reuniones sin que nadie lo comente mientras Yasmine se concentra para ponerle palabras a aquello que tienen delante. La luz de los cartones de huevos ha cambiado, se ha vuelto más apagada, lila oscuro, para facilitar la proyección de imágenes, supone ella, por lo visto es la respuesta automática de ese avanzado sistema de iluminación de la NYU.

Geneviève acaba apartando la mirada del gato y se vuelve hacia Yasmine. Su mirada es interrogante sus cejas angulosas y marcadas están subidas en la frente brillante, a medio camino del pelo gris acero. Yasmine se aclara la garganta.

—Esto es una imagen que me mandaron hace apenas un par de días —dice—. Como veis, es un gato ahorcado en una farola.

—Sí, hasta ahí es bastante evidente —observa Mark, y se quita las gafas, las limpia de nuevo con el reverso de la corbata verde a rayas, mientras se vuelve hacia Yasmine.

Su mirada también es interrogante, pero quizá carente de curiosidad.

—Horrible, naturalmente, en todos los sentidos. Pero no acabo de entender qué tiene esto que ver con nada. Es sábado y me gustaría mucho...

Gira la mano en el aire, claramente con la intención de comunicar que en realidad preferiría estar haciendo cualquier cosa menos esto.

Yasmine se inclina sobre el ordenador y desliza los dedos por el ratón táctil, centra la imagen en la soga que el gato tiene al cuello, hace zoom sobre un papelito que hay en ella. Hace más zoom hasta que la imagen se vuelve borrosa y pixelada. Pero el dibujo del papelito es sencillo y claro, fácil de discernir.

—Este símbolo está colocado en el collar del gato —dice.

Todos se inclinan para ver mejor, Mark vuelve a ponerse las gafas, entorna los ojos de cara a la pared en la que un puño rojo y estilizado destaca sobre una estrella de cinco puntas de fondo. Cuatro rectángulos idénticos conforman los dedos de la mano, con un pulgar austero cruzado sobre ellos. Es un dibujo simple, como sacado de un póster de propaganda o un videojuego de ocho bits. Casi infantil por su simplicidad, como un emoticono aumentado. Al mismo tiempo, el símbolo transmite una singular fuerza. Una suerte de evidencia que te hace pensar en que ya lo has visto antes, pero sin que lo puedas ubicar, como si formara parte del canon de símbolos revolucionarios, junto con la A anarquista y las plantillas del Che Guevara.

El símbolo del collar del gato es el mismo que el de la plantilla que Fadi estaba pintando con espray en la cuarta foto, la única que Yasmine no piensa compartir con ellos.

Cuando está segura de que ya la han visto bien, quita el zoom y cambia de imagen. En la pared aparece una valla oxidada y alta. Al otro lado de la valla se ven bloques de alquiler de color gris que se alzan hasta salirse de la foto, sucios y deprimentes como un cielo de invierno. Delante de la valla hay un cuadro eléctrico recubierto de pintadas viejas y suciedad. Sobre los garabatos antiguos han plasmado el mismo dibujo del puño en rojo chillón. Mark suelta la mirada de la imagen y se dirige a Yasmine.

—¿Dónde es eso? —dice—. ¿Lo sabes?

Yasmine asiente.

—Sí, es…

No le da tiempo de más porque Brett, cuidadosamente, casi de manera imperceptible, pone una mano sobre la suya y la interrumpe.

—Tenemos motivos para creer que es Suecia. En un suburbio de Estocolmo. Aún no sabemos exactamente dónde. A lo mejor deberías enseñarles también la última foto.

Yasmine mira de reojo a Brett sin tener claro por qué no quiere que ella les cuente que el sitio es un campo de césped artificial en Bergort, el que los adolescentes llaman Camp Nou. Al mismo tiempo se siente de alguna manera agradecida de que se moleste, que la ayude. Yasmine cambia la foto.

La última es otra plantilla pintada con espray en la fachada de un bloque de viviendas. El mismo símbolo que en las dos anteriores. Yasmine sabe perfectamente dónde es. Justo doblando la esquina de la Plaza Pirata, en el lado del quiosco.

—Esto también es Suecia, pero otra ciudad. Un suburbio de Malmö, al sur del país —dice Brett.

Yasmine vuelve la cabeza demasiado rápido. ¿Por qué hace Brett eso? Intenta protestar, pero él le lanza una mirada tajante que parece decir: «Confía en mí», así que se echa atrás.

—¿Y esto es todo lo que tienes? —dice Geneviève—. ¿Tres fotos de al menos dos sitios distintos? ¿Un gato muerto y una plantilla pintada con espray?

Yasmine asiente, se encoge de hombros.

—Sí —miente.

La imagen de Fadi no es para ellos.

Mark parece impacientarse y a punto está de levantarse de la silla.

—En serio —dice—. No quiero ser grosero, pero esto es tirar el tiempo a la basura. ¿Qué vamos a hacer con esto? Vale, una pena lo del gato y todo eso, pero, si te soy sincero, me parece un poco como que solo quieres que te paguemos un viaje a casa.

El pie que palpita. La sien que palpita. Las lágrimas que amenazan con acabar brotando. Geneviève se inclina sobre la mesa para dirigirse a Brett. Sus ojos son tan pequeños y brillantes como los pendientes pulidos de Mary. La luz ha vuelto a cambiar, ahora es azul tenue y frío.

—Brett —dice—. Lo cierto es que estoy un poco perdida. Esto podría ser cualquier cosa. ¿Por qué nos iba a interesar a nosotros? Serán unos críos con problemas de adaptación. No es para nosotros.

Ella también parece a punto de levantarse. Pero Brett permanece tranquilamente sentado en la silla.

—Pensaba que esa era vuestra especialidad —contesta—. Enteraros de a qué se dedican los chavales.

—Claro, claro —dice Geneviève cansada, ahora está de pie, mira directamente a Brett con ojos reservados y fríos—, si se supone que hay una vinculación simbólica o una actividad que sea representativa de un grupo o algún tipo de tendencia, pero esto…

Señala distraída a la imagen torcida y mal iluminada de la pared.

—Esto no es nada. Solo pintadas. Y algún crío psicótico que va matando gatos.

Se vuelve hacia Yasmine.

—El símbolo es muy bonito. Si no es algo genérico, seguro que puedes vendérselo a otra agencia que lo quiera usar de alguna forma. Pero nosotros trabajamos con más amplitud que eso. Queremos ver grandes cambios, no solo expresiones puntuales. No es culpa tuya, cariño, pero lo cierto es que pensaba que Brett habría tenido mejor criterio.

Yasmine se vuelve hacia él. ¿Por qué no se levanta? ¿Por qué no le pone fin a este calvario?

Pero Brett solo se agacha y saca su propio portátil del maletín de cuero. Es reluciente e increíblemente pequeño. Sin esperar ningún tipo de permiso, desconecta el ordenador de Yasmine y conecta el suyo al proyector. Una ola verde oscuro aparece en pantalla.

—¿De verdad es esto necesario? —dice Mark, que ya ha llegado a la puerta del cubo de reuniones, también esta camuflada con hueveras de color lila aterciopeladas e imposible de distinguir para aquel que por alguna razón no recuerde por dónde ha entrado.

Pero Geneviève permanece en el sitio y le hace un gesto para que regrese.

—Dales un momento —dice, y se vuelve hacia Brett y Yasmine—. Pero, creedme, un momento es realmente todo lo que tenéis.

Yasmine se gira hacia Brett, pero él no le devuelve la mirada sino que empieza a navegar de manera frenética por distintas carpetas de su ordenador hasta que encuentra una titulada Disturbios. La abre y parece contener cuatro fotos. La primera muestra una especie de manifestación, Yasmine puede ver pancartas y banderas, en las cuales hay palabras escritas, quizá en francés.

—Bueno —dice Brett—. Empecemos por aquí.

Sonríe seguro de sí mismo y se reclina con los brazos cruzados sobre la americana azul marino.

—Esto es una movida antiglobalización en París de hace unas semanas. Bastante grande, pero tienes cosas de estas cada dos por tres. Nada a qué atenerse, la verdad.

Se balancea hacia delante en la silla, pasa los dedos por el ratón táctil y hace zoom en una pancarta del fondo a la izquierda de la imagen.

—A lo mejor esto os suena —dice.

Para asombro de Yasmine, el símbolo de la pancarta es el mismo puño cerrado y rojo que le habían enviado a ella, sobre el fondo de la misma estrella negra de cinco puntas. Se vuelve hacia Brett, quien le guiña tranquilamente un ojo antes de cerrar la imagen y abrir la siguiente.

—Esto es Williamsburg —dice—. Como a media hora de aquí.

En la foto sale un callejón oscuro entre paredes de ladrillo y hormigón. Al final del mismo, en una fachada sucia, se ve un puño rojo dentro de una estrella. La plantilla es mucho más grande que la de la foto en Bergort, quizá un metro por un metro. Brett hace zoom. En el centro de la estrella hay un gato ahorcado, prácticamente idéntico al que Yasmine acaba de mostrar.

Yasmine aparta la mirada de la foto y mira a Geneviève y a Mark. Han vuelto a sentarse y se inclinan sobre la mesa, ahora con miradas de depredador y no de indulgente desinterés. Brett hace clic sobre la tercera foto.

—Esta la saqué yo mismo el otro día —dice—. En Bryant Park.

En la imagen aparece lo que sin duda es Bryant Park. Otra vez el puño, pintado con espray en una de las paredes del metro.

—¿Esta acabas de hacerla? —pregunta Geneviève.

—Hará unos tres días —contesta él—. Al principio me sorprendí. Pero, ya sabes, cuando empiezas a buscar una cosa, la ves por todas partes. Reconocimiento de patrones.

—Creo que yo también la he visto, ahora que lo pienso. Una pintada en algún sitio cerca del metro de Jersey City —interviene de repente Mary y se reclina en la silla, pensativa—. No el gato. El símbolo. Estoy bastante segura.

Geneviève se vuelve hacia Mark, ahora su impaciencia parece haber cambiado de objetivo.

—¿Y a ti no te suena? —dice—. ¿Ningún informe de los ojeadores? ¿Nada?

Mark niega con la cabeza, de repente pensativo también él.

—No que yo recuerde. Lo volveré a mirar, pero estoy bastante seguro de que es la primera vez que oímos hablar de esto.

—¿Suecia, París, varias veces aquí en Nueva York? —dice Geneviève—. ¿Un símbolo tan simple como este? ¿Cómo es posible?

Se inclina sobre la mesa, apunta con sus ojos de tigre a Yasmine.

—¿Y alguien te ha mandado fotos de esto a ti? ¿Quién?

—Una vieja amiga —miente Yasmine—. Alguien que sabe que me interesa el arte urbano.

—¿Y crees que puedes averiguar de qué se trata? —pregunta Geneviève—. Qué significa el símbolo. Quién está detrás. ¿A través de tu amiga en Suecia?

—Sí —responde—. No creo que tarde más de una semana en descubrir de qué va todo.

Geneviève asiente con la cabeza y mira a Mary.

—Reserva el próximo vuelo a Estocolmo para Yasmine —dice—. Y una semana en nuestro hotel de siempre.

Hace girar la silla y mira fríamente a Mark.

—Y tú lo miras en Nueva York, ¿verdad? Nosotros también tenemos algunos, ¿no? Quiero decir, quieras o no, esto es nuestro trabajo, ¿no es cierto?

Mark sacude la cabeza, de repente confuso.

—Qué raro —murmura—. Estas cosas no las pasamos por alto.

Unos suaves golpecitos en la puerta interrumpen el autoexamen de Mark.

—¡Ah! —dice Geneviève y se pone de pie—. Gretchen.

Gretchen resulta ser una médica rubia de mediana edad que viste tejanos y sudadera de color vino con Notre Dame estampado en letras gruesas sobre el pecho, y que se presenta con un enorme maletín que contiene suficientes productos de asistencia sanitaria como para llenar una ambulancia. A Gretchen no le interesa oír lo que Yasmine tiene que decir cuando asegura que se encuentra bien, sino que le pone una gasa refrescante alrededor del ojo y la mejilla e incluso consigue hacer que hable del pie dañado.

Cuando veinte minutos más tarde Gretchen se retira, Yasmine va llena de vendas y tiritas. Solo quedan ella y Brett en la salita de reuniones y Yasmine se siente como Malik, el perro beis de juguete que heredó de los vecinos croatas cuando era pequeña, el perro al que nunca le quitaba los ojos de encima. Malik estaba meticulosamente remendado, tenía nuevos botones para los ojos y una cola que se empecinaba con caerse todo el rato. Cada vez que se reventaba perdía parte del relleno, hasta que quedó reducido a felpa e hilo. Así es como se siente ella ahora, por el momento sin agujeros, pero sí mera felpa e hilo y nada más.

Brett saca un vaso de la nada, se lo pone delante y lo llena hasta la mitad de agua mineral.

—¿Te sientes mejor? —dice.

Yasmine no presta atención al agua.

—¿Qué coño ha pasado aquí? —pregunta.

Brett sonríe y la ayuda a ponerse de pie, a pesar de que los cuidados de Gretchen han procurado que no fuera necesario.

—Lo hablamos de camino al aeropuerto —contesta, y sonríe satisfecho.

Y luego va sentada en el asiento de piel del monstruo que Brett tiene por coche, mientras atraviesan Queens por la Atlantic Avenue en dirección al JFK. Yasmine nota la tarjeta de crédito que

Mary le acaba de dar en Shrewd & Daughter rozándole la cadera a través de la gruesa tela de la falda inglesa. Es su número premiado de la lotería y apenas se lo puede creer. Que esté de camino. Todo lo que ha sido se desvanece, toda la mierda de David, todo lo anterior a ello, todas sus salidas y traiciones. Ya nada importa. Puede que Fadi esté vivo y ella va a encontrarlo. La tarjeta de crédito es la prueba de que tiene la oportunidad de hacerlo.

—Haz un uso responsable de ella —le había dicho Mary, y luego le había guiñado el ojo y había bajado la voz—. Pero no vayas con *demasiado* cuidado.

Nota el pie blando y vendado, ya ni siquiera le duele la sien, cosa que probablemente se lo deba agradecer a una de las pastillas rosas de Gretchen.

—Ozone Park —dice Brett, y tamborilea contento con las manos sobre el cuero castaño claro del volante—. Siempre me ha encantado ese nombre.

Yasmine mira por la ventanilla los salones de belleza llenos de polvo, las bolsas de plástico que cruzan a la deriva los jardines abandonados, las planchas de contrachapado que cubren las ventanas y las casas de madera destartaladas, las tiendas de alcohol. Le parece tan alejado del mundo de Brett y tan cerca del suyo.

—¿Qué coño ha pasado allí arriba? —dice, y aparta la vista de los gases de escape y los colmados tapiados para mirar el cuero y el salpicadero de madera, y a Brett.

—¿En la reunión? —contesta él.

—¿Dónde, si no?

Él suelta una carcajada, vuelve a repiquetear en el volante.

—Bah —dice—. Solo un poco de magia de Brett, eso es todo.

—¿De dónde has sacado esas fotos? ¿Ya estabas al corriente de todo esto antes de que yo te mandara las mías? No hace ni veinticuatro horas.

Él la mira por el rabillo del ojo, una sonrisita en la comisura de la boca.

—Veinticuatro horas es todo lo que necesito, *baby*. Más de lo que necesito, a decir verdad.

Se detienen en un semáforo en rojo y él se vuelve hacia ella.

—¿Crees que las fotos eran auténticas? —dice.

Yasmine sacude la cabeza, intenta que la mañana, los últimos días, todo, se ponga en su lugar.

—No entiendo nada —dice—. Nada de nada.

Él aprieta suavemente el acelerador y empiezan a deslizarse por el ajado asfalto.

—Tú me mandaste las fotos —dice él—. Supe en el acto que no sería suficiente. Por Dios, Yasmine, te pedí que te lo prepararas bien.

La mira de reojo con una superioridad irritante en la mirada.

—Menos mal que no confié en que lo harías e hice algunos arreglos yo mismo. Ellos no son una panda de perdedores cualquiera. Venden modas. Sus clientes les pagan millones para que vayan un paso por delante de lo que sea que se inventen los adolescentes. Para que los clientes puedan adaptar sus productos y campañas de tal manera que parezca que son ellos los que han creado la tendencia. Pero ¿qué es lo que vende, realmente, Shrewd & Daughter? ¡Nada! Solo espejismos y humo. Ellos mismos son unos estafadores. Si bien estafadores ricos y de éxito. Y ya sabes lo que se suele decir: si vas a estafar a un estafador, tienes que llevarlo al siguiente nivel.

Yasmine sigue con la mirada el tráfico que rueda por el hormigón agrietado delante ellos.

—¿Y qué has hecho? ¿Photoshop?

Brett se encoge de hombros, tamborilea alegre sobre el volante.

—Sí, ¿qué querías que hiciera? Lo que tú me mandaste no era suficiente para que empezaran un proyecto para ti, como has podido comprobar. Era obvio desde el principio. Le pasé las fotos que me enviaste a uno de mis clientes que trabaja retocando fotos y le pedí que lo engrandeciera un poco, no sé si me entiendes. Pegar las imágenes en otros contextos. Nada del otro mundo, en verdad. Él me debía un favor y yo sé qué es lo que quieren. Lo que quieren todos en este mundillo: tendencias, cosas nuevas que aparezcan en distintos sitios al mismo tiempo. A ser posible, un guiño estadounidense, y, mejor aún, algo con lo que lo puedan relacionar directamente. Como Manhattan. Quieren rebelión y juventud. Algo un poco peligroso, pero no demasiado. Han buscado la manera de ganar dinero con este verano de revoluciones, con la protesta antiglobalización y toda la pesca. Y el símbolo ese era cosa fácil. A lo mejor lo del gato era un poco sucio, pero le sacaba punta al asunto. Les encanta sacar punta.

Suelta una risotada y se reclina en el asiento.

—*Voilà*, como decís los europeos —concluye—. Ahora tienes una semana para hacer lo que quieras con todo esto. Pero más te vale que me mandes algo para compensar todo lo que he hecho.

11

Londres
Domingo, 16 de agosto de 2015

Al llegar desde Gatwick por las vías elevadas, Londres sigue pareciendo el futuro, el horizonte lleno de diamante y cobalto, rascacielos, arqueados y firmes, titilantes en la temprana oscuridad de la tarde. Pero, bajo la silueta de ese futuro, las calles y los callejones todavía serpentean como las escaleras de Hogwarts, siempre en una dirección distinta a la que te habían prometido. Hacinamiento, suciedad y esmog. Caras pálidas en la luz amarilla del autobús de vuelta a casa y una bolsa de patatas fritas para cenar. Ucranianos y griegos mal pagados se apartan de un salto al paso de las limusinas de los chinos. Es el Londres de Dickens remezclado por un oligarca.

Klara Walldéen está sentada junto a la ventana y siente que la ciudad se le echa encima otra vez, la atrapa y la hace suya, le penetra en las sienes, el cráneo, el esqueleto, le cambia el ritmo del corazón.

Es un alivio estar de vuelta. Tres días en casa de sus abuelos en el archipiélago es lo máximo que puede aguantar actualmente, ni un segundo más. Tiene que hacer esfuerzos para mantenerse sentada, obligarse a quedarse en la silla mientras su abuela sirve el café minuciosamente en las tacitas de porcelana y sirve los bollos de cardamomo recién horneados. Es como si su cuerpo ya no pudiera con ello, como si su cerebro fuera demasiado rápido para Aspöja, y hoy ha ido contando cada segundo hasta que ha llegado la hora de ir a cazar aves acuáticas con su abuelo, a primerísima hora de la mañana. Lo necesitaba, podía sentirlo, la concentración y la expectación, la calma y la explosión.

Pero ya cuando estaban saliendo en la lancha, con Albert, el basset hound de su abuelo, en la proa, con los ojos pequeños y vigilantes al viento, ha notado que la incomodidad iba en aumento tras cada escollo que pasaban, tras cada rizo que se formaba en la apacible y bella superficie del agua. Como de costumbre, los recuerdos de aquel invierno hace cosa de un año y medio la han sacudido como una ola, allí entre los islotes y escollos. La tempestad que cayó sobre Smuggelskär, donde ella y Gabriella habían estado sentadas como una especie de aves de presa de las grandes esferas políticas, en la vieja cabaña de Bosse, y esperando sin saberlo a un grupo de asesinos.

Y antes de eso. Bruselas y París. Mahmoud, que la había llamado con una voz tan distinta de la que ella recordaba de Upsala. Lo enfadada que había estado con él. Moody, su primer amor. Quizá el único amor verdadero que ha tenido, el que la traicionó, pero volvió para contarle por qué, y porque la necesitaba otra vez.

Después, aquella noche de nieve en París. Klara todavía recuerda el olor del vino derramado en el supermercado. Las balas insonoras que de repente volaron a su alrededor. La mano pesada de Mahmoud en la suya antes de poder entender que lo habían tocado. El pequeño y redondo orificio en su frente. La sangre que se esparcía por el suelo frío. El instante en el que decidió huir, abandonarlo, para sobrevivir.

Y luego, apenas unos días más tarde, el estadounidense que de repente había golpeado la puerta en mitad de la tormenta, entre los islotes del archipiélago de Sankt Anna. El hombre que era su padre, por mucho que le costara asimilar esa palabra.

En el transcurso de unos días había visto morir al amor de su vida y a su padre desconocido delante de sus ojos, en sus brazos. ¿Cómo te encuentras a ti misma otra vez después de algo así?

Su abuelo también lo vio, lo notó en el aura que la rodeaba, y cuando hubo amarrado el barco en uno de los islotes donde siempre solían ir en mañanas como aquella desde que Klara tenía memoria, la rodeó con el brazo y la acercó hacia sí.

—¿Cómo te encuentras, Klarita mía? —dijo.

Pero en aquel momento ella no tenía fuerzas para eso, para soportar que él se preocupara. Él y su abuela ya se habían preocupado lo suficiente por ella en los últimos años. La habían visto demasiado permanecer tumbada en la cama en su antiguo cuarto los primeros meses después de lo ocurrido, y luego le habían prestado demasiada atención cuando ella había decidido coger el relevo de la tesis de Mahmoud sobre crímenes de guerra y terminarla. Pudo ver el orgullo en los ojos de sus abuelos cuando iban a publicar el trabajo con el nombre de Mahmoud y el suyo, pero ella sentía más vergüenza que otra cosa de que en realidad el trabajo no fuera suyo. No podía quitarse el sentimiento de que en verdad se lo había robado a Mahmoud, que lo había arrancado de sus manos muertas y lo había presentado como suyo.

Y no podía dejar de pensar en que todo el mundo la estaba mimando. Lysander, el tutor de Mahmoud, que había logrado convencerla para que su nombre apareciera en el libro, que ella había revisado y reescrito más de lo que habrían podido hacer la mayoría de coescritores. Era cierto, Klara había hecho jornadas de doce horas durante casi un año entero para acabarlo. Pero aun así no lograba lidiar con el sentimiento de que se trataba de un robo. Y que todo el mundo la malcriara tanto, que la cuidaran así. Era como si todo el mundo estuviera al tanto de lo que le había pasado, pero como si nadie entendiera que ella tendría que haber protegido a aquellos que habían muerto. ¿Por qué se mostraban tan amables, por qué le pulían los bordes?

Como Charlotte Anderfeldt, que le había dado el doctorado en Londres y se había encargado de que Klara recibiera una beca para terminar el trabajo de Mahmoud allí mismo. O Gabriella, su mejor amiga, que la había sacado de la cama y la había convencido de que podía seguir trabajando.

Ella no se merecía la ayuda y la paciencia de toda esa gente.

Así que se quitó de encima el brazo de su abuelo y le esbozó una sonrisa trémula y hueca.

—No es nada —dijo—. Solo estoy algo cansada, es demasiado pronto. Vamos, localicemos nuestro sitio.

Cuando comenzó a subir hacia el lugar de costumbre notó los ojos de su abuelo en la nuca, pudo percibir su preocupación y su extrañeza y su voluntad de ayudar. Lo cual la sacaba de quicio. Solo tenía ganas de volverse y gritarle, gritarles a todos: «¡Dejadme en paz de una puta vez! Soy menos que nada. ¡Soy una traidora, una asesina! Alguien que no siente nada. ¡Dejadme! ¡No me queráis!».

Y cuando al fin llegaron al sitio y estaban sentados entre los arbustos, callados e invisibles, con el mar relampagueando y brillando enfrente bajo el sol de la mañana, Klara no encontró ningún sosiego. Ni siquiera esto, ni siquiera aquí, en medio de lo que siempre había amado más que ninguna otra cosa.

Pero después Albert salió disparado ladrando, y un segundo más tarde se agitaron los juncos y seis becadas alzaron el vuelo sobre la ensenada. Entonces, en ese instante, y solo en ese instante, todo se esfumó y dejó a Klara sola y vacía, sin pasado ni futuro. Apuntó con la escopeta, la mantuvo en posición hasta que estuvo segura y apretó el gatillo. Un vez, dos veces. El retroceso la atravesó como una ola y su cabeza quedó despejada y liviana.

Pero tan pronto como bajó el arma, el maravilloso vacío había desaparecido.

Albert regresó con las becadas en las fauces y su abuelo le dio unas palmadas de reconocimiento en la espalda.

—Sabes disparar, desde luego que sí, Klara.

Le quitó las aves a Albert de la boca y lo acarició a él también, le dio una recompensa que tenía en el bolsillo del abrigo impermeable.

—¿Un café para celebrarlo? —dijo, y se volvió sonriendo hacia Klara.

—¿Has traído aguardiente? —preguntó ella, y al momento se arrepintió.

Él la miró con una nueva inquietud en la mirada.

—Un poco pronto para eso, ¿no crees?

Klara apoyó la escopeta en el hombro y empezó a bajar hacia la lancha.

—Será mejor que nos pongamos en marcha —dijo.

Se baja del tren en Blackfriar's y para un taxi negro. Esta tarde no tiene ánimos para meterse en el metro ni subir al autobús.

—Shoreditch —dice—. Navarre Street.

Nota el sabor a vino tinto en la boca, le encantan esos taninos, la sensación que tendrá al encenderse un cigarro cuando llegue con el taxi.

Se había tomado una copa en el aeropuerto y luego una botellita en el avión, la cual fue saboreando gota a gota para no tener que pasar la vergüenza de tener que pedir otra. Hoy es domingo, y se ha pasado todo el sábado y parte de la noche de hoy trabajando en el informe en Aspöja, sin una sola copa. Mañana va a ser un día largo, así que se ha ganado una copa esta noche. Solo una o dos, no son ni las siete.

—Por cierto —le dice al taxista—. ¿Sabes dónde queda el bar The Library? En Leonard Street.

The Library está medio lleno cuando Klara entra por la puerta, lo cual le viene genial. De todos modos, no tardará en llenarse. Los domingos son como un día cualquiera para la clientela *freelance* del bar. Pete, el camarero, le guiña un ojo cuando la ve y ella se sienta a la barra y espera a que él termine de servirles una cerveza IPA de producción local a dos «hombres con trabajos creativos» con barba, camisetas Breton a rayas y pantalones cortos holgados.

—¿Qué tal, Klara? —dice, y le pone una copa delante en la barra al mismo tiempo que se agacha para coger la botella de tinto.

—Bien, he estado en Suecia el fin de semana, acabo de volver.

Señala con la barbilla la maleta de ruedas y el maletín con el portátil que están a su lado en el suelo. Pete le llena la copa y hace un aspaviento con la mano cuando ella hurga en el bolso en busca de la cartera.

—Yo invito. Me alegro de que hayas venido directamente desde el aeropuerto.

Se queda callado y la mira con otros ojos.

—Si te quedas hasta la una, también te invito a una copa en mi casa.

Klara da un trago y le mira el pelo rubio revuelto, los ojos azul claro, las clavículas y los hombros, totalmente visibles bajo su delgada camiseta gris jaspeado. Klara recuerda, o apenas recuerda, tres noches de borrachera insatisfactorias en casa de él las últimas semanas.

Niega con la cabeza.

—Esta noche no, Pete —dice—. Pero gracias por el vino.

A las diez el bar está lleno y Klara también, de vino. ¿Cuánto ha bebido? Está claro que más copas de las que había previsto, desde luego, y por cada trago de vino que da su cerebro parece más vacío y ligero. Con cada copa le resulta más fácil relajarse, soltar el pasado, soltar el trabajo y el estrés y demás mierdas. Pero esta noche debe de haberse perdido con las cantidades porque nota que la cabeza le da vueltas y que se arrepiente de la última copa. Menuda principiante.

—Creo que voy a… —le dice al fotógrafo de pelo castaño con el que ha estado ligando de manera desenfrenada hasta hace tres minutos—. Creo que me tengo que ir.

Él parece sorprendido, como si Klara estuviera de broma. ¿Cómo se llama siquiera? ¿Martin? Bueno, tampoco tiene importancia.

—Tengo que irme a casa —anuncia, y se alegra de que no se le trabe la lengua.

Las maletas y luego aire.

—Puedo acompañarte a casa —dice el que a lo mejor se llama Martin.

Klara se limita a negar con la cabeza y agitar la mano en el aire.

—Vivo a la vuelta de la esquina —responde—. Me las arreglo.

—Pero ¿tienes Facebook? —le dice él a su espalda mientras Klara culebrea entre los clientes hasta que sale a la noche londinense, aún cálida.

El aire yace inmóvil y huele a gases de tubos de escape y fritanga. Las últimas semanas han sido tropicales y Klara nota que la cabeza le da vueltas cada vez más deprisa. Da unos pasos de prueba y descubre que no logra fijar del todo la mirada y que le parece que los edificios se mueven fuera de su campo de visión.

Poco a poco comienza a encaminarse hacia casa y siente el pánico repentino del día siguiente. Joder, ¿va a tener que estar de resaca? Cómo se puede ser tan imbécil. Se mete por uno de los callejones que suben a Great Eastern Street y, apenas ha avanzado un par de metros, cuando le parece oír pasos que la siguen. Se detiene y se vuelve. Nada. Habrá sido la maleta de ruedas y la borrachera. De repente el cansancio se apodera de ella y Klara se pone a caminar otra vez, acelera la marcha, aliviada por vivir tan solo a diez minutos.

Pero en cuanto empieza a caminar de nuevo vuelve a oír los pasos. Ahora está segura y echa un vistazo por encima del hombro sin detenerse. El callejón es oscuro y está bordeado por fachadas raídas de ladrillo repletas de grafitis. La borrachera hace que sienta que el hormigón se balancea lentamente de aquí para allá. Pero, en mitad del asfalto, entre las fachadas, ve la silueta de un hombre. Él se detiene cuando ella lo descubre. Ella también para.

—¿Martin? —dice.

El hormigón gira y tiembla a su alrededor, y a Klara le cuesta fijar la mirada. El hombre se abre de brazos sin decir nada. Klara nota que tropieza, que da dos pasos hacia delante y se pone en cuclillas, a cuatro patas. Todo zumba y se acelera a su alrededor. El asfalto bajo sus pies parece un mar, el hormigón, como las rocas del archipiélago. Olas que se mueven, que respiran y se mecen, como si Klara aún estuviera en la lancha de su abuelo. Aparta la mirada de todo eso que se agita y que es transitorio, intenta concentrarse mientras siente que su malestar aumenta. Pero es en vano, el vino tinto y los frutos secos que ha comido le repiten hasta que el vómito se desparrama en el suelo y Klara cae de costado y cierra los ojos. En otro universo, por detrás de sus párpados, oye una voz que susurra, nota manos que cogen y tiran. Después todo se vuelve oscuro. Cálido, silencioso y oscuro.

12

Estocolmo
Lunes, 17 de agosto de 2015

Yasmine entiende que en Estocolmo ya despunta la mañana cuando paga el taxi a las puertas del Story Hotel en la calle Riddargatan. El reloj de su móvil indica eso, mañana, pero su cuerpo ha capitulado y la ha dejado al margen de todo tiempo terrenal. Trece horas de diferencia entre Tokio y Nueva York. Otras seis para Estocolmo. Se siente pesada, pero volátil, la misma proporción de plomo que de helio.

Por un instante contiene el aliento cuando el taxista pasa la tarjeta por el lector. Es la primera vez que la usa y, como la reunión y estos últimos días en Nueva York le han parecido un sueño, no está del todo segura de que vaya a funcionar.

Pero el lector acepta el código y Yasmine sale flotando y tropezando a la templada mañana de verano, cruza la recepción automatizada y sube a su, según la página web, habitación «bohemia», donde se deja caer de bruces sobre las sábanas sin quitarse los zapatos.

Cuando despierta, la luz entra en otro ángulo a través de las delgadas cortinas y Yasmine se vuelve para mirar la hora en el teléfono. Poco más de las doce. Ha dormido dos horas, pero le parece una noche entera y, aun así, su cabeza está nublada y su cuerpo, inquieto. Le sorprende estar de vuelta, por mucho que esta habitación de hotel, con sus paredes toscas y grises sin tratar y su decoración minimalista, no le parezca Suecia, o al menos no la suya. Se levanta y se acerca a la ventana para contemplar el modernismo pulcro y burgués de fin de siglo de Riddargatan, la estación de metro de Östermalmstorg y la calle Birger Jarlsgatan. Tampoco es su Suecia. «Pero en algún lugar de allí fuera tiene que estar Fadi», piensa.

«Ya voy, *habibi* —susurra en voz baja—. No vuelvas a desaparecer».

Corre las cortinas y se mete en el baño. Echa hacia atrás la cara en el espejo. No es del todo un ojo morado, sino más bien que el lado derecho del ojo se ha inflamado y que una puesta de sol lila se extiende sobre la sien. No es de extrañar que Brett le comprara unas gafas baratas de sol en el JFK. Al mismo tiempo, Yasmine se alegra por el ojo, se alegra del dolor suave, pero constante y latente, se alegra de lo que la inflamación hace con su cara, de lo que hace con ella. Es claro e inequívoco, un estampado, un símbolo sencillo y preciso al cual recurrir cuando el pensamiento, el arrepentimiento y las dudas hagan mella. Coge el teléfono y pega la cara todo lo que puede a la lente antes de apretar el disparador. Nunca más.

Sentada en la cama vuelve a abrir el mail de su madre. Mira la foto oscura de Fadi, la gira y le da vueltas. Intenta hacer que los píxeles se alineen para poder ver a través de la borrosa oscuridad. «Es él —piensa—. Tiene que ser él».

Cierra la imagen, pero se detiene antes de cerrar el correo de su madre. ¿Cuánto hace que no habla con ninguno de sus padres? Cuatro años desde que se largó, pero apenas había intercambiado ni una palabra con ellos desde hacía varios años.

Cuando se encontraban en casa, ella procuraba no permanecer allí, y hacía todo lo posible por llegar cuando ellos ya no estaban, cuando sabía que solo estaba Fadi. Lo único que recuerda son sus rostros cansados, sus miradas largas, sus palabras duras y puños severos. ¿Y ahora? Yasmine niega con la cabeza. Mañana. Primero hay otra persona a la que tiene que ver.

Va pasando lentamente la lista de sus contactos en Suecia. Tantos nombres con los que hace tantos años que no habla. Personas que eran todo su mundo, junto con las que se crio. Parisa y Q, Malik y Sebbe, Bilal, Red, Soledad, Henna, Danny, Amat. Clases de mates y el centro juvenil hasta que lo cerraron, hierba en el parque infantil, el palo en el bosque de detrás de la calle Valgatan por el que trepaban hasta que podían tocar las estrellas y se mareaban con la altura. Las borracheras diurnas en casa de José y Mona cuando sus padres se hallaban en Chile y su tío estaba en el hospital, las horas muertas en la plaza y los cigarros bajo el extractor en casa de Miriam. Y luego el estudio, pero ahí el pensamiento se resiente. No importa. Respira hondo. Ya no hay más alternativa, tiene que hacerle frente. Sigue bajando por la lista de nombres en la agenda del teléfono hasta que encuentra el que estaba buscando.

Él lo coge al primer tono, debía de tener el teléfono en la mano.

—*Shoo,* aquí Igge.

Yasmine reprime el impulso de colgar. Se obliga a sí misma a respirar tranquila y controlarse.

—Ignacio —dice—. Soy yo. Yazz.

Se hace el silencio.

—Lo sé —prosigue—. Ha pasado mucho tiempo. He…

—¿Dónde estás, *len?* —dice él.

Su voz es tal como ella la recuerda. Grande y espaciosa, podrías perderte en ella.

—Estoy en casa otra vez. En Estocolmo. ¿Tú dónde estás?

Él suelta una risotada.

—Ey, ¿tú qué crees? Estoy donde estoy siempre, *bre*. No soy yo el *international*, ¿no te parece?

—¿Estás trabajando? ¿El mismo sitio?

—Lo dicho, Yazz, el mismísimo. Pero ¿tú? ¿Estás en Estocolmo ahora?

Suena sorprendido, cogido fuera de juego. No es de extrañar.

—Sí, estoy en Estocolmo. He llegado ahora, esta mañana.

Se hace el silencio al otro lado. Ha pasado tanto tiempo. Ha sido un silencio tan largo. Yasmine sabe que esto solo depende de ella.

—Me gustaría verte, Ignacio —dice.

Él titubea y suelta un suspiro.

—¿Ignacio? —contesta por fin—. Eres la única que me llama así, hermana. Lo sabes. Vale, ¿dónde quieres quedar?

—Te puedo invitar a cenar, es lo mínimo que puedo hacer, ¿no?

—¿Que tú me invitas? Será la primera vez, *len*. Pero claro. Estoy currando en el centro. ¿A las cinco en el Flippin' Burgers? Antes de que se forme la cola. ¿Sabes dónde está?

—Lo sabré encontrar —dice ella—. Nos vemos allí.

El barrio de Vasastan está en silencio y singularmente lento, el verano ha sido largo y, aunque las vacaciones ya se hayan terminado, parece que la pereza se resiste. Algún que otro treintañero en mangas de camisa pasa deambulando de vuelta a casa tras su media jornada y algún padre de baja con el cochecito del niño en una mano y un café en la otra se desliza por la acera. El tráfico avanza a paso de caracol.

Yasmine ve la ancha espalda de Ignacio en una de las mesas de la terraza de Flippin' Burgers en la calle Observatoriegatan en cuanto dobla la esquina de la calle Upplandsgatan. Incluso por detrás y a distancia Ignacio logra que su entorno parezca más pequeño de lo que realmente es, como si las proporciones no fueran del todo las adecuadas.

Verlo de nuevo la hace entristecer y Yasmine se acerca a paso obligadamente lento por la acera para posponer el reencuentro todo lo que pueda. Han pasado cuatro años desde que desapareció sin decir nada. Solo ahora, cuando vuelve a tener los pies en Estocolmo, se da cuenta de lo lejos que ha estado. Lo lejos que quizá siga estando.

—¡Ignacio! —dice con una despreocupación forzada y se sienta en el banco que él tiene al lado—. ¿Qué tal?

Él se vuelve hacia ella y amenaza con volcar o partir toda la mesita de picnic con su repentino movimiento. Su cabeza rapada se esconde bajo una gorra azul de los Knicks y se ha dejado barba, oscura y tupida, afeitada en ángulo. Hace que parezca mayor que los veinticuatro años que tiene. Como ha salido directamente del trabajo aún lleva los pantalones del uniforme y una camiseta ancha con el nombre de la empresa de mudanzas impreso en la espalda. Una ola de antiguo amor recorre a Yasmine.

—¡Yazz! —dice él, y la rodea con sus enormes brazos—. Joder, no fue ayer, *len*.

—Cuatro años —señala ella—. El tiempo pasa deprisa.

Él no dice nada, pero la suelta poco a poco de su abrazo y la coge con sus enormes puños por los hombros mientras la inspecciona.

—Joder qué chupada estás, Yazz. ¿Ya no comes nada o qué?

Yasmine se encoge de hombros y sonríe. Ignacio niega rendido con la cabeza antes de soltarle un hombro y quitarle con cuidado las grandes gafas de sol negras. Sus ojos se entornan y su boca se frunce en una raya cuando ve la puesta de sol en la sien de Yasmine, pero, antes de que le dé tiempo de decir nada ella se libera, le quita las gafas de la mano y se las vuelve a poner.

—Será mejor que pidamos antes de que lleguen todos los *suedis* —dice ella—. ¿Qué quieres?

Tres cuartos de hora más tarde han devorado las hamburguesas e Ignacio se está terminando su segundo Cookie Dough Milkshake, enriquecido con un par de chupitos de Jack Daniel's. Yasmine da un trago a su Stockholm IPA («Ahora estás en casa, Yasmine, te toca beber la local», había dicho él para quitarle de la cabeza su intención de pedir cerveza estadounidense) y se reclina en el banco. De alguna manera, el alcohol la ha estabilizado, ha reducido el jet lag a un suave zumbido de fondo. La tarde sigue siendo templada, clara e infinita.

Han podido hablar bastante de estos cuatro últimos años. Quiénes siguen aquí. Quiénes han sacado disco. Quiénes se han mudado, muerto o están en la cárcel. Por un rato Yasmine casi olvida todo lo demás, casi olvida el ojo y a David y Nueva York y Shrewd & Daughter. Casi olvida a Fadi y el exilio, y le alivia tanto el mero hecho de reclinarse, de tomarse la cerveza y escuchar nuevas versiones de las mismas batallitas y leyendas de siempre. Por un momento, volver a casa es solo volver a casa.

Pero sabe que solo están caminando en círculos, que no pueden seguir así, y al final guardan silencio y dejan que sus miradas se escapen por la calle casi desierta, por los adoquines y las fachadas modernistas. Pasados unos segundos Ignacio se vuelve hacia ella, la mira con otros ojos.

—Me enteré de lo de Fadi —dice tranquilamente—. Lo siento mucho, de verdad, Yazz.

Yasmine se limita a asentir con la cabeza y se queda mirando la cerveza.

—Lo juro —continúa Ignacio—. No sabía que la cosa había ido tan lejos. Ya nunca se lo veía por el centro. Si lo hubiese sabido…

—Lo sé —dice Yasmine—. Lo sé, Ignacio.

Ella pone una mano sobre la de él, pero no lo mira a los ojos.

—Es culpa mía —añade con calma—. De nadie más. Fui yo quien se largó.

Se vuelve hacia Ignacio y se quita las gafas de sol, lo mira a los ojos.

—Me flipé —continúa—. Largarme así por las buenas, sin decir nada. La cagué tanto, Ignacio. Con Fadi y contigo.

Ahora le toca a Ignacio apartar la mirada y pasearla por la sucia acera.

—No me debías nada —dice él, y se encoge de hombros—. Ya habíamos terminado, ¿verdad?

—Pero irme así sin más. Te debía más que eso. Cuántos mails te escribí en mi cabeza, pero no te mandé ninguno.

Ignacio se vuelve para mirarla otra vez y esboza media sonrisa un poco insegura.

—Es lo que hay, hermana —concluye—. Cada uno hace lo que tiene que hacer, ¿no es verdad?

Yasmine asiente con cuidado y bebe un poco de cerveza.

—Así que… ¿qué pasa, Yazz? —pregunta él desconfiado—. ¿Qué estás haciendo aquí, en realidad? ¿Cuatro años? Desapareciste sin decir nada, *baby*. Dudo mucho que hayas vuelto solo para verme a mí.

—No está muerto —dice ella en voz baja.

Ignacio parece dar un respingo y se inclina sobre la mesa.

—¿Cómo? ¿Quién es el que no está muerto? ¿Fadi?

Yasmine saca el teléfono del bolsillo y abre la imagen que le mandó su madre. Lo desliza por la mesa hasta Ignacio.

—Míralo tú mismo.

Él coge el teléfono y pasa los dedos sobre la imagen, la amplía y se pega el teléfono a la cara para estudiarla. Al final parece estar listo y lo vuelve a dejar en la mesa. Hay algo melancólico en su mirada.

—Puede ser —dice—. Yazz… No empieces a tener esperanzas. Podría ser él. Pero, en serio, está oscura y borrosa, ¿no es así?

—Es él —responde Yasmine sin dejarse importunar.

—O sea que has vuelto para intentar encontrarlo.

—Intentarlo no. Voy a encontrarlo.

Ignacio parece preocuparse, pero asiente con la cabeza.

—¿Dónde te alojas? —le pregunta.

—En el Story, plaza de Stureplan.

Ignacio pega un silbido.

—Toma ya. Has llegado alto, hermana.

—Tengo un trabajo —dice Yasmine—. O bueno, hago movidas para agencias de publicidad. Buscar artistas y mierdas, se podría decir. Modas. Ya sabes, las grandes empresas quieren estar codo con codo con los adolescentes.

Él dobla el brazo en un gesto hip-hopero.

—En cualquier caso, ahora mismo estoy trabajando para una agencia que quiere enterarse de algo que está pasando en Bergort.

Ignacio sacude la cabeza y sorbe de su batido.

—¿De qué coño estás hablando? ¿Qué quieren de Fadi?

—No saben nada de Fadi —dice ella—. Pero hay algo más ahí fuera. Algo que parece tener que ver con Fadi, a lo mejor.

Yasmine se vuelve a encoger de hombros.

—No sé lo que es. Y me la suda, pero ha sido suficiente para que ellos apoquinaran.

—No lo entiendo —dice Ignacio—. ¿Una agencia de Nueva York quiere saber lo que pasa en Bergort? ¿Eso cómo se come, *len*?

Yasmine sonríe cansada y da un trago de cerveza.

—Estrategias de la vieja escuela —responde—. No eres el único que sabe sacar dinero de debajo de las piedras.

Ignacio se ríe, se reclina.

—¿Les has hecho pagarte el viaje? ¿El hotel? Joder, Yazz, estoy orgulloso de ti.

—Tengo que encontrar a Fadi. Pero David… Se gastó todo el dinero. Necesitaba a alguien que me lo financiara.

Coge el teléfono y busca la foto del gato ahorcado.

—Mira —dice, y le vuelve a pasar el móvil por la mesa—. Me mandaron tres fotos más que parecen estar relacionadas con Fadi.

Él agarra el teléfono otra vez y le echa un vistazo a la foto, apaga la pantalla casi de inmediato antes de devolvérselo a Yasmine.

—Ni idea —dice tajante—. ¿De dónde lo has sacado?

Ella lo estudia con la mirada.

—Ey, Ignacio. Hay más fotos. Una plantilla de un puño cerrado en una estrella.

Yasmine toma el teléfono y lo enciende.

—No sé nada de eso, ¿de acuerdo?

Su voz es escueta y de repente casi agresiva y Yasmine alza rápidamente la cabeza para mirarlo, pero él ha girado la cara hacia la calle, las fachadas modernistas, suaves y apagadas a la luz de la tarde.

—Venga ya —dice ella—. Si ni siquiera has mirado las fotos.

Yasmine se inclina sobre el teléfono otra vez, pero él se lo quita y lo deja encima de la mesa.

—*Wallah* —dice—. Lo juro. No sé nada de eso.

Él la mira a los ojos y ahora ya no son solo cálidos e irónicos, sino que tienen más Bergort dentro de sí, más hormigón, dignidad y complicadas lealtades. Más preocupación. Hay algo ahí. Algo que Ignacio no cuenta.

—En serio, Yazz —insiste.

Pone una mano sobre la suya; es tan grande que la de Yasmine desaparece en ella y él la aprieta, no fuerte, pero lo suficiente como para que ella recuerde lo de antaño: Bergort y su infancia, la claustrofobia y el encerramiento. La indefensión.

—Hay cosas de las que hay que pasar, ¿me oyes?

—Hay cosas de las que no se puede pasar —dice ella con calma—. Pero oigo lo que dices, hermano.

Beben en silencio unos minutos. Hasta que Ignacio ya no aguanta más.

—¿Tu ojo? Es él, ¿verdad? El suequito con el que te piraste. El artista.

Ignacio escupe la palabra «artista» con la satisfacción de alguien que ha conseguido quitarse un trocito de comida de entre los dientes y por fin puede deshacerse de él.

—No importa —responde ella—. Ahora estoy aquí.

Yasmine respira hondo. Era imposible no acabar hablando de esto.

—Maldita sea, Yazz…

—Da igual —lo interrumpe ella—. Me vi obligada a desaparecer, ¿no? Después del robo y todo aquello. Lo hice por Fadi. Pensaba que lo hacía por Fadi.

Ignacio se inclina hacia delante; sus ojos vuelven a ser dulces, cercanos.

—Pero Yazz, querida. ¿Te crees que no lo sabía todo el mundo, igualmente? ¿Te crees que ellos pensaban que tú habías robado las cosas del estudio?

Yasmine nota un aire gélido recorrerle el cuerpo. Es evidente que ella sabía que era una excusa, que no fue más que el empujón que necesitaba para saltar al vacío. Algo que le insufló aire bajo las alas.

—Uno hace lo que hace —responde—. Ahora estoy aquí. ¿Qué quieres que le haga?

Le da un trago a la cerveza. Ignacio se encoge de hombros y echa un vistazo a su propio móvil.

—Tengo que irme —dice, y se pone de pie—. Me ha gustado verte, Yazz.

La sombra de su enorme cuerpo bloquea el sol y cae sobre Yasmine. Ella también se levanta, le da un beso en la mejilla, pero él la coge por los hombros y la separa unos centímetros, la mira seriamente otra vez.

—No vayas por ahí enseñando esas fotos, ¿vale? —dice—. En serio. No es algo en lo que debas meterte.

—¿En qué, *len?* Dilo. Son lo único que tengo.

—De algunas cosas no se habla, así de simple. Es mejor ocuparse cada uno de lo suyo. Al estilo del Barrio, ya sabes.

—Pero preguntarás por Fadi, ¿verdad? ¿A ver si alguien ha oído algo?

—Claro. Pero no esperes nada. En serio, Yazz, aquí es mejor pasar desapercibido. Si está vivo, dará señales. Créeme.

13

Bergort
Julio-octubre de 2014

E s un verano caluroso, dicen los rubios por encima de sus termos y sándwiches de queso en el muelle de carga, detrás del mayorista de verduras de la ciudad de Fittja, adonde al final me ha enviado la oficina de empleo. Se está bien al sol, dicen, e inclinan sus caras pálidas de resaca hacia el cielo para procurar quemarse al máximo con este sol de verano tan abrasador.

—¿O tú qué dices, Abdullah? ¿Igualito que en el desierto?

Yo no me siento al sol durante el descanso. No como sándwich de queso, no tomo café. Solo frutos secos y tomates que robo de un palé mientras espero a que cojan sus cajas de plástico y sus chorradas y salgan al muelle, para poder lavarme en el vestuario y luego meterme en una de las cámaras frigoríficas para extender la vieja manta que me compré el domingo por cuarenta coronas en el mercadillo de segunda mano de debajo del puente de la autovía. Ni siquiera regateé, no por esto, no por mi nueva vida.

Ahora ya no miro la aplicación del móvil para situar La Meca, sé que basta con volverse hacia los pepinos y las berenjenas. Por allí, si trazas una larga línea recta, llegas a La Meca. Lo mismo en el cuarto de casa: basta con apuntar a tu almohada, la que una vez fue tu almohada, una línea recta desde mi frente y pasando sobre ella llega hasta La Meca.

Cada día, con cada oración, pienso que soy un mal musulmán, un mal hermano, porque no siento que Dios me llene durante mis plegarias. No siento la luz atravesándome y robo tomates y no puedo recordar mis *rak'at*, mis versos del Corán, así que siempre tengo que buscarlos en Google y leerlos en la pantalla del móvil. La transcripción sueca, porque la árabe es demasiado difícil.

Cada día le juro al mundo que nos esforzamos tanto en formar parte de aquello de lo que jamás formaríamos parte. Que nos aprendimos todo el diccionario, pero nos olvidamos del árabe. Cada día juro que seré mejor, que voy a aprender, no chocar de frente. No puedes chocar de frente con tu nueva vida.

Cuando termino de rezar oigo a los suequitos toser y reírse fuera, en la puerta del almacén, y me apresuro en susurrar rápidamente mis *As-salamu alaykum wa rahmatullah* dos veces y me pongo de pie, enrollo la alfombra, la meto debajo de la estantería de peras y salgo de la cámara para seguir cargando cajas de cartón con plátanos y lechugas, manzanas y coles, hasta que por fin llega la hora de coger el metro a casa.

Soy el musulmán más solitario del mundo. Rezo en soledad. Leo en soledad. Creo en soledad. A veces bajo a la mezquita los viernes. Está al otro lado de la plaza y veo a los señores bajar al sótano, los señores de toda la vida. El padre y el abuelo de Mehdi. El viejo Jamal, que remienda zapatos junto al metro. Veo sus pantalones de vestir y sus abrigos, sus bigotes y sus jodidas nucas doblegadas. ¿Cómo se puede ser parte de esa *umma*? No es para mí. Son una jodida asociación, no son serios, no hacen más que hablar y quejarse. Yo necesito más. Espero más. Hasta entonces perteneceré a una hermandad de un solo miembro.

Y mientras espero no tengo comunidad, nadie con quien rezar en una religión que solo trata de espíritu de comunidad, justicia y solidaridad. Mientras espero, me preparo. Me obligo a leer más de diez líneas seguidas del Corán. Me obligo a intentar recordar mis oraciones.

Me preparo y encuentro nuevos hermanos virtuales en la red. No son como los viejos de la plaza, son serios y militantes y mi fe crece con cada vídeo de Siria y con cada plegaria que me mandan. Mis nuevos hermanos solo tienen apodos, no nombres, y están igual de enfadados que yo, igual de preparados que yo para hacer volar esta mierda por los aires. Igual de solos que yo. Hermanos cuyos ojos han sido despojados del velo, igual que les ha pasado a los míos, para ver el mundo tal como es, la represión y el colonialismo y el imperialismo y las injusticias. No entiendo cómo no lo he podido ver antes, que haya podido vivir en ello, que me hayan obligado a adaptarme, incluso intentar formar parte de ello. Eso me llena de odio y de desprecio hacia mí mismo. ¿Cómo he podido estar tan ciego tanto tiempo? ¿Cómo pude elegir el diccionario sueco antes que el árabe? Pero todo eso se ha acabado.

Ahora lo veo cada día después del trabajo en la pantalla que tengo delante, vídeos granulados, testimonios pixelados de la represión, la sangre en la arena, mis hermanos y hermanas que son alejados de sus casas y asesinados y violados en el crepúsculo azul. Ahora veo el desconocimiento y la malicia, en Gaza y Siria, igual que aquí, el Barrio, donde estamos encerrados y excluidos al mismo tiempo, pero entre cemento, sin futuro, sin pasado, totalmente entregados a personas corruptas sin moral, personas que son imposibles de respetar, un Estado profano que carece de toda legitimidad.

Ahora es tan obvio que toda mi vida ha sido desperdiciada, pero ya no importa, ya nada importa. Ahora es todo nuevo y yo estoy de rodillas en el suelo, sobre la alfombra que uso aquí en casa, y me vuelvo hacia tu almohada, hacia La Meca, y no puedo dejar de pensar en que me pregunto qué dirías tú si me vieras ahora. ¿Te sentirías aliviada u horrorizada? Y noto cómo ese mar consigue agarrarme, ese vacío, esa eternidad, cómo se esparce como el mercurio por mis articulaciones y mi sangre, y murmuro lo que recuerdo de mis oraciones y caigo de bruces en la alfombra para retenerlo dentro, para obligarlo a retroceder a su guarida, en el fondo de mi estómago, en lo más hondo de mi pecho.

Y funciona. Lo aparto con el rezo. ¿Y qué si no siento que Dios me llena? ¿Y qué si no siento Su amor y Su piedad? Es una de Sus pruebas. Tengo que mostrarme digno antes de que Él pose su luz dorada sobre mí.

Paso meses sin hablar con nadie más que los suequitos del trabajo, a los cuales hago todo lo posible por esquivar, y los hermanos anónimos con los que chateo por internet. Estoy en mi cuarto o en el gimnasio, donde hago lo que puedo para prepararme y noto que mi cuerpo crece y se queja y sé que debería agradecerle a Alá por cada pesa que levanto, pero eso me cuesta, lo mundano, ver a Alá en lo cotidiano. Necesito algo más grande, algo más importante.

Soy un mal musulmán. Sé que debería respetar y honrar a mis padres, pero me escondo de ellos, en el trabajo o en el gimnasio o en mi cuarto. No sé qué decirles, qué me van a decir ellos. Desde que desapareciste está todo más tranquilo, me gustaría contártelo, porque sé que eso te quita el sueño, la idea de que yo siga aquí. Pero ahora él está más tranquilo, quizá mayor. Supongo que siempre se me dio mejor mantenerme alejado y no despertar su ira, a pesar de todos los líos que armaba.

Me preocupa todavía más que tú no estés llevando una vida justa. Le rezo a Alá para que entiendas y abras tu corazón antes de que sea demasiado tarde. Y cuando pienso en ello la oscuridad crece en mi interior hasta que recito en voz alta versos del Corán, palabras cuyo significado ni siquiera conozco, pero me ayuda, y dejo de pensar en todo aquello que no puedo cambiar.

Corre el mes de octubre cuando me topo con Mehdi bajando por el puente junto al metro. Sigue estando gordo y le cuesta respirar y está sentado en un banco en las baldosas grises delante del Asirio, con una de esas botellas turcas de litro de Cola que el viejo vende en el colmado. Pienso en pasar de largo, ni siquiera recuerdo cuándo fue la última vez que hablé con alguno de los antiguos colegas. Quizá desde que desapareciste.

Pero ahora Mehdi levanta la cabeza con sus ojos de vaca y me ve y endereza la espalda en el banco antes de levantar la mano en la que tiene la Cola.

—¡*Shoo*, Fadi! —dice—. ¿Qué *paisha, bre*?

Así que no puedo pasar de largo, sino que tengo que pararme y acercarme a él.

—Hace siglos —continúa, y se levanta, choque de puños, abrazo con un solo brazo—. Lo juro, estás hecho un ermitaño, hermano.

Me encojo de hombros.

—Ahora tengo curro, en Fittja. Estoy entrenando. Me falta tiempo.

Él da un paso hacia atrás, ladea la cabeza y suelta una carcajada antes de inclinarse hacia delante y tirarme de mi corta perilla.

—¿Y esto, *yao*? ¿Ahora eres un barbas o qué?

No respondo y siento que se me dispara el pulso, que me han pillado, que de pronto lo más privado se ha hecho público. ¿Es pecado negar la fe? No lo recuerdo, en realidad no sé nada del Corán, así que me vuelvo a encoger de hombros, me echo hacia atrás.

—Solo es barba, marica —respondo—. Y ¿tú? ¿Qué haces?

Una amplia sonrisa se esboza en su cara y le da un trago a la Cola.

—¿Sabes?, Parisa —dice—. La colega de tu hermana.

Asiento en silencio, de pequeños estábamos enamorados de ella y de sus tops ajustados, su piel al descubierto y sus tejanos apretados, y todavía se la ve delante del salón de belleza de su madre, y supongo que sigue estando buena, aunque será más grande, más ancha de caderas.

—¡Ahora es mi parienta, *bre!* —dice, y levanta la mano para chocar unos cinco que yo le correspondo con suspicacia.

—Ey, estás mintiendo —replico.

Resulta tan descabellado que de todos los tíos que existen Mehdi haya logrado ligarse a Parisa. ¿El puto gordo de Mehdi, el asmático con la voz de pito, con la tía buena del Barrio?

—¡No, no! —dice—. ¡Lo juro, hermano!

Se inclina hacia delante, hacia mí, susurra.

—El sexo, *len...* ¡Ay, ay, ay, ay, ay! ¡Una locura, te lo juro!

Doy un paso atrás, esto ya es ir demasiado lejos, aquí el Corán debe de tener algo que decir.

—En serio —digo—. No quiero oírlo, ¿vale?

—No seas tan rancio, hermano —contesta, y se ríe—. Da igual, tengo que irme.

Me ofrece su puño cerrado y yo se lo choco con el mío.

—Me alegro de verte, Fadi —dice—. Si cae algún otro día de verano haremos una barbacoa con toda la peña. Deberías venir. Hace tiempo que no te vemos.

Asiento con la cabeza y de repente una extraña melancolía se apodera de mí. No volveremos a hacer una barbacoa juntos, lo sé. No volveremos a hablar de tías. No volveremos a fumar un canuto ni a quemar un coche. Todo eso ha quedado atrás. Debería ser un alivio. Es un alivio. Pero también es una pena.

Casi he llegado a casa cuando lo veo en cuclillas mirando los arbustos marchitados junto a mi puerta. Tiene pinta de abisinio, o quizá somalí, con la barba larga, gruesa y peinada, caftán y rosario, y noto que me entran sudores fríos, noto que sé que se trata de esto, que es aquí donde empieza la vida. Y me asusta la idea de lo que puede implicar, pero sé que el temor es parte de ello, parte de la prueba de Alá, una parte de lo que tengo que soportar para mostrarme digno. Respiro hondo y me acerco tranquilamente al portal.

El hombre se levanta; su barba no es tan gruesa como me había parecido, su caftán no está tan limpio y recién planchado, sino que todo él parece cascado, con ojos pequeños y dubitativos que me observan con atención.

—¿Fadi Ajam? —pregunta.

Yo solo asiento en silencio.

—Habla para que te pueda oír —dice el hombre—. No tienes nada de qué avergonzarte.

Trago saliva.

—Soy Fadi Ajam —digo—. *As-salamu alaykum.*

Hago una discreta reverencia, le muestro respeto.

—*Wa alaykum salam* —responde él.

Sin quitarme los ojos de encima hace un gesto hacia el aparcamiento con una mano, la otra sigue contando tranquilamente cuentas en el rosario.

—Vamos —dice—. Si no nos perderemos el *salat.*

Aun así titubeo. Es lo que había estado soñando. Lo que había intentado explicarles a los hermanos en internet. Que necesito algo más, que no consigo estar solo, que no consigo llevar el día a día, que tengo que irme lejos, *in-shallah.* Y ahora Alá me ha escuchado y me ha enviado a este abisinio para llevarme adelante. Aun así titubeo.

—Vamos —dice otra vez, y extiende la mano—. Alá, alabado sea el altísimo, te necesita.

Y yo lanzo una mirada hacia la fachada, a nuestra vieja ventana donde las persianas están siempre bajadas, y tomo aire y cierro los ojos.

Después los abro y sigo al hombre que cruza el asfalto hasta el aparcamiento.

14

Londres
Lunes, 17 de agosto de 2015

K lara se despierta por el dolor de cabeza —pesado y sordo, suave, pero persistente, más que intenso— y hace fuerza para abrir con cuidado los ojos. La habitación está llena de una luz gris que le es muy familiar y desconocida al mismo tiempo. No se encuentra en casa. Al darse cuenta es como si tuviera un agujero dentro que la absorbe y Klara vuelve a cerrar los ojos, los aprieta.

¿Dónde está? ¿Qué ha pasado? Poco a poco, a intervalos cortos, la noche anterior va asomando en su cabeza. La caza con su abuelo, una copa de vino en el aeropuerto, el taxi a The Library. ¿Y luego? Recuerda haberse emborrachado mucho más que de costumbre. Recuerda salir del bar y que las calles eran inestables como puentes colgantes, que los edificios se curvaban y cambiaban de sitio. Y recuerda una silueta que la seguía. Después, nada.

Presa del pánico se incorpora y abre los ojos de par en par. Se pasa las manos por el cuerpo. Lleva una camiseta demasiado grande. No es suya. Solo braguitas debajo. Siente que se le encoge el pecho otra vez, su pulso se acelera, los sudores, el martilleo en la cabeza. La habitación le suena, pero no logra ubicarla: una cama sencilla, un escritorio atestado de papeles y bolígrafos, un armario ropero con prendas de hombre, una sábana blanca tapando la única ventana que hay y a través de la cual entra una luz gris. Pone los pies en la moqueta, ve que su maleta está en el rincón, con su ropa bien doblada encima.

¿El teléfono? Apenas tarda unos segundos en encontrarlo en el bolsillo de los tejanos. Son las siete, ninguna llamada perdida.

Se levanta y nota que el cuerpo le pide agua a gritos, tiene la boca pegajosa y seca. Se desplaza vacilante por el suelo, sale por la puerta y entra en lo que parece ser un salón con vistas a alguna calle. En el centro de la estancia hay una mesa para dos y, junto a una pared, un sofá, en el cual duerme un hombre. Klara avanza con sigilo por la habitación. Necesita agua lo más pronto posible. Pero primero tiene que saber dónde está.

A medio camino lo ve todo claro y siente el alivio inundándole todo el cuerpo. Es el piso de Pete. Solo lo ha visto de noche, siempre en estado de embriaguez, siempre se había escapado antes de que saliera el sol. Pete. Podría haber sido peor. Mucho peor.

Encuentra la cocina y un vaso. Lo llena hasta arriba y luego se toma tres más seguidos, hasta que tiene la sensación de ir a vomitar por la repentina cantidad de líquido que le llena el estómago. Pero el dolor de cabeza amaina un poco y Klara deja el vaso y vuelve al salón. Se pone de rodillas al lado de Pete y nota un atisbo de cariño mezclado con la creciente angustia. ¿Cuánto se había emborrachado?

—Pete —dice, y tira de su brazo con suavidad.

Pete suelta un ronquido y se da media vuelta para alejarse de ella, pero Klara lo sacude otra vez con cuidado. Esta vez él abre los ojos y se vuelve para mirarla, totalmente despierto.

—¿Klara? —dice—. ¿Estás despierta?

Se incorpora y la mira con sus ojitos azules. Ella se encoge de hombros y de pronto una vergüenza sin fin la embarga. ¿Cómo se ha podido emborrachar tanto? ¿Cómo no puede recordar lo que pasó?

—Yo… —empieza, pero como no sabe adónde se dirige guarda silencio.

Ahora Pete está sentado en el sofá y la mira intranquilo.

—¿Te encuentras mejor? —pregunta con auténtica preocupación en la voz.

Ella asiente en silencio.

—Madre mía —dice él—. Estabas totalmente K. O. ¿Te acuerdas de lo que pasó?

—A trozos —responde—. Creo que perdí el control en algún momento.

Sonríe apresurada, ruborizada. El dolor de cabeza le hace vibrar un poco las sienes.

—¿Cuánto habías bebido antes de llegar a The Library? —pregunta él.

Klara nota que la vergüenza se propaga y le sube la temperatura y la despoja de su piel, que no está segura de poder afrontar esta conversación, no con Pete, no ahora.

—Una copa en el avión —dice al final—. Pero no sé. Perdí el control estando en The Library, supongo.

Pete niega con la cabeza y le lanza una mirada preocupada.

—En The Library te tomaste tres copas de tinto —dice—. Te estaba echando un ojo. No quería que te emborracharas demasiado. ¿Tres copas? Eso no suele ser un problema para ti.

Klara no está segura de si es un cumplido, así que se vuelve a encoger de hombros. ¿A qué se refiere?

—Sí —continúa Pete—. En el callejón estabas completamente fuera de juego. Habías vomitado. ¿Te acuerdas de eso?

Klara nota que su cuerpo se queda de piedra. Recuerda fragmentos de cuando se desplomó en el callejón, el mundo girando y temblando. Recuerda vagamente que vomitó. Pero también recuerda vagamente la silueta de un hombre en el callejón.

—Dios mío —dice—. Había alguien allí, en el callejón. ¿Eras tú?

Mira a Pete a los ojos.

—¿Estabas allí cuando me desplomé?

Pete frunce la frente, y sus ojos se vuelven aún más pequeños, aún más azules e intensos.

—¿Klara? ¿No te acuerdas? Salí porque un cliente del bar te había encontrado en el callejón y no sabía qué hacer. Estabas allí tirada sola.

Los recuerdos relampaguean y desaparecen. Le flaquean y le fallan las piernas. Recuerda caerse y quedarse a cuatro patas. Vomitar. Una voz susurrante. Nota que se le pone la piel de gallina.

—¿Mis maletas? —dice—. ¿Las has traído?

—¿Maletas? —dice Pete—. Solo llevabas una, ¿no? Una de ruedas.

La silueta en el callejón. El recuerdo de manos y la voz susurrante. Klara se levanta y regresa corriendo al dormitorio, tira al suelo la ropa que está sobre la maleta, la revuelve, hurga en ella, la abre. Nada. Se gira y grita por encima del hombro:

—¿Has visto mi bolsa? ¿El maletín con mi portátil?

Pete está en la puerta, a sus espaldas.

—No. Cuando te encontré solo llevabas esa.

Señala la maleta con el dedo. Klara se sienta y se pasa las manos por el pelo. ¡Mierda! Se inclina de nuevo sobre la maleta, abre el compartimento superior y ve el pasaporte y la cartera. Un atisbo de alivio.

—¿Me estás diciendo que te falta un maletín? —dice Pete.

Klara no le hace caso. Los pensamientos y la angustia le corren como el agua por dentro, un torrente. Alguien se llevó el maletín del ordenador. Nada más. Se vuelve hacia Pete.

—¿Estás seguro de que solo me tomé tres copas? No sé, es como si hubiese perdido la cuenta. Además, creo que la última la dejé a medias. De pronto me sentí completamente borracha.

—Sí. Al cien por cien. Quiero decir, no había demasiada gente en el bar.

—Ah, ¿no?

Ella lo recuerda abarrotado, ruidoso y con mucho jaleo.

—Un domingo normal y corriente —dice Pete—. Medio lleno, un poco más.

Klara asiente con cuidado. Recuerda sombras y manos que cogen y tiran, lo cual le produce un escalofrío y temblores.

—Entonces, ¿qué ha pasado? —dice—. Si solo me tomé dos copas y media, ¿qué coño ha pasado?

Él se encoge de hombros y se pone de cuclillas a su lado.

—¿Te estás medicando?

Klara se aparta y se sienta en la cama, molesta por la repentina intimidad de Pete. Sí, le está agradecida por haberse ocupado de ella, pero ahora lo único que quiere es salir de aquí.

—No, joder, no me estoy medicando.

Él se pone de pie otra vez. Solo lleva calzoncillos y Klara hace un esfuerzo para no mirarlo, no soporta la cercanía y la espontaneidad de la situación.

—A lo mejor solo habías comido mal —dice—. Y quizá el maletín te lo dejaste en el bar. Podemos ir a ver.

Klara asiente en silencio.

—Vale —dice—. Lo miramos.

Pero ya sabe que no estará allí.

15

Bergort
Octubre de 2014

Sigo al abisinio por el aparcamiento bajo el sol de la tarde, no tiene ningún coche, tal como yo creía, sino que seguimos avanzando despacio en dirección a los bloques de cinco plantas donde vivía Bounty hasta que su familia hizo las maletas y se largó a una casa pareada en alguna parte. Apenas he ido desde que éramos pequeños, allí no hay nada, incluso menos que donde vivimos nosotros, y está en la dirección equivocada si tienes que ir al centro o tomar el metro.

La hierba al final del aparcamiento está amarilla y descuidada, llena de perifollo, ortigas y cardos, pero el abisinio señala un caminito que cruza el pequeño prado. Parece trazar un semicírculo alrededor de los bloques de cinco plantas hacia el bosquete donde tú y yo solíamos montarnos nuestras aventuras cuando éramos niños, donde tú me hablaste de *Ronja, la hija del bandolero,* que tu profesora os había leído en la escuela, y me entró tanto miedo a las arpías y a los ladrones que tuviste que cogerme de la mano de camino a casa al anochecer, a pesar de que yo ya era demasiado mayor como para coger a nadie de la mano. En todo eso pienso mientras sigo al abisinio por la hierba y los arbustos y las ortigas. Y pienso que ahora también tengo miedo, que no tengo a nadie a quien coger de la mano.

Nadie, excepto Alá, *subhanahu wa ta'ala*, alabado sea el altísimo. Pero esta noche Él permanece en silencio y su mano está fría. También esto es una prueba, y avanzo paso a paso por la hierba cada vez más alta.

La arboleda es mucho más pequeña de como la recordaba y las vías del metro están mucho más cerca, las rocas no son como las del Bosque de Mattis, sino más bien como piedras grandes y grises con bolsas de plástico y latas oxidadas de cerveza metidas entre unas y otras. Ponemos los pies con cuidado en el suelo y subimos por la suave cuesta que lleva a lo que recuerdo como un claro en el centro del bosquete.

Es en el centro de la arboleda donde empieza. Mi nueva vida está compuesta por tres hombres con barba, uno viste caftán como el abisinio, los otros dos llevan tejanos y camisa abrochada hasta la nuez. Están alineados, como si nos estuvieran esperando, hay cinco alfombras extendidas en fila por detrás de ellos, apuntando a una parte donde el bosquete se abre y a través del cual se pueden vislumbrar las vías y la boca de un túnel, y más allá los bloques de diez pisos y el centro. Ahora estoy fuera de mí mismo, encima de mí mismo, y la realidad es cortante y afilada, la luz cae en otro ángulo, impropio, y nos tiñe de oro y esmeralda.

El abisinio se acerca a los hombres y los besa uno tras otro en las mejillas, murmura frases de saludo en árabe, y luego se gira hacia mí.

—Este es el hermano Ajam —dice en sueco.

Yo no sé qué decir, no sé qué lengua se utiliza, qué gestos se hacen. No sé nada, así que me limito a levantar la mano para saludar, como un tonto.

—Hola.

El hombre del caftán sonríe y se me acerca unos pasos, extiende los brazos y me abraza fuerte, me besa en ambas mejillas y luego me aparta. Tiene el pelo rojo y la barba roja, ojos verdes que muestran interés. No es árabe, sino sueco, quizá un converso.

—Bienvenido, hermano Ajam —dice, y sonríe.

Hay mucho sentimiento en él, algo cálido y profundo, y quiero que me abrace otra vez, que me pegue a su cuerpo, que me susurre que todo irá bien, que saldrá bien, que la fe es lo más importante, que Alá ve mi corazón, que no importa que sea tan mal musulmán siempre y cuando mi corazón sea sincero.

—Yo soy el imam Dakhil —dice.

El sueco del imam Dakhil es fluido y con acento de Gotemburgo; no viene del Barrio, no con esa forma de hablar.

Uno tras otro, los hombres se me acercan, primero el abisinio que me ha ido a buscar.

—Al hermano Tasheem ya lo conoces —dice el imam Dakhil.

Tasheem me da un beso en cada mejilla y murmura algo en árabe que yo no entiendo.

—El hermano Taimur —continúa el imam, y el más joven de los hombres en tejanos me besa también en las mejillas; no parece mucho mayor que yo, quizá cinco años. Quizá como tú.

—Y, por último, el hermano al-Amin —continúa el imam.

El hermano al-Amin ronda los cuarenta, es alto y grande, tiene una barba prominente y pulcra, cazadora de cuero y un *kufi* en la cabeza.

—Bienvenido, hermano Ajam —dice, y me abraza.

Y lo percibo en él también, ese calor, eso que con tanto gusto quiero recibir de Alá, esa mano que coger, y noto que los ojos se me empañan de lágrimas, que me veo absorbido por esa calidez que irradian.

—Ya no eres «Ajam» —dice el hermano al-Amin—. Ya no eres un extraño, ahora eres parte de Alá, alabado sea su nombre.

—¿Cómo me habéis encontrado? —digo después, cuando estamos sentados juntos en la hierba, en silencio, viendo cómo el Barrio se tiñe de púrpura ante nuestros ojos con el sol de media tarde.

El hermano al-Amin señala al hermano Taimur, que levanta la mano a modo de saludo.

—Nos conocemos del chat —dice Taimur, y sonríe—. Yo soy *Righteous90.*

Doy un respingo y me inclino hacia delante para verlo bien. *Righteous90* fue uno de los primeros que se pusieron en contacto conmigo en la red, es con quien más chateo. Es a quien le he contado que vivo en el Barrio y en qué parte del Barrio. Es a quien le he contado mi deseo de dejarlo todo y hacer la yihad.

—Es... —empiezo—. Es increíble verte en persona.

—Alabado sea Alá —dice el hermano Taimur, y hace una reverencia—. Iba a contactarte antes, pero primero quería asegurarme de que eras auténtico. Hay muchos que son pura fachada y dicen que quieren hacer la yihad. Son muchos los que no se lo toman en serio. Pero tú sí, hermano Ajam, tu corazón es puro.

Cuando lo dice, noto una vez más que el sentimiento de gratitud me desborda, se me hace un nudo en la garganta y las lágrimas amenazan con abrirse paso. Mi corazón es puro. Puede que no me sepa las oraciones, pero los hermanos pueden ver que mi corazón es puro.

Miro a mi alrededor en el bosquete para volver al presente.

—¿Siempre quedáis al aire libre? —digo—. ¿Qué hacéis cuando llueve?

Se miran unos a otros y sonríen en una muestra de entendimiento.

—Quedamos en sitios diferentes —dice el imam Dakhil y señala al Barrio—. Somos... precavidos, se podría decir. No queremos llamar la atención, no queremos más orejas que las que nosotros decidamos. No cuando tenemos miembros nuevos como tú, hermano Ajam. No cuando tenemos cosas importantes de que hablar.

Siento que se me acelera el pulso y que se me calientan las orejas. El imam Dakhil me coge de la mano y la envuelve entre las suyas. Me mira con sus ojos verdes y sinceros y siento que nunca ha habido nada más importante en mi vida que esto, que es más importante que yo mismo, que tú, que nosotros.

—El hermano Taimur dice que estás implicado —dice el imam.

Asiento frenéticamente con la cabeza. Nunca he tenido tantas ganas de mostrar mi lealtad.

—Que te afectan mucho las injusticias, aquello a lo que se ven expuestos nuestros hermanos y hermanas. El hermano Taimur dice que has tenido tus problemas, hermano Ajam, igual que todos nosotros hemos tenido los nuestros, pero que has elegido dejar que Alá, elevado sea Él, tome todo tu corazón, no solo una pequeña parte.

—Sí —digo—. Todo mi corazón pertenece a Alá, alabado sea Él.

Lo digo convencido, igual que recito el credo, igual que recito las oraciones y leo el Corán. Lo digo porque quiero que sea cierto. Lo digo porque, aunque no lo note, no hay nada que quiera tanto como sentir eso.

El imam Dakhil asiente en silencio y me aprieta la mano.

—El hermano Taimur dice también que estás empeñado en hacer la yihad. Que quieres unirte a nuestros hermanos en Siria, que no temes morir como un mártir. ¿Serías tan feliz de que Alá, elevado sea Él, quisiera permitírtelo?

—Sí —afirmo con el corazón desbocado, con las sienes a punto de estallar de la emoción—. No temo a la muerte, quiero llegar al paraíso, quiero servir a Alá, alabado sea Él.

No dicen nada, solo me miran tranquilos. Noto que el imam Dakhil me aprieta un poco más la mano, se echa hacia delante para mirarme al fondo de los ojos.

—Se puede hacer la yihad de muchas maneras —dice—. La yihad no está solo en el campo de batalla ni consiste solo en morir como un mártir, felices aquellos, alabado sea Alá, no es la única manera de alcanzar el paraíso, ¿eso lo entiendes?

Asiento despacio con la cabeza y de pronto quiero ponerme en pie y gritar: «¡Pero es la única manera para mí! Soy impaciente. No puedo seguir viviendo aquí. ¡No aguanto ni un segundo más sin largarme de aquí!».

Pero permanezco callado, asiento en silencio.

El hermano al-Amin se nos acerca, lo suficiente como para poder mirarme a los ojos.

—¿Entiendes que nosotros estamos haciendo nuestra yihad aquí? —dice—. Haciendo esto que estamos haciendo ahora. Encontrando adeptos como tú y ayudándolos a cumplir la voluntad de Alá. Eso también es yihad.

«Pero yo no puedo hacerlo —quiero gritar—. Si Alá tiene un plan para mí, ¡no es aquí! ¡No puede ser aquí!».

—Sí —digo—. Lo entiendo. Hágase la voluntad de Alá y alabado sea Su nombre.

Todavía me resulta incómodo decirlo, alabar a Alá aquí, entre estos árboles escuálidos, en esta hierba crecida. Me resulta incómodo el mero hecho de alabarlo y desearía que Él me llenara, que no solo me pusiera pruebas.

—Es posible que tengas el potencial —dice el imam Dakhil—. Tenemos contactos y posibilidades. Si tu convencimiento es fuerte, hermano Ajam, es posible que tu sueño de servir a Alá, alabado sea Su nombre, en el campo de batalla pueda cumplirse.

Ahora vuelvo a sentir ese gas llenándome, ese gas caliente, lleno de esperanza, huidizo, más denso que la sangre y más ligero que el aire y el pensamiento. «Quizá sea Dios —pienso—, quizá sea Alá, alabado sea Su nombre, quizá haya venido para llenarme, para recompensarme por mi paciencia y mi confianza». Pero sé que no es cierto. Sé que soy un mal musulmán que no puede sentir a Dios, que anhela algo mayor, pero que no puede sentir lo más grande.

—Gracias —digo—. Gracias por poneros en contacto conmigo.

—No nos des las gracias a nosotros —dice el imam Dakhil—. Dáselas a Alá, alabado sea Su nombre.

16

Londres
Martes, 18 de agosto de 2015

Son poco más de las nueve cuando Klara se detiene delante de los cuatro escalones que suben al portal del número 33 de Surrey Street, justo a la vuelta de la esquina de Strand, donde aún retumba el bullicio de cada mañana. El aire es pesado y caliente, saturado de gases de tubo de escape, río y café. Una chapa nueva y brillante de latón encima del timbre revela que Klara se encuentra delante del King's Centre for Human Rights Studies.

La penetrante jaqueca del día anterior ha perdido fuerza, pero sigue resonando en algún punto del fondo de su cabeza. Ayer no tuvo tiempo de ir al médico para pedir la baja, pero acudir al trabajo habría sido imposible. La resaca y la angustia la habían mantenido en cama la mayor parte del día. Claro que le agradecía a Pete todo cuanto había hecho por ella, pero se había negado a coger ropa prestada y se había ido a casa con sus pantalones apestando a vómito, porque en ese momento no quería volver a verlo nunca más, solo olvidar aquella noche lo antes posible.

Ahora da un trago del café que le ha comprado a un adolescente ruso en Starbucks y se arrepiente tan pronto como las náuseas le vuelven a subir por la garganta. Sea lo que fuere lo que pasó el domingo por la noche, le ha provocado dos días de resaca en los que, por lo visto, el café no es de gran ayuda.

Para ganar un poco de tiempo, y dejar que las náuseas remitan, pasa de largo el portal del número 33 y coge las escaleras que bajan al patio interior, que según el cartel se llama Strand Lane. Recuerda haber leído que detrás del escaparate que hay al fondo del pequeño patio hay una antigua terma romana.

Mientras baja las escaleras saca el móvil para mirar el correo y pega un brinco cuando descubre que no está sola en el patio. Al fondo, junto al escaparate, a apenas diez metros, ve la delgada silueta de casi dos metros de alto de Patrick Shapiro, su compañero de trabajo estadounidense. Parece estar en cuclillas, porque, cuando ve a Klara, se levanta rápidamente, se mesa el flequillo rubio y se endereza las gafas de titanio.

—Klara —dice con seriedad y quizá un poco incomodado—. Buenos días.

—Buenos días —responde Klara, y se da cuenta de que no tiene más opción que acercarse ella también al escaparate.

Se estrechan la mano, lo cual resulta singularmente formal, pero durante el año que ella lleva en el instituto apenas han intercambiado unas palabras fuera de las reuniones semanales que su jefa Charlotte Anderfeldt insiste en celebrar con los cinco colaboradores en total que hay en el instituto. Y Patrick no es ese tipo de persona con la que charlas un rato con un café en la mano mientras vuelves al despacho. Al contrario, él va siempre a su aire, llega pronto, se va el último, siempre tiene la puerta cerrada. Se rumorea que, por alguna razón, incluso se niega a usar internet o siquiera ordenadores.

Klara se inclina hacia el cristal sucio y se hace visera con la mano para poder ver a través del reflejo. Lo único que consigue distinguir es algo que parece una bañera de arenisca desgastada y hundida. Las ruinas de una bañera. Se vuelve hacia Patrick, con media sonrisa en la cara. La jaqueca permanece en su sitio al fondo de la cabeza.

—Como atracción turística no es Disneyworld, precisamente —dice.

Él asiente con gravedad. Su cara lisa y alargada también parece de arenisca, piensa Klara.

—Me gusta igualmente —dice él casi ofendido—. Vengo aquí casi cada mañana. Por lo visto, Dickens solía bañarse aquí.

Klara asiente en silencio, cree haberlo oído ella también.

—Y Guy Fawkes y sus hombres se juntaron aquí para planear el atentado contra el Parlamento —añade él, con su voz un poco más baja.

—Ah, ¿sí?

Eso no lo sabía.

—Pero venir cada mañana —continúa ella, y vuelve a mirar dentro de reojo—. Da un poco la sensación de que, cuando lo has visto una vez, pues…

Deja morir la frase.

—Me gusta la idea —dice él—. Las capas. La historia dentro de la historia. Probablemente, ni siquiera sean unas termas romanas, sino algo mucho más tardío. Pero que estén aquí, bajo todo lo demás, en silencio y casi olvidadas. Primero quizá los romanos, después la ciudad creció durante milenios, luego Fawkes, después Dickens. Todo se ha ido expandiendo alrededor de ese viejo barreño que apenas sabemos qué es realmente. Y, para terminar, ahora estamos aquí nosotros con nuestros «derechos humanos».

Marca comillas con los dedos para las dos últimas palabras. Es el discurso más largo que Klara ha oído jamás de su boca.

—¿Qué quieres decir con eso? —dice ella—. ¿«Derechos humanos»?

Klara imita su gesto.

—¿Crees que no nos estamos dedicando a eso?

Él se encoge de hombros y parece inspeccionar a Klara más de cerca.

—Solo quiero decir que es como esta terma. Que no todo es lo que parece, que hay capas. Al final ni siquiera sabes si el núcleo es lo que tú te crees.

Ella niega con la cabeza, se masajea un poco las sienes. Hoy esto es demasiado existencial para ella.

—Me parece que tengo que subir y ponerme a trabajar. ¿Vienes?

En la tercera planta, ante la puerta de Charlotte, Klara coge aire antes de llamar. El viejo suelo de madera cruje mientras se balancea nerviosa sobre un pie y el otro.

—*Yes?* —se oye la voz de Charlotte dentro del despacho.

Klara empuja la puerta con cuidado. Charlotte se encuentra sentada en el saledizo que da a la calle, detrás de un escritorio antiguo que está totalmente cubierto de papeles y rotuladores, cargadores de móviles y tazas de café a medio beber. En mitad del caos hay una pantalla de color aluminio que parece estar conectada a un ordenador que permanece oculto bajo los papeles y el desorden. Las paredes están cubiertas de estanterías llenas de libros, archivadores y otras tantas pilas caóticas de documentos.

—Disculpa, Charlotte —le dice en sueco—. Pero me ha pasado una cosa.

Charlotte se levanta del escritorio, sale a recibir a Klara y le hace un gesto para que se siente en el rincón de los sofás. Hoy se ha vestido informal y bohemia, una falda amplia y un top suelto. Su pelo grueso y castaño está recogido en un moño apresurado.

—Siéntate, cariño —dice—. ¿Qué ha pasado? Coge un poco de agua. ¿O prefieres té? Por cierto, ¿te encuentras mejor? ¿Ayer estuviste enferma?

Klara asiente con la cabeza pero nota que se ruboriza.

—Sí —dice—. Mucho mejor. Debí de... comer algo en mal estado.

Charlotte la mira afable con sus grandes ojos oscuros, y la intensidad que albergan hace que Klara se sienta más falsa que nunca.

—Uf —dice Charlotte—. ¡Me alegro de que te encuentres mejor!

—¡Desde luego! —dice Klara, y asiente con un entusiasmo exagerado.

Traga saliva y coge carrerilla.

—No quiero molestarte, pero resulta que perdí mi ordenador el domingo.

Nota que le suben aún más los colores, no hay nada que odie más que reconocer que ha fallado. Y no puede contarle a Charlotte lo que pasó en realidad, así que ha decidido presentarle una versión maquillada, sin vino tinto ni vomitera, sin camareros ni desplomes en callejones oscuros. Una historia sin bares, vaya. Charlotte pone los ojos como platos.

—Pero ¿qué me dices, Klara? ¿Cómo pasó?

—Debí de dejármelo en el aeropuerto, o en el tren de camino a la ciudad —miente—. Me he puesto en contacto con la oficina de objetos perdidos, pero, ya sabes, nada.

Extiende las manos, se siente pequeña y totalmente inútil.

Charlotte se inclina y le coge la mano, la mira profundamente a los ojos.

—Tranquila, Klara, lo solucionaremos. Te encontraremos un ordenador para que puedas trabajar. Y ¿has seguido las instrucciones en lo que respecta a tus documentos?

Klara asiente con vehemencia, aliviada de poder decir por fin que ha hecho algo bien.

—Sí, por supuesto —dice—. Todo lo relacionado con el trabajo está guardado en el servidor.

—Y ¿solo en el servidor? —dice Charlotte y le aprieta un poco más la mano—. Es que estando tan cerca la conferencia de Estocolmo es importante que no se filtre ningún documento.

Klara vuelve a asentir.

—Solo en el servidor.

—¿Estás segura de ello?

—Del todo —dice.

Y lo cierto es que lo está. Ha seguido las órdenes de Charlotte al pie de la letra y ha sido meticulosa a la hora de guardar todos los documentos en el servidor encriptado, todos los documentos relacionados con la gran conferencia de la UE que se celebrará en Estocolmo. Es plenamente consciente del prestigio que supone para Charlotte y todo el instituto poder presentar su evaluación —sobre las posibilidades y los riesgos de privatizar cárceles y cuerpos de policía— en la gran reunión con los ministros de Justicia de la UE que se celebrará dentro de una semana. El informe en cuestión es el motivo principal por el cual Klara fue contratada en el instituto hace un año. Charlotte le había ofrecido el trabajo no por ser sueca, casualmente, y porque el informe fuera a presentarse en Estocolmo, sino por su considerable experiencia académica, y ahora necesitaba una mano derecha que pudiera ayudarla con la organización y también algo de redacción.

Y la oferta de Charlotte había llegado de improviso, justo cuando Klara había logrado salir de la cama en casa de sus abuelos en Aspöja y había decidido que intentaría terminar la tesis de Mahmoud.

—Menuda oferta, por supuesto que la vas a aceptar, Klara —había dicho el profesor Lysander, el tutor de Mahmoud—. Tendrás la oportunidad de trabajar con la tesis y te hará bien salir de aquí. ¡Y es el King's College! Es todo un honor.

Klara miró el instituto y por lo visto pertenecía, efectivamente, al King's College, lo acababan de abrir y estaba enfocado a la investigación en torno a los derechos humanos en el espacio nebuloso que se abría entre el mercado privado y el público. Ese tipo de cuestiones era justo lo que analizaba la tesis de Mahmoud y Klara pudo ver que algunos de los artículos de

Anderfeldt estaban incluidos en las referencias bibliográficas de Mahmoud. Se lo pensó unas semanas y luego cogió un vuelo para conocer a Charlotte.

En total, el instituto estaba formado por Charlotte y Patrick y otros dos investigadores, luego Klara y dos estudiantes de doctorado. Además, había un par de estudiantes que echaban una mano con las investigaciones preliminares de varios proyectos.

A Klara le había gustado su actitud inteligente y desenfadada desde el primer momento. Era obvio que tenía ambiciones, tanto para ella misma como para el instituto recién inaugurado. Klara había sentido despertar una especie de emoción en su interior. A lo mejor aquello era demasiado bueno para ella.

—Pero ¿por qué yo? —le había preguntado a Charlotte—. ¿Cómo has tenido noticias de mí?

Pero Charlotte se había limitado a sonreír.

—A los buenos investigadores los calas enseguida —le había respondido, y luego le había guiñado el ojo.

En verdad a Klara no le importaba, solo estaba contenta de poder salir del archipiélago otra vez. Salir y seguir adelante. Habían firmado el contrato antes de que cogiera el vuelo de vuelta a Estocolmo aquella misma tarde.

—Típico —dice ahora Charlotte—. Perder el ordenador, quiero decir. Pero lo dicho, son cosas que pasan.

Le da una palmadita a Klara en la mano y se estira para coger una taza que llena de té verde con un termo que tiene en la mesita de centro.

—Y ¿cómo te va? —continúa—. Con el borrador de los límites legales, digo.

El trabajo de Klara es elaborar un texto base sobre los problemas jurídicos que implicaría la privatización de competencias delicadas, como la policía y las prisiones. Ha sido lo más minuciosa y objetiva que ha podido, aunque le asusta la idea de que alguien pueda plantearse de verdad que sea democráticamente defendible tener un cuerpo policial privado. «Menos mal que es Charlotte la que ha recibido esta tarea de investigación tan sensible», piensa. Charlotte es objetiva y recta, tanto en la investigación como personalmente. Al mismo tiempo, la idea de que la investigación del instituto vaya a servir de base para una discusión tan importante entre los países de la UE da casi vértigo. Es justo el tipo de trabajo que puede conseguir absorber a Klara, hacer que no piense en el pasado ni en el futuro, solo en la tarea.

—Bien, supongo —dice—. Solo me falta revisarlo. Te mando un enlace esta tarde.

—Bien —dice Charlotte, y sorbe un poco de té—. Habla con Dawn sobre el ordenador, ella sabe lo que necesitas para poder solicitar uno nuevo de la universidad.

Klara se siente más que aliviada cuando sube entre crujidos por la escalera que lleva al ático, la planta que comparten ella y Patrick. Charlotte y los demás investigadores están en la planta de abajo. En el resto de las cinco plantas de que dispone el edificio se lleva a cabo algún tipo de actividad administrativa para la universidad, algo que Klara nunca ha tenido que estudiar más a fondo. Charlotte ha bregado para que les den una planta más, quiere reclutar a por lo menos otros tres investigadores. Dinero parece que hay, lo cual es todo un alivio en el mundo académico.

Cuando Klara llega a su planta nota que la cabeza le late sutilmente por el esfuerzo y busca un Ipren en el bolso y se lo toma sin agua. Para su sorpresa, justo cuando va a meterse en su despacho ve que la puerta del de Patrick está entreabierta, cosa que no recuerda haber visto hasta la fecha. Se detiene y vacila unos instantes. Ella y los compañeros han hecho tantas bromas sobre Patrick y su extravagancia que ahora la tentación de asomar la cabeza en su despacho es demasiado grande.

Klara echa una mirada a la puerta del minúsculo lavabo y ve que está cerrado. Probablemente él se encuentra allí y por una vez se ha olvidado de cerrar la puerta del despacho tras de sí.

Vuelve a mirar la puerta cerrada del lavabo y luego se acerca de puntillas al despacho de Patrick. Solo un vistazo rápido, por el amor de Dios, no pasa nada, ¿no? Con cuidado, empuja la puerta, que se desliza con un leve chirrido.

La estancia está más oscura de lo que se había esperado; Patrick ha bajado la persiana de la ventana que da al patio interior. No sabe qué se esperaba —¿quizá locura creativa, papeles por todas partes atados con cordeles de lana de colores, como en un cliché de una enfermedad mental académica?—, pero su despacho no es eso. Está estrictamente ordenado. Hay montones de papel impecables colocados en fila sobre el escritorio, los libros de la estantería baja de madera oscura que ocupa toda la pared parecen estar dispuestos siguiendo algún tipo de orden. En la pared hay un solo papel colgado, una hoja DIN A4 impresa con tres palabras en letra grande: *A Dangerous Remedy*.

Klara se queda de piedra. Hay algo en esas palabras. «Un remedio peligroso». Algo que le resulta familiar, algo que hace que se le erice el vello de los brazos y que le provoca un escalofrío. ¿Qué significa? ¿Es el nombre del libro en el que Patrick está trabajando?

Sigue examinando el despacho con la mirada, pero lo único que le llama la atención es que la pantalla del ordenador —idéntica a la que ella tiene en su despacho, el modelo estándar de la universidad— está arrinconada en el suelo y tiene el cable posterior colgando. En la pared de detrás del escritorio hay una pizarra blanca grande con el dibujo de un mapa mental. Klara asoma la cabeza presa de la curiosidad: quizá encuentre algunos detalles más de lo que Patrick hace cada día encerrado allí dentro.

En la oscuridad resulta difícil distinguir lo que ha escrito en rotulador rojo sobre el panel blanco, pero en el centro del mapa mental ve un rectángulo con la palabra «Ribbenstahl». Klara da medio paso y cruza el umbral de la puerta. En uno de los otros rectángulos pone algo que parece ser «Stirling Security». De ahí parte una flecha que lleva a Ribbenstahl. Debajo de Stirling Security hay un círculo con otra cosa escrita: «¿Embajada rusa?».

«¿Qué está haciendo este tipo?», piensa.

Al mismo tiempo, oye que alguien tira de la cadena y Klara echa un vistazo rápido por encima del hombro antes de inclinarse hacia delante y mirar la pizarra por última vez. Todas las flechas parecen pasar por el King's Centre for Human Rights Studies hacia un círculo de púas en la parte superior de la pizarra. Dentro de él pone: «Conferencia de Estocolmo». Y al lado: «¿Informe de Charlotte?».

Ahora oye pasos a sus espaldas por la moqueta y se apresura a retroceder y dar media vuelta para encarar su propio despacho.

—¿Qué estás haciendo? —De pronto la voz de Patrick suena justo detrás de ella. Acaba de doblar la esquina.

Klara da un brinco, pillada, se ruboriza.

—Nada —dice lo más tranquila que puede.

—¿Estás husmeando? —espeta él y la aparta para poder entrar en su despacho—. Pensaba que tendrías un poco más de respeto.

Patrick se vuelve, sus ojos son pequeños y malvados.

—Puedes acabar mal si te metes en asuntos que no te incumben —advierte.

—¡Por favor! —dice ella, de pronto irritada por sus maneras amenazantes—. He echado un vistazo en tu despacho, ¿vale? ¿Qué coño pasa?

Él le levanta un dedo índice.

—Tú a lo tuyo —resopla—. Solo recuérdalo.

Después le cierra la puerta en las narices.

17

Estocolmo
Martes, 18 de agosto de 2015

El metro es fresco y limpio aquí en el centro de la ciudad, los azulejos están pulidos y brillantes, la luz es densa y cálida. Yasmine se hunde en el asiento azul en un tren medio lleno de camino a Bergort y trata de concentrarse. Estar de vuelta en Estocolmo le resulta desconcertante. Una vez fue parte de esta ciudad, parte de este metro, parte del hormigón y las vías y los azulejos. Pero ahora es como si estuviera fuera de lugar. Ya no tiene ninguna función aquí, no hay ningún sistema dentro del cual pueda funcionar. Ahora siente una ligera y reacia nostalgia, como un fantasma que flota con los ojos abiertos de par en par, invisible para todo el mundo menos para ella misma.

Debería haber ido ayer, es cierto. No tiene tiempo que perder. Pero, tras la reunión con Ignacio, el desfase horario la había dejado fuera de combate y, cuando se despertó, a última hora de la tarde, había notado el cuerpo lleno de arena y agua, demasiado pesado y torpe para siquiera moverse. Lo único que había logrado hacer era un pedido al servicio de habitaciones y susurrarle un gracias a la tarjeta de crédito de Shrewd & Daughter antes de dejarse caer de espaldas en un trance espasmódico y un sueño recurrente en el que persigue a Fadi por la nieve del

Barrio. Sus perneras cortas aleteando en el viento, su risa ligera y aguda como la de un niño.

Ahora el tren se desliza lentamente hacia el sur. El ruido de las puertas que se cierran y el traqueteo por las vías, el hip-hop que se escapa de los auriculares del chiquillo que tiene sentado enfrente. Todo eso es como ella lo recuerda, pero de forma invertida. Ella nunca ha ido de vuelta al Barrio, ni siquiera antes, cuando el tren se movía en aquella misma dirección con ella dentro. Incluso entonces ella se había estado alejando, quizá sobre todo entonces. Siempre cerraba los ojos y soñaba con otra cosa. Después de los bares de noche en los barrios del sur, con la salida del sol, solía bajar tropezando del metro y subir las escaleras mecánicas sin ninguna consciencia del entorno, aún borracha de cerveza y futuro. Ni siquiera pensaba en dónde estaba hasta que metía la llave en la puerta de la casa de Parisa o de Abdul o donde fuera a dormir. Soñaba con el futuro hasta que el futuro se volvió parte de ella, hasta que pudo vivirlo. Hasta que el futuro resultó ser diferente de lo que ella había creído, hasta que de repente está sentada en este asiento azul, en estos túneles, hasta que al final regresa.

Yasmine contiene la respiración y cierra los ojos en el momento en que el tren por fin sale del túnel y se abalanza entre abetos y arbustos y bajo la luz de mediodía de finales de verano. Ese traqueteo y ese zumbido que el tren provoca cuando se libera de la oscuridad y del submundo solía hacerla feliz. Era el único momento en el que notaba realmente la velocidad y el rumbo del metro. En ese momento podía con todo, podía seguir adelante para siempre.

Ahora Yasmine abre los ojos y ve Bergort ampliándose como una fortaleza cubista de color gris a un lado de la vía, los bloques de diez pisos como un bosque de torres de vigía alrededor del centro, y más allá los bloques bajos. Ve el garaje vecinal, con los coches en hileras espinosas en el tejado, ve las antenas parabólicas estirarse hacia el cielo con los brazos extendidos y suplicantes. «En casa», piensa, pero lo único que nota es que se le encoge el pecho y que la fuerza de su respiración disminuye.

El tren frena al entrar en el andén y por un segundo Yasmine sopesa la idea de quedarse sentada, de seguir adelante o volver atrás, pero al final se levanta y sale al calor del andén. Y apenas le ha dado tiempo de bajarse del vagón cuando lo ve, en una de las columnas de hormigón que sostienen el techo oxidado de acero corrugado. Simple y compacto, no está gastado, sino recién pintado, no puede tener más de una semana. Un puño rojo dentro de una estrella de cinco puntas.

Baja sin prisa por la rampa de la estación en dirección al centro, a la calle Skutvägen y la manzana Fregatten, hacia el camino de Mistlursgången y la plaza Vasatorget. Todos esos nombres de calle en sueco, tan provocadores y excluyentes que han hecho que los chavales hayan terminado arrancando los carteles y rebautizando hasta el último rincón, Fregatten como Frígida, Plaza Vasa como Plaza Pirata.

Nota que el corazón le palpita con fuerza, nota su pecho elevarse y Yasmine respira hondo, intenta encontrar un ritmo, una manera de asimilar todo esto tan familiar. La barandilla oxidada de la rampa, las pintadas que ella y Red hicieron en los armarios eléctricos cuando tenían trece años y que siguen visibles bajo nuevas capas, nuevas pintadas. Baja más y más por la rampa, más y más al pasado, más y más adentro de sí misma. Las fachadas deterioradas, la hierba entre las baldosas de la plaza, el anuncio delante del súper Ica, la pechuga de pollo de toda la vida, la pizzería de Faruk, que parece haber hecho un intento desesperado por cambiar el nombre por el de El Paraíso, pero donde siguen los borrachos de siempre. Los viejos de la plaza con sus rosarios y sus pantalones de pinza, su sueco resquebrajado y su eterno paro, los chavales que hacen novillos delante del Asirio, con gorras y velos y tabaco de contrabando al sol. Ella es todo esto. Todo esto son las partes con las que ella se ha creado a sí misma, con las que se construyó las alas, todo esto es el aire con el que alzó el vuelo.

Parisa está sentada fumando delante del salón de belleza de su madre, con sus uñas y cejas largas, las caderas un poco más anchas, el pelo un poco más voluminoso. Por lo demás, como si no hubiera pasado nada, como si este verano hubiese durado cuatro años, como si Yasmine solo hubiera bajado una hora a Estocolmo para comprarse unas zapatillas nuevas.

Ve a Parisa de lejos y se para, insegura de cómo empezar, de cómo aproximarse a esto. Aun así se le hace tan fácil, tan natural, la manera en que Parisa se mece en la silla de plástico y toca las teclas rápidamente, repicando con las uñas en el teléfono. Sin saber cómo, de repente se encuentra a su lado; el humo del cigarro de Parisa es dulce y está cargado de menta.

—*Shoo len* —dice Yasmine, y se pone en cuclillas a su lado.

Parisa da un salto, aparta la mirada del teléfono, gira la cabeza, los ojos abiertos de par en par, cada vez más grandes.

—¿Qué? —exclama, y se pone en pie; la endeble silla se vuelca sobre las baldosas de cemento—. ¡Yasmine!

Yasmine sonríe, se endereza, abre los brazos.

—¡Yazz! —grita Parisa—. *Baby!*

Se vuelve, desconcertada y excitada, hacia el pequeño salón de belleza donde su madre está con los dedos metidos en una mascarilla oscura de pelo.

—¡Mamá! —grita—. ¡Mira quién está aquí! ¡Yazz, mi *gahar*, mi hermana!

Después están sentadas en los bancos del parque infantil. Yasmine coge uno de los cigarros de menta de Parisa y nota la nicotina, fuerte y ajena, fluir por su cuerpo y volverla ligera y temblorosa. Parisa le pasa el brazo por los hombros, se le acerca. Su mejilla es lisa, algo grasienta por el maquillaje y el calor de agosto. Yasmine siente las pestañas postizas parpadeando sobre su sien. Se vuelve hacia Parisa y sonríe.

—¿O sea que sigues con Mehdi? —dice.

Hacía un año había recibido un largo mail de Parisa en el que esta se había mostrado contenta, casi feliz. Era tan curioso. Mehdi. El gordito de Mehdi. El amigo de Fadi. Pero a la mierda. Yasmine también se había alegrado. Había imprimido el mail y se lo había guardado, pero nunca lo había contestado. Igual que nunca ha contestado a ningún otro correo que Parisa le ha enviado en los últimos cuatro años.

Parisa suspira y esboza una sonrisa abatida antes de apartar la mirada y encogerse de hombros.

—Supongo —dice—. Han pasado tantas cosas, hermana. Tantas cosas. Pero... ahora eso da igual.

Aparta a Yasmine de su lado, le pellizca un hombro, le acaricia la clavícula.

—¡Has adelgazado, hermana! —dice—. Y yo me he puesto gorda.

Se da una palmada en el muslo.

—Qué va —dice Yasmine—. A todo el mundo le gusta un buen culo. Tú siempre fuiste Beyoncé, *baby*. Yo parezco un tío, para variar.

—Pero un *shuno* delgado, en todo caso —dice Parisa—. ¿Dónde te hospedas, Yazz? ¿Aquí?

Ella niega con la cabeza.

—Un hotelazo en el centro, calle Riddargatan. Una historia larga.

Parisa pega un silbido.

—Vaya lujo, hermana —dice seria.

Yasmine se encoge de hombros.

—No pago yo.

Parisa asiente en silencio y desliza con suavidad un dedo sobre la inflamación del ojo izquierdo de Yasmine.

—Sabía que no era un buen tipo —dice queda.

Yasmine se levanta, se sacude, da una calada al cigarro antes de dejarlo caer en la arena y pisarlo.

—Lo sabíamos todos —contesta—. Pero él estaba ahí, ¿sabes? Cuando hizo falta.

—Te las habrías podido arreglar tú sola, Yazz. Pero eras tan impaciente. Tú siempre quisiste irte, ¿a que sí?

Ella se vuelve a encoger de hombros. Si fuera así de simple.

—Y ahora he vuelto —dice.

Parisa asiente y apaga también su cigarro.

Se miran la una a la otra, por un instante en silencio, con el pasado flotando como una niebla que las separa.

—Lamento lo de Fadi —dice al final Parisa—. No me entra en la cabeza que se fuera. Que se volviera aire, *bre*. Es en lo que se convierten cuando se meten en eso. Como el aire, ya no los puedes agarrar.

Yasmine asiente y se pone en cuclillas en la arena, deja que la arena caliente se escurra entre sus dedos, mira con ojos entornados los reflejos del sol en los bloques de diez plantas.

—¿No has oído nada más? —pregunta—. Desde la noticia en Facebook de que había muerto.

Parisa se sienta a su lado en el canto del cajón de arena.

—¿El qué? —dice—. Lo único que oímos fue lo que los yihadistas esos colgaron en Facebook. Lo viste tú misma, ¿no? Que su grupo de allí estaba en algún frente y que fueron bombardeados.

Yasmine niega ligeramente con la cabeza, saca el teléfono y abre la foto antes de pasárselo a Parisa.

Parisa la mira un rato, la amplía, y luego se vuelve hacia Yasmine otra vez.

—¿Acaso es él, hermana? —dice.

Yasmine se limita a asentir con un gesto.

—Es él.

—¿Y cómo sabes que la foto no es de antes de que se fuera?

—Fue mi madre quien me la envió. Y dijo que la tomaron la semana pasada.

Parisa vuelve a mirar la imagen, ahora más de cerca. Se encoge de hombros.

—Ni siquiera debe de ser él —dice—. Es mejor aceptar que se ha ido, hermana. De todos modos, no hay nada que podamos hacer, ¿verdad?

Yasmine la mira, sorprendida. ¿Qué es lo que Parisa no entiende? Tiene una foto de Fadi en la mano, maldita sea.

—Estabais tan unidos de pequeños —continúa Parisa—. Él solía esperarte después de la escuela, ¿verdad? No sabías ni sueco por aquel entonces. Pero todo el mundo se fijó en vosotros. Teníais algo ya entonces, *baby.*

—Para —dice Yasmine.

Le faltan ánimos para oírlo, para oír nada relacionado con el pasado.

—Pero, entonces, ¿por qué dejasteis de hablar?

Yasmine se vuelve a levantar, se sacude la arena de las rodillas.

—¿Por qué las cosas se acaban? —dice—. Al principio estaba cabreada con él. Ya sabes, después de lo de Pirate Tapes, fue una auténtica estupidez. Así que no le contestaba los mensajes. No le contesté a ninguno. Nos largamos en el acto. A la mañana siguiente de aquella mierda. David reservó los billetes y nos largamos a Nueva York. Fue...

Se queda callada, nota que quizá no logre retener las lágrimas, carraspea.

—Fue como un cuento. *Wallah,* te lo juro. Todo aquello que había soñado, ¿sabes? No podía con Fadi. No podía con el Barrio y mis padres…

Ahora las lágrimas corren por sus mejillas y se odia a sí misma por ello. Odia no poder reprimirlas, no se ha ganado el alivio de llorar. Ahora Parisa está junto a ella, la rodea con un brazo, la acerca a sí, y Yasmine deja que lo haga unos segundos antes de liberarse. De repente lo vuelve a notar. Que el hormigón se vuelca sobre ella y la encierra.

—Da igual —concluye, y se seca las lágrimas con las palmas de las manos, nota restos de arena frotándole la cara—. No está muerto, Parisa.

Pero Parisa no dice nada y sigue mirando por encima del hormigón y las casas, sigue evitando su mirada.

—No digas eso —contesta—. No es bueno, hermana. No es sano.

Yasmine saca el teléfono del bolsillo una vez más y busca la foto del gato y la soga. Se lo pasa a Parisa, quien lo coge y, asombrada, pone los ojos como platos.

—¿Sabes qué es esto? —le dice.

Parisa le devuelve el teléfono casi al instante a Yasmine, como si quisiera deshacerse de él lo antes posible.

—Nunca lo había visto —responde.

Yasmine le pone una mano en el brazo.

—Y ¿esto?

Abre la siguiente foto, la de la plantilla pintada con espray, y deja el teléfono en el regazo de Parisa, pero esta solo le echa un vistazo fugaz antes de apagar la pantalla y devolvérselo a Yasmine.

—Ni idea —dice escuetamente—. Eso tampoco lo he visto nunca.

Yasmine nota que su frustración aumenta. ¿Primero las chorradas de Ignacio y ahora esto?

—Maldita sea —estalla—. Pero si aquí lo han pintado por todas partes, ¿me lo estás diciendo en serio, nunca lo has visto?

Parisa se levanta y se sacude la arena de los muslos, le lanza una mirada furtiva de reojo a Yasmine.

—Te he dicho que no lo he visto nunca, ¿vale?

De vuelta en el centro Yasmine está tan cansada que apenas tiene fuerzas para caminar los pocos pasos que hay entre el metro y su hotel. El desfase horario y la intensidad de volver a ver Bergort la han vaciado por completo.

Después de haberse despedido de Parisa a las puertas del salón de su madre, las piernas la habían llevado por sí solas hasta el edificio en el que se crio. Era la misma fachada sucia. Las mismas persianas y ventanas sucias.

Debería subir a ver a sus padres, a su madre. Debería enterarse de lo que saben y echar un vistazo en el antiguo cuarto de ella y Fadi. Pero era como si no pudiera acercarse al portal, como si un campo de fuerza la repeliera. Como si no fuera lo bastante fuerte todavía. Aun así, se había sentado en un banco en el aparcamiento hasta que el sol había desaparecido detrás de los bloques de diez plantas y el cansancio la había obligado a volver al metro.

La tenue oscuridad del vestíbulo del Story Hotel es anestésica, como la morfina, y el sonido amortiguado de sus pies sobre la moqueta, adormecedor. En la cuarta planta saca el papelito con el código de la cerradura que el recepcionista le ha dado, lo introduce, abre la puerta y entra en la habitación. Ya en el diminuto recibidor tiene la impresión de que las cosas no están del todo como deberían. Hay luz al fondo de la habitación y juraría que por la mañana la había apagado antes de salir.

Con cuidado, como de puntillas, va entrando. Una de las lamparitas de noche está encendida y girada hacia la pared de la cama. Yasmine sigue el haz de luz y ve que en la pared alguien ha hecho una pintada de un puño cerrado dentro de una estrella de cinco puntas. En la almohada, justo debajo, hay una foto impresa.

La levanta poco a poco. Es una versión con zoom del mismo motivo que le habían enviado: un gato ahorcado colgando de una farola. Le da la vuelta a la foto y lee el breve mensaje del reverso.

«Aléjate del Barrio, puta».

18

Bergort
Febrero de 2015

El otoño se vuelve invierno, la Navidad viene y se va sin que me dé cuenta siquiera. Rezo la plegaria matutina llamada *fajr* en casa porque no llegaré a tiempo al trabajo si quiero pasar por el local de los hermanos, la casa del imam en el bloque de cinco pisos. Rezo el *dhuhr* y el *asr'* en la cámara frigorífica del trabajo, pero ahora ya no me molesto en disimularlo. Los rubios cafeinómanos pueden irse al infierno, que digan lo que quieran. Pero ahora es como si lo notaran, que ya no me afecta, que no tengo por qué participar, y me dejan en paz, ya no hacen bromas sobre terroristas y camellos y desiertos, se limitan a tener el pico cerrado y a masticar su jodida salchicha de Falun. Son tan débiles, incluso más débiles que yo, con sus asquerosas fiambreras, su olor a sudor y sus candelabros de Adviento olvidados.

Después del trabajo, a menudo se pasa alguno de los hermanos y nos largamos, vamos al centro, al Cáféet y tomamos café y hablamos de Siria, en voz baja, inclinados uno hacia el otro, como un club secreto, un movimiento de resistencia. El que más me gusta es el hermano al-Amin. Es taciturno y tranquilo, me deja hablar y me pregunta sobre todo aquello que aún no entiendo, todo lo que estoy aprendiendo. Sobre las reglas y las oraciones, la *shari'a* y lo que es el *haram*. Pero sobre todo hablando de la lucha y los hermanos que están combatiendo. De cómo Alá, elevado sea Él, ha recompensado a los hermanos en Siria brindándoles la oportunidad del martirio.

El hermano al-Amin dice que desearía ser más joven, que ahora ya es demasiado viejo y lento para el campo de batalla, que está agradecido por el papel que se le ha brindado. Que se necesita a hombres como yo en Siria, que son hombres como yo los que construirán el Estado Islámico.

Y me siento lleno de orgullo y consuelo cuando lo dice. Hace que mis alas vuelvan a crecer. Son tan grandes, ahora. Grandes y negras como el hollín y la bandera del profeta. Así es fácil olvidar que la mano de Dios siga siendo tan fría. Así es fácil no pensar en tus ojos, en lo que dirías si me vieras ahora.

Es una tarde así, a mediados de febrero, cuando el hermano al-Amin está esperándome delante del portal cuando llego a casa del trabajo. No tiene nada de extraño en sí, los hermanos saben que mis padres no simpatizan con la lucha y evitan provocarlos, así que siempre esperan fuera.

Me pongo contento al ver que es el hermano al-Amin el que está aquí, a principios de semana me contó cómo se organizan los tribunales en el Estado Islámico y me prometió contarme más sobre el día a día allí la próxima vez que nos viéramos. Varios miembros de su familia se han sumado a la lucha y cada semana recibe informes por Skype de lo maravillosa que es allí la vida.

Pero hoy ya veo desde la distancia, mientras me acerco por el carril bici, que hay algo distinto en él, algo casi solemne en su forma de esperar, erguido y recto, buscándome con la mirada. Está todo negro, la oscuridad del invierno persiste, aunque no sean más de las cuatro de la tarde. Cuando me ve da dos pasos al frente y me hace un gesto impaciente de que me apresure. Aligero el paso por el carril bici con la expectación creciendo en mi pecho.

—*As-salamu alaykum*, hermano Ajam —dice, y me besa en las mejillas—. No tenemos tiempo que perder, el hermano Dakhil ya nos está esperando.

Mi corazón parece saltarse un latido y siento que todo mi cuerpo se llena de algo similar al ácido carbónico, chispeante y burbujeante.

—¿Qué ha pasado? —pregunto.

—Ven conmigo, enseguida lo sabrás —dice él, y me adelanta en dirección al aparcamiento, lejos de la casa en la que me crie, hacia un futuro que ni siquiera me había atrevido a soñar.

El hermano Dakhil permanece solo en la nieve en el claro donde los conocí por primera vez, unos meses atrás. Está tan oscuro que solo podemos verlo gracias a su cara iluminada por el resplandor de su teléfono móvil. Cuando nos ve llegar a mí y al hermano al-Amin por el caminito, se nos acerca con una sonrisa en los labios, los brazos levantados para abrazarnos.

Después de saludarnos y alabar a Alá y al profeta y de que él me haya besado minuciosamente en ambas mejillas varias veces, extiende una mano hacia delante.

—Tu móvil, hermano Ajam —dice—. Por seguridad.

Lo saco del bolsillo de la chaqueta y se lo entrego, sorprendido. Él lo apaga y se lo guarda en su bolsillo.

—¿Hermano al-Amin? —dice luego.

El hermano al-Amin saca una cajetilla de los pantalones, del tamaño de un paquete de tabaco, con tres antenas de goma cortas encima. Al apretar un botón se enciende una lucecita roja en la cajetilla. Asiente con la cabeza al hermano Dakhil en señal de que podemos continuar.

El hermano Dakhil se vuelve hacia mí con una leve sonrisa en los labios. La nieve revolotea entre nosotros y yo me pregunto por qué tenemos que estar aquí, por qué no podemos vernos en el piso, como de costumbre. A pesar de la oscuridad, parece como si su barba gruesa y roja brillara incandescente cuando se la mesa suavemente con la mano.

—Toda precaución es poca —dice, y señala la cajetilla en la mano del hermano al-Amin—. Un inhibidor de frecuencias. Las elimina todas en un radio de veinticinco metros. Ningún tráfico de datos, ninguna línea pinchada.

Nos señala una gruesa manta que ha extendido en el suelo y nos sentamos. El hermano Dakhil me mira sin mencionar palabra y yo no sé qué decir ni qué se espera de mí. Así que permanezco callado mientras descanso la mirada sobre las vías del tren, frías y silenciosas bajo la luz eléctrica que ilumina el carril bici. Más allá de los abedules llenos de corteza se yergue el hormigón, oscuro y amenazadoramente frío, iluminado por la luz del centro. Intento conservar la calma y la dignidad, procuro actuar como un buen musulmán, tal como el profeta Mahoma, que Alá lo honre y le dé paz, habría actuado. Pero por dentro estoy a punto de evaporarme, expectante.

—Eres un musulmán entregado, hermano Ajam —dice por fin el hermano Dakhil—. Entregado e impaciente.

Se ríe, se inclina hacia delante y me da una palmadita en la mejilla.

—Está bien —prosigue—. Eres joven y estás ardiendo por servir a tu Dios, tal como debe ser.

Vuelve a callar y me mira tranquilo y yo vislumbro una seriedad nueva en sus ojos verdes y frívolos. Sigo sin decir nada, solo intento aguantarle la mirada con toda la calma que puedo en la oscuridad.

—Hace un año era más sencillo —dice—. Ahora tenemos que ir con más cuidado. Por eso nos encontramos aquí fuera.

Por eso el hermano al-Amin interfiere los móviles con su pequeño aparato. Por el momento, seguimos con una comunidad reducida y creemos no haber llamado la atención. Y tú mismo estás limpio, por lo que parece. Alguna denuncia de la policía en tu vida anterior, pero ¿quién no la tiene? Creemos que no habrá ningún problema si actuamos deprisa.

Me aclaro la garganta.

—Disculpa —replico, y noto lo seca que tengo la boca—. ¿Qué es lo que tiene que ir deprisa?

Primero el hermano Dakhil no dice nada. Hurga en busca de algo en la mochila de nailon que tiene junto a sus piernas cubiertas con el caftán. Son tres hojas DIN A4 y las deja sobre la manta delante de mí. La nieve revolotea y aterriza como puntitos sobre la primera página. Cepillo los copos y levanto los papeles para poderlos leer, luego hojeo rápidamente. Son dos billetes de avión con distintas compañías aéreas. Del aeropuerto de Skavsta a Londres. Después de Londres a Estambul. La salida es mañana a las 07:35 y siento cómo se me encoge la garganta, la cabeza empieza a dar vueltas y a crepitar. El hermano Dakhil no me quita los ojos de encima.

—Gracias a Alá, alabado sea Él, tu sueño se ha hecho realidad —dice—. El vuelo sale mañana y alguien te recogerá en coche para llevarte a la frontera. Alguien más te ayudará a cruzar. Deberías llegar a Siria antes de que termine la semana.

Trago saliva y cruzo los dedos para que el mundo recupere sus colores originales y que todo deje de saltar y temblar.

—Serás ubicado en una brigada escandinava. El hermano al-Amin ya te lo ha contado todo.

Pero ya no oigo nada de lo que dice, solo veo los billetes, solo noto que el cuerpo me duele de emoción y desasosiego, cualquier cosa menos esto, cualquier cosa menos el Barrio.

—El hermano al-Amin te llevará al aeropuerto mañana a primera hora —dice el hermano Dakhil—. Saldréis muy temprano.

Guarda silencio y me mira tranquilo.

—Muchas veces es mejor no contárselo a la familia si no estás seguro de si apoyan la lucha, hermano —dice.

El hermano al-Amin me acompaña hasta el aparcamiento calle abajo y cruzamos juntos el prado cubierto de nieve, donde un viento gélido nos azota con cristales de hielo. Su coche es un Volvo V70 azul, sorprendentemente nuevo y reluciente. Quiero preguntarle algo acerca de él, pero estoy tan anestesiado por lo que ha pasado y lo que va a pasar que tengo la sensación de que ya no puedo hablar. Él abre el maletero y saca una maleta de mano con ruedas, una de esas que tienen los suequitos cuando salen de viaje por trabajo.

—Esta es tuya —dice—. No la llenes demasiado.

Después se queda callado y saca lo que parece un Nokia grande y viejo de su bolsa. Casi hay algo triste en sus ojos cuando me lo deja en la mano.

—Es un teléfono por satélite —dice.

Me pone una mano en el hombro.

—Eres importante para nosotros, hermano Ajam —dice—. Queremos poder localizarte y queremos que nos mantengas informados sobre los avances que Alá, alabado sea Su nombre, te permite realizar.

—Gracias —digo—. Gracias por hacer esto por mí, por darme la oportunidad de servir a Alá, elevado sea Él.

Me mira profundamente a los ojos, se inclina y baja la voz.

—Hay una cosa que debes saber: hay un traidor en Siria —susurra.

Doy un respingo y me cruzo con su oscura mirada.

—¿Qué has dicho? —pregunto.

—En la unidad en la que vas a combatir. Está compuesta por hermanos de Suecia, Fadi. Todos del Barrio. Barrios distintos. Pero hay alguien que es *khain,* hermano. Hay alguien que es un traidor que filtra informaciones a las tropas de Al Asad. ¿Entiendes?

Niego con la cabeza entre susurros y vahídos y noto el peso del teléfono en mi mano.

—No sabemos quién es —continúa al-Amin—. Pero ha habido demasiadas casualidades, hermano. Demasiadas operaciones en el frente en las que los hermanos han preparado golpes, pero donde las tropas de Al Asad ya estaban esperando para frustrarlos. Demasiadas veces que el enemigo ya parecía saber lo que estábamos pensando. ¿Entiendes?

Asiento titubeante con la cabeza.

—Pero no sabemos quién es la rata —continúa—. Solo que está allí, en algún sitio. Pero es bueno que lo sepas.

Ahora me suelta el hombro y me rodea la cara con sus dos manos cálidas y ligeramente húmedas. Percibo ajo y menta en su aliento cuando me acerca a él.

—Tienes que llevar el teléfono, hermano —dice—. Y tienes que mantenernos informados de si pasa algo fuera de lo común. Es la única manera. ¿Entiendes?

Vuelvo a asentir, siento que la misión me llena como si de un gas se tratara.

—Y lo más importante de todo —prosigue al-Amin—. No puedes contarle nada de esto a los hermanos que están allí.

Me suelta la cabeza y me da un beso en cada mejilla.

—Estoy orgulloso de ti, hermano —dice, y sonríe—. Alá te recompensará generosamente.

19

Londres
Miércoles, 19 de agosto de 2015

Las ventanas del pequeño apartamento de Klara están abiertas y se despierta con el ruido del reparto matutino de mercancías que ruedan por el asfalto agrietado de Navarre Street. Klara extiende la mano y se siente aliviada de que sean las seis y media y de que por fin sea una hora razonable de levantarse. La noche ha sido inquieta, llena de sueños agitados en los que se ha visto tirada en el frío asfalto, incapaz de moverse, mientras unas voces susurrantes la atosigaban. Se ha despertado varias veces llena de terror justo cuando notaba el aliento de alguien que estaba a punto de echársele encima.

Cuando se incorpora se percata de que por lo menos el dolor de cabeza parece haber remitido del todo, ayer decidió no alargarse demasiado y solo se tomó dos copas de chardonnay y un par de cigarros en la escalera de incendios que da al patio interior. Pero tiene la sensación de no haber dormido prácticamente nada y, cuando estira el brazo, nota una punzada de dolor en el codo. Hace una mueca y se masajea el brazo suavemente mientras cruza el parqué hasta la minúscula cocina y enciende la cafetera eléctrica.

La noche en el callejón sigue atormentándola. ¿Cómo pudo ser tan estúpidamente irresponsable? Podría haber pasado cualquier cosa en aquel callejón oscuro. Algo mucho peor que el detalle de que te roben el ordenador, si es que solo le robaron.

Cierra los ojos y se reclina en la silla. Está casi segura. En el callejón había alguien más. Es más que una simple sensación. Aliento y brazos que tiran de ella.

¿Por qué estaría alguien interesado en ella o en su ordenador? ¿No puede haber sido, simplemente, algún yonqui que la vio allí tirada y aprovechó para cogerle el maletín?

—Joder, joder, joder —murmura para sí—. Ya me vale, emborracharme así.

Se sienta a la mesa de la cocina y abre el portátil que le ha prestado el instituto.

La última página que estuvo visitando ayer aparece en pantalla. La curiosidad la había llevado a buscar «Stirling Security», que era uno de los nombres que su compañero Patrick había escrito en la pizarra de su despacho. Un montón de resultados, pero ninguno que tuviera nada que ver. Después el cansancio se había apoderado de ella.

Pero ahora que se siente más fresca, un poco más abajo en la lista de resultados descubre algo que le suena interesante, y abre el enlace:

Stirling Security es una empresa de seguridad líder mundial. Ofrecemos asesoramiento y llevamos a cabo misiones de seguridad global para individuos, empresas y Estados en todo el mundo. La pregunta que usted debe hacerse es: ¿me encuentro suficientemente a salvo?

Abre una nueva pestaña y busca en Google «Ribbenstahl», el otro nombre que estaba escrito en la pizarra de Patrick. Ahora incluso tiene que buscar entre perfiles de Facebook y LinkedIn antes de encontrar algo que posiblemente sea de interés. Parece existir un Ribbenstahl & Partners que es un banco privado en Liechtenstein.

De Stirling Security no ha oído nunca hablar, pero conoce cientos de empresas que trabajan más o menos con lo mismo. Hacen de todo, desde análisis a escala internacional y protección personal en zonas de guerra hasta operaciones de vigilancia para empresas occidentales. Toda la tesis doctoral de Mahmoud iba más o menos de eso. Lo único nuevo aquí es la flecha que señalaba al King's Centre for Human Rights. Y la otra flecha que apuntaba a la embajada rusa. A lo mejor podría preguntárselo directamente a Patrick.

Siente un escalofrío y se sirve una taza de café antes de sentarse y poner las noticias del canal sueco TV4 para distraer la mente. Es una costumbre que conserva desde Bruselas, donde parte de su trabajo como secretaria política era tener un ojo puesto en lo que se comentaba en las tertulias matutinas. Ahora solo lo hace como acto reflejo, mera rutina, ni siquiera le gusta esa calidez artificial de TV4, pero a estas horas la objetividad fría del canal SVT es aún peor.

Le da la espalda al ordenador y abre la puerta de la nevera vacía. Mierda, se ha olvidado de hacer la compra. Lo único que le queda es un paquete con ocho chocolatinas Kexchoklad que compró en Arlanda.

Cuando vuelve a mirar la pantalla con la boca llena de chocolate dulce y blando, acompañado de un creciente malestar, ve a un policía, famoso por participar en el concurso de talentos *Idol,* hablando de las próximas manifestaciones que se prevén con motivo de la reunión de los ministros de Justicia de la UE. Es demasiado estúpido —¿qué sabrá ese poli de las manifestaciones y la UE?—, pero aun así la noticia le acelera el pulso. Se trata de la reunión en la que ella misma va a participar.

Sí, desde la periferia más alejada, pero aun así la impresiona el hecho de estar ahí.

Saca el teléfono para enviarle un mensaje a Gabriella. De pronto la echa mucho de menos, y el poli de *Idol,* ni corto ni perezoso, sigue rajando sobre un tema del que no tiene ningún conocimiento digno de mencionar, fervorosamente espoleado por los dos presentadores eufóricos y bronceados del programa; es justo el tipo de humor que las une.

Si no hubiese sido por Gabriella hoy jamás estaría aquí sentada, jamás se habría levantado de la cama en la casa de sus abuelos.

Fue Gabriella quien hizo que volviera a Estocolmo, fue Gabriella quien hizo que dejara el trabajo en Bruselas y que terminara la tesis de Mahmoud, y fue Gabriella quien hizo que aceptara el puesto en Londres cuando surgió la oportunidad.

Y ¿qué ha hecho Klara por ella?

Aprovecharse, nada más. Primero la puso en peligro de muerte las Navidades del año pasado e hizo que Gabriella resolviera todo el embrollo en el que Klara se había metido. Ni siquiera le ha dado las gracias, solo se ha limitado a actuar como si fuera evidente que Gabriella fuera a cuidar de ella.

«Así es como soy ahora —piensa—. Esto es en lo que me he convertido este último año. Alguien de quien se ocupan los demás, a quien se lo arreglan todo, a quien malcrían». La oscuridad se le echa encima de nuevo y se lleva la efímera sensación de alegría que había sentido en un primer momento al pensar en Gabriella. Cierra la aplicación para mandar mensajes.

Hay tantas cosas que quiere decirle a Gabriella, tantas cosas que le quiere compensar. Pero es como si aún fuera demasiado débil. Tiene que hacerse más fuerte y tiene que hacerlo sola, sin ayuda. Pero tan pronto deja el teléfono sobre la mesa, este suena.

Es un mensaje de Facebook de Pete. Ella no le ha dado su número, pero una de las noches mojadas antes de que se retiraran a casa de él, Pete se encargó de pedirle amistad.

El mensaje es breve: «Espero que estés bien. Anoche encontramos tu ordenador. Ven a buscarlo al bar cuando puedas».

Deja el teléfono y dirige la mirada al ladrillo rojo del otro lado del patio interior. Desde la otra punta del piso le llega el ruido del tráfico y voces de la calle, una brisa cálida recorre el apartamento y un rayo de sol se ha colado desde Navarre Street, sobre el parqué y casi hasta la cocina. Se siente vacía, al mismo tiempo que ese medio recuerdo huidizo del callejón salta y oscila en su memoria. Hay algo que no cuadra. No se lo robaron en el bar.

En la pantalla del portátil que tiene detrás, las noticias muestran imágenes de archivo de alguna manifestación en la que jóvenes con máscaras de Guy Fawkes marchan en fila por alguna capital, vigilados por antidisturbios con casco, en una pantomima absurda en la que la rebelión es igual de anónima que la represión.

20

Estocolmo
Miércoles, 19 de agosto de 2015

Yasmine se había olvidado de la luz que hay aquí, de que nunca se llega a hacer de noche del todo. En los muelles que rodean el nuevo hotel los barcos están alineados con el resplandor gris. Muchos de ellos son bellezas marchitas, viejos y raídos, oxidados, descascarillados. Aun así tienen algo glamuroso. Como si hubiera un nivel *premium* social que ella ni siquiera conoce, un nivel en el que es normal tener un amarre en el muelle Museikajen en el que puedes dejar una carraca. Se pregunta qué pasaría si alguien le prendiera fuego a uno de aquellos barcos, si los que ardieran fueran ellos en lugar de los coches en los aparcamientos del Barrio.

Está sentada sobre las sábanas de algodón egipcio del Lydmar Hotel. Aquí es donde ha ido a parar. No podía quedarse ni un segundo más en el Story después de lo que había sucedido. Le había preguntado al primer taxista que había pasado dónde se hospedaban las estrellas del rap cuando estaban en Estocolmo. Él le había propuesto el Grand o el Lydmar, y el Grand le parecía demasiado viejo, así que aquí está ahora, después de pasar la tarjeta de crédito de Shrewd & Daughter, registrada con un nombre inventado y tras la reiterada confirmación por parte del recepcionista rubio y flaco de que nadie entrará en su habitación, ni siquiera las mujeres de la limpieza.

Siente la cabeza hinchada, llena de arena, apenas puede sostenerla, así que la vuelve a recostar en la almohada. Gira y da vueltas. Miles de cosas que no consigue soltar, miles de cosas que hacen que su cuerpo tiemble y brinque, miles de pasos en el pasillo que ella se inventa al otro lado de la puerta, miles de pensamientos como agujas en su cabeza. Cuando por fin su cuerpo se queda sin fuerzas para resistirse, es como si se precipitara por un barranco. Mientras cae, un sinfín de imágenes revolotean en su mente, gatos y estrellas, ella y Fadi de pequeños, detrás de los arbustos nevados en invierno, su mano en la de él, su boca en su oreja.

«Nunca te dejaré».

El cuarto está a oscuras cuando se despierta, pero sabe que aún es de día, si bien tarde. Nota en los huesos que ha dormido mucho y profundamente. Solo cuando descorre las cortinas que dan al agua titilante de Strömmen y sacude la cabeza ante el Palacio Real que se yergue al otro lado del agua recuerda dónde está. Es como si tuviera que ir pasando imágenes de Tokio, Crown Heights, aeropuertos y el Story Hotel para al final llegar aquí, a la ventana que da a una maravillosa mañana de agosto.

El reloj revela que son casi las doce y por lo visto hace horas que el desayuno está oficialmente cerrado, pero hay ciertas ventajas en hospedarse en el Lydmar Hotel con la tarjeta de crédito de Shrewd & Daughter. Una parece ser que puedes desayunar a la hora que quieras. Yasmine pide huevos Benedict de un menú que un veinteañero serio, con gafas y barba arreglada, le pone en las manos, más que nada porque él se los recomienda y ella no tiene ni idea de lo que son.

El salón de desayuno es como la biblioteca de un castillo moderno y refinado y los huevos son escalfados, según el reservado camarero. Van acompañados de algún tipo de pan y una salsa amarilla que es tan cremosa y suave que Yasmine se queda sin aliento. Justo aquí, en este breve instante, se siente atendida y casi tanto como cuidada. «No me sorprende que todos los suequitos persigan esto», piensa. En el Barrio nadie come huevos Benedict.

Pero para ella esto no es más que una grieta en su existencia, una falsa ilusión, no es real, y, antes de que el camarero haya tenido tiempo de retirar su plato rebañado, ya está sentada de nuevo en el metro.

Siente el peso de la culpa y la obligación, el amor y el miedo, desollarla y hacerla temblar por dentro, nota el grueso papel parecido al cartón de la fotografía, la que estaba sobre su almohada, en el bolsillo. ¿A santo de qué decidió guardarla? Y, sobre todo, ¿quién la había dejado en su cuarto?

Recuerda los ojos de Ignacio. Su vistazo furtivo al teléfono cuando ella le enseñó el símbolo. El cambio en su mirada: de aquella a la que ella estaba acostumbrada a una muy diferente, más dura y fría. A pesar de todas las alianzas y las bandas del Barrio, todas ellas con tortuosos caminos de lealtades, ella había creído que podría confiar en él después de lo que vivieron juntos. Si había alguien, debía de ser él. Su primer amor.

Pero lleva mucho tiempo fuera, y en Bergort la lealtad es un producto con fecha de caducidad. Es obvio que alguien se está estresando con las preguntas de Yasmine acerca de ese símbolo. Aún no sabe por qué, pero de alguna manera Fadi está implicado en ello. Y, por lo que parece, también Ignacio. Pero que él fuera a amenazarla o a delatarla a los que la han amenazado era algo que no se esperaba. No se le había pasado por la cabeza que supusiera un riesgo ponerse en contacto con él. Yasmine siente que el apacible rescoldo que sentía por Ignacio se transforma en otro tipo de calor. La ha traicionado. Tendrá que pagar por ello.

Cuando el metro pega una sacudida y empieza a avanzar, hacia atrás en el tiempo, en dirección a Bergort, Yasmine se saca del bolsillo la foto del gato ahorcado. La rompe minuciosamente en trocitos muy pequeños y los tira en la primera papelera que encuentra en la estación de Bergort.

Ayer estuvo aquí, en el mismo sitio, titubeando, ya consciente de que no podría hacerlo, de que era demasiado. Pero el descanso la ha hecho más fuerte y ahora no vacila, sino que toma posiciones, fija la velocidad y el rumbo.

Aquello para lo que huyeron, aquello de lo que ella huyó, tiene diez pisos de alto y cuatro portales de entrada. El suyo estaba entonces lleno de pintadas, igual que lo está ahora. Otras palabras y formas, otros chavales, el mismo hormigón y los mismos pinos, las mismas palabras y formas.

Yasmine cruza tranquilamente la calle hasta el portal, tira de la puerta convencida de que no estará cerrada, los códigos son descifrados tan a menudo que ya nadie tiene ánimo de cambiarlos, es más fácil desconectar la cerradura, dejar que entre quien quiera. Está abierto.

El ascensor no funciona, todo está como siempre. El papel que informa de que está averiado bien podría ser el mismo de hace cuatro años, amarillento y desgarrado, quemado con un mechero en las esquinas.

Sube las escaleras y cada escalón es un paso menos. Recuerda cuando competían aquí los primeros meses, arriba y abajo, arriba y abajo. Fadi tropezando y ella pensando que se le había saltado algún diente, pero no era más que el labio que sangraba y sangraba, y, por mucho que ella le lavara la camiseta con jabón y con el dichoso detergente de marca blanca del Lidl que nunca servía para nada, no logró deshacerse de las manchas marrones. Recuerda cómo escondió el jersey en el fondo de la cesta de la ropa sucia y que, aun así, lo encontraron, cómo se agazapaba en el rincón de la cocina mientras su padre apartaba las sillas para alcanzarla. Cómo después está todo vacío. Cómo todo se acaba siempre justo cuando empieza.

Ni siquiera titubea en el rellano, ni delante de la puerta del piso donde el deterioro y los rayajos son evidentes y nítidas, imposibles de pasar por alto, como huellas dactilares. Solo los pasos hasta la puerta, el vistazo a las cuatro puertas: Ahmadi, Ghazemi, Lehtonen y la de sus padres: Ajam. Los mismos de siempre. Ni siquiera titubea ante el timbre ni cuando este no funciona, ni siquiera llama con los nudillos, solo se palpa el cuello con la mano. Solo coge la cadena y desliza la llave sobre el sujetador, entre los pechos, hasta que la tiene en la mano y se vuelve hacia la puerta. Ni siquiera en ese momento titubea, sino que se limita a introducirla en la cerradura, a girar el perno y a abrir la puerta.

El piso está a oscuras y huele a jabón para el suelo, como siempre. Al mismo tiempo, huele a encerrado y viejo, como si las ventanas nunca se hubieran abierto, como si ya no viviera nadie allí. Y a lo mejor es cierto. Sus padres residen aquí. Duermen aquí. Existen. Pero ¿viven?

¿Hay culpa en ello? ¿Vergüenza? Que Yasmine no haya llamado a su madre ni una sola vez desde que se marchó de Bergort ni desde que Fadi desapareció. Si las hay, están ocultas tras todo lo demás, más profundo y más sencillo.

Yasmine no se molesta en encender la luz, sino que cruza el pasillo hasta la oscura sala de estar. Las persianas están bajadas, como siempre. Todo se halla más limpio ahora que como entonces. Más cuidado. Más ordenado. Sin platos en la mesita de centro, sin facturas ni tazas vacías. Se acerca a la estantería en la que solían estar las fotos. Las de ella y Fadi en el país donde nacieron, antes de que se vinieran aquí. Ya entonces, en aquella playa, con aquel sol intenso en los ojos, Fadi parecía tener miedo.

En la foto ella lo rodeaba con un brazo, como si ya entonces, con apenas seis años, le hubiese prometido aquello en lo que luego lo traicionaría.

Pero esa fotografía ya no está. Solo quedan las viejas fotos de familia, de la abuela y los primos, la hermana de su padre. Pero nada de esto es lo que Yasmine ha venido a buscar y da media vuelta, cruza el desgastado parqué, se detiene por un segundo. Respira tranquila antes de abrir la puerta de lo que era su cuarto y el de Fadi, y cruza el umbral bajo y rozado.

La habitación está igual de oscura y caliente que el resto del piso. También aquí las persianas permanecen bajadas, pero un rayo de sol se abre paso por la alfombra gris moteada. Yasmine ve que su cama tiene exactamente el mismo aspecto que cuando la abandonó, puede que no la hayan tocado. Está hecha, con una colcha blanca de Ikea ajustada sobre el colchón. Pero, por lo demás, la habitación no está como solía. La tele se encuentra pegada a la pared, la consola, recogida y desconectada, no hay ropa en el suelo, ni latas de Red Bull a medio terminar olvidadas en el escritorio, ni platos sucios junto a la cama. La de Fadi está encapsulada con la misma dedicación que la suya.

Se acerca sin prisa a la ventana y sube las persianas y pasea la mirada por el carril bici asfaltado y el pequeño montículo que hay detrás de este. Con la luz del sol la habitación pasa de ser una tumba a ser otra cosa, a ser lo que es, un cuarto abandonado en una parte abandonada del mundo. Distraída, al tuntún, abre las puertas del armario, los cajones. Está todo vacío y limpio. Como si jamás hubiesen vivido aquí, ni ella ni Fadi. Con cuidado, como si temiera dejar algún rastro, incluso arrugas en la colcha, Yasmine se sienta en lo que una vez fue su cama.

Al principio piensa que es la cama que chirría, pero, cuando lo vuelve a oír, el ruido la deja de piedra y aguza el oído. El ruido viene de la otra punta del piso. Es el ruido de una llave en una cerradura, un perno que gira lentamente. Alguien está entrando.

21

Bergort
Febrero de 2015

No puedo dormir, ¿cómo vas a poder dormir cuando Dios ha respondido a tus plegarias y te ha ofrecido aquello que tanto tiempo llevas deseando? Mi cuerpo tirita y deja marcas en las sábanas limpias. He sido elegido, he mostrado que tengo el valor y la fuerza y la confianza de mis hermanos. El pasaporte y el teléfono por satélite están en la maleta de ruedas que el hermano al-Amin me ha dado y que en este momento se encuentra ya hecha en el suelo.

Me incorporo en el borde de la cama. La luz amarilla de la farola de la calle se cuela por entre las persianas bajadas formando manchas de sol apagadas y débiles en la alfombra de plástico. Por lo demás, todo está tan a oscuras que ni siquiera te vería a ti si estuvieras acurrucada en tu cama. Pero hace mucho tiempo que no estás en ella. Tanto que apenas me acuerdo.

Me levanto y me acerco a tu cama y me tumbo en ella sin quitar la colcha. Pienso que, si Dios no puede recorrer mi cuerpo como una descarga y erradicarlo todo excepto mi deseo de estar cerca de Él, quizá aún pueda llenarme de ti. Cuando cierro los ojos vuelvo a tener nueve años y estoy esperándote a las puertas de la escuela, detrás de los arbustos con forma de bolas de nieve. Después estamos tumbados delante de la tele y yo dormito mientras tú lees en voz alta los subtítulos de los programas de entrevistas americanos. Después nos reímos y peleamos en el suelo del salón para mantener el calor en el piso helado. Después, tú me coges de la mano y me susurras que las arpías no existen, que es un cuento, nada más. Y que, aunque existieran, tú me protegerías de ellas, no dejarías que sus picos me alcanzaran, no permitirías que sus garras me rasguñaran.

Abro los ojos y noto las lágrimas corriendo por mis mejillas, cayendo sobre tu almohada. Tú no puedes protegerme ahora. Nadie puede protegerme ahora. Ni siquiera Dios puede protegerme ahora. Y me siento y me seco los ojos, me levanto y me paso las manos por el pelo. El asa telescópica de la maleta restalla cuando la despliego. Las ruedecitas golpetean el suelo cuando la arrastro hacia el recibidor. Pero, antes de que me dé tiempo de cruzar el salón, veo su silueta surgiendo de la oscuridad e impidiéndome el paso.

Está en el umbral de la puerta y de pronto caigo en la cuenta de cuánto hace que no lo veía. No es más que una sombra, no es real. Solo aire y remordimientos, solo lastre y ancla de capa.

Me llama la atención lo bajito que es, como si se hubiera ido encogiendo con los años, como si cada contratiempo y derrota le hubiesen recortado los tobillos, centímetro a centímetro, hasta que no me llega ni a la barbilla.

—¡Vuelve a tu cuarto! —dice ahora, y señala con la mano, patético, tembloroso, al interior de la casa, a nuestra habitación.

Me detengo en el parqué, pero no suelto el asa de la maleta.

—Déjame en paz —digo—. Ve a acostarte.

Pero siento que me palpita el corazón, siento que, de todo lo que me podía pasar, esto no lo había previsto.

—Hablaremos de esto mañana —dice él—. Ahora vuelve a tu cuarto.

Es tan absurdo. Que él me esté dando órdenes, que espere ser obedecido. Niego con la cabeza sin tener muy claro cuánta energía hace falta. Cuánta violencia.

—No —digo—. Me largo. Tú solo apártate. Así será más fácil.

Da un paso hacia mí, su dedo rechoncho casi pegado a mi cara. Puedo ver que tiene las mejillas rojas de rabia, que le brillan los ojos, lo cual me llena de un cariño inesperado.

—Sé adónde vas, Fadi —dice—. Sé adónde crees que vas. Te piensas que no lo entiendo, ¿eh? Te piensas que soy idiota, ¿eh? ¡He visto a tus amigos, Fadi! Sus barbas y *kufi*. ¿Te piensas que no sé quiénes son?

Ahora hay una especie de desesperación en su voz, una suerte de rendición y derrota. Me hace sentir triste y aún más resuelto a abrirme paso cuanto antes. Clavo los ojos en él, los vacío de todo cuanto siento, los vuelvo fríos y agresivos.

—¿Te crees que me importa? —digo—. ¿Te crees que me importa una mierda lo que tú pienses que sabes? ¿Eh? ¿Te crees que tienes algún poder sobre mí?

Me acerco un paso a él, noto su dedo sudoroso tocándome la punta de la nariz antes de ser retirado.

—Tú para mí no eres nada, ¿comprendes? ¡Nada! ¿Qué me habéis dado? ¿Qué le disteis a Yasmine? ¿Eh?

He alzado la voz. Y oigo que mi madre se mueve dentro del dormitorio, oigo chirriar la puerta, pero ella no sale.

—¿Te parece raro que se largara? ¿Te lo parece? ¿Te parece raro?

El cariño se ha esfumado. Lo único que siento es odio, y me inclino por encima del hombrecillo que tengo delante y él retrocede hasta que pega la espalda a la puta pared de yeso estrecha y barata.

—Lo único que diste eran golpes, *papá*.

Escupo la palabra «papá». Mi saliva aterriza en su mejilla. La veo brillar tenuemente en la oscuridad.

—Lo único que nos enseñaste fue miedo. ¿Te enteras?

Ahora lo aparto de un empujón, contra la pared. Él levanta sus manos viejas y débiles y me rodea los antebrazos con ellas. Yo aparto mis manos y las pongo alrededor de su cuello. Siento la cólera oprimiéndome y empujándome por dentro, la noto desafiando y peleándose con el autocontrol. Mis dedos se cierran alrededor de su cuello gordo y puedo sentir que se le acelera el pulso, noto su nuez brincando y agitándose cuando aprieto más y más fuerte. Puedo sentir cómo él se esfuerza y patalea, lo indefenso que está, lo grande que es mi poder. En realidad no quiero, pero es como si tuviera que zanjar esto, como si tuviera que cerrar esta puerta, y aprieto más y más fuerte, noto que él se va haciendo más débil y pesado en mis manos.

Al final es ella la que me hace volver en mí. La oigo gritar a mis espaldas y vuelvo la cabeza y veo sus ojos abiertos de par en par, enloquecidos, su boca abierta y el sonido monótono que brota de ella como no lo había oído nunca. Me asusto, con el ruido, y me hace volver al mundo, lejos de aquello que estoy a punto de culminar, y suelto al hombre que tengo agarrado y él cae al suelo hipando y sollozando. El sonido monótono cesa y ella se desploma junto a él y le aguanta la cabeza, la posa en su regazo. Yo les doy la espalda, cojo la maleta y dejo atrás todo lo viejo.

En el carril bici está cayendo una ligera llovizna de invierno. Me sacudo y doy unos pasos por el asfalto antes de desplegar mis alas negras y alzar el vuelo por la lluvia y el resplandor de las farolas, por encima de aparcamientos vacíos y parabólicas, por encima del asfalto y el hormigón. Lejos.

22

Bergort
Miércoles, 19 de agosto de 2015

Nota cómo los músculos de su cuerpo se contraen, siente un escalofrío cuando oye el ruido de la puerta. Se levanta con cuidado, se inclina hacia el pasillo para escuchar y oye que la puerta del piso se abre con un ruido de succión. Es pleno día, sus padres no deberían venir a casa a esta hora.

Despacio, tanteando, da un paso hacia la puerta del salón. Sea quien sea quien ha entrado en el piso no está a más de diez metros de distancia. Yasmine piensa en el símbolo en la pared del Story Hotel, el puño en la estrella, y alarga la mano para coger la manilla de plástico de la puerta. ¿Alguien la está persiguiendo? Pero nadie sabe que se ha mudado al Lydmar. Alguien debe de haberla visto cruzar Bergort. ¿Ignacio? ¿O aquellos a quienes Ignacio la delató? Siente que se le encoge el pecho, la boca seca y pegajosa.

Cierra los ojos y reza para que la puerta no chirríe mientras la abre lentamente. Yasmine queda oculta tras ella, pero al mismo tiempo tiene una ranura por la cual puede vislumbrar partes del salón.

Los pasos en el recibidor se apagan, pero luego se reanudan con otro sonido, más continuo y arrastrado, por el parqué del salón. Yasmine se inclina hacia la ranura de la puerta y espera a que la persona aparezca en su campo de visión. Y, cuando esto por fin ocurre, siente que todo el piso da una sacudida, que su pasado y su futuro son de repente la misma cosa.

Abre despacio la puerta y entra en el salón.

Su madre está en el centro de la sala, el maquillaje corrido después de un turno doble, quizá triple, pero el pelo sigue en su sitio gracias al tieso nudo en la nuca. Cuando oye a Yasmine abrir la puerta se da la vuelta, no demasiado rápido, no como si la cogiera por sorpresa ni la asustara, sino más como si hubiera estado esperando este momento.

Yasmine permanece en silencio y extrañamente vacía. Mira a la persona a la que ella y Fadi hacía tanto tiempo que habían dejado de llamar mamá. Nunca hablaban de ello, pero cuando pasaron al sueco «mamá» y «papá» desaparecieron: esas palabras se convirtieron en «él», en «ella», en «ellos». Como si ella y Fadi estuvieran obligados a dejar atrás algunas palabras y construcciones, como si ya no tuvieran cabida para ellos.

—Yasmine —dice, y continúa en árabe—. Has vuelto.

Yasmine se aclara la garganta, se mesa el pelo.

—Recibí tu mail —contesta.

Su madre se le acerca con pasos titubeantes. Yasmine nota cómo se mezcla el olor aséptico de hospital a alcohol etílico y desinfectante con su perfume floral.

—Yasmine —repite su madre con una voz que es más grave de como ella la recordaba, menos llena de esperanzas rotas.

Se deja abrazar, permite que su frente caiga y descanse sobre la tela gruesa y rígida del uniforme sanitario de su madre. Por un instante vuelve a ser una niña y nota que las lágrimas le empañan los ojos. Por un instante se halla tan cerca que se queda donde está y consiente que el tiempo fluya por sí solo. Hace tanto que no se dejaba abrazar por su madre. Tanto que su madre no se dejaba abrazar. Pero no funciona, hay demasiadas cosas que entorpecen, así que Yasmine se aparta y mira a su madre a los ojos.

—¿Has quedado con él? —dice—. ¿Después de sacar la foto?

Los ojos de su madre están cansados y confundidos. Parece que apenas le queden fuerzas, como si estuviera a punto de tirar la toalla.

—No fui yo quien tomó la foto —dice en voz baja—. Fue Shirin. Ya sabes, del trabajo. Ella también vive aquí, en la calle Briggvägen. Iba de camino a casa después de un turno de noche y entonces vio aquel gato. No sé por qué le hizo una foto. Pero mientras la sacaba apareció ese chico y empezó a pintar la pared.

Guarda silencio.

—Después me la enseñó porque le pareció que el chico le recordaba a Fadi. Y me ayudó a mandártela. No sé qué es todo esto, Yasmine. No sé qué pensar.

De pronto su madre se desploma en el suelo con la cabeza entre las manos.

—Parece Fadi —susurra, y niega con la cabeza—. Pero Fadi está muerto. Dicen que está muerto, que murió hace un mes. Yasmine, no lo entiendo, no puedo más, no...

Se queda callada. Yasmine titubea un segundo antes de agacharse junto a su madre en el suelo y rodear su frágil cuerpo.

Permanecen así en silencio en lo que quizá sean un par de segundos o una tarde entera. Al final Yasmine logra ponerla en pie y llevarla al dormitorio. Con cuidado, casi con cariño, la recuesta sobre la colcha lisa y la tapa con una rebeca. Ve que los ojos de su madre están pesados, quizá ya se había tomado la pastilla para dormir en el trayecto a casa, tal como solía hacer cuando tenía un turno largo. Pero se esfuerza en mantenerlos abiertos y levanta la cabeza hacia Yasmine.

—¿Está muerto, Yasmine? —susurra—. ¿Fadi está muerto? ¿Lo sabes? Por favor, Yasmine, tienes que saberlo.

Yasmine le acaricia el pelo con cuidado. Todo lo que ha sentido por sus padres. Todo el odio y el desprecio. Pero aun así hay una brecha en esa rabia oscura y pegajosa. Una brecha que nunca se puede cerrar del todo. Toma las manos secas de su madre entre las suyas.

—No lo sé —dice—. Pero lo voy a descubrir.

Después, Yasmine está sola en el salón. Su madre duerme en la habitación, como ha hecho antes tantas otras veces, con tapones en los oídos y somníferos tras dieciocho horas en el hospital. Cuántas veces habrá estado Yasmine aquí en el salón esperando a oír el ruido de la puerta abrirse de nuevo y a que él llegara a casa, cansado y humillado, dispuesto a encolerizarse por cualquier cosa o por nada.

Cuántas veces habrá entrado sin quitarse los zapatos hasta el parqué, lleno de cuentos chinos y cotilleos, lleno de rumores sobre ella o sobre Fadi; cosas que ha oído decir a sus amigos en la plaza, en la mísera cafetería de Radovan. Cuántas veces Yasmine habrá protegido a Fadi detrás de ella, se habrá plantado, se habrá puesto en guardia y habrá esperado.

Cuántas veces habrá hecho que enfocara su rabia hacia ella y no hacia Fadi. Tantas que al final la cuota estaba completa. Que al final ya no quedaba nada. Que al final sacrificó a aquel a quien debía proteger y se escapó con alguien como David.

Se acerca a la ventana que da al pequeño balcón, deja que el sol del mediodía inunde el salón, abre todas las puertas y ventanas. El mediodía huele a abeto y asfalto caliente. Siente el mismo estrés ahora que siempre. Que en cualquier momento él puede llegar a casa. Que a lo mejor ya está subiendo por las escaleras. En realidad Yasmine no quiere estar aquí más tiempo del necesario.

Vuelve a entrar en su cuarto, sube las persianas también aquí, abre la ventana y se sienta en la cama con el teléfono en la mano. Le da igual si la colcha se arruga. Todos los estantes y cajones están vacíos, incluso el escritorio permanece vacío y limpio, y la cama está hecha. Pero aquí dentro hay algo que le susurra. Algo que le dice que él ha estado aquí, no hace demasiado tiempo. Si ha vuelto vivo de Siria y se mantiene escondido, ha pasado por aquí. Yasmine casi puede sentir su presencia. Igual que ella, él también habría vuelto al punto de partida.

Yasmine se levanta y se acerca a la cama de Fadi. De pronto recuerda el hueco de debajo de la cama empotrada donde él solía guardar su mierda. Las zapatillas y las cervezas robadas.

Se inclina y baja el colchón al suelo. Con cuidado, levanta el somier y también lo saca, lo deja encima del colchón.

Y, en efecto, allí debajo hay algo: una bolsa de nailon azul celeste con cremallera. Yasmine la agarra por el asa y la levanta. La bolsa pesa y es deforme, difícil de sacar, pero al final logra ponerla en el suelo. Al principio la cremallera se encalla, pero Yasmine la desliza y consigue abrirla lo suficiente como para apartar el reborde de tela. Ahí debajo hay algo que detiene su corazón.

Dos armas.

Encima hay una pistola negra gastada y descascarillada. Cuando la levanta con las manos temblorosas, la nota fría y sólida, como si estuviera fundida de una sola pieza. La deja con cuidado en el suelo a su lado y vuelve a inclinarse sobre la bolsa. La otra arma es aún más inverosímil. Todo el mundo las ha visto en películas y en fotos de la guerra o de atracos. El arma es una parte tan grande de la cultura que cuesta creer que esta sea real, que siquiera funcione. Que pueda matar.

Abre más la ranura de la bolsa para ver mejor. Es un kalashnikov. Viejo y raído también, con la culata de madera desconchada y el cargador torcido.

La cabeza le da vueltas y por un segundo tiene la sensación de que se va a despegar del suelo o que se va a desmoronar en una montaña de arena. ¿Qué hacen las armas aquí, en su habitación? ¿En qué está metido Fadi? ¿En qué se está convirtiendo?

Ahora sí que se acurruca en el suelo, con la cabeza en el borde de la cama, y nota que al final las lágrimas brotan, ya no hay forma de contenerlas. Llora por Fadi. Por el fusil en la cama, por el gato en la farola, por cada golpe asestado entre estas paredes, por el hecho de que ella y Fadi nunca llegaran a ser lo bastante buenos y huir fuera lo único que tenían. Pero sobre todo llora por haberlo abandonado, por haberlo traicionado. Por no habérselo llevado consigo, lejos de todo esto.

Yasmine se permite hundirse en la autocompasión y el arrepentimiento, se permite desear que la historia hubiese sido otra, que ella hubiese sido otra. Pero, cuando abre los ojos, el cuarto es el mismo. Ella es la misma. La historia es algo que no puede cambiar.

Se pone en pie con cuidado y levanta el rifle.

«Se acaba ahora —piensa—. Se acaba aquí».

El rifle encaja inesperadamente bien en su hombro, y su mano envuelve el pistolete.

—Fadi —susurra—. Sea lo que sea en lo que te has metido, y pase lo que pase, te encontraré.

23

Londres
Miércoles, 19 de agosto de 2015

Klara entra en The Library poco después de las siete de la tarde, directamente después del trabajo. El local gira y zumba sobre un fondo de ritmo intermitente que sale de unos altavoces invisibles. Pete está detrás de la barra coqueteando con una chica de piernas largas y morenas y que lleva una trenza aún más larga, gruesa y roja. La chica echa la cabeza hacia atrás y se ríe con algo que Pete acaba de decir, pero él se disculpa y saluda a Klara a distancia.

—Hola, Pete —dice ella, y se inclina sobre la barra, tanto para que él pueda oírla como porque siente una especie de frívola satisfacción al ver a la Trenza intentando hacer un esfuerzo por dejar de mirarla de reojo.

Pete también se inclina sobre la barra y Klara le da un beso rápido en la mejilla. La Trenza aparta la cara ofendida y sorbe la cerveza.

—¿Eso a qué viene? —dice Pete.

—Por haber encontrado el ordenador —contesta Klara—. ¿Dónde estaba?

Pete levanta una botella de tinto y la mira interrogante, pero ella niega con la cabeza.

—Chardonnay —dice.

Pete se agacha detrás de la barra y saca una botella de blanco. Le llena la copa casi hasta el borde.

—Por lo visto lo habías dejado aquí en el lateral —dice Pete, y hace un gesto hacia el lado corto de la barra.

Klara se acerca hasta allí y ve que, efectivamente, hay un gancho para colgar chaquetas, oculto bajo el ala de la barra.

—Yo no lo dejé ahí —dice ella cuando vuelve a la barra con Pete.

Toma un trago de vino e inmediatamente se siente más liviana, el mundo se abre una pizca, su abrazo claustrofóbico pierde fuerza. Pete se encoge de hombros y le sonríe.

—A lo mejor algún cliente lo colgó después de que te fueras. ¿Quién sabe?

Ella se queda mirándolo, su pelo rubio y revuelto, sus músculos fibrosos bajo la camiseta verde, su postura relajada de surfista y sus malditos modales optimistas y despreocupados. De pronto le entran ganas de tirarle el vino a la cara, pero se controla y da otro trago largo.

—¿Fuiste tú quien lo encontró? —dice.

—No, un cliente lo vio y me lo entregó.

Klara deja la copa y se inclina sobre la barra, le busca la mirada.

—¿Un cliente lo entregó? —dice suspicaz—. ¿Quién?

Pete se vuelve a encoger de hombros y sonríe, ladea la cabeza, bebe un poco del batido verde de col que siempre está sorbiendo detrás de la barra.

—¿Cómo quieres que lo sepa? Un cliente cualquiera. No era ningún habitual.

Ella respira tranquila, da otro enorme trago al vino. «Como un crío —piensa—. Es como un jodido crío», y se siente llena de asco ante la idea de que se hayan enrollado, o algo parecido, varias veces en un solo mes. ¿Cuántos años puede tener? ¿Veintidós?

—Pero ¿qué aspecto tenía? —dice—. ¿Crees que podrías esforzarte un poco y tratar de recordar?

Pete levanta las manos en gesto defensivo y da un paso atrás de manera teatral.

—¡Eh, eh! ¿Es un interrogatorio o qué? No fui yo quien se emborrachó tanto como para perder el ordenador, ¿no?

Vuelve a sorber el maldito batido verde. Klara se controla.

—¿Qué pinta tenía, Pete?

Ahora por lo menos parece pensárselo, mira en diagonal al techo y asiente tranquilo.

—Un poco friki. Friki metalero, ¿sabes? —dice—. Delgado y como flacucho. Pálido. Camiseta con un monstruo o algo así. Tejanos. Y espera…

Cierra los ojos y lo cierto es que parece escudriñarse a sí mismo.

—Llevaba un tatuaje en la muñeca —dice al final—. Un texto, así que era bastante singular. Con esa letra antigua de máquina de escribir, ¿sabes a cuál me refiero?

—Sí, sí —dice casi impaciente—. Pero ¿y qué ponía?

—Solo dos palabras. *Remember, remember,* y luego tres puntos suspensivos, como si fuera a continuar, ¿entiendes?

Klara se queda de piedra y se sienta en un taburete. El vello de los brazos se le eriza. El sueño que ha tenido estas últimas noches. La sombra, la silueta, los brazos que tiraban de ella. Aquello que se escapa tan pronto ella trata de agarrarlo. La desalmada voz que le susurró al oído cuando estaba en el suelo en el callejón, cuando casi había perdido el conocimiento.

Pete se inclina hacia ella.

—¿Va todo bien? —pregunta.

Ella niega con la cabeza para deshacerse de la terrible sensación de desamparo que de repente la inunda, y se levanta y coge el maletín con el ordenador, se lo cuelga al hombro.

Remember, remember, the fifth of November[*].

Era eso lo que alguien le había susurrado mientras le quitaban el ordenador de las manos.

—¿Nos vemos luego? —dice Pete.

Klara coge la copa y se termina de un trago lo que queda en ella antes de volverse hacia la puerta del bar.

—No, Pete —dice por encima del hombro—. No nos vemos.

Al salir del bar evita el callejón, pero se aferra al ordenador cuando pasa por delante. En Shoreditch High Street entra en Tesco y se compra una botella de chardonnay australiano y un móvil nuevo de tarjeta de prepago. Mientras le cobran repite para sí el número de teléfono que jamás llegó a apuntar en un papel, solo en la memoria. El número de Blitzie, la hacker complicada pero leal que la ayudó las Navidades pasadas. Habían acordado ponerse en contacto solo en caso de emergencia y Klara había cruzado los dedos para que pasara bastante más tiempo antes de que tuviera que llamar. Pero si hay alguien que entiende de mensajes crípticos y ordenadores desaparecidos, esa es Blitzie. Y esto ya empieza a recordar bastante a un caso de emergencia.

---

[*] «Recuerda, recuerda el cinco de noviembre» *[N. del T.]*

24

Turquía
Febrero-marzo de 2015

En la oscuridad alquitranada al otro lado de la ventanilla redonda están rociando las alas con algo y supongo que es lo que el comandante o quien fuera acaba de comentar por los altavoces. El agua sale a raudales y rebota y rebufa sobre el metal y yo recito en silencio los textos del Corán que he memorizado con el hermano al-Amin, rezo con todo mi corazón para que esto sea normal.

La única vez en que subí a un avión fue cuando fuimos a Suecia, hace quince años, pero no lo recuerdo. Solo recuerdo que estaba igual de oscuro que ahora, que tenía frío cuando tomamos el autobús que salía del aeropuerto y que tú estabas a mi lado. Me cogiste de la mano y sonreíste y Suecia olía a gasóleo y a suelo encerado y yo me sentía tan aliviado de que estuvieras conmigo, aunque reinara tanto silencio y oscuridad que pensaba que me había muerto.

Y ahora ese recuerdo me desborda. Me penetra en la columna vertebral y el cuerpo calloso y me llena como aceite, espeso y pesado y del que resulta imposible librarse. Aparta todo lo demás ese recuerdo. Aparta el día de ayer, mis manos alrededor de su cuello, su grito desgañitado, mis pies saliendo por la puerta. Aparta las frases aprendidas en árabe y el sueño del califato. Aparta el Barrio y a los hermanos. Aparta a Dios.

Cierro los ojos cuando aceleramos y nos despegamos del asfalto helado y no los abro hasta que estoy en el asiento trasero de un taxi en Estambul junto con un hombrecillo pequeño y redondo que lleva camisa gris y barba larga y que se hace llamar Ali, y todo el mundo ha reducido la marcha, se ha detenido, ha vuelto a empezar. Me reclino en el asiento de cuero sintético y, por la ventanilla manchada, contemplo la luz amarilla del sol y los pequeños coches sucios. Por detrás del pop turco que suena por los altavoces ajados del taxi se oye un almuecín. Hasta ese momento no cambio nuestro pasado por mi futuro. Hasta ese momento no te suelto y me precipito en caída libre dentro de mi propio destino.

¿Cuánto llevo en Estambul? Lo suficiente como para olvidarme de contar los días y para saber dónde compra los tomates y las berenjenas la esposa de Ali. Lo suficiente como para dejar de pasearme con los ojos como platos y asustadizo como un niño ante el tráfico de las calles y el griterío en las cafeterías. Lo suficiente como para que mi árabe se desperece y me permita distinguir los contornos imprecisos de lo que Ali y su familia dicen en la mesa. Cada día pregunto si nos iremos pronto. Cada día Ali me responde lo mismo.

—*Bukra, inshallah*, mañana, si Dios quiere.

Ayudo a Ali con su trabajo, que consiste en repartir cajas que parecen contener material de oficina alrededor de la interminable y sinuosa ciudad, y oramos juntos en su mezquita, donde los hombres me estrechan con fuerza la mano y me expresan la benevolencia que Alá ha tenido dándome la oportunidad de morir por mi fe.

Y de pronto un día, en mitad de la lluviosa primavera, es mañana.

Un minibús me recoge en el húmedo amanecer. Ali me despierta y me sujeta la puerta mientras su mujer insiste en darme una bolsa de papel con *tuppers* llenos de pollo frío, tabulé y hummus. Estoy de camino antes de siquiera haber podido abrir los ojos.

Cuando al fin lo hago veo que no voy solo en el autobús, sino que somos cinco hombres más o menos de la misma edad, repartidos por los asientos del fondo. Los miro y me veo a mí mismo. Somos cinco hombres de distintas partes de Europa, pero todos tenemos los mismos ojos de falsa indiferencia, los mismos recuerdos de furgones policiales y pisos vacíos. Hemos mangado los mismos tejanos, quemado los mismos coches, soñado los mismos sueños. Somos de distintas ciudades pero del mismo Barrio.

Tardamos dos días enteros en cruzar Turquía y apenas hablamos, todavía inseguros de nuestro árabe, nuestra lengua común. Bien entrada una noche, uno de los conductores se vuelve hacia nosotros y por el parabrisas señala las siluetas grises de sacos de arena y vehículos militares turcos. Se me hace un nudo en el estómago y las sienes me palpitan cuando el hombre abre la boca. Por un segundo creo que voy a vomitar de la tensión.

—*Al-Dawla* —dice—. El califato. Allí, al otro lado de los sacos de arena.

25

Londres
Jueves, 20 de agosto de 2015

Fuera sigue estando oscuro cuando el estridente tono del móvil de prepago la despierta. Rueda sobre el costado, la boca seca y amarga, y se estira para responder. No aparece ningún número en la pantalla. Coge el vaso de agua que está en el suelo junto a la cama y se enjuaga el sabor a vino. Apenas tiene dolor de cabeza, a pesar de haberse tomado dos tercios de la botella la noche anterior. Respira hondo y se queda un momento mirando el móvil mientras suena. Al final aprieta «responder».

—Doscientos euros —le dice al teléfono.

—Trescientos euros —contesta la voz metálica al otro lado.

Es el código que acordaron. Trescientos euros era el precio que Blitzie, la hacker adolescente, había puesto para ayudarla con otro ordenador. A veces le parece que hace una eternidad y a veces que fue la semana pasada. Los acontecimientos de un año y medio atrás habían desembocado en el encargo a Blitzie de que vigilara una información que haría caer gobiernos y desataría revoluciones.

Después habían acordado no ponerse en contacto sin motivo, para así no atraer ninguna atención de los poderosos intereses que inconscientemente habían fastidiado en aquella ocasión.

Por eso Blitzie había creado un sistema compuesto por dos cuentas de mail anónimas. Si realmente querías comunicarte, podías enviarle a la otra un número de una tarjeta de prepago totalmente nueva. Así la otra podía llamar, también desde una tarjeta de prepago sin estrenar. Según Blitzie, no era seguro al cien por cien, pero se acercaba bastante.

Klara se queda en blanco después de descifrar el código. ¿Cómo se empieza?

—¿Qué... tal estás? —dice al final.

—Bien —responde Blitzie—. Pero no te has puesto en contacto conmigo para preguntarme cómo estoy..., espero.

Klara sonríe un poco ante el recuerdo de la total ausencia de competencia social intuitiva de Blitzie.

—No —dice—. Ha pasado algo. ¿Dónde estás?

—Corta ya.

—Vale, vale —reitera—. Perdón.

—Y sigue. Ya charlaremos otro día. ¿Qué ha pasado?

Klara respira hondo.

—Alguien me robó y se llevó el ordenador. Y luego lo devolvió.

Oye a Blitzie exhalar al otro lado. «Está fumando un canuto —piensa Klara—. Sin duda».

—¿Estás fumando? —pregunta.

Suena como si a Blitzie se le escapara una risita.

—Qué más te da. Bueno, ¿y qué? ¿Alguien te robó el ordenador?

—Tuvo lugar en circunstancias bastante inciertas. Al principio pensaba que solo lo había perdido.

—Vale —dice Blitzie tomando aire—. ¿Has seguido instalando lo que acordamos en tus ordenadores?

Klara se va a la oscura cocina. Ya hace calor, presión, como si hubiera tormenta en el aire. Se sienta a la mesa de la cocina y despliega la pantalla de su antiguo ordenador.

—Claro —contesta—. Después de lo que pasó no puedo evitar ser un poco paranoica.

—La paranoia es buena —dice Blitzie—. Salva vidas. Abre el programa. Debería estar escondido en la carpeta de documentos y a veces no aparece entre el resto de programas. Tiene el aspecto de una hoja de cálculo. Quarter Q3 2013. ¿Lo encuentras?

Klara repasa la lista de archivos en la carpeta de documentos hasta que lo localiza. Hace doble clic en él y una hoja de cálculo se abre en la pantalla, repleta de cifras y combinaciones de letras incomprensibles.

—Haz doble clic en la celda G17 —le ordena Blitzie.

Klara obedece y se despliega una ventanilla de diálogo. Introduce su código de autorización y un pequeño programa se abre en otra ventana.

—Luego haz doble clic en *Threat* —dice Blitzie.

Un nombre de archivo aparece en la ventanita de búsqueda.

—Me sale algo que parece un archivo .exe. Después pone una fecha y una hora. ¿Qué es?

—Es el programa de *phishing* y cuándo fue instalado. Si fue durante el periodo que el ordenador estuvo desaparecido, puedes estar bastante segura de que te lo metieron entonces. Si no, quizá te lo hayan colado mientras buscabas porno.

Klara esboza una sonrisa torcida mientras comprueba la fecha, 17 de agosto. Cuenta hacia atrás. La noche de hace tres días. Fue entonces cuando desapareció el ordenador. Siente un escalofrío. No estaba solo borracha. Ya no puede obviar la evidencia de que alguien le robó el maletín para acceder a su ordenador.

—Sí —dice—. Alguien ha instalado algo.

Da un trago de agua y encuentra una pastilla contra el dolor de cabeza en un blíster al lado del ordenador.

—¿En qué te has metido ahora? —dice Blitzie.

Su voz suena bronca —quizá por la marihuana—, pero también realmente preocupada.

—La verdad es que no lo sé —contesta Klara—. Lo cierto es que no tengo ni idea. Puede que nada. No sé.

—¿Cómo desapareció? —pregunta Blitzie mientras toma aire—. ¿Te lo robaron?

Los recuerdos difusos atraviesan la conciencia de Klara.

—Sí —responde—. O al menos eso creo.

—¿No sabes si te robaron?

—Había bebido —dice en voz baja—. Me apagué. Perdí el conocimiento. Y luego el ordenador ya no estaba.

Blitzie guarda un breve silencio al otro lado.

—No suena propio de ti —observa—. No es que te conozca tanto, pero pareces bastante tiesa como para emborracharte hasta perder el control.

—Han pasado muchas cosas desde entonces —dice Klara entre dientes.

—¿Por qué iba alguien a querer tu ordenador? ¿Estás trabajando en algo?

Klara da un trago al agua y se masajea suavemente la frente.

—Estoy redactando un informe para la UE. Con mi jefa. Sobre privatizaciones y eso. Vale, va a servir de base para la toma de decisiones de los ministros de Justicia de la Unión, pero mi parte no es especialmente comprometida. Y ni siquiera he visto la parte de mi jefa todavía y no tengo los documentos guardados en mi ordenador.

—¿No crees que...? —empieza Blitzie—. ¿No crees que pueda haber alguien que esté buscando esos documentos que nosotras..., ya sabes, los de las Navidades pasadas?

Se queda callada. Klara también ha pensado en ello, pero no ha querido aceptarlo. ¿Qué iba a ser si no?

—Qué sé yo —contesta en voz baja—. Pero yo no tengo ninguno. Tú eres la única que puede acceder a esos documentos.

Es lo que acordamos. Y, si quieren mirar mi ordenador, ¿no podrían haberlo hackeado desde fuera?

—Serán unos chapuceros —dice Blitzie—. Aparte de que el programa que te pasé tiene un cortafuegos bastante contundente. A lo mejor intentaron meterse en tu ordenador desde fuera pero no lo consiguieron, así que procuraron instalar alguna mierda de manera manual. Además, el programa ese tiene una historia más que a lo mejor te va a gustar. Haz clic en *Location.*

Klara obedece y un mapa del norte de Europa se abre. Tiene puntitos marcados en lo que parece ser Londres, pero también en la costa este de Suecia.

—El programa tiene un rastreador GPS. Puedes introducir el día y la hora que quieras y te dirá dónde estaba en ese momento el ordenador. Es una buena protección contra los robos. Pero ahora también puedes mirar dónde ha estado tu ordenador el tiempo en que estuvo desaparecido.

—Gracias —dice Klara—. Ahora por lo menos sé que hay algo fuera de lugar.

—Pareces atraer los follones. Espero que se resuelva. Ten cuidado y luego me llamas, ¿vale?

—Claro, me lo tomaré con calma. ¡Espera! No cuelgues. Una cosa más. *Remember, remember, the fifth of November.* ¿Sabes qué significa?

—*Vendetta* —dice Blitzie—. ¿Sabes? La peli esa sobre un Guy Fawkes del futuro. Es el santo patrón de todos los hackers. Anonymous y los anarquistas esos lo tienen como una especie de lema. Internet está lleno de esas movidas revolucionarias. ¿Por qué lo preguntas?

—Por nada en especial —dice ella—. Solo algo que vi en algún sitio. Hablamos, Blitzie.

¿Un eslogan de hacker tatuado en la mano del ladrón? ¿De qué coño va todo esto?

Cuando la voz de Blitzie desaparece, Klara se siente muy sola. A pesar de que ya haga calor y humedad a primera hora de la mañana, tiene frío y vuelve a meterse en la cama y a taparse con el edredón. El dolor de cabeza va cediendo poco a poco mientras ella hace clic en *Location* en el programa de Blitzie. Al instante se abre un mapa y un señalador rojo cae sobre la zona oeste de Londres. Klara hace zoom todo lo que puede.

Formosa Street, número 3. Parece que su ordenador ha pasado un par de días en el barrio de Little Venice.

Apaga el ordenador y se queda mirando la luz del amanecer en la calle de fuera. Little Venice. No es un barrio en el que a bote pronto uno diría que abundan los anarquistas y los hackers. Pero por lo menos es algún sitio por donde empezar.

—¿Vienes?

Klara da un respingo y aparta los ojos de la pantalla. Han pasado cinco horas y está a punto de acabar su parte del informe, se encuentra tan metida en su trabajo en la oficina que no se ha percatado de que alguien se ha plantado en el umbral de la puerta.

Charlotte permanece ahí de pie enfundada en uno de sus habituales vestidos largos y anchos. Pendientes grandes y el pelo castaño recogido en un moño descuidado en la nuca. Klara vuelve a pensar que hay algo atrevido en el hecho de que Charlotte siempre parezca estar a punto de irse a un congreso de yoga, pero que al mismo tiempo oculte una columna vertebral de acero detrás de esa fachada bohemia.

—No te habrás olvidado de que hoy comemos juntas, ¿verdad? —dice Charlotte con una sonrisa.

Klara mira de reojo la pantalla. ¿Ya son las doce y media?

—No —dice, apabullada—. No me había olvidado, pero no había visto que fuera tan tarde.

Guarda el documento en el mismo momento en que las primeras gotas de lluvia golpean su ventana. Cuando se levanta, un relámpago ilumina el cielo oscuro.

—Dios mío —dice Charlotte—. Espero que te hayas traído el paraguas.

Hay algo liberador en esta repentina tormenta y Klara no tiene ninguna objeción a sentir la lluvia en sus piernas desnudas mientras suben corriendo Catherine Street en dirección al pequeño restaurante italiano donde Charlotte ha reservado mesa.

Charlotte parece ser una clienta habitual para los camareros y estos se apresuran en hacer desaparecer rápidamente sus paraguas como por arte de magia y en encontrarles una mesa junto a la ventana que da a la calle. Una vez sentadas, Charlotte se seca delicadamente la cara con la servilleta y le sonríe.

—¿Rímel por toda la cara? —pregunta.

Si bien la gruesa capa se ha corrido un poco en las comisuras de los párpados de Charlotte, tampoco queda tan mal, al contrario. Sus ojos grandes y oscuros, sus pómulos altos y su peinado descuidado le dan más bien un aire sexy. Klara niega con la cabeza.

—En absoluto.

Charlotte se inclina sobre la mesa y le guiña un ojo.

—Pediremos una copa de vino, ¿no? —dice—. Sé que tienes que terminar tu parte del informe, pero una copita nos podremos beber...

Klara siente que se le despierta una agradable sensación en el cuerpo.

—Estupendo —dice—. Si tú te tomas una, yo me apunto encantada.

Ambas piden pasta con *porcini* y trufa blanca y se mojan los labios con el vino. El alivio del alcohol mezclándose en la sangre hace que Klara sienta que el trabajo y el estrés del ordenador se desvanecen por un rato. Se relaja tanto que de repente le pasa por la cabeza la idea de contárselo todo a Charlotte, pero ahora es demasiado complicado, sobre todo después de haberle quitado hierro a lo que aconteció el domingo. Primero irá a esa dirección en Little Venice. Después, a lo mejor. Naturalmente, dependerá de las conclusiones que saque.

—Así pues, ¿qué me dices? —dice Charlotte—. Casi has terminado con tu parte, ¿verdad? Solo faltan unos días para la presentación.

Klara da otro sorbito de vino, que es seco y tiene notas minerales. Desea cerrar los ojos y, simplemente, huir un rato dentro de esa sensación del sabor que, por algún motivo, le recuerda a las mañanas de verano en Aspöja cuando el cielo está azul y caliente, pero la hierba se mantiene aún húmeda de rocío o llovizna. Solo olvidarse por un rato del informe y el ordenador. Pero se limita a asentir con la cabeza.

—Claro —dice—. Estoy casi lista. ¿A ti cómo te va? En realidad, eres tú la que hace el trabajo de verdad.

Charlotte también bebe del vino y mira a la calle, donde la lluvia rebota en los adoquines.

—Supongo que saldrá bien —contesta, y asiente pensativa en silencio—. Pero no es tarea sencilla.

—Hay muchas opiniones al respecto —dice Klara, y le busca la mirada a Charlotte.

—Desde luego —afirma ella, y aparta la mirada de la calle, se vuelve hacia Klara y la mira a los ojos.

—No todo es lo que parece —murmura entre dientes, y da otro sorbito antes de partir un pedazo de pan blanco y untarlo meditativa en la fuente con aceite de oliva que las separa.

—¿A qué te refieres? —dice Klara, y deja su trozo de pan en el plato que tiene delante.

Hay algo en la manera en que Charlotte lo ha dicho que le hace pensar en su encuentro con Patrick en el patio interior el otro día. Él también lo dijo: no todo es lo que parece ser. Le viene a la cabeza el mapa mental de Patrick. Todas las flechas y nombres.

Pero Charlotte solo niega con la cabeza como para volver en sí y un nuevo objetivo se centra en sus ojos cuando mira a Klara.

—No me refiero a nada en concreto —dice—. Solo a que este tipo de cuestiones son… complicadas.

El camarero les sirve dos platos humeantes, y su pequeño universo junto a la ventana queda inundado por el maravilloso aroma a trufa. Charlotte enrolla unos cuantos espaguetis, se lleva el tenedor a la boca y mastica con fuerza mientras dirige la mirada de nuevo al otro lado de la ventana, donde ahora la lluvia cae a cántaros.

Han sido unos días desconcertantes desde que Klara regresó de Aspöja: el robo del ordenador y el extraño comportamiento de Patrick. Esta charla imprecisa de Charlotte hace que Klara se sienta cansada de que todas las incógnitas terminen incluyéndola. Da un trago largo de vino y siente que se llena de valor.

—¿Conoces una empresa que se llama Stirling Security? —dice.

Charlotte se gira rápidamente hacia ella y levanta el vaso de agua para bajar la comida que tiene en la boca. Por un momento le brilla algo en los ojos, pero desaparece enseguida y es sustituido por una superficie mate e interrogante.

—¿El qué?

—Stirling Security —dice Klara con voz queda—. No sé, solo es un nombre que vi en alguna parte, en algún contexto.

—¿En qué contexto?

Charlotte se reclina en la silla, ahora con la copa en la mano, y mira tranquila a Klara. Hay un tono en su voz que transmite la misma proporción de indiferencia que de amenaza y Klara tiene la intuición de estar pisando terreno pantanoso, que quizá no debería haber mencionado la empresa.

—Nada —dice—. Solo es un nombre que vi en algún informe, creo. Nunca había oído hablar de él. Entonces, ¿no te suena?

Charlotte niega con la cabeza, pero no le quita los ojos de encima. Se moja los labios sin prisa.

—Pero esto me lleva de forma inesperada a por qué quería que comiéramos juntas hoy. El informe, Klara, es hora de darle caña —dice—. Lo presentamos el domingo. Tendría que haber recibido tu parte antes de ayer. Es hora de centrarse en el trabajo.

Klara nota que se le calientan las mejillas. Es la primera vez que oye una crítica en boca de Charlotte. Además, sin razón.

—Sí, lo sé, pero pasó aquello del ordenador y todo eso. Te lo entregaré esta tarde… En principio, ya he terminado.

—Ya, pero supongo que, como de costumbre, has sido un poco descuidada y tendenciosa al escribir —continúa Charlotte—. Esta vez es especialmente importante que tengamos argumentos sólidos y bien formulados, así que al final tendré que reescribir parte de tu texto. Razón de más para que me lo mandes ipso facto y que no lo retengas así porque sí. Creo que lo entiendes.

Klara nota que le zumba la cabeza y que se le cierra la garganta. «¿Descuidada y tendenciosa?». Como si no fuera objetiva con razonamientos bien fundamentados. Como jurista, ¿te pueden llamar algo peor?

Asiente, pero no está dispuesta a capitular del todo.

—Yo tampoco he visto la tuya —dice en voz baja—. Es un poco difícil completar los puntos principales si no sé cuál va a ser tu recomendación.

—Klara —dice Charlotte, y su voz es fría como el acero—. Es mi informe. Tú eres mi asistente, nada más. Si no puedes entregarla, a lo mejor tendremos que revisar el acuerdo que tenemos. ¿Hace falta que sea más clara en este punto?

Klara niega con la cabeza y nota cómo las lágrimas suben detrás de sus ojos. Alarga la mano para coger la copa de vino.

—Tendrás mi parte después de comer —murmura.

—Bien —dice Charlotte, y sonríe tranquilamente, pero solo con la boca, no con los ojos.

26

Estocolmo
Jueves, 20 de agosto de 2015

Cuando Yasmine descorre las pesadas cortinas de su ventana en el Lydmar y contempla la mañana gris, ve una lluvia de verano perforando la brillante corriente de agua del canal de Strömmen más abajo, como un papel de estaño taladrado por miles de agujas diminutas.

A su espalda el televisor recita las noticias. Ha sido una noche inquieta en Bergort. Imágenes de lanzamientos de piedras y coches ardiendo. Policías antidisturbios y jóvenes envueltos en pañuelos tan alejados de las cámaras que apenas parecen reales. Yasmine ha estado pegada delante del reportaje la primera vez que lo han pasado, hace media hora, con el corazón desbocado, buscando con la mirada cualquier atisbo de Fadi, o cualquier cosa, a cualquier persona. Pero en verdad la noticia carecía de información real. La policía afirmaba no saber quién estaba detrás de las revueltas, pero, a la vez, señalaba que «llevaban tiempo viendo señales de que algo estaba pasando».

«Señales —piensa Yasmine—. Joder, pero si todo el Barrio está cubierto de señales». Estrellas y puños. Un gato en una farola. Símbolos de los que nadie quiere hablar, ni Ignacio ni Parisa. Símbolos que hacen que te amenacen si preguntas por ellos.

Cuando se vuelve su mirada cae sobre la pistola que se llevó del piso y que ahora ha dejado sobre la cómoda junto a la cama. Aquí adquiere un aspecto todavía más demencial, sobre la cómoda de madera sin pintar, bajo el brillante y reluciente espejo dentro de su marco mate, en este entorno pulido de clase alta.

Jamás se había sentido tan fuera de la ley como cuando metió la pistola y la metralleta en una vieja bolsa de deporte, se la colgó al hombro y salió por la puerta.

Pero ¿qué alternativa tenía?

No podía dejar que las armas se quedaran en el hogar de su infancia, no podía dejar que fueran usadas para algo horrible en lo que prefería ni siquiera pensar. Y no podía llamar a la policía. No a esa policía de la que se habían escondido durante toda la infancia. La que le dislocó el brazo a Red, la que le hizo saltar los dientes a Karim y lo dejó tirado en un campo en Botkyrka. La policía que los metía en los furgones y los llamaba «hijos de puta» y «moros», «babuinos», «monos». Esa policía mataría a Fadi si lo encontrara. Probablemente, lo destrozaría, lo aniquilaría. Y ella ya ha traicionado lo suficiente. Si esto va a resolverse, tendrá que ser ella quien lo haga.

A punto estuvo de subirse con las armas al metro, pero en el último momento decidió esconder el fusil en un enmarañado y denso arbusto de rosa mosqueta en la arboleda de detrás de la escuela. Todo el mundo escondía allí sus mierdas, era una norma, desde hacía tiempo. Ya tenía bastante con pasearse con una pistola en la cintura del pantalón.

Había dejado una nota debajo del colchón de Fadi. Solo su número de teléfono. Nada más. Nadie pierde una metralleta. Ni siquiera en Bergort. Sobre todo en Bergort. Ahora él estaba obligado a llamarla.

Mientras tanto, ella buscaría al delator.

La voz de Ignacio al teléfono suena relajada y tranquila y parece como contento de que vayan a verse después del trabajo. Pero a la mierda. El cómo suenes por teléfono no significa nada. Mentir es lo primero que aprendes en Bergort.

Yasmine apenas puede esperar a verle para así enterarse de por qué Ignacio no quiere decir que conoce el significado de los símbolos. Y, más aún, por qué ha hecho que alguien la amenace.

¿Qué demonios está pasando? ¿Cómo se ha vuelto un cabrón tan cobarde?

«Aléjate del Barrio, puta».

En el televisor siguen pasando las imágenes de Bergort, y Yasmine está segura de que los símbolos tienen que ver con esa revuelta y de que Ignacio está metido. La pregunta es hasta qué punto está involucrado Fadi.

Se levanta y se mira en el espejo por encima de la pistola. Todo el mundo dice que parece más delgada y puede que sea cierto. La inflamación del ojo es ahora de color morado. Parece cambiar de color como la luz en aquella sala de reuniones de Shrewd & Daughter.

Respira hondo y coge con cuidado la pistola grande y mate de la cómoda, la sujeta con ambas manos y retrocede un paso hacia la cama. Recuerda una vez en que David la obligó a acompañarlo a un campo de tiro en Flatbush la primavera pasada. Dispararon con distintas pistolas, y le sorprendió lo liberador que fue. Después volvieron varias veces durante unas semanas cuando David se alejó por un tiempo de las fiestas y solo bebía por las noches, quizá algún que otro porro, nada más.

Levanta despacio la pistola con los brazos rectos y apunta con ella directamente a su reflejo. Ve el orificio del cañón, grande y oscuro, su cara tensa ahí detrás. Ahora hay una fuerza en su interior, la nota de forma repentina. Una dirección clara.

A pesar de toda la mierda. A pesar de David, su madre y todo el puto Barrio. A pesar de la traición de Ignacio. «Ahora se trata solo de esto», piensa. Se trata solo de Fadi. Solo hay una cosa en la que pensar. Una sola cosa que hacer. Encontrarlo y hacer lo que debería haber hecho desde el principio: proteger a Fadi de sí mismo.

Cuando al fin abandona la habitación, sobre las cinco de la tarde, el suequito discreto de recepción parece tan ordenado y pulcro con su bigotito y su pajarita de topos que Yasmine tiene que reprimir el impulso de explicarle que lleva una enorme pistola negra metida en la cintura de sus tejanos. ¿Así habría alzado la voz? ¿Habría fallado en su perfecto servicio?

Pero Yasmine se limita a pedirle que llame a un taxi y se sienta a esperar en uno de los elegantes sillones del vestíbulo. La pistola está fría y le sorprende lo cómoda que la nota en las lumbares.

Todavía llueve, o vuelve a llover, cuando sube trepando al muelle de carga del aparcamiento delante del centro comercial de Kärrtorp y se pone en cuclillas al cobijo del alero del tejado con la capucha bajada hasta la frente para que nadie la reconozca. En el taxi miró la ruta desde el metro hasta Mudanzas Johansson, donde trabaja Ignacio, y Yasmine supone que él atajará por este camino, entre la cuesta y el centro comercial de camino al metro. En el pasaje podrá cortarle el paso.

«Mudanzas Johansson», piensa. Le sorprendería mucho que en esa empresa hubiera habido jamás alguien que tuviera un «son» de apellido.

Cuando se apoya en la pared de ladrillo y pasea la mirada por el aparcamiento medio lleno donde la lluvia ha convertido el asfalto en una superficie brillante y lisa, siente que la sensación con la que se había despertado sigue creciendo. No es ni miedo ni angustia. Más bien una forma de resignación que no para de inflarse y le hace pensar que quizá ya esté todo perdido. Quizá Fadi ya está perdido, quizá lo estaba ya entonces, hace cuatro años, cuando ella lo abandonó. Al mismo tiempo, hay una fuerza inherente a esa sensación. Si lo único que significa algo ya está perdido, bien podría sacrificar todo lo demás. No hay nadie tan peligroso como alguien que lo ha perdido todo.

Cuando gira la cabeza de nuevo, ve el gran cuerpo de Ignacio —vestido con una chaqueta Varsity empapada y gorra Brave, tejanos anchos y unas Air Max negras— doblando la esquina y entrando en el pasaje. Yasmine nota la pistola fría y dura en la columna cuando se levanta. El puto soplón, el bocazas. El corazón le palpita con fuerza mientras avanza por el muelle de carga. Le ha llegado la hora.

27

Siria
Marzo de 2015

Al final estoy solo en el polvo y el frío y la noche es silenciosa, únicamente se oyen los grillos y el sonido del minibús mientras desaparece por la arena, entre edificios abandonados y a medio terminar. Nunca me había sentido tan solo y perdido, ni siquiera cuando tú desapareciste. Ni siquiera entonces.

En aquella ocasión el sentimiento fue surgiendo, llevabas tanto tiempo yéndote y el Barrio no dejaba de ser una jaula que yo conocía muy bien. Pero ¿esto? Miro a mi alrededor y aguzo el oído, me pongo en cuclillas en la tierra. Esto es soledad.

Echo la cabeza atrás y veo un firmamento de estrellas que es tan magnífico que pierdo el equilibrio y caigo hacia atrás en el camino.

No sé cuánto llevo ahí tirado, cuando oigo pasos que se acercan por lo que ahora, una vez que mis ojos se han acostumbrado a la oscuridad, veo que podría ser un pueblo. Quizá incluso una pequeña y vacía ciudad. Me incorporo enseguida y cojo la maleta, me pongo en pie.

Al mismo tiempo un chasquido metálico corta el aire entre los grillos y la oscuridad. Un arma a la que le quitan el seguro.

—¿Quién eres? —pregunta alguien en árabe con acento.

—*As-salamu alaykum* —digo yo, y mi voz es tan estridente que carraspeo—. Soy Fadi Ajam de Suecia. Me envía el imam Dakhil.

Eso es en lo que insistieron que dijera cuando llegara. Sería suficiente, pero ahora me parece inútil, aquí en la oscuridad con pasos y grillos y armas sin seguro.

—¿Fadi de Estocolmo? —dice la voz.

Sueco de barrio, pero no de los barrios de Estocolmo. Del campo, y noto que se me relajan los músculos y que mi corazón vuelve a latir.

—¡Sí, sí! —respondo—. Fadi de Bergort, me envía el imam Dakhil.

De nuevo el chasquido metálico, quizá esté poniendo el seguro, ahora está más cerca, lo suficiente como para que pueda ver su silueta, su pañuelo enrollado a la cabeza como un muyahidín, sus pantalones militares oscuros metidos por dentro de las botas.

—Vale, vale —dice, y se ríe—. Te he oído la primera vez.

Ahora se planta delante de mí. Puedo ver que es somalí y que tiene la barba rala y el pelo largo, dientes que brillan en una sonrisa.

—Bienvenido, hermano Ajam. Gracias a Alá, elevado sea Él, has llegado sin problemas. Yo soy Abu Umar.

Abu Umar me lleva calle abajo por el pueblo, donde todas las ventanas se abren como una boca negra y vacía, a pesar de que no sean más de las ocho de la tarde.

—¿Dónde está todo el mundo? —pregunto—. ¿Aquí no vive nadie?

—Hay guerra, hermano —contesta Abu Umar, y me lanza una mirada fugaz y arrogante por el rabillo del ojo—. Creía que venías por eso, ¿no?

—Sí —respondo—. Pero ¿qué quieres decir? ¿Están muertos?

Abu Umar niega con la cabeza y parece cansado.

—¿Muertos? —dice—. Solo matamos al enemigo y a los desertores. Huyeron cuando los combates se intensificaron aquí al máximo. Antes de que liberáramos este pueblo gracias a Alá, elevado sea Él.

—¿Estuviste en esa batalla?

Sé que no debería preguntar tanto, que delata mi desconocimiento y lo verde que estoy. Pero no sé nada. Todo es nuevo. Y tengo curiosidad.

Abu Umar se encoge de hombros.

—En esa batalla no, hermano —responde—. Pero sí en muchas otras. Igual que lo estarás tú, si Alá, alabado sea Su nombre, te lo permite.

Cuando bajamos por una cuestecita en dirección a una plaza pequeña y deprimente, veo un par de casas en las que arde un tenue resplandor. Percibo el olor a menta y berenjena asada.

—Pero quedan algunos —digo.

—En esta parte de la ciudad no queda nadie, hermano —contesta Abu Umar—. Excepto nosotros. Y aquí es donde vivimos. Tú también.

Subimos por un callejón y nos metemos en un portal de lo que parece ser una casa de alquiler normal y corriente con escaleras amplias y nuevas. No hay lámparas y la escalera y todo lo demás es negro y gris, pero en algún lugar zumba un generador y una suave luz amarilla inunda la escalera que subimos en silencio. Me recuerda al resplandor de la farola de casa y trago algo que parece dulce y húmedo y que quizá sean lágrimas.

Abu Umar abre una puerta sin llave, tan solo baja la manilla y abre la puerta de un piso moderno y oscuro. Cruzamos el umbral y veo una débil luz de lo que podría ser el salón.

Hay dos hombres sentados en el suelo alrededor de una cocina de campaña donde arde una débil llamita azul. Se levantan cuando entramos en la sala.

—¡*Shoo*, hermano! —dice el más grande de los dos y me ofrece la mano.

Es alto y ancho, no gordo como Mehdi, pero tampoco musculoso. Solo una persona normal en versión más grande. Una barba cerrada y regular le cubre la barbilla amplia y lleva el pelo escondido bajo un pañuelo como el de Abu Umar. Le estrecho la mano y la noto caliente y seca, fácil de estrechar unos segundos de más, y la suelto a la fuerza.

—Soy Shahid —dice—. Bienvenido, hermano.

El que es más pequeño y delgado me da la mano. Él no lleva barba, solo va sin afeitar, y tiene el pelo metido en una gorra militar.

—Bienvenido —dice—. Que Alá, elevado sea Él, te brinde una muerte llena de honor.

Me mira con gravedad y yo me veo sorprendido por un intenso malestar. Todo cuanto hemos hablado con el hermano al-Amin. El martirio. Cómo lo anhelamos impacientes por ser acogidos en el paraíso. En este salón oscuro, en esta ciudad fantasma, siento que ya no merece la pena perseguirlo. Deja de ser limpio y hermoso para de pronto tornarse sucio y muy próximo.

—Pero no vamos a morir esta noche, *brush* —dice Shahid, y saca un cojín para que me pueda sentar—. Esta noche tomaremos té y conoceremos a nuestro nuevo hermano, Fadi.

Se vuelve hacia mí.

—El hermano Tariq está frenético —dice—. No puede esperar a sus vírgenes. Es porque no está casado.

Shahid se ríe de su propia broma mientras vierte agua caliente sobre las hojas de menta en un tazón de hojalata abollado que luego me ofrece. Tariq no dice nada, se limita a mirar fijamente al fondo de su taza y a beber sin sorber.

Antes de que haya salido el sol Tariq me despierta y rezamos entre murmullos hasta que el sol asoma la cara por detrás de las casas. Después, él desaparece antes de que me dé tiempo siquiera a levantarme.

Compartimos este piso, Tariq y yo, porque no estamos casados. Los demás viven con sus familias; los que llevan aquí más de un año ya tienen hijos.

No entiendo quiénes somos, cuántos somos, ni tampoco en qué consiste nuestro objetivo. Pero, por lo que veo, el combate es el trabajo de los hermanos, como si subieran al frente e hicieran sus turnos de ocho horas, para después, al caer la noche, volver a casa a reunirse de nuevo con sus familias. Como un trabajo normal y corriente, como cuando yo trabajaba en el almacén. Los combatientes son sobre todo sirios e iraquíes y viven esparcidos en el pueblo casi desolado para que resulte más difícil bombardearlos. Pero, por lo que parece, los suecos nos mantenemos juntos.

Hay té en una lata y tengo que vérmelas para encender la cocina de campaña. Encuentro un par de trozos de pan de pita y, debajo, un *tupper* con unas sobras de hummus. De todos modos, no tengo hambre y hago un esfuerzo para comerme el pan seco. Apenas he terminado cuando oigo abrirse la puerta y el hermano Shahid entra en el salón.

—*As-salamu alaykum*, hermano —dice—. Ven conmigo, es hora de partir.

Tan pronto me incorporo, me pone un arma en las manos. Es pesada y fría y me acelera la sangre en las venas. Un kalashnikov con culata de madera y cargador curvado. No sé adónde apuntar con él, pero Shahid ya ha cruzado la puerta y está bajando las escaleras.

Salimos al patio polvoriento y subimos por un caminito de tierra hasta llegar a un aparcamiento donde solo quedan un puñado de coches quemados. Tirito en el amanecer gris y Shahid me dice que me quede mientras él se acerca a los coches, que están a unos veinte metros de distancia. Tengo miles de preguntas, pero las aparto a la fuerza, me obligo a no hacer nada más que lo que se me ordena.

Shahid vuelve y me pide el arma, que le entrego. Le da la vuelta y la gira, la mira desde distintos ángulos antes de encajársela contra el hombro y disparar una ráfaga hacia algunas latas que ha colocado en el capó de uno de los coches. El repentino estruendo me tapona los oídos.

—Ya, ya —murmura Shahid, y tuerce algo en la mira del arma.

Pega un par de tiros aislados a las latas. En alguna parte, no demasiado lejos, se oye un traqueteo de fuego de ametralladora seguido de un silbido y una explosión. Me agacho de forma instintiva y miro en busca de protección; la sangre corre por mi cabeza. Ahora empieza, así es ahora.

Pero Shahid solo gira la cara y sonríe burlón cuando me ve agazapado junto a una pared.

—Eh, ¿qué haces? —dice—. *Wallah*, estás muy divertido.

Apunta con el fusil al suelo y se vuelve completamente hacia mí.

—¿Eso te da miedo?

Barre el aire con el arma en la dirección de la que llega otra vez el traqueteo de ametralladora.

—Es el frente, hermano, no irá a ninguna parte.

Me levanto, las piernas aún temblorosas.

—Pero ¿esa explosión? —digo.

—Son bombas de barril que el desgraciado de Bashar arroja desde sus helicópteros. Es cuestión de acostumbrarse, aquí lo vas a oír todo el día.

Señala el cielo gris de la mañana con el cañón del arma.

—Ahora levántate y veamos cómo se te da —me dice, y me pasa el kalashnikov.

Shahid no tiene todo el día para dedicármelo a mí, al final él también debe subir al frente. Cuando lo menciona siento la emoción y la expectación crecer dentro de mí. Siento que ya estoy cerca, cerca de aquello que anhelaba. Pero Shahid solo se ríe de mí.

—No habrá frente para ti, novato —dice—. Tú te encargarás de la manutención y luego ya veremos.

Y con eso se mete en un viejo Fiat, deja el fusil en el asiento del acompañante y desaparece en un suspiro de humo, una nubecilla pequeña y huidiza de polvo.

Así que mi trabajo consiste en acompañar a las mujeres a comprar a un pueblo más alejado del frente y, más tarde, tratar de recuperar la electricidad en una de las casas junto con un viejo sirio que tiene un acento tan marcado que no entiendo nada de lo que dice. En cuanto les doy la espalda, oigo a las mujeres reírse de mí, noto que me miran de reojo y me señalan. Cuando cae la temperatura y el sol se acerca a las colinas de las afueras de la ciudad, me retiro a mi habitación a esperar a que vuelvan los demás. Me siento insignificante y superfluo. Ni siquiera conseguimos arreglar lo de la luz.

Me he quedado dormido en mi colchón, cuando el zumbido de un teléfono me despierta. Tardo unos instantes en darme cuenta de que la vibración proviene de mi propia maleta, debajo de la ventana que da a la calle desierta.

—Aquí Fadi —digo después de sacar el teléfono satelital del bolsillo exterior de la maleta.

—¡Hermano Fadi!

Es la voz del hermano al-Amin que salta, cálida y estática, por encima del Barrio, a través del universo y hasta aquí, hasta el centro de mi soledad, a algún que otro kilómetro del frente.

—¡No tenemos mucho tiempo, esto es caro! —dice el hermano al-Amin—. ¿Qué tal estás? ¿Has llegado?

Me pongo tan contento de oírlo que me brotan las lágrimas; me siento en el destartalado alféizar y se lo cuento todo lo más deprisa que puedo. El viaje por Turquía en el minibús, la frontera y lo oscuras que son aquí las noches. Los hermanos y el día tan inútil que he tenido. Y el hermano al-Amin me deja hablar, me deja sacarlo todo, a pesar de que salga caro.

—Irá mejor —dice al final, y se ríe—. Si llegaste ayer, ¿no? Tendrás que calmarte.

Noto que se me calientan las mejillas y me avergüenzo. Es verdad, llegué ayer, ¿qué me había pensado? Si ni siquiera sé disparar. ¿Cómo me iban a enviar al frente?

—Claro —contesto—. Lo siento. Debo tener paciencia y esperar a que Alá elija un papel para mí.

—Está bien, hermano —dice él—. Ninguna novedad por lo demás, supongo. Respecto a aquello que hablamos. ¿Recuerdas?

El traidor. Claro que lo recuerdo.

—Todavía no he oído nada —respondo con la voz más baja que puedo.

—¿Ningún gran plan que se esté comentando? ¿Ninguna visita?

—De momento, nada.

—Ya sabes que todas esas cosas pueden ser lo que el traidor anda buscando, hermano —dice el hermano al-Amin—. En cuanto oigas algo tendremos nuestra oportunidad. Lo más importante es que mantengas los ojos y los oídos bien abiertos y que estés preparado para cuando llegue la hora.

Oigo que se abre la puerta del piso y lo que parecen ser los pies arrastrados de Tariq por el suelo de piedra.

—Y recuerda que no puedes compartir esto con tus hermanos, Fadi —concluye—. Ni siquiera que te comunicas con nosotros. El mero hecho de que tengas ese teléfono puede bastar para que empiecen a sospechar.

Al mismo tiempo, al otro lado de mi puerta oigo que Tariq se acerca a mi cuarto, sus pies se vuelven más evidentes.

—Tengo que colgar —susurro, y aprieto el botón rojo.

Justo acabo de meter el teléfono en el bolsillo de los pantalones militares que me dieron ayer cuando Tariq abre la puerta con la culata de su kalashnikov. Viene sucio y lleno de hollín del frente y trae una cara cansada y descontenta.

—¿Con quién hablas? —dice.

Trago saliva y percibo el calor del teléfono a través del bolsillo.

—Nadie —digo—. Alá. Estaba… rezando.

Él me mira un instante sin decir nada. No me cree, pero la mentira es inatacable. No puede acusarme de no haber rezado, así que da media vuelta sin decir palabra y me deja en paz.

Espero hasta que lo oigo entrar en su propio cuarto antes de bajar la ventana. La presencia suspicaz de Tariq, sus formas sigilosas como las de un zorro y su arrogancia. ¿Qué le pasa? ¿Está preocupado? ¿Por qué? ¿Por ser delatado?

28

Londres
Jueves, 20 de agosto de 2015

Klara se marcha pronto de la oficina. Después del vino con la comida se sentía vacía y cansada, y ansiosa por terminar el informe, pero ahora que lo ha subido a la carpeta de Charlotte parece que le vuelven las fuerzas.

Tras el estrés y la preocupación por el ordenador casi se le antoja una liberación tener un objetivo, un plan o como mínimo una dirección. Como la de descubrir qué se esconde en el número 3 de Formosa Street en Little Venice.

Por eso no se monta en la bicicleta para volver directamente a su casa en Navarre Street, como suele hacer, sino que toma la dirección opuesta, hacia el río. La repentina y fuerte lluvia del mediodía ha cesado y ha traído consigo un bochorno pesado. La tarde se presenta tranquila y abierta, de alguna manera invita a permanecer en ella en lugar de huir. Da pie a volver a tener pensamientos ligeros.

Sale al puente de Waterloo, solo un trozo, para contemplar la enorme ciudad repartiéndose a ambos lados de la curva.

Se enciende un cigarrillo en el puente y fuma sin prisa, apoyada sobre la gruesa barandilla en la que las gotas de lluvia

resultan inexplicables bajo el suave sol de media tarde. El cigarro se consume y Klara lo tira al vacío, se asoma para verlo caer
al río sucio. Cuando ya no ve la colilla, cierra los ojos.

Se ruboriza al recordar la comida con Charlotte. Fue un error
mencionar Stirling Security. La reacción de Charlotte ha sido
evidente y la más amenazante que ha visto jamás en ella. Definitivamente, hay algo que no encaja. Y la pregunta es qué está
haciendo Patrick en la penumbra de su cueva. Stirling Security,
Ribbenstahl y la embajada rusa.

No le apetece meterse en el metro, así que abandona el
puente y sube caminando por Lancaster Place y Bow Street, entre turistas y sus pintas de cerveza junto a Covent Garden, sus
risas y bolsas de compras. Se quita de la cabeza la idea de sentarse a tomar un vino. «Cuando haya terminado con mi propó-
sito», se dice. Entonces, y solo entonces, se lo habrá merecido.

Recorre las serpenteantes calles de tiendas alrededor de
Covent Garden, sube por Seven Dials y luego se mete por
Old Companion Street en dirección al metro de Oxford Street.
En la distancia oye tambores y silbatos y algo que parece una
consigna coreada. Otra manifestación lejana, una rebelión sin
sentido. Este verano está repleto de ellas.

Nunca había estado en Little Venice —a decir verdad, quitando
Kensington Garden nunca ha estado al norte de The West-
way— y descubre que aquí los canales y el verdor son sorprendentemente pintorescos, incluso para ella, que ya sabe lo que se
dice de este barrio. Aquí no se oyen consignas ni tambores. Las
calles permanecen casi en silencio, solo algún taxi, algún que
otro BMW, ningún turista, ni siquiera una pintada de la máscara de Guy Fawkes ni la A anarquista. Es como si aquí la burgue-

sía lograra protegerse en un anonimato discreto y titilante de finales de verano, una reserva para una clase alta con trabajos creativos, horarios flexibles y niños en escuelas Montessori. Subculturas y descontentos, por favor, no molestar. Este tipo de barrios siempre la han puesto nerviosa. Toda la pretenciosa vanidad en estos robles, estos canales con sus casitas flotantes plácidamente amarradas, estas calles vacías. «Pero las apariencias engañan», piensa. En algún lugar de este Pueblo Potemkin se esconde la persona que robó su ordenador.

No tarda demasiado en encontrar el número 3 de Formosa Street. El portal está metido entre una elegante cafetería y una tienda de ropa que, con su selección de chales de seda naranja y faldas anchas de colores vivos, parece estar hecha a medida para los bohemios pudientes de la zona. Ya cuando miró el mapa Klara decidió que el bar de la acera de enfrente sería el sitio perfecto para esperar.

¿Esperar el qué? No está segura. A juzgar por los tres timbres que hay junto al portal, el edificio no parece contener más que un piso. No se atreve a acercarse y mirarlos más de cerca, todavía no. Ha decidido ir con cuidado, vigilar solo el portal durante la tarde. Ver quiénes salen y entran. Lo que vaya a hacer después con esa información es algo que aún no tiene claro del todo.

El pub Prince Alfred del otro lado de la calle encaja con el barrio. O más bien es como si el barrio pegara con el Prince Alfred, como si la misión del barrio fuera darle a la fachada victoriana del pub una superficie bien pulida donde pueda reflejarse. Mires donde mires hay cristal emplomado, columnas de hierro fundido y madera finamente tallada. Entra por la puerta, se acerca a la barra, titubea un segundo, nota las palabras «zumo de naranja» formarse en su boca. Pero, en el último momento, se las traga y pide una copa de vino blanco. Se sienta junto a la ventana que da a Formosa Street. «Solo una copa mientras espero —piensa—. Tampoco se acaba el mundo».

Pero la tarde se hace larga y monótona. El pub se va llenando poco a poco de representantes del sueño inglés de clase media, mientras una penumbra azul de ensueño se va posando sobre la calle de fuera. Las farolas se encienden, una tras otra. Klara ya va por la tercera copa y ha dejado el portal del número 3 de Formosa Street sin vigilancia por un instante, cuando por fin sucede algo.

Lo primero que ve es la silueta por el rabillo del ojo y vuelve al instante la cabeza. Una figura alta y larguirucha hurga en el bolsillo de sus pantalones de algodón delante del portal. Klara tarda un segundo en ver quién es. Pero no cabe ninguna duda. La persona del otro lado de la calle es Patrick Shapiro.

29

Estocolmo
Jueves, 20 de agosto de 2015

Yasmine se detiene y se pone en cuclillas otra vez mientras lanza una mirada al aparcamiento. La lluvia viene bien, mantiene a la mayoría de la gente lejos del asfalto abierto y bajo techo. Eso le facilita la misión.

Se levanta con la mirada clavada en la figura tranquila y oscilante de Ignacio. Lleva auriculares y rapea entre dientes alguna canción, sumido en su mundo, incluso la lluvia parece importarle un comino. Yasmine vuelve a sentir una oleada de rabia.

De todas las personas, tenía que ser él. Después de tantas cosas que habían compartido. Tantas noches en el estudio y en el salón de Red en los bloques de tres plantas. Tantos días de novillos e indiferencia y sueños. Puede que fuera el único en quien ella realmente confiaba. Y ahora va y la expone a esto. Cuando lo único que quiere es encontrar a Fadi.

Se levanta otra vez, nota que el peso de la pistola hace que se le escurran un poco más los pantalones por la cadera.

Cuando Ignacio está a poca distancia Yasmine baja de un salto del muelle de carga y camina tranquilamente hacia él, todavía con la capucha bajada sobre la frente. Él no se percata demasiado de su presencia, pero debe de haber notado que alguien se acerca, ya que su mandíbula deja de moverse, quizá porque sea un poco embarazoso rapear para sí cuando te cruzas con alguien.

Yasmine deja que él pase de largo antes de parar, quitarse la capucha y sentir la llovizna, más ahora como una película que como gotas, en la frente. Su respiración se acelera, la adrenalina es como mercurio en sus venas, tiene sabor a hierro y óxido en la boca. Antes siquiera de darse cuenta tiene la pistola en la mano, pesada y caliente por el contacto de su cuerpo.

Ignacio sigue caminando, todavía metido en su mundo, y ella lo persigue tres pasos. Los últimos dos coge carrerilla y gira a un lado, le arrea una patada con todas sus fuerzas en la rodilla, al estilo del Barrio, siempre las rodillas, siempre las articulaciones y con todas las fuerzas. Ignacio pega un grito, pierde el equilibrio y cae de rodillas, desconcertado. Se vuelve, se quita los auriculares de golpe y ve a Yasmine.

—¡Joder! —grita, y levanta las manos—. ¿Yasmine? ¿Qué pasa, *len*? ¿Qué haces?

Pero ella no responde, solo echa un vistazo a cada lado. Está vacío, aquí no hay nadie, solo ellos. Y levanta la pistola, no titubea, la sostiene con ambas manos y se le acerca lentamente. Lo ve en sus ojos, que entiende que no se trata de ninguna broma ni de habladurías, que va en serio. Ahora ella está delante de él, la pistola a tan solo un metro de su cabeza.

—¿A quién coño me delataste, *sharmuta*? —pregunta—. Puto marica. Confiaba en ti.

Escupe en el asfalto, pero tiene la boca tan seca, apenas le queda saliva.

—¡Ey, Yazz! —dice él—. ¿Qué es esto? Déjate de bromas.

Su respiración es superficial y su voz, aguda y quebradiza. Sabe que ella no bromea.

—No es ninguna broma —replica Yasmine—. Va muy en serio.

Aprieta la boca del cañón contra su mejilla, como en una película, y puede ver auténtico miedo en sus ojos. Y algo más.

—¿Qué? —dice Ignacio—. ¿Qué quieres decir, Yazz? ¿Qué cojones?

Él la mira a los ojos, no suplicante, solo con genuina incomprensión. Pero ella no está dispuesta a aceptarlo, solo a una capitulación, solo a eso.

—¿Entiendes lo que has hecho? —dice ella—. Fueron a por mí en el acto, puto desgraciado. Me encontraron al instante. Tú sabías dónde me hospedaba, *bre.* Tú sabías qué estoy buscando. Así que ya va siendo hora de que me cuentes quiénes son, ¿te enteras?

Aprieta más fuerte la pistola contra su mejilla, pero ese desconcierto en los ojos de Ignacio hace tambalear su convicción, hace que le tiemble la mano.

Él se queda de rodillas, las enormes manos extendidas hacia los lados, su mirada en la de ella. No es la primera vez que alguien lo amenaza con una pistola.

—En serio, Yazz —dice—. *Wallah!* Lo juro, Yazz, no tengo ni idea de lo que estás hablando, ¿vale?

Ella puede verlo en él, pero no cuela, no puede ser de otra manera. ¿Qué otra explicación hay?

Aprieta la pistola más fuerte con las dos manos contra la mejilla de Ignacio, nota cómo él se inclina hacia el arma, no hace nada para evitarla ni esquivarla. Y sus ojos están tan abiertos y son tan sinceros, tan castaños y están tan confundidos que el peso de la pistola aumenta y aumenta hasta que resulta excesivo, se le escurre de las manos y cae al suelo entre los dos con un restallido y tintineo.

Es como si de pronto la hubieran abandonado todas las fuerzas, como si las últimas veinticuatro horas, la última semana, los últimos cuatro años, toda su vida, de repente se le echara encima, la desbordara mientras se desploma en el suelo: las piernas ya no son piernas, sino ramas, briznas de hierba, nada en absoluto. En alguna parte, en otro mundo, nota unos brazos fuertes que la rodean, que tiran de ella hacia un gran pecho, una mejilla barbuda que se apoya en su coronilla, una voz que susurra.

—Tranquila, Yazz, tranquila.

Después están los dos sentados en una pastelería cerca del metro. Van a cerrar y en el local solo queda algún que otro sueco jubilado con un bollo y manos temblorosas. Yasmine ni siquiera recuerda cómo han llegado hasta aquí, cómo ha conseguido tener una taza de chocolate caliente delante, un bocadillo de queso. La pistola vuelve a estar en la cintura de su pantalón e Ignacio no dice nada, solo la mira con calma desde el otro lado de la mesa, migas de galleta en la barba, una taza de café en la mano.

—No estaba cargada —dice ella en voz baja, y mira alrededor para asegurarse de que nadie la oye—. Solo para que lo sepas, *len*.

—Va bien saberlo —contesta él, y le da un bocado a su tartaleta de mazapán; asiente satisfecho con la cabeza—. Muy ricos, estos cabroncetes.

Vuelven a guardar silencio. Yasmine se moja los labios con el chocolate. Al final se inclina sobre la mesa y le cuenta la advertencia que le habían dejado en el Story, lo convencida que estaba de que había sido él quien había cantado. Le pide disculpas cien veces. Pero no le dice nada de Fadi y las armas. Algunas cartas es mejor guardárselas.

—Pero ¿de dónde sacaste la pipa? —dice él.

Ella se encoge de hombros.

—Una larga historia.

Ignacio asiente en silencio, se lame el glaseado de la tartaleta de los dedos y se termina el café de un trago.

—Pero las fotos estas… —apunta ella.

Él asiente despacio y se inclina por encima de la mesa, baja la voz.

—Esperaba que lo dejaras estar, Yasmine —dice—. Intenté avisarte. La gente está cagada. Empezamos a descubrir esa mierda hace unas semanas. ¿Los símbolos? Primero en la Plaza Pirata, después en todas partes. Una mañana podías encontrarte unos veinte nuevos. Solo en el Barrio. En una noche.

—¿Y los gatos?

Él se encoge de hombros.

—Yo no lo he visto. Creo que solo fue ese que tú me enseñaste. Pero ahora la foto aparece en toda la red. Qué cosa más asquerosa, ¿eh? Quiero decir, ¿gatos ahorcados? Es una mierda muy loca.

Yasmine asiente.

—Desde luego. Pero ¿qué significa?

—No lo sé, Yazz. Pero ¿has visto las noticias esta mañana?

—Las revueltas —dice ella—. ¿Solo está pasando en Bergort?

—Creo que empezó en casa. Pero ahora se ha extendido. Por lo que me han dicho, la gente ha llegado a ver el símbolo incluso en Fittja. Pero Bergort parece ser el epicentro. Ahora se queman coches casi cada noche. Incluso antes de lo que pasó anoche.

Vuelve a bajar la voz y pasea la mirada para controlar que nadie escucha.

—Se está cociendo algo, *bre*. Lo chungo es que es algo más, no son solo los chavales de siempre los que están detrás, no es un descontento como cualquier otro.

—¿Cómo lo sabes?

Ignacio se reclina en la silla, como si se hubiese visto humillado.

—¿Piensas que yo no lo sabría? —dice—. En serio, cree un poco en mí. En cualquier caso, esto es distinto; está organizado. Tienen algún plan. Empezó con los símbolos. La gente colgó el gato ese en internet y tal. Después ardieron algunos coches. Unas cuantas piedras cuando vino la *aina*. Después hubo calma un par de días, antes de que empezara de nuevo un fin de semana. Y ¿ahora? Joder, te lo juro, ahora todo el Barrio está lleno de esos símbolos. Estas últimas noches han quemado como diez coches.

Vuelve a bajar la voz y echa un vistazo.

—Tengo que irme a casa —dice—. Ven conmigo y te cuento lo que sé, ¿de acuerdo?

Se levantan y salen por la puerta, que hace sonar un agradable y acogedor tintineo al cerrarse. Fuera ha dejado de llover y el cielo empieza a clarear por encima de sus cabezas.

—Cuando me preguntaste por las fotos esas el lunes no quise decirte nada. Estaba preocupado por ti, querida. Ahora eres de fuera. ¿Acaso no recuerdas cómo funciona esto? La gente te ve como una desertora. Te largaste sin decir nada nunca más. La de rumores que corren sobre ti. Ya sabemos que no son ciertos, pero la gente que no sabe dice que le mangaste un montón de guita a Red y te largaste. Ya sabes, todo se vuelve siempre más grande.

Ella asiente. Lo sabe todo al respecto. Lo sabía cuando se largó. Que sería difícil volver a casa.

—Así que no quería que te vieras involucrada en ello. Pero ahora entiendo que va en serio. Que crees que tiene algo que ver con Fadi. ¿Que él está pintando el puño y la estrella de esa foto que tienes?

—Sé que tiene que ver con Fadi —dice ella.

Caminan sin prisa en la misma dirección por la que habían venido.

—Pues eso —empieza él—. Están organizados, Yazz.

Él se vuelve para mirarla.

—Los chavales hacen lo que siempre han hecho, ya sabes. Hacen pintadas y queman y tiran piedras y esa mierda. Pero esta vez hay alguien detrás. Alguien que les dice qué deben hacer y cómo y cuándo. Tienen plantillas para pintar. ¡Joder, *bre!* ¿A ti te parece que suena a la panda de inadaptados de siempre? Si esos apenas consiguen pegarle fuego a los coches.

—O sea que alguien les reparte esas plantillas, ¿o qué quieres decir?

—Alguien lo hace, sí. Y hay alguien que se ocupa de meter a gente que no es del Barrio cuando toca provocar disturbios. *Shunos* con experiencia. Con cascos y tirachinas e historias.

—Pero, entonces, ¿quién es? —dice Yasmine—. ¿Quién lo está organizando? ¿Y por qué, qué quieren?

Ignacio se encoge de hombros.

—Oye, Yazz, ya sabes cómo es. Siempre se dicen tantas cosas. Te lo juro, algún día la gente de ahí fuera se matará solo hablando. Los hay que dicen que se trata de una conspiración. Que hay una empresa de suequitos detrás. Que alguien lo está haciendo para tenernos reprimidos, ¿sabes? Algunos dicen que han visto un Audi de lujo en el aparcamiento de delante de la escuela y que uno de los enmascarados ha recibido órdenes de él.

Ignacio suelta una risotada y sacude la cabeza.

—Las mismas chorradas de fumado de costumbre. Seguro que son los judíos y los illuminati los que pagan por todo, como siempre.

—Pero ¿por qué meterse en mi habitación de hotel y pintar el símbolo en mi puta pared? ¿Qué tengo yo que ver con esto?

Ya casi han llegado al metro.

—Alguien te ha delatado —dice él—. Alguien les ha contado que estás haciendo preguntas, pero no he sido yo. Alguien más debe de saberlo. Debes de haber hablado de esto con alguien más.

Se miran tranquilamente el uno al otro.

—Pero una cosa te voy a decir —continúa él—. O no sé si hacerlo, porque preferiría que pasaras de todo esto, Yazz.

—Cuéntame lo que sepas, Ignacio. Voy a enterarme de todo esto, pase lo que pase.

—Lo sé —dice él, y parece preocuparse—. Vale, escucha. Anoche hubo unos disturbios bastante gordos, ¿estamos?

Yasmine asiente.

—Estuve por fuera antes de que empezaran —prosigue—. Ya sabes, después de nuestra charla. Quería saber más. Así que busqué a unos chavales que conozco, el hermano pequeño de Ali Five y sus colegas. Siempre están fuera por las noches, siempre con las manos llenas de piedras y botellas. Y me contaron que habían recibido órdenes de un chico encapuchado. O no un chico, un hombre. Que no sabían quién era, pero que había varios que se encargaban del asunto y dirigían a los chavales. Y que solían juntarse en el Camp Nou, ya sabes, el campo de fútbol. Si quieres enterarte de algo, deberías empezar por allí. Aunque desearía que no fuera así, Yazz.

Ella asiente en silencio.

—Gracias. Iré con cuidado.

—Ten cuidado con el chivato, y no vayas enseñando tanto la pipa. La próxima vez a lo mejor no se contentan con una advertencia, ¿verdad? Y podría ser cualquiera.

Yasmine se estira y lo abraza.

—Ya sé quién es —le susurra.

30

Siria
Mayo-junio de 2015

Los días pasan. En el frente las posiciones parecen ancladas, ni nosotros ni el desgraciado de Al Asad somos lo bastante fuertes como para destruir al otro, y la lucha es lenta y cada vez más mecánica. Entre sacos de arena, granadas caseras y ojos brillantes, hacemos ataques rápidos y un tanto desalentados y retiradas aún más veloces. Me recuerda a cuando era más pequeño y corríamos contra la policía las noches ardientes de verano con las manos llenas de adoquines y las cabezas llenas de hacinamiento, pobreza y testosterona. Pero ahora nuestros objetivos son mayores, nuestra motivación y resistencia son otras. Ahora vamos mejor armados y el enemigo responde con bombas de barril y francotiradores en lugar de porras.

El hermano Shahid me lleva al frente cuando nota que estoy a punto de tirar la toalla. Cuando ve que ya no me quedan fuerzas para limpiar botas y acompañar a las mujeres al mercado.

—Ahora disparas mejor —dice, y abre la puerta del acompañante—. A lo mejor hoy puedes sernos útil.

Y cuando lo dice noto cómo se me llena la cabeza de orgullo e ilusión, mis hombros se relajan, mi pecho se expande, y me subo a su lado y conducimos en silencio en dirección a la batalla.

Pero, una vez que llegamos allí, faltan tareas para mí o no sé cómo tengo que hacer lo que se me encomienda. Los hermanos se coordinan, como actores o bailarines. Tienen sus defensas y agujeros en las paredes por donde disparan y se agachan, disparan y se agachan. Tienen sus lugares donde sueltan sus granadas caseras, sus patrones y rituales. Y yo no tengo nada. Solo torpeza y falta de capacidad y equilibrio. Así que les preparo té y les echo una mano para montar defensas, llenar sacos de arena o ajustar nuestros lanzagranadas caseros.

Esa es mi yihad. No tiene la forma de una espada, sino de un cepillo con el que limpiar las botas de los hermanos. No la forma de una bala silbante, recta y apuntada a la cabeza del enemigo, sino un casquillo vacío, dejado en el suelo, sin importancia. Pero rezo mis plegarias y leo mi Corán. Procuro alegrarme con las cosas de las que hablamos por las noches a la luz de la cocina de campaña, que formamos parte de esto todos juntos, que luchamos por nuestros hermanos y hermanas, que estamos construyendo una sociedad que complacería a Mahoma, que la paz y la bendición de Dios descanse sobre Él.

Y algunas noches, cuando me acuesto en mi fresco colchón, me siento revitalizado por esto. Algunas noches es como si pudiera acariciar su núcleo, como si pudiera rodearlo con las manos y el corazón. Otras noches no me da para nada y me siento en la ventana a contemplar la oscuridad y contar estrellas hasta que la distancia y el vacío amenazan con acabar conmigo.

No cuento nada de esto en mis breves e irregulares conversaciones con el hermano al-Amin a través de las crepitaciones del teléfono satelital. Me limito a hablarle del heroísmo en el frente, me pongo a mí mismo en el papel de protagonista en las historietas de los hermanos. Y el hermano al-Amin me escucha y me colma de elogios, me dice lo bien que me he integrado y lo orgulloso que Alá, alabado sea Él, el elevado, debe de estar de mí. Habla a menudo del traidor y no escatima en repetirme lo cuidadoso que debo ser con no revelar a nadie que hablamos. Ni siquiera es seguro que el hermano Shahid sea de fiar. Pero juntos podemos resolverlo, dice. Mientras tanto es importante que le dé una imagen fidedigna de cómo vivimos aquí. Le interesan los detalles, me pide que le mande fotos de mi cuarto y la zona, lo cual hago con gusto. Así no tengo que mentir y, por una vez, puedo, simplemente, documentar y explicar.

—Nuestra oportunidad llegará —dice a menudo—. Estate alerta. Tengo un plan. A veces acuden líderes importantes a echar un vistazo a las unidades del frente. Duermen en una cama distinta cada noche para que los espías y lacayos del perro de Occidente, que ardan por siempre en los fuegos del infierno, no puedan ejecutarlos con sus bombas y drones. Llegado el momento, pondremos en marcha nuestro plan.

—¿Cuál es el plan? —pregunto, y noto que me aumenta la emoción—. ¿Qué puedo hacer?

—Tú solo procura contármelo cuando ocurra —dice el hermano al-Amin—. Y yo me encargaré de que tengamos una oportunidad tanto de salvar a nuestros líderes como de desenmascarar al *murtad* que se esconde detrás de esto.

Es durante el mes de junio, un día después de comer, cuando veo el coche del hermano Tariq acercarse a toda velocidad por la calle polvorosa y rojiza que tenemos delante de casa. Ya hace calor, como un día de verano en el Barrio, y, después de haber intentado arreglar una cañería de agua en uno de los cuartos de baño, estoy sentado con la espalda apoyada en la pared calentada al sol con una taza de té de menta en la mano. No es normal que vuelvan de la batalla en mitad de la jornada y pienso que quizá haya pasado algo. Quizá alguien ha resultado herido o ha sido abatido por los hombres del perro en un ataque cobarde, y, cuando lo veo frenar, me levanto y me acerco a paso ligero.

—Hermano Tariq —digo—. ¿Qué ha pasado?

Como de costumbre, él me mira con una mezcla de desprecio y suspicacia y me arrepiento de haber venido corriendo a su encuentro como un idiota, un sirviente o un esclavo.

—Tengo una misión para ti, Fadi —dice.

Siempre Fadi. Nunca el «hermano» delante. Como si le pareciera que no soy digno ni de eso.

—Vale —digo—. Haré lo que deba para servir a Alá, alabado sea Él, el elevado.

—¿Conoces la casa de invitados?

Asiento con la cabeza. La casa de invitados es una casa de alquiler abandonada junto a la placita del pueblo, en la única parte de la ciudad en la que realmente viven algunos civiles, incluso he visto algunos críos sucios sentados en la tierra a las puertas de la mezquita. A veces nosotros mismos hemos usado la casa de invitados para dormir, es importante que nos vayamos moviendo para que los perros y lacayos del enemigo no descubran nuestras posiciones y nos bombardeen durante la noche.

—Claro —contesto—. ¿Qué le pasa?

—Esta noche tenemos huéspedes —dice—. Quiero que tú y las mujeres preparéis tres pisos con colchones y sábanas. Son doce.

—¿Doce? —exclamo.

Ya es extraño en sí que tengamos invitados. En alguna ocasión ha pasado que un grupo, de camino a otro frente, otra batalla interminable, ha hecho parada aquí, pero no más de una vez o dos desde que yo llegué. Y nunca tantos a la vez.

—Sí —dice Tariq—. Doce. ¿Crees que puedes hacerlo?

De nuevo la expresión de arrogancia en sus ojos, la sonrisa en los labios. Trago saliva y de pronto me veo pensando que quizá sea esto aquello de lo que me hablaba el hermano al-Amin. Quizá sea esto justo lo que el traidor estaba esperando. Invitados de peso que puede entregar a las tropas del ejército.

—Por supuesto —respondo—. ¿Quién viene?

—No hace falta que te preocupes por eso, Fadi —dice—. Tú solo ocúpate de que haya colchones y agua. Y pídele a la hermana Mona y las demás que consigan un cordero en el mercado.

—¿Un cordero entero?

—¿No es eso lo que acabo de decir?

Tariq da la vuelta y regresa a su jeep, tira el kalashnikov en el asiento del acompañante y vuelve por el camino por el que ha venido.

Espero hasta que el polvo se ha posado de nuevo en la tierra y lo único que se oye es el traqueteo irregular, eterno, del fuego automático que llega del frente antes de sacar el teléfono satelital del bolsillo. Con el corazón palpitando llamo al hermano al-Amin.

31

Londres
Jueves, 20 de agosto de 2015

Klara se queda sentada en la silla, paralizada por la visión de Patrick Shapiro bregando con el portal, que parece resistírsele. Sólo cuando consigue abrirlo y meterse dentro, Klara vuelve en sí y se termina de un trago lo que le queda de vino.

Sin quitar los ojos del edificio, se desplaza por el local y sale a la calle para poder ver todas las plantas. Se enciende un cigarro y se queda lo más cerca que puede de la entrada del pub para tratar de no ser vista en caso de que a Patrick se le ocurra mirar por la ventana.

Pasa algún que otro minuto, luego se enciende una luz en la ventana del tercer piso. El ángulo impide ver el interior de la estancia, pero Klara atisba una sombra pasar por la pared de allí arriba.

Patrick. ¿De veras fue él quien le robó el ordenador? ¿Era él el que estaba en el callejón el domingo por la noche? Es cierto que es un bicho raro y, desde luego, su comportamiento es muy extraño, pero que esté implicado en el robo de su ordenador…

A lo mejor es el vino que se ha tomado, pero por una vez en la vida se siente fuerte y concentrada, casi cabreada. ¿Qué coño le pasa a ese maldito friki? ¿Robarle el ordenador y meterle un jodido programa de espionaje? ¿Es un acosador?

¿O puede tratarse de algo tan banal como que está celoso porque es ella y no él quien ayuda a Charlotte con el informe? Porque ¿qué otra razón, si no, puede haber para que él tenga *The Stockholm Conference* escrito en la pizarra de su despacho? Klara ya ha oído cómo se hacen las cosas en la universidad, cómo la gente roba los trabajos de otros y se clavan puñaladas por la espalda. Pero ¿esto? ¿Robar y hackear el ordenador de una compañera de trabajo?

¿Qué se esperaba encontrar? ¿O es tan simple que solo pretendía jugarle una mala pasada, borrar lo que tenía escrito y dejarla como una incompetente total delante de Charlotte?

Ella sufriendo por si pudiera tener algo que ver con lo sucedido el invierno pasado, algo sobre escándalos internacionales y servicios secretos. Y resulta que es algo tan insignificante como esto. Algo tan insignificante como mera envidia académica. Tan insignificante como Patrick Shapiro.

Antes de que pueda seguir pensando, la luz del piso se apaga y Klara se retira del foco de luz de la farola para meterse en las sombras. Poco después una tenue luz ilumina el portal del número 3 de Formosa Street y la silueta de Patrick Shapiro aparece de nuevo. Cierra la puerta meticulosamente y empieza a caminar a paso ligero en dirección al metro de Warwick Avenue.

Klara titubea unos segundos, deja que Patrick coja un poco de ventaja mientras ella reúne fuerzas, antes de ir corriendo, tirarle del brazo y gritarle: «¿¡Qué cojones estás haciendo, imbécil!?».

Pero, antes de haber recorrido siquiera diez metros, para en seco y vuelve al cobijo del edificio. Porque de las sombras del otro lado de la calle han surgido dos figuras que empiezan a seguir a Patrick. Y hay algo llamativo en sus tejanos lavados a la piedra. En sus chupas de cuero reluciente y sus hombros anchos. En su forma de moverse, su manera de difuminarse y de llamar la atención al mismo tiempo. Algo que la llena de pronto con la sensación de que quizá todo sea más complicado de lo que pensaba. Algo que no solo tiene que ver con Patrick, ella y la envidia académica, sino que también involucra a hombres con la cabeza rapada, cazadoras de cuero y suelas de goma.

Al mismo tiempo, no puede contenerse. El vino y su nuevo punto de atención la arrastran calle abajo por Warwick Avenue, la empujan sobre un discreto y apenas perceptible flujo de osadía y descuido, por un momento la hacen sentirse viva y exenta de pasado.

Ya no ve a Patrick, solo se centra en las chaquetas de cuero, y mantiene tanta distancia que por poco los pierde de vista. Y, cuando llega a la boca del metro, cree que así lo ha hecho. En el último momento vislumbra a un chico con la cabeza rapada que baja por las escaleras. No ve a Patrick por ninguna parte. Ya debe de haber alcanzado el andén.

Klara baja brincando hacia las vías. Pero no está ni a medio camino cuando la azota un chirrido tremendo, aullidos de acero contra acero en el andén. Casi parece que el tren entrante esté a punto de descarrilar, como si fuera a desatarse una catástrofe.

Se detiene de forma instintiva, siente que la cabeza le gira aún más deprisa, el mundo vira a su alrededor. ¿Qué está pasando? No puede parar aquí, tiene que saber, así que acelera el paso, baja los escalones de dos en dos hasta llegar al andén.

La recibe un olor a humedad y metal. El estruendo amaina y se ve sustituido por voces gritonas y exasperadas. Klara registra como en un sueño que el tren se ha detenido, a medio camino del final de la estación, como un dragón manga cansado, liso y blanco y exhausto.

Debe de haber una treintena de personas en el andén, algunas están quietas, las manos en la boca o todavía en las orejas para protegerse del estruendo, a pesar de que ahora reine un singular silencio en toda la estación.

De repente alguien suelta un grito. Un hombre y una mujer corren hacia el extremo frontal del primer vagón. Toda la escena es irreal, como si en el mundo normal, en el que esperas tranquilamente a que llegue tu tren, se hubiera abierto una ventana que da a un mundo lleno de caos, donde las personas se desgañitan y los trenes parecen dragones y se detienen a medio camino en la estación.

Klara mira a su alrededor, pero no puede ver ni a Patrick ni las chaquetas de cuero. Avanza hasta la primera persona que encuentra, un chico negro trajeado y de su misma edad. Parece relajado, él no grita, está mirando tranquilamente el tren inmóvil, como si fuera una obra de exposición, un macrobodegón sobre el caos.

—¿Qué ha pasado? —pregunta.

Sin embargo, el hombre parece estar en cierto estado de shock, se percata Klara, tiene la boca entreabierta y no puede dejar de mirar a la cabeza del convoy. Se vuelve despacio hacia Klara, pero sus ojos no lo acaban de acompañar, es como si la obviaran, como si la atravesaran. El chico extiende una mano hacia el tren en un titubeante gesto de sorpresa y desconcierto.

—Alguien ha caído a la vía —dice—. Un hombre. Ahora mismo.

32

Bergort
Jueves, 20 de agosto de 2015

Si no ha sido Ignacio, solo queda una alternativa, una traición aún mayor, y aún más sorprendente.

«Parisa», piensa Yasmine, mientras se abre paso entre los trabajadores del metro de Slussen que vuelven a casa después de la jornada. Pero ¿por qué ella?

¿Por qué la había traicionado Parisa? Las lealtades del Barrio son difíciles de dominar, incluso cuando tú misma eres una del Barrio. Pero ahora que lleva tanto tiempo fuera no sabe nada. Aun así, había creído que su amistad era más fuerte que esto.

Pero ¿quién sabe? Quizá Parisa solo le había mencionado a Mehdi que la había visto. Quizá él, a su vez, había sacado sus propias conclusiones. En ese caso, la pregunta sería por qué Mehdi había decidido amenazarla. Lo único que quiere es encontrar a Fadi. Si es que sigue vivo. Si es que ha vuelto.

No puede pensar con claridad entre la suciedad y los azulejos del metro, así que cruza las barreras y sale a la llovizna de la plaza de Södermalmstorg. Gamla Stan, el casco antiguo, yace servido como una tarta de color pastel justo delante de ella. Cuando alguien dice que es de Estocolmo quizá sea a esto a lo que se refiere. Un Estocolmo de agua y fachadas limpias. Un Estocolmo de islas verdes y terrazas. Ella ni siquiera ha pensado nunca que Estocolmo sea esto de aquí. Para ella, Estocolmo es el Barrio.

Cruza la calle y se apoya en la barandilla y se asoma al agua y la ciudad. ¿Qué es lo que ha pasado? Fadi está vivo. Eso la llena de una curiosa melancolía. Casi de felicidad, o de esperanza de felicidad. Pero también de vacío. ¿Por qué no se ha puesto en contacto con ella? Si es que sigue vivo. Y ¿las armas de debajo de la cama? ¿En qué está participando?

De pronto echa de menos a David. No al David que dejó hace una semana en Nueva York, no al David cuyo puño sigue palpitando en su sien. Pero sí echa de menos al David con el que llegó a Nueva York. El que hizo que comprendiera que no podía quedarse más en el hormigón, en el Barrio. El David que hizo que viera que el Barrio la estaba ahogando y la tenía presa en sus patrones y lealtades desequilibradas y anómalas. Echa de menos al David que trabajaba todo el día y pintaba de noche para que pudieran huir juntos. El David que tenía tanta energía y amor que, si entornabas los ojos, no veías los agujeros y el vacío que guardaba dentro. El David que dejó que fuera ciega ante las consecuencias y advertencias y que hizo que se atreviera a saltar. Y ¿cómo ha pagado ella esa deuda? ¿Cómo le ha compensado lo que él ha hecho por ella cuando ella lo necesitaba más que nunca? Pues dejándolo cuando él la necesitaba más que nunca a ella.

Se pone en cuclillas junto a la valla y nota cómo el aire la abandona poco a poco. Lleva casi una semana entera evitando estos pensamientos. Pero sabía que al final acabaría aquí. Que lo que se provocó en Brooklyn fue un hechizo pasajero que no la protegería para siempre. Pero no se puede permitir encallarse en estos pensamientos ahora.

Tiene que hacer de tripas corazón.

Se levanta despacio. David y Fadi. Su propia madre. Todo aquello de lo que ha huido. Todo aquello de lo que debe seguir huyendo. ¿Cómo vas a vivir cuando siempre te ves arrastrado en distintas direcciones?

Pero ha hecho su elección. Lo ha sabido desde que Fadi desapareció, desde la noticia de su muerte. Desde la noticia de su regreso al Barrio. Si tan solo dispone de una oportunidad más, no volverá a traicionarlo jamás. Lentamente, da media vuelta y regresa al metro.

Hay algo en el aire en Bergort. Lo presiente en cuanto se baja del vagón. Algo que pincha y crepita justo en el límite de lo que los sentidos pueden captar. Una sensación de gas lacrimógeno y acetona, porras y goma ardiendo. Ve el cristal reventado en el andén, las plantillas pintadas en cada columna, lo ve en la mirada de los que van al tajo. Bergort se está llenando. Alguien se ha dejado el gas abierto y lo único que hace falta es una diminuta cerilla.

Yasmine lo recuerda de otros veranos, otros veranos sin trabajo y sin ninguna ocupación. Cuando la frustración brotaba de los cajones de arena y las neveras vacías, de los centros juveniles y las derrotas en los partidos de fútbol. De la angustia de que el verano hubiese sido demasiado corto, de la tristeza de que el verano hubiese sido demasiado largo, de la repetición y la falta de dinero, la falta de voluntad, la falta de energía. Veranos en los que los disturbios podían encenderse con casi nada.

Lo ve ahora, mientras baja la rampa en dirección al centro. Ve un par de coches calcinados en el aparcamiento. Ve los ojos de los chavales en las puertas del Asirio, lo percibe en la manera en que cogen los cigarros a la luz del mediodía, la forma en que escupen y echan el humo a las nubes que pasan volando. Lo ve en sus ojos y su rígida concentración. Lo oye en sus risas cortas. Que ya ha empezado. Que la mecha está prendida.

Parisa no está en el salón de belleza y Yasmine no quiere que su madre la vea, así que aligera el paso y baja a la Plaza Pirata. Ve las plantillas pintadas con espray por todas partes. Hay algo incómodo en ellas, algo que roza el totalitarismo, un aire propagandístico.

La plaza permanece desierta, las baldosas de ajedrez siguen estando resbaladizas por la lluvia de la mañana. Pasa por delante de aquel maldito anuncio de pollo congelado, y de pronto la falta de fantasía que muestra le crispa los nervios y le atiza un golpe con todas sus fuerzas. Pero el cartel apenas se mueve, solo chirría y oscila un rato en su oxidada estructura. Yasmine levanta la mirada para contemplar el hormigón y las parabólicas.

—Fadi —susurra—. ¿Dónde estás, hermano?

La casa de Parisa tiene el mismo aspecto de siempre, igual que han hecho siempre todas las casas de aquí. Diez plantas de fachada agrietada, balcones de color pastel descascarillado, provocadores en su afán de aligerar el entorno gris. El portal está abierto, basta con empujar y subir a pie los siete pisos, porque, como de costumbre, el ascensor no funciona.

Subir las escaleras es como viajar atrás en el tiempo: el eco de los pies al chocar con los escalones, el aire frío, el olor a ajo y carne picada asada que llega de alguna parte, el sonido amortiguado de un bebé que grita. Piensa en las noches de invierno, cuando no tenían adónde ir, cuando las marquesinas del autobús se habían vuelto demasiado frías y el centro juvenil llevaba tiempo cerrado. Abrían el portal de algún edificio en el que no vivía ninguno de ellos y bebían cerveza de baja graduación comprada en el Asirio, y el humo de sus cigarros era azul y espeso cuando salía al gélido exterior a través del portal entreabierto, al resplandor de las farolas. Yasmine no logra decidirse si le parece que hace mucho tiempo de aquello o si fue ayer.

Cuando llega a la séptima planta, le falta el aliento y la pistola le roza en la cintura de los tejanos; a su espalda resuenan sus propias pisadas. Se acerca a la puerta de Parisa y llama al timbre mientras alarga un dedo y tapa la mirilla.

Dentro hay movimiento, pies que se arrastran por el suelo, una voz que habla tranquilizadora, como a un niño. Los pies se detienen detrás de la puerta un instante, mientras una persona intenta mirar por la mirilla, después se oye el ruido de la cerradura al abrirse. Parisa entorna una ranura, con la cadena de seguridad echada. Yasmine puede ver una criatura pequeña apoyada en su brazo.

—*Sho*, Parisa —dice.

Gira la cabeza para ver mejor por la ranura, sonríe un poco con la boca, pero no con los ojos.

—¿Yasmine? —dice Parisa, e incluso en la penumbra, a través de la ranura de la puerta, Yasmine puede ver cómo aumenta su estrés.

—Tenemos que hablar, *hermana* —dice.

Se permite sacar una voz fría, claramente irónica. Parisa acaricia nerviosa la mejilla del bebé y pasea la mirada. Echa un vistazo por encima del hombro, después se inclina hacia la ranura y baja la voz.

—Aquí no —dice—. Ahora no.

Yasmine nota una ola dolorosa de rabia. Solo quiere agarrar a Parisa y sacarla al rellano, tirarla al suelo duro de baldosas, gritarle: «¿Eres tú la que ha cantado, rata?».

Pero el bebé que lleva en brazos se lo impide y Yasmine deja que la rabia resbale y pase de largo.

—¿Pues cuándo? —le espeta.

—Mañana —dice Parisa bajando todavía más la voz.

Algo titila en sus ojos y mueve la cabeza de forma casi imperceptible hacia el interior del piso, como para indicar que hay alguien allí dentro que no debe oír.

—Tengo algo sobre Fadi —susurra—. Solo espera hasta mañana.

De nuevo un vistazo por encima del hombro.

—El parque infantil. A las tres.

33

Siria
Junio de 2015

En la distancia oigo los motores de los coches cortando el silencio, sentado como estoy en la ventana abierta que da a la calle. Es casi luna llena y todo el pueblo está bañado por una tenue luz plateada y lleno de sombras negras y largas. Los hermanos se encuentran en la casa de invitados y el olor a cordero asado llega hasta aquí, al piso donde solemos dormir Tariq y yo. Yo también debería estar en la casa de huéspedes, pero, cuando he hecho mi febril llamada telefónica al hermano al-Amin, hace unas horas, me ha pedido que espere aquí y que le saque fotos a los vehículos y le mande un mensaje en cuanto se pongan en marcha.

Pasan algunos minutos hasta que consigo ver la penetrante luz del primer coche asomando al final de la calle. Se acercan deprisa y enseguida puedo contar cuatro coches, no unas cafeteras polvorientas como las que nosotros llevamos, sino dos SUV de verdad de color negro, con cristales tintados, y dos pickups con ametralladoras de gran calibre montadas en las plataformas de carga. Cojo el móvil y les saco un par de fotos que le envío en el acto al hermano al-Amin antes de bajar a la casa de invitados.

Estoy a medio camino cuando noto las vibraciones del teléfono en el bolsillo y lo saco. Es una foto de un hombre árabe con ojos pesados y cansados y barba cana; debe de rondar los cincuenta, quizá menos. Es difícil decir qué hermanos llevan aquí una temporada más larga, es como si la batalla los envejeciera, como si cada año aquí contara como cinco.

«Si este es el líder de los invitados, pondremos en marcha el plan —escribe al-Amin—. Es inteligente y fuerte. Confírmame cuando lo hayas visto. *Inshallah,* ¡pronto tendremos al traidor, hermano!».

Siento cómo la sangre me corre por las venas, me abrazo más fuerte a mi kalashnikov y estudio con atención la imagen. No acabo de entender cómo piensa resolverlo exactamente el hermano al-Amin, pero estoy convencido de que el perro pronto será castigado, lo cual me llena de alegría mientras acelero el paso.

Los invitados se han bajado del coche y están junto con los hermanos alrededor de la barbacoa que yo he montado hace un rato. Solo un par de bloques de cemento con una rejilla por encima, pero el aroma del cordero que Mona ha marinado durante horas está lleno de especias y ajo. Normalmente no comemos mal, pero sí de manera modesta y siempre sin quitar la atención de las oraciones y Alá. Trozos grandes de cordero tierno y asado no los hemos comido desde que yo llegué, y noto lo hambriento que estoy. Al mismo tiempo, siento una tensión casi paralizante al pensar que estamos a punto de desenmascarar a un traidor, que el despreciable perro pronto será sacrificado como un cordero.

Los invitados van vestidos como nosotros, el mismo camuflaje gastado y pañuelos, los mismos kalashnikovs colgando del hombro. Pero tienen algo, hay algo en sus posturas, en su manera de estar de pie y de moverse, que deja claro que pertenecen a otra división. Pienso en Red y en Blackeye y en ti. Pienso en que todos teníamos más o menos la misma pinta, aunque vosotros fuerais mayores. Pero aun así no éramos del mismo tipo. Aun así era obvio desde el principio quiénes iban a morir en el frente y quiénes lo iban a dejar atrás montados en un SUV con los cristales tintados.

El hermano Shahid me ve y me hace un gesto para que me acerque.

—Este es el hermano Ajam —le dice en árabe al grupo—. Nuestro miembro más nuevo. Igual que yo, viene de Suecia, pero repatriado, gracias a Alá, para liberar a sus hermanos y hermanas árabes.

—*As-salamu alaykum* —dicen los invitados.

—*Wa alaykum salam* —respondo yo, y tengo una excusa para pasear la mirada por todos ellos.

Es entonces cuando lo veo. El hombre de la foto de al-Amin. Veo su barba cana a la lumbre del fuego, veo sus ojos cansados. Parece tener por lo menos cincuenta, quizá más. De pronto el hermano Umar se planta a mi lado.

—¿Sabes quién es? —me susurra en sueco.

Niego con la cabeza.

—Es de Yemen. Es el responsable de los campos de entrenamiento y de los soldados extranjeros.

Baja la voz un poco más.

—Corre el rumor de que no tiene escrúpulos.

Me giro para mirar al hermano Umar, pero él aparta la cara. Nunca criticamos nada cuando estamos tomando té por las noches. Pero se puede leer entre líneas que muchos de los hermanos tienen dificultades para convivir con algunas de las decisiones. Los ataques en Europa. Las ejecuciones en masa. Sé que Umar y Shahid, igual que yo, piensan que es el camino equivocado, que es barbarie, que no se consigue nada con esas hazañas. La lucha está aquí. La liberación está aquí. Podemos vivir como musulmanes aquí. Lo otro puede esperar. Pero no decimos nada. Se lo dejamos a Alá, alabado sea Él, el elevado. Hágase Su voluntad.

Vuelvo a dirigir la mirada al hombre de la barba gris. El hermano al-Amin me escribió que era sabio, que nos ayudará a delatar al traidor. Eso es lo más importante ahora. Tengo tanta hambre, pero esto es más importante, y, cuando el hermano Umar se aleja de mi lado, yo me voy apartando poco a poco del fuego hasta que estoy seguro de que nadie me observa. ¿Por qué se iban a molestar? Soy un sirviente, un recluta de poca monta.

Doblo la esquina con cautela y salgo a la parte trasera de uno de los edificios. Del frente llega el ruido de algún que otro disparo suelto, las noches son tranquilas, los hermanos que están allí ahora solo mantienen la posición. Saco con cuidado el teléfono del bolsillo y llamo a al-Amin. Él lo coge al primer tono y tiene la voz tensa e inesperadamente dura.

—Hermano Fadi —dice—. ¿Es nuestro hombre?

—Sí —respondo—. Es el hombre de la foto. El líder. ¿Qué hago?

—Vuelve al fuego —dice el hermano al-Amin—. Come y compórtate con normalidad. Te llamaré en breve.

Y con ello desaparece. Ningún *As-salam alaykum*. Ninguna alabanza a Alá. Me quedo allí, quieto, con el teléfono en la mano.

¿Cómo sabe que tenemos un fuego?

No puedo pensar más porque de repente oigo movimiento a mis espaldas, pasos sigilosos en la tierra. Y, antes de que me dé tiempo de volverme, oigo el chasquido metálico de un rifle al quitarle el seguro.

34

Londres
Jueves, 20 de agosto de 2015

Klara se vuelve otra vez hacia las vías. Es como si el andén y el enorme dragón blanco saltaran y se sacudieran bajo la luz amarilla de las lámparas del techo, como si las personas de su alrededor se movieran de forma demasiado espasmódica y patosa, y hace un esfuerzo por aferrarse a su entorno. Desearía poder ver con claridad y nitidez, que las imágenes no relampaguearan y saltaran de aquella manera, que fuera una secuencia fluida en lugar de esa cinta entrecortada. Ve que más personas, dos, tres —ya no parece capaz de contar—, se han acercado a la punta del tren, el maquinista ha abierto una puerta, está bajando del tren. Pero parece tan pausado, se mueve a cámara lenta, los ojos apretados, los puños cerrados.

Klara titubea, pero sus pies avanzan por su propia voluntad hacia el pequeño grupo de gente que hay en el borde del andén. Una mujer ha saltado a la vía, alguien se asoma desde arriba. Hablan en voz alta, se gritan unos a otros, pero sus voces le llegan extrañamente amortiguadas, Klara apenas puede oírlas. El maquinista ya se ha unido al grupo. Está enfadado.

—¡Maldito idiota! —brama—. ¡Delante de mi tren!

Su voz no es tranquila, sino estridente y espantosa y golpea rabioso el tren con el puño, tan fuerte que el plástico o la chapa o lo que sea retumba. Después se vuelve y se hace un ovillo, vacío y arrugado como un globo desinflado, con la espalda pegada al vagón. Parece estar llorando, tiritando e hipando, y alguien se agacha a su lado y lo invita a sentarse en el andén con las piernas estiradas, como un niño, con su turbante azul celeste, su barba negra bajo la luz amarilla del túnel.

Y sus pies la acercan más y más al borde del andén, claramente inconscientes de que Klara quiere detenerse donde está, quiere dar media vuelta y salir de ahí. Pero de repente se encuentra allí, junto a la vía, y lo único que quiere es cerrar los ojos, volver atrás, pero tampoco los ojos ni la nuca parecen obedecerla y ella se inclina hacia las vías, se gira y retuerce para poder mirar.

Y luego ve y no se da cuenta de que está gritando hasta que alguien le pasa un brazo por encima, no se da cuenta de que está llorando hasta que alguien le pone una mano en la mejilla y se la lleva del borde del andén y la sienta en un banco de madera verde y ajado.

Cuando la entrecortada película cesa y recupera la visión normal, el andén está repleto de algo que parecen bomberos y personal de ambulancia, una camilla, pequeñas maletas que parecen contener instrumentos importantes para salvar vidas.

A su lado hay alguien hablando con un policía, no un *bobby* con casco, sino un policía normal con gorra de visera y un cinturón lleno de cosas, pero sin arma.

—Después solo dio un paso al frente justo delante del tren —dice la voz—. Ha sido como si hubiese tropezado, como si perdiera el equilibrio y saltara por equivocación.

—¿Lo ha visto todo? —dice el policía.

—Creo que sí —continúa la voz—. Por el rabillo del ojo.

Aquella voz está tan contenta consigo misma, está tan satisfecha de ser un magnífico y jodido testigo. Klara se vuelve hacia ella y ve que pertenece a un hombre de unos cincuenta años, traje, patillas cortas. Acomodado, acostumbrado a su voz, acostumbrado a ser escuchado. Pero él no ha visto esto. Lo que dice no es cierto.

—Alguien lo ha empujado —dice ella, primero entre dientes.

El patillas pierde el hilo y se gira para mirarla. Igual que el agente de policía, cejas arqueadas, ojos castaños, afables.

—¿Disculpe?

—Alguien lo ha empujado —dice Klara, y se percata de que le cuesta hablar, de que tiene que empujar las palabras para que le salgan de la boca—. Dos tíos. Con cazadora de cuero. Rapados.

Primero el patillas parece confundido. Después sonríe inseguro, busca la mirada del policía. Pero este se vuelve hacia Klara.

—¿Los ha visto? —dice.

Ahora hay interés en su voz. Klara se cruza de brazos, de pronto tiene frío. Donde hacía tanto calor, ¿cómo puede hacer tanto frío? Sacude la cabeza.

—He bajado justo cuando pasaba —dice.

—Entonces, no ha visto al hombre caer delante del tren —dice el agente.

—He dicho que no se ha caído. Lo han empujado dos putos matones.

—Pero no lo ha visto.

Klara se levanta. ¿Qué es lo que no entiende?

—No —dice—. No lo he visto cuando pasaba, pero sé que ha sido así. Sé que lo estaban siguiendo.

Una nueva aura en la mirada del policía. Otro tipo de sonrisa en los labios del patillas. Le pone una mano encima, protectora, indulgente, afectuosa.

—Entiendo —dice el policía—. Luego lo hablamos, ¿de acuerdo?

—¿No oye lo que le digo? —pregunta Klara—. ¡Lo han empujado!

Se inclina hacia el policía, tan cerca que casi llega a tocar la visera de su ridícula gorra. Él se retira una pizca, la aleja sutilmente con la mano que aún descansa en su hombro. Ella se la aparta con un golpe.

—Señorita —dice el agente—, ¿ha bebido esta tarde?

—¿Bebido? —dice Klara—. ¿Qué tiene eso que ver?

El agente mira al patillas por el rabillo del ojo. Intercambian una mirada muy elocuente y el policía se limita a negar con la cabeza. Klara da otro paso hacia él, se mete en su esfera, percibe el olor a jabón y sudor. Por dentro le crece algo rojo y peligroso.

—Nadie más ha informado de nada que recuerde a lo que usted dice —señala el policía—. La escucharé a usted también, pero tiene que tranquilizarse, ¿de acuerdo?

—Escúcheme de una vez, maldita sea —dice Klara—. He visto cómo dos matones lo seguían hasta el andén. Dos hombres rapados de unos cuarenta años. De Europa del Este.

Su intención no es alzar la voz, pero sus miradas de arrogancia la sacan de quicio.

—Pueden pensar que soy una histérica, si quieren —continúa—. Pero he visto lo que he visto, joder. Conozco al hombre que está en la vía. Se llama Patrick.

Ahora está gritando y se da cuenta de que se ha hecho un peculiar silencio en el andén, el hormigón que los rodea parece absorber todos los demás sonidos excepto su voz. El agente de policía se vuelve a girar hacia ella. Su mirada cálida es ahora más dura.

—¡Señorita! Por favor, señorita. No hay motivos para gritar. Le tomaré declaración, lo prometo. En cuanto haya terminado con el caballero.

Hace un gesto hacia el patillas, que mira a Klara de una forma tan jodidamente comprensiva que la pone de los nervios. Y encima la sonrisita.

—Siéntese aquí y alguien la atenderá enseguida —dice el policía, y la coge con suavidad del hombro, la acompaña de nuevo al banco—. Espérese aquí.

Después se dirige de nuevo al patillas.

—Continuaremos un poco más allá —le indica, y señala un lugar resguardado tras una gruesa columna de hormigón.

Klara nota el sabor a vino y a adrenalina en la boca. Nota que su impaciencia aumenta, su desesperación se desborda. Nadie más ha visto a los dos hombres. Ella es la histérica, la mujer que ha visto algo que no ha tenido lugar. Ya lo han decidido.

Descansa la cabeza en las manos y clava la mirada en el suelo, se queda así un par de minutos. Nadie viene a ocuparse de ella. Y de repente lo vuelve a sentir. La cólera que se desata de nuevo. La consienten y malcrían. Hablan y arreglan. Pero a la hora de la verdad estás sola. Siempre sola. Mira hacia la columna donde aún permanecen el policía y el patillas. Ve al segundo gesticulando y señalando mientras comparte su testimonio incompleto y erróneo. No importa, a la gente como él siempre se la cree.

Echa un último vistazo a la columna y luego se levanta sin prisa y se dirige a las escaleras mecánicas detenidas. Nadie parece fijarse en ella. Siente el shock chapotear en su interior, mezclarse con la embriaguez menguante. Está sola en esto. Nadie excepto ella sabe qué ha pasado. Ahora está ella sola.

A mitad de la escalera nota que las piernas le tiemblan y se sacuden, apenas puede mantenerse en pie y, cuando alza una mano, ve que está temblando de manera descontrolada.

Patrick ha sido empujado a la vía. Lo han empujado delante del tren.

Se marea. Él le cogió el ordenador, después lo asesinaron. Su pecho se contrae y tiene que parar en mitad de las escaleras mecánicas. Cree que va a vomitar. El shock. La repentina toma de conciencia y el pavor.

¿Qué diablos está pasando?

35

Siria
Junio de 2015

Con quién hablas, perro?

La voz de Tariq es fría y sosegada. Casi como de costumbre. Doy media vuelta y tengo la sensación de que todo el oxígeno se disipa de mi cabeza, de que por mucho que intente coger aire no voy a poder absorber nada. Me quedo mirándolo con el teléfono en la mano. Clavo la mirada en la boca del cañón del kalashnikov, grande y redondo y negro y pensado enteramente para mí. Está en posición, la culata en el hombro, el seguro quitado, apuntando con un ojo a mi pecho. Reina el silencio. Ningún traqueteo del frente, las voces de los hermanos acalladas detrás del edificio que yo he rodeado a hurtadillas. Aquí solo estamos Tariq y yo.

Ahora todo se precipita en mi interior. La voz del hermano al-Amin. ¿Cómo sabía que teníamos un fuego? Y la boca perfectamente circular y oscura enfrente.

Entonces vuelve a sonar el teléfono. Lo noto vibrar e iluminarse en mi mano, como una linterna en la oscuridad. Tariq agita nervioso el cañón.

—¿Quién es? —dice—. ¿Con quién coño estabas hablando, perro?

—Con nadie —respondo—. Mi imam en casa.

244

—Cógelo —dice él—. Pon el altavoz, o juro por Dios que te disparo aquí y ahora.

Titubeo. Haga lo que haga, voy a morir. ¿Es esto la muerte de un mártir? ¿Disparado en el pecho por un malentendido en el patio trasero lleno de polvo de una casa abandonada?

El teléfono vibra y se mueve en mi mano. No quiero morir. Mártir o no. Simplemente, no quiero morir. No por esto.

—Tranquilo —digo—. Tranquilo.

Levanto el teléfono delante de mí con un gesto teatral. Aprieto la tecla de responder, aprieto la del altavoz, oigo la voz del hermano al-Amin, ahora jadeante y nerviosa.

—¿Ya estás de vuelta junto al fuego, Fadi? —dice sin saludar—. Tienes que volver junto al líder, ¿entiendes? Si no, no podremos desenmascarar al traidor.

Miro el teléfono y dirijo la mirada a Tariq. Él ha bajado el arma, está escuchando con una expresión desconcertada.

—Voy... —contesto—. Ahora voy junto a él.

—¡Date prisa! —me exhorta el hermano al-Amin—. Solo tenemos unos instantes para descubrir quién es. ¡Ve!

—Solo una cosa —digo, y trago saliva—. ¿Cómo sabías que tenemos un fuego?

Se hace silencio por un segundo, solo la respiración de al-Amin. Luego:

—Tú lo dijiste, hermano Fadi. Dijiste que ibais a hacer una barbacoa. ¿No lo recuerdas?

—No —respondo—. No lo dije.

—Da igual, hermano —insiste al-Amin—. Tú solo ve con el líder ya para que podamos zanjar este tema.

Miro a Tariq, que asiente estresado con la cabeza. Ha bajado el arma y parece meditar unos instantes. Después alarga la mano en un abrir y cerrar de ojos y me quita el teléfono. Le grita al micrófono:

—¿Quién eres? ¿Para quién coño trabajas?

Oigo varias voces de fondo, un chasquido cuando se corta la comunicación. Miro con pánico a Tariq, que parece momentáneamente paralizado y se queda allí quieto con el teléfono apagado en la mano.

—Me dijo que había un traidor entre nosotros —susurro—. Que teníamos que desenmascararlo.

Tariq alza la vista con un claro halo de comprensión en los ojos.

—Es cierto —dice—. Ese traidor eres tú, Fadi.

Después todo sucede demasiado rápido. Demasiado abrumadora y confusamente rápido. Tariq se echa el rifle a la espalda, sus ojos son pequeños y escrutadores, ahora están estresados. Se aleja unos pocos pasos de la casa y otea el cielo oscuro que titila a la luz de la luna, parece escuchar. Y entonces lo oímos, los dos al mismo tiempo, y nos miramos y yo noto que me cambia la vida. Que todo se colapsa a mi alrededor. Que nada es lo que parece ser. Nadie es quien parece ser.

Primero es como si no pudiéramos movernos. Solo el ruido casi imperceptible. Un zumbido que llega desde lo alto y que se va acercando. Un gran insecto a punto de aterrizar. Solo puede tratarse de una cosa. Aquello de lo que nos escondemos y que tanto tememos cada día.

Un dron.

Y comprendo todo mientras estamos allí de pie sin movernos.

El traidor es el hermano al-Amin.

Todos son traidores. El hermano Dakhil y el hermano Taimur, el hermano Tasheem. Todos son traidores. El hecho de darme cuenta de todo cae como una bomba, era de esto de lo que se trataba todo el tiempo. Por eso cuidaban de mí, por eso me ayudaban y me apoyaban. Por eso me dejaron ir a Siria. Todo el tiempo con esto ante los ojos. Que algún día tendría la posibilidad de permitirles llevar a cabo su traición.

La idea me da vértigo. Todas las plegarias y las reuniones en el Barrio. Durante todo el año.

Me han engañado. Se han aprovechado de mí. ¿Para qué? ¿Quiénes son? ¿De qué lado están?

Apenas necesito un segundo para que el odio y la resignación me sacudan como un oleaje, un maremoto, que se lleva todo lo demás a su paso, toda la devoción y toda la voluntad de hacer lo correcto. Todo.

Ya no tengo fuerzas para mantenerme en pie, el peso es excesivo, y me desplomo. Sobre nuestras cabezas el zumbido del dron se vuelve más tangible. ¿Qué vamos a hacer? A cuatro patas siento la tierra que está fresca en la palma de mis manos. ¿Qué vamos a hacer?

Pero Tariq me agarra del hombro, tira de mí.

—¡Ven! —grita—. ¡Tenemos que salir de aquí! ¿Entiendes? ¡Van a aniquilarnos!

La primera explosión me sacude los tímpanos y los hace vibrar, hace que mi cabeza pite y aúlle. Noto la tierra bajo el pecho y la barriga, las piernas, y abro los ojos cuando el segundo misil cae al otro lado del edificio, donde los hermanos están sentados comiendo. El mundo se vuelve blanco y ensordecedor. Fósforo y exterminio.

Estoy tumbado boca abajo. Estoy tumbado boca arriba. Estoy sentado. Como si el mundo estuviera roto y lleno de muescas, como si fuera silencioso y estrepitoso a la vez. Noto a alguien tirar de mí y giro la cabeza a la izquierda y veo a Tariq. Tiene la cara sucia y manchada de sangre. Veo sus labios moviéndose y me pongo de pie, lo sigo cuando cruza el patio, cuando se mete por la puerta de una de las casas. Tropezamos y caemos uno encima del otro al bajar las escaleras del sótano. A nuestra espalda el mundo se sacude al estallar un misil en el sitio en el que estábamos hace unos segundos. Cemento y astillas de pintura nos llueven encima allí donde estamos, tumbados boca abajo en el fresco suelo de hormigón.

Después se hace el silencio. El más absoluto silencio.

36

Estocolmo
Jueves, 20 de agosto de 2015

El metro de vuelta a la ciudad. Yasmine apenas se da cuenta de nada. Escaleras arriba en la parada de T-centralen y después el aire tibio de la tarde. No puede dejar de pensar en lo único que significa algo.

Camina lentamente junto al agua en dirección al Lydmar. De manera automática. No ha decidido volver al hotel, es mera casualidad.

Parisa sabe algo de Fadi.

Aparta los pensamientos sobre la traición de su amiga y sobre el bebé y la mirada nerviosa de Parisa. Es imposible comprender todos los lazos y móviles que se dan en el Barrio. Más cuando llevas tanto tiempo fuera.

Yasmine nota los últimos resquicios del desfase horario en el cuerpo. Necesita dormir un par de horas más antes de irse a Bergort otra vez para comprobar eso que le ha comentado Ignacio, eso que tiene lugar en el césped artificial, el Camp Nou.

Las ideas empiezan a arremolinarse. Parisa era la única, aparte de Ignacio, que sabía dónde se hospedaba. Parisa debe de habérselo mencionado a alguien que esté vinculado con las revueltas o con lo que sea. Quizá lo hizo sin darse cuenta. Quizá no. Pero ¿quiénes son los que están tan empeñados en que ella se aleje del Barrio? ¿Por qué es tan delicado que ella haga preguntas sobre Fadi y los símbolos?

Y ahora Parisa tiene algo que le quiere contar sobre Fadi. Algo que no quería o no podía contarle por la ranura de la puerta.

Yasmine hace una pausa en el puente Strömbron y contempla la fachada sucia y beis del Palacio Real, después continúa con la mirada por la superficie plateada del agua, ve los barcos en el muelle, la frondosidad verde del islote Skeppsholmen más allá. «Es hermoso —piensa—. Existe un Estocolmo que es infinitamente hermoso».

Pero hay algo que hace que sienta una suerte de incomodidad y que la obliga a dar media vuelta, a alejarse del palacio y del agua en dirección a la Operan y los jardines de Kungsträdgården. El tráfico está detenido ante un semáforo en rojo, pero entre dos coches puede ver la acera de enfrente. Allí hay un hombre con un pantalón de chándal azul brillante y una sudadera con capucha. Zapatillas blancas, cabeza rapada y nariz de boxeador; unos tentáculos verdes tatuados asoman por debajo de la sudadera, por el cuello y la nuca. Está mirando a Yasmine fijamente y, cuando se da cuenta de que ella lo mira, sonríe tranquilo y soberbio sin moverse ni un ápice.

El semáforo se pone verde y poco a poco los coches reemprenden la marcha. Yasmine se queda como clavada en el asfalto mientras una furgoneta gris que avanza lentamente le corta la visión. Nota la pistola rozándole la espalda.

Cuando la furgoneta por fin pasa de largo calle abajo y despeja el campo de visión, el hombre ya no está. Como si nunca hubiese estado allí. Como si nunca la hubiese mirado. Yasmine siente un escalofrío en el bochorno. Santo cielo, ¿se está volviendo paranoica?

Aligera el paso en dirección al Lydmar. Cada pocos metros echa un vistazo hacia atrás, pero a sus espaldas solo transita la habitual mezcla de turistas que disfrutan de un paseo a finales de verano junto al agua y holmienses acomodados con carritos de niños delicados como insectos de camino a la tienda de decoración Svenskt Tenn. Cuando entra en el vestíbulo, saluda al portero y va directa a los ascensores.

Pero en el pasillo de su habitación se detiene. Hay algo colgado con un cordel de su manilla. Despacio, Yasmine se acerca a su puerta. «Por lo menos no es un gato ahorcado», piensa. Es un sobre.

Desata el cordel de la manilla, abre la puerta y se mete en su habitación. Con el corazón palpitando se sienta en la cama deshecha con el sobre en las manos. Cierra los ojos y los abre, coge su único contenido —una hoja DIN A4 doblada— y lo saca.

Poco a poco la despliega. Es otra imagen, una fotografía impresa. Esta vez representa un hombre encapuchado que está apuntando con una pistola grande y negra al objetivo de la cámara, a ella. Es ancho de espaldas y entre el cuello de la camiseta y la capucha se puede vislumbrar un tatuaje tribal. Le da la vuelta a la hoja. Cuatro palabras. «Ve a la ventana».

Deja el papel a su lado en la cama y siente una tirantez alrededor de la cabeza. Sin quererlo realmente, sin poderlo controlar, se levanta despacio y camina los pocos pasos que la separan de la ventana.

Aparta con cuidado las gruesas cortinas opacas y el palacio y el agua se yerguen ante sus ojos. Primero pasea la mirada por el paisaje antes de bajarla hacia la calle que separa el hotel del agua.

Y allí está él. A apenas treinta metros, al otro lado de la calle, de espaldas al agua y con la mirada clavada en Yasmine. Chándal brillante y sudadera con capucha, zapatillas blancas y líneas verdes que suben hasta su barbilla.

Cuando él la ve en la ventana, levanta un brazo. La sonrisa de antes es ahora una mirada impasible, hueca. Sigue alzando lentamente el brazo hasta que señala con él a Yasmine. Entonces su mano adopta la forma de una pistola y hace un gesto como si apretara el gatillo. Después baja el brazo y se queda en el sitio un segundo, para luego darse la vuelta y desaparecer muelle abajo.

37

Siria
Junio de 2015

No sé cuánto tiempo permanecemos en el suelo sin movernos, sin hablar entre nosotros. Inmóviles, como muertos.

Fuera reina el silencio. Un silencio sepulcral. Lo único que oímos es el monótono zumbido de uno o más drones que parecen demorarse para juzgar y evaluar la magnitud del exterminio que acaban de perpetrar. Pero al final incluso ellos desaparecen y todo queda en silencio. Espero hasta que estoy seguro de que ya no los oigo.

—¿Tariq? —digo.

Él se mueve bajo la capa de cemento y pedazos de yeso, astillas de pintura y cristales, se vuelve hacia mí. Veo que tiene la cara ensangrentada y negra de hollín y suciedad. No dice nada, solo me mira.

—Estás herido —le digo—. Tienes sangre en la cara.

Él me mira con sus ojos fríos, esos ojos que antes me despreciaban y ahora me odian. Después se incorpora y se sacude la mayor parte de la porquería, hurga entre los escombros hasta encontrar su kalashnikov. Se levanta con piernas inestables.

—Tenemos que salir —dice—. Tú también, *khain*, traidor. Sobre todo tú, cabrón.

Sube el primero las escaleras y entreabre la puerta que da afuera. Un rayo de luna penetra en la oscuridad por la ranura de la puerta. Yo también me levanto. Cojo el rifle y el teléfono y lo sigo.

Justo delante de la puerta hay un profundo cráter, sin duda consecuencia del misil que el dron nos disparó después de que huyéramos. Realmente pretendían aniquilarnos a todos.

Hermano al-Amin. Quien era realmente mi hermano. Quien yo *creía* que era mi hermano. Al final no dudó en mandarme derechito a la muerte. Incluso me exhortó a que fuera directo a la muerte.

¿Para qué? ¿Para quién trabajan los hermanos? ¿Al Asad? ¿Alguno de nuestros enemigos? ¿Jabhat al-Nusra? Pero solo los estadounidenses tienen drones, ¿no? De alguna manera nos han vendido a los americanos. Me han vendido incluso a mí a los americanos. Eran como mis hermanos. En los que confiaba y a los que he visto cada día durante meses, casi un año.

La traición y mi ingenuidad. Pensar en ello me provoca una súbita náusea y vomito apoyado contra la pared de la casa. Cuando termino, Tariq ya ha rodeado el cráter y ha cruzado medio patio, a mitad de camino de la casa del otro lado, donde estaban los hermanos.

No quiero ver dónde han caído los misiles. No sé si podré con ello. Confrontar la masacre que yo he provocado. Me duele y truena la cabeza, como si llevara varios días sin dormir, semanas, y avanzo a trompicones, apenas consigo mantenerme erguido.

Pero sé que ya no hay excusas. Que esto es algo a lo que tengo que hacer frente. No me puedo esconder y acelero el paso hasta alcanzar al hermano Tariq.

Él no se vuelve para mirarme, solo sigue caminando por el patio con paso sereno y firme.

—Lo juro, a Alá pongo por testigo, juro que no sabía nada de esto —digo—. Me han engañado. Pensaba que íbamos a desenmascarar a un traidor del grupo.

Las lágrimas me corren por las mejillas y necesito escuchar algo de Tariq, necesito una prueba de que sabe que estoy con él, de que estoy aquí. Como si me bastara a modo de bendición una simple mirada suya. Pero no se vuelve. Se limita a caminar, como si estuviera completamente solo, como si yo fuera aire, menos que aire, nada.

Ambos nos detenemos en la esquina del patio interior porque oímos voces, el ruido de un motor. Pasan algunos segundos antes de que Tariq se agache para mirar por la esquina. Parece que es nuestra gente, porque se levanta de inmediato y se acerca. Las voces suben de volumen en el patio, unos pies corren a su encuentro, lo obligan a tumbarse, pero él se niega.

Yo me quedo detrás de la esquina, apenas respiro, ignoro qué me va a pasar cuando me enfrente a las consecuencias de lo que yo mismo he provocado. Me apoyo en el cemento rugoso del edificio, cierro los ojos y trato de respirar tranquilo. Pero ya no me puedo esconder, así que me obligo a abrir los ojos y doblar la esquina.

Todo el patio se ha transformado en un hoyo. Lo que antes era tierra apelmazada, piedras y hierba seca es ahora gravilla y polvo, hoyos de dos metros de profundidad allí donde han impactado los misiles. Dos viejas ambulancias oxidadas están justo en la entrada con los motores en marcha, traqueteando y jadeantes. Hay personal sanitario y soldados repartidos por el patio. Veo a un hombre mayor con una bata blanca y bigote con un pie en la mano. Tardo un momento en darme cuenta de que lo que asoma por el zapato es la tibia desgarrada de alguien.

Las ambulancias están aquí, pero no hay nadie a quien salvar. Y el personal sanitario debe de llevar aquí un rato, incluso antes de que los drones se retiraran, porque han alineado los cuerpos que han encontrado. Intento saltar con la mirada para no quedarme con los detalles. Pero no lo consigo. Veo troncos sin piernas. Cuerpos sin cabeza, sin brazos. Cuerpos con el tórax perforado o arrancado. Veo cuerpos que están intactos, y eso es lo más desconcertante de todo.

Los cuerpos me reclaman. De pronto tengo que verlos. Tengo que saber cuántos son. Así que me acerco a ellos, como en un sueño, y los cuento. No me percato de que alguien me ha echado una manta por encima hasta que estoy junto a los cuerpos, hasta que empiezo a caminar a lo largo de la hilera, señalándolos uno tras otro.

—Uno. Dos. Tres —cuento en sueco en voz alta—. Cuatro. Cinco. Seis.

A veces dudo de si son cuerpos diferentes o si se trata de un solo cuerpo. Si esas piernas ensangrentadas pertenecen a ese torso reventado. Si esa cabeza de un solo ojo pertenece a ese tórax. Es como un puzle.

—Siete. Ocho. Nueve.

Alguien me rodea con un brazo, pero yo intento quitármelo de encima. Me escabullo y sacudo los hombros.

—Diez. Once. Doce. Trece. Catorce. Quince. Dieciséis.

El brazo insiste y tira de mí y yo me detengo y me vuelvo hacia la persona que está a mi lado.

—No sirve de nada —dice Tariq—. Era la voluntad de Dios. Ahora tienen su recompensa. Deberías alegrarte por ellos.

Me rodea con el brazo y es tan difícil de entender que esté ahí, el que yo creía que era el traidor, el que sabe que he sido yo quien ha hecho esto. No Alá. Sin embargo, ahora me rodea con el brazo y me aleja de los cuerpos, hacia las ambulancias.

—Solo había dieciséis cuerpos —le digo al hombre de la bata blanca, el que hace un rato llevaba un zapato en la mano, una tibia—. Debíamos de ser por lo menos veinticinco.

Me hace sentarme, me pasa una botella de agua, me obliga a dar un trago.

—Nunca aparecen todos los cuerpos —dice—. Algunos solo se convierten en humo y polvo.

Y lo siento cuando él lo dice. Siento que es eso lo que hay que hacer. Que es lo único que queda.

Más tarde estoy sentado con Tariq en el borde del cráter. Ahora el hedor es penetrante. Pólvora, fuego y muerte.

—Tengo que volver a Suecia —digo de cara a la desolación—. Tengo que acabar con los que han hecho esto.

Tariq no dice nada. Se limita a asentir en silencio con la mirada clavada en la tierra.

—No pueden escapar a esto —digo—. *Wallah.* Lo juro. Van a pagar por lo que han hecho.

Tariq se vuelve hacia mí, me mira de reojo.

—¿Cómo piensas hacerlo, hermano? —pregunta.

—Seré humo —digo yo—. Seré humo y polvo.

38

Estocolmo/Bergort
Jueves, 20 de agosto de 2015

Cuando se despierta, el ruido de la habitación es distinto, aunque haya corrido las cortinas todo lo que ha podido, como si pudieran mantener alejados a quienes sean los que la están amenazando y vigilando. Rueda sobre un costado y mira el teléfono móvil. 19:34. Ha recibido un mail. Se incorpora. Ha dormido más de una hora. ¿Cómo ha logrado siquiera dormir? Abre el mail con la cabeza aún nublada.

Hola, Yasmine —empieza en inglés—. Solo quería saber cómo te va en Estocolmo. Tenemos un proyecto donde el símbolo que nos presentaste encaja perfectamente. Dime algo en cuanto puedas, ya hemos empezado a pensar un poco en campañas y nos gustaría tener bien clara la base sobre la cual trabajar.

Yasmine parpadea en un intento de concentrarse. Está firmado por Mark y el remitente es una dirección que termina en *shrewd&daughter.com*. Por Dios, apenas le ha dedicado un solo pensamiento a su misión. Esperan algo por su parte. A pesar de todo, están pagando bastante más de cuatro mil coronas por noche por esta habitación.

Pero ¿a qué se refiere con que tienen material nuevo? ¿De dónde? Carece de fuerzas para pensar en ello. No ahora. No quiere que le cancelen la tarjeta, así que le envía un mail apresurado diciéndole que aquí las cosas están avanzando y que le promete escribir de nuevo pasado el fin de semana.

Se levanta y se acerca de nuevo a la ventana. Mientras con una mano aparta la cortina y con la otra se pone la pistola en las lumbares, echa un vistazo cauteloso al muelle. Pero el hombre del chándal no está a la vista y Yasmine vuelve a correr la cortina.

Sea cual sea el motivo de aquel hombre para mantenerla alejada, es hora de volver a visitar el Barrio.

—¿Tenéis alguna otra salida? —le pregunta al portero en recepción—. Quiero decir, alguna que no dé directamente al muelle, o lo que sea.

Es el mismo chico al que le encargó el desayuno el otro día, el mismo bigote.

—Quiero decir que seguro que aquí vienen famosos a hospedarse. ¿Tenéis alguna puerta trasera para ellos?

Él no titubea, ni siquiera pregunta. Solo da un paso para salir de detrás del mostrador y extiende la mano.

—Por supuesto. La puerta de servicio está por aquí.

Después de toda la tensión y el estrés que Yasmine ha ido acumulando, la sencilla amabilidad que él le muestra hace que casi le den ganas de abrazarlo.

Son casi las ocho y media cuando está de vuelta en el Barrio. Si por la mañana el ambiente casi se podía tocar, ahora es puro magnetismo, denso y aplastante como una tormenta que se avecina. En el andén hay grupos de chavales en tejanos y camisetas sin mangas fumando y escupiendo a las vías. Pero esta noche no hay empujones y risas como de costumbre, no hay «¡Ey, *guss!*» ni silbidos. Esta noche los grupitos son globos a punto de petar, ondas expansivas individuales, crepitantes y jadeantes, esperando la descarga y la explosión.

Al pie de la rampa de la plaza se encuentran aparcados los vehículos de los medios de comunicación, reporteros y cámaras llenos de energía y bregando con cables y micrófonos. Y, al otro lado de la plaza, está la *aina*, con sus furgones y cascos, sus cabezas rubias de pelo corto y sus uniformes impecables. «Es como un partido de fútbol», piensa Yasmine. Pero no está claro quiénes son los equipos. No está claro dónde se halla la portería.

En el campo de césped artificial la cosa parece tranquila, solo un par de niños chutando la pelota contra la valla alta. El restallido metálico rebota y resuena entre las casas. Yasmine recuerda el aspecto que traía Fadi cuando era más pequeño y volvía de aquí: la cara roja, la camiseta sudada y sucia, las rodillas peladas y con sangre de tanto caer en el césped artificial. Cómo comía un tazón de cereales tras otro, de pie en la cocina, a punto de salir de nuevo para echar la tarde con los amigos. Jamás le ha parecido tanto un hermano pequeño como entonces.

Se sienta en un banco torcido un poco alejado y se reclina. Hace tiempo de aquello, pero, cuando Yasmine cierra los ojos, las voces de los niños en el campo suenan igual que la de Fadi.

Al final empieza a oscurecer y alguien llama a los niños del campo, es hora de volver a casa, y hay algo en las voces de las madres que hace que obedezcan sin demora. No es una noche para quedarse fuera, no es una noche para no obedecer a tus padres si no eres parte de las sombras, los rateros y los más desesperados.

Yasmine sabe que si hubieran sido ella y Fadi, si ellos hubieran sido los niños esta noche, nadie los habría llamado. Ve la imagen de su madre, sus ojos cansados y su uniforme sanitario del día anterior en el piso oscuro. Piensa que ella nunca los llamó, ella nunca les preguntó ni pidió que entraran en casa. Ella solo seguía trabajando. Solo procuraba que hubiera comida en la mesa, que hubiera ropa en los armarios. Y esa dualidad desgarra a Yasmine. Que su madre nunca estuviera allí para ellos. Que su madre siempre estuviera allí para ellos.

El campo queda desierto y Yasmine baja al quiosco y se compra un café, más que nada para moverse. Con el vaso en la mano cruza entre las casas y los setos mientras la luz se retira: por los tejados de las casas y luego por los campos y los abetos, hasta que la oscuridad, o al menos las sombras, se posa sobre los balcones y los túneles por debajo de las vías. Al final regresa al campo de fútbol, pone la mochila en el banco a modo de cojín, sube las piernas y se prepara para una larga espera.

A medianoche se vuelve a incorporar, nota el cuerpo rígido y pesado. La oscuridad se ha cernido sobre el Barrio, inesperadamente profunda, típica de agosto, y densa como el terciopelo. El aire sigue siendo cálido, pero el verano está a punto de terminar. Dirige la mirada al césped artificial donde ahora se pueden distinguir siluetas negras entre los cuadraditos de la malla metálica. Yasmine trata de contarlas. Quizá una veintena.

De pronto se alza una voz en el campo de fútbol, por encima de todas las demás.

—¡Eh, callaos! ¡Escuchadme bien! ¡Esta noche arrasamos! Van a ver de qué está hecho Bergort, ¿verdad?

Los chicos gritan y silban. Zarandean la valla para hacerla restallar. Yasmine se levanta con sigilo del banco y se mete detrás de unos arbustos, más cerca del campo. Reconoce esa voz. Sabe quién es. Todos esos hilos que aquí se juntan y se separan. Todas esas conexiones e interrupciones. Mira por entre las ramas y hojas del arbusto. Está mayor. Ya no está gordo. Sigue siendo grande, pero ahora parece más atlético. Aunque con la misma voz aguda.

Mehdi.

De la antigua pandilla de Fadi. El actual novio de Parisa.

Debería haberlo entendido, por eso Parisa estaba tan incómoda. Por eso acabó con el gato en la pared del hotel. Mehdi está metido, obvio. Pero ¿por qué tanto drama? ¿Por qué las amenazas y la locura? ¿Por qué gatos muertos y pandilleros tatuados? Y lo que no entiende: ¿qué tiene que ver con Fadi? ¿Qué tiene que ver con nada en absoluto?

—¡Esperad! ¡Esperad, hermanos! —se oye la voz de Mehdi desde el campo de fútbol—. ¡Tenemos aquí a un amigo que nos va a ayudar esta noche, igual que nos ayudó ayer! *Wallah!* ¡Os lo prometo! ¡Esta noche esos cerdos van a pillar!

Otro hombre sale de las sombras del otro lado del campo y se acerca a Mehdi. Yasmine no puede verle la cara porque tiene puesto un pasamontañas, pero lleva los mismos pantalones de chándal azul brillante que el hombre que estaba delante del Lydmar. Se cubre el tronco con una camiseta holgada sin mangas y, en la espalda, subiendo hasta el cuello que queda medio oculto por el pasamontañas, se ven los tatuajes verdes. Ahora todo el mundo los lleva, esos tatuajes, no son nada fuera de lo común, pero es el mismo hombre. Yasmine está segura de ello.

Pero ¿quién es? ¿Qué es esto?

—¡Prestad atención! —dice el hombre del chándal—. ¡Esta noche vamos a envolver todo eso en llamas!

Arroja varios pasamontañas en el suelo delante de sí.

—Poneos esto. Ya habéis visto la plaza, esta noche esto está lleno de televisión y mierdas. No queréis ver vuestra jeta en las noticias de *Aktuellt.*

Los chavales se ríen y se agachan para coger un pasamontañas cada uno, se los enfundan. Y en ese instante se transforman.

El simple gesto de ponerse aquella prenda lo transforma todo. Ya no se ríen ni tampoco se dan empujones. Ya no están aburridos ni sin nada que hacer. Ya no son adolescentes, casi niños.

Con el pasamontañas crecen hasta convertirse en hombres, soldados sin rostro. Ya no son individuos, sino una masa. Ya no son algo que hay que entender y proteger, sino algo contra lo que hay que luchar.

Todos callan en el campo, ellos mismos prendados por la seriedad y la transformación, la emoción crepita a su alrededor, suelta descargas que parecen recorrer la valla que rodea el campo de fútbol, parecen titilar y saltar, azules y rojas entre los huecos de la malla.

—Esta noche no se trata de ningún juego, hermanos —continúa el del chándal—. Esta noche no somos solo nosotros. Esta noche provocaremos el caos no solo en Bergort, sino en todas partes. Todos los hermanos unidos. ¡Más barrios, no solo un Barrio, hermanos!

Los que eran chicos, pero que son ahora una masa, taconean en el suelo y golpean la valla, gritan y saltan.

«Todos los hermanos unidos», piensa Yasmine. Son veinte. Quizá treinta. ¿Cuánta gente vive en Bergort? ¿Tres mil? ¿Cuatro mil? En ese campo de césped artificial no están ni de lejos todos los hermanos unidos. Solo es una panda de tíos que no se quieren ir a casa.

El del chándal saca dos bolsas muy pesadas y las abre. Levanta una botella de vidrio con una mano y un bidón de algún tipo de líquido con la otra.

—Molotovs —dice—. Hay embudo y botellas y tela.

Agita el bidón.

—Y combustible. Solo hay que empezar a montar.

Los hermanos hacen grupos y llenan las botellas. Cuando parecen haber terminado, el del chándal reparte tirachinas de metal, con gomas gruesas, a algunos de los chavales.

—Hacemos como ayer —dice luego—. Vosotros empezáis en el aparcamiento.

Señala a un grupo formado por unos cinco chicos.

—Mínimo cinco coches, *bre* —dice—. Mejor si son más. Cuando llegue la *aina* subís corriendo por el paso elevado. Debajo del puente esperáis vosotros.

Escoge a unos diez chavales.

—Con molotovs. Recibid a esos putos cerdos con una lluvia de fuego, *yao.* Que paguen por toda la mierda que os habéis tenido que comer. ¡Que esos cabrones ardan en llamas!

Ahora los chicos están exaltados, apenas pueden estarse quietos. La excitación se eleva como si fuera vapor que desprenden sus cuerpos.

—Por último —dice el del chándal—, vosotros calentáis el súper Ica.

Señala lo que parecen ser dos mazas grandes que hay en el suelo.

—Petáis los cristales con eso —dice—. ¡Coged lo que queráis y destrozad el garito! Después lo haremos según venga, ¿vale? El hermano Mehdi mantendrá el contacto con los grupos. Comprobad que tenéis su número y haced lo que tengáis que hacer cuando él os lo diga, ¿estamos?

Los que eran chicos, pero que ahora son soldados, golpean el suelo y saltan. Están preparados para esto, preparados para la calle, preparados para las carreras y el fuego, preparados para el caos.

Mehdi dice algo más y después se marchan en grupos, algunos con el pasamontañas puesto, otros se lo quitan para no llamar la atención. Al final solo quedan Mehdi y el del chándal.

—¿Te encargas de esto, *len?* —dice el del chándal.

—Sabes que sí —responde Mehdi—. Todo en orden, hermano.

Se estrechan la mano y el del chándal da media vuelta y desaparece por la otra punta del oscuro campo de fútbol.

Yasmine nota el corazón palpitando y el cerebro molido por la tensión y el desconcierto. ¿Debería enfrentarse a Mehdi ahora? Pero no se atreve a poner en riesgo lo que Parisa tiene que contarle mañana sobre Fadi.

Pero ¿el del chándal? ¿Quién es? Sin tomar conscientemente ninguna decisión, se retira un poco en los arbustos y se aleja agazapada por un lateral, con la mirada clavada en la silueta del hombre del chándal, que desaparece lentamente.

Piensa en la plantilla de la pared, en la advertencia que le ha hecho hace unas horas, delante del Lydmar. No quieren tenerla aquí, no se lo pueden dejar mucho más claro, sean quienes sean. Pero ella ha llegado hasta este punto, se ha atrevido a llegar aquí. Ha visto que él es una especie de líder de las revueltas. Pero ¿quién es? ¿De quién recibe órdenes? Yasmine no piensa dejarlo ahora.

Despacio y con cuidado se oculta agachada tras los arbustos hasta que sale del campo de visión de Mehdi. Entonces se yergue y sigue cautelosa al hombre mientras se aleja y se mete entre las casas.

Se quita el pasamontañas cuando se mete entre los bloques de diez plantas y luego baja hacia los de tres. Yasmine se mantiene tan separada que el hombre no debería notar su presencia si mirara hacia atrás. La imagen de su mano en forma de pistola se repite en su cabeza, pero ella logra apartarla al pensar en Fadi, en que de alguna manera puede que todo esto la lleve hasta él.

El hombre casi ha llegado a la escuela. Los barracones siguen allí, solo que más viejos, más raídos, más asentados por la nieve y el hielo y el sol. El hombre ataja por los arbustos que parecen bolas de nieve donde Fadi solía esperarla cuando eran pequeños, entra en el aparcamiento, donde no hay más coches que un BMW de color azul marino debajo de una farola. Se distingue de los pocos coches de lujo que puedes ver de vez en cuando por aquí fuera, los que pertenecen a algún futbolista que viene a visitar a la familia, o a alguno de los serbios o suequitos que han *limpiado* un furgón blindado. Esos coches siempre son negros, siempre tienen las ruedas cromadas y los cristales tintados, siempre gritan gánster o superestrella. Este es aerodinámico y tranquilo, discreto y anónimo, no privado de cierta discreción.

El del chándal se agacha hacia la ventanilla del conductor y le dice algo a alguien dentro del coche. Desde la otra punta del Barrio se oye una explosión sorda y apagada, un coche al que le han prendido fuego, y el del chándal se vuelve hacia el ruido. Por un instante mira justo en la dirección de Yasmine, ella está justo al comienzo de la cuesta que baja a la escuela, apenas oculta tras la esquina de una casa, a no más de veinte metros de distancia. Por un instante ella cree que él la ve y siente una especie de pánico subiendo desde las lumbares por la columna vertebral.

Pero el hombre se dirige rápidamente de nuevo al coche y dice algo más, antes de introducir la mano. Cuando la vuelve a sacar tiene un sobre, lo abre y saca lo que parece ser un fajo de billetes. Los cuenta deprisa y levanta la mano a modo de despedida antes de abandonar el aparcamiento, de camino al metro.

Yasmine espera, insegura de qué hacer ahora. ¿Debería seguirlo? El riesgo de que él la vea en el andén es grande, él ya sabe qué cara tiene.

Antes de que desaparezca por detrás de los bloques Yasmine oye que el coche del aparcamiento arranca el motor y ve cómo se le encienden los faros. Se vuelve hacia él. A lo mejor ese es el camino hacia delante.

ERG 525.

Teclea la matrícula en el teléfono sin quitar los ojos del coche. Cuando este sale lentamente del aparcamiento le pasa a menos de diez metros de distancia y Yasmine se inclina para mirar dentro. En la tenue luz que arroja la farola ve por un segundo al hombre que lo conduce.

Quizá unos diez años mayor que ella. Rubio, suequito con el pelo repeinado y americana, nariz recta y pómulos altos. Viene de muy lejos, tan lejos que resulta inverosímil, como si fuera ciencia ficción, cuando él gira la cabeza y sus miradas se cruzan por un momento en la luz amarilla. Parece cansado.

Cansado, vacío y asustado.

39

Bergort
Sábado, 8 de agosto de 2015

El Barrio. Todo es como antes. El hormigón y el césped. El olor a abeto, a kebab templado de los quioscos de comida rápida. Cada paso es un paso que ya he dado antes. Nada ha cambiado, aquí nada es nuevo. Nada excepto yo. Ahora yo soy humo y polvo. Cabeza rapada y ropa sucia, noches sin dormir y diez kilos menos. No tengo alas, solo manos temblorosas, e imágenes repetidas de cuerpos sin cabeza, cuerpos sin pies, gemelos, muslos, piernas, cavidades torácicas, brazos, manos. Aquí todo sigue igual. Pero yo solo soy recuerdos de muerte, recuerdos de traición. Solo promesas de venganza.

Estoy sentado en la arboleda detrás de la escuela hasta que cae la noche. Los rumores corren rápido y debo mantenerme a la sombra, debo esperar el momento propicio. Pero, cuando las sombras se alargan lo suficiente entre las casas, me echo la bolsa al hombro y me dirijo al centro. Ahora en la calle solo están los chavales. Gaviotas batiendo las alas y graznando en el parque infantil, tirándose arena y tierra las unas a las otras, saltando y picoteando. Me entristece tanto verlos. Quiero acercarme a ellos, ponerlos en fila y contárselo. Quiero subirme al banco torcido que tienen delante y señalarles mis brazos escuálidos, mi cabeza afeitada. Decirles:

—¡Miradme! ¡Volad lejos de aquí mientras podáis!

Al llegar al bloque de diez plantas me detengo y paseo la mirada por la fachada agrietada y abultada, por las ventanas. Ni siquiera sé qué piso es el suyo, pero sé que está en este bloque.

Saco el móvil y mando el mensaje sin pensar más. Una sola palabra. «Sal».

Después me siento a esperar un poco más abajo en el carril bici, donde no me puede ver nadie desde las ventanas. Y no pasa mucho rato antes de que lo vea salir por el portal, enderezarse y otear el asfalto. Yo me levanto y me quedo quieto. Él entorna los ojos, a lo mejor al principio no me reconoce. Después se me acerca poco a poco, con la cara pálida.

—En serio —dice—. Esto no puede estar pasando.

Se detiene y titubea, se frota la cara con las manos. Cierra los ojos y vuelve a mirar, como si esperara que yo desapareciera, que no fuera más que un filtro ante sus ojos que puede quitar simplemente con sus manos.

Nos quedamos un rato así. Yo no aparto la mirada. Sé lo que está viendo. Una sombra de antaño. Un holograma, trémulo y tan sutil que casi es transparente.

—¿Fadi? —dice al final—. *Brush*, ¿eres tú?

Yo no digo nada, hace tiempo que Mehdi y yo no hablamos. Se ha acercado un poco más y parece asustado, titubea y para, me mira con los ojos entrecerrados, con el cuerpo medio girado, medio preparado para salir por patas.

Yo me limito a asentir con la cabeza, intento sonreír, abro los brazos. Hace tiempo que no tengo derecho a esperarme nada. Él da un paso inseguro hacia mí.

—Estoy flipando —dice—. Hermano… Estabas muerto. Oímos que habías muerto. Todo el mundo pensaba que estabas muerto.

Se queda callado, todavía inseguro, como si yo fuera un fantasma. Intento sonreír de nuevo.

—Pero no lo estoy, *len* —digo—. Muchos otros hermanos sí, pero no yo.

Él me mira con curiosidad, con asombro. Después da otro paso y extiende los brazos, me rodea con ellos.

—Fadi —dice—. Lo juro, creíamos que habías muerto en Siria. Dijeron que había sido un ataque con drones, *bre*. Como en una puta peli, ¿sabes? Estuvieron hablando de ello en internet. Que todos los *shunos* del Barrio habían sido exterminados a la vez junto con un líder del EI.

Asiento en silencio, salto con la mirada.

—¿Tienes tabaco? —digo.

Mehdi permanece inmóvil, solo me mira, aún como si fuera un fantasma.

—Sí, sí, claro… —dice al final, y saca un paquete rojo de Marlboro de contrabando del que vende el Asirio.

Enciendo uno y toso con la primera calada, cojo aire. Hace más de medio año que no fumo, pero ahora todo eso me importa una mierda.

—Fue un ataque —digo—. Muchos murieron, hermanos.

Extiendo una mano, hacia la calle.

—Vamos —digo—. Caminemos, no me gusta estar aquí quieto.

Así cruzamos el asfalto, entre el olor a abeto, atravesamos la infancia y la adolescencia y lo que somos ahora. El parque infantil está a oscuras y vacío e igual de raído que siempre. Nos sentamos en la arena, como cuando éramos críos. La dejamos escurrirse entre los dedos.

—¿Por qué has vuelto a casa? —dice Mehdi—. Estabas tan *haddi*, hermano, con barba y todo. ¡Barba de pelusa!

Se ríe y hace tiempo que yo no oía reír a nadie, así que también me río y me sorprende cómo suena, agudo y torpe y en absoluto parecido a mí, así que vuelvo a guardar silencio.

Él me mira, se inclina hacia delante como para estudiar mi cara, y es tan desconsiderado que me echo para atrás.

—Joder, estás delgado, *len*. Y ¿tus ojos? Mierda, pareces un muerto. A lo mejor sí que eres un fantasma, a pesar de todo.

—Solo he vuelto a casa por una razón —señalo en voz baja—. Una sola razón.

Vuelvo a mirarle a los ojos, le atrapo la mirada.

—He vuelto a casa para matar a los hijos de puta que nos traicionaron —digo.

No hace frío, pero aun así tirito en mi ligera ropa cuando se lo cuento todo a Mehdi. Los falsos hermanos, el viaje hasta allí. Los hermanos auténticos en la arena roja, el hermano Tariq. Sus cabezas y torsos y pies desgarrados. El zapato con una tibia dentro. Todo.

—Joder —dice Mehdi—. ¡Joder! Es como una puta película, ¿eh? Solo que tú estabas en ella.

«Una de terror —pienso yo—, una pesadilla».

—Y ¿dónde vas a vivir? ¿Con tus padres?

Niego con la cabeza.

—Tengo que pasar desapercibido. Todo el mundo piensa que estoy muerto. Ellos también. Debe seguir siendo así. Tengo que ser un fantasma, *len*. Has de prometérmelo, ¿vale? Que puedo ser un fantasma. ¿Sabes? Nos criamos juntos. Después se fue todo a la mierda. Sé que os delaté a todos. Sé que jamás os pedí perdón. Pero te lo pido ahora, hermano, ayúdame con esto.

Mehdi me pone una mano en el hombro y se inclina hacia mí.

—*Fo sho* —dice—. Estoy aquí para ti, hermano.

Se queda callado y parece que se queda pensando.

—A lo mejor tú me puedes ayudar también con una cosa.

40

Estocolmo
Viernes, 21 de agosto de 2015

La calle Tegnérgatan ya está caliente y llena de polvo incluso ahora, cuando no son ni las ocho de la mañana. El tráfico es constante y tranquilo, los cochecitos de niño están saliendo por los portales fin de siglo. Apenas ha tardado unos
minutos en dar con el número 10 y desde hace media hora permanece plantada bajo un rayo de sol al otro lado de la calle, esperando mientras se toma un café caliente en un vaso de cartón
que se ha comprado por el camino.

Hallar al conductor del coche que vio ayer en Bergort había resultado más sencillo de lo que se había imaginado. O más
sencillo y más difícil al mismo tiempo. Buscó en Google la manera de saber a nombre de quién está registrada una matrícula.
Encontró la página, introdujo el número de la del coche en el
que iba el burgués bohemio. El único contratiempo era que estaba registrado a nombre de una empresa. Merchant & Taylor.
Algo así como una agencia de relaciones públicas, en la web no
quedaba claro a qué se dedicaban. «Creamos el clima para el
cambio», ponía en la versión sueca, parecía que estaban estable-
cidos en todo el mundo.

Pero una de las cosas de las que, por lo visto, se enorgulle-
cían más era del aspecto de sus trabajadores, porque había fotos

y nombres colgados en la página y la oficina de Estocolmo solo tenía tres tíos más o menos de la edad del que iba en el coche. Todos burguesitos, dientes blanqueados y tez alisada. Jugadores de golf, navegantes de vela, lo que fuera. Pero Yasmine supo en el acto cuál de los tres era. Lo reconoció por sus ojos asustados, que no podía ocultar ni en aquella foto en la que se suponía que debía mostrar tanta confianza en sí mismo.

George Lööw. Jurista, por lo visto. Especializado en «Relaciones gubernamentales» y «Movilización de intereses». Fuera lo que eso fuera. A la mierda. Yasmine solo estaba interesada en su dirección, que no tardó ni un segundo en localizar introduciendo el nombre en Google.

Cierra los ojos y se mesa el pelo.

—¿Cómo coño estás tú metido en esto, Fadi? —murmura para sí.

Cuando vuelve a abrir los ojos ve a George Lööw saliendo del portal del número 10. Es un auténtico yupi, traje oscuro y pelo rubio brillante. Camisa blanca con los dos primeros botones desabrochados, lo que hace que se puedan intuir unos pectorales bien entrenados por debajo. En el bolsillo del pecho lleva un pañuelo de topos rojos metido de cualquier manera.

—Lobo de Wall Street —murmura Yasmine entre dientes.

Se separa de la pared y empieza a seguirlo sin prisa en dirección a la calle Döbelnsgatan.

George Lööw camina a paso ligero hacia el centro; Yasmine a veces tiene que corretear para que él no coja demasiada ventaja. Pero es alto y resulta fácil seguir los saltitos que da su madeja de león mientras bordea el frondoso cementerio de Johannes.

En el cruce de la calle Malmskillnadsgatan, Lööw se detiene y se mete en un pequeño quiosco. Yasmine hace un alto y espera en la acera guardando unos metros de distancia, insegura y sin saber qué hacer; pero pasado algún minuto George Lööw vuelve a estar en la calle con un paquete compuesto por, por lo que parece, los cuatro grandes periódicos en la mano. Yasmine nunca había visto a nadie comprar tantos periódicos de una sola vez. Los ojos de Lööw vuelan sobre la portada del *Aftonbladet*, antes de doblarlo para mirar la del siguiente y la del siguiente.

—Joder —le parece a Yasmine oírle decir.

Las portadas de todos los periódicos están ocupadas por imágenes de coches en llamas, chicos encapuchados y policías sin rostro. Bergort por todas partes, las revueltas tan repentinas e intensas que la clase media no puede quitarles los ojos de encima. Lööw aligera el paso calle abajo y Yasmine lo sigue con calma. De repente él aprovecha una pausa en el tráfico y cruza la calle justo antes del puente que convierte la calle Malmskillnadsgatan en la calle Kungsgatan. Yasmine titubea un segundo, pero luego le sigue los pasos, quizá diez metros más atrás.

Al otro lado de la calle hay un contenedor amarillo y él desaparece tras este, haciendo que Yasmine lo pierda de vista. Es como si de repente se lo hubiera tragado la tierra. ¿Se ha metido en algún portal? Lo único que ella puede ver son bloques de oficinas. Pero ningún burguesito. ¡Mierda! ¿Dónde está?

Pero entonces cae en la cuenta: las escaleras que bajan del puente a la calle Kungsgatan. Corre hasta ellas y descubre a Lööw a mitad de las mismas. Empieza a bajar.

Al final de las escaleras lo ve torcer a la izquierda. Hay bastante gente en la calle y Yasmine baja los últimos escalones de dos en dos para no perderlo de vista otra vez. Él avanza tranquilo bajo el puente, Yasmine está ahora a tan solo cinco metros. Cuando él sale al otro lado, vuelve a girar a la izquierda y se mete en un portal que parece llevar al interior del estribo del puente que cruza la calle Kungsgatan. Yasmine dobla el cuello y sube con la mirada por el edificio. El portal no da directamente al interior del puente, sino a uno de los dos bloques antiguos que hay a ambos lados de la calle y que parecen versiones pequeñas de los edificios de Gotham, «como los antiguos rascacielos en Tribeca», piensa, si bien solo tienen una tercera parte de su altura. Las Torres Reales, recuerda de pronto. ¿Es así como se llaman? No son rascacielos, pero deben de albergar más de diez plantas.

Titubea un instante. Si lo ha seguido hasta aquí, bien puede llegar hasta el final. Sin pestañear, Yasmine corretea hasta el portal y lo empuja antes de que pueda cerrarse tras la entrada de Lööw.

El vestíbulo está oscuro y los ojos de Yasmine tardan un segundo en acostumbrarse y ver que Lööw se encuentra dentro de un ascensor antiguo de madera gastada y espejos. Él va a cerrar la puerta, pero, cuando la ve entrar en el vestíbulo, se detiene y abre esta de un empujoncito.

—¿Subes? —dice.

Primero parece molesto, como si en realidad no quisiera ofrecerle un sitio en el ascensor y algún tipo de tácita cortesía lo obligara a ello. Yasmine nota una repentina ola de estrés. ¿Qué se hace ahora? Cuando la persona a la que estás siguiendo de repente te habla.

—Bueno… —dice titubeante, y da un par de pasos inseguros hacia el ascensor.

—¿No sabes adónde vas? —dice él.

La irritación parece haberse esfumado, ahora que él ha podido echarle un vistazo. La ha cambiado por una sonrisa coqueta y segura de sí misma. Yasmine reconoce esa sonrisa. Está en todas partes, tanto en el Barrio como en Östermalm. Tanto en Nueva York como en Tokio. Piensa en las frases torpes y explícitas de ligoteo de Joey en *Friends* en las interminables reposiciones de la serie vistas con Fadi por las tardes: «Eeh, ¿cómo va eso?».

Por una vez en la vida, podría jugar en su favor.

—Sí, sí —miente, y le devuelve la sonrisa—. Pero ¿adónde vas tú?

Casi puede oír a Lööw chascar la lengua por la satisfacción que le produce que ella le siga el juego.

—Planta quince —dice—. ¿Más arriba o más abajo?

Desliza los dedos por los botones y ella lee lo más rápido que puede las placas de latón con los nombres de las empresas que hay en el ascensor. «Más arriba», piensa. Así a lo mejor puede ver adónde va él cuando se baje. En la dieciséis hay algo que se llama Stocktown Pictures. Puede ser cualquier cosa.

—Dieciséis —responde.

George aprieta el botón y el ascensor empieza a ascender con un traqueteo metálico. Yasmine mira la planta quince en la placa de latón. Dos nombres de empresa. En la placa aparece grabado el nombre de un bufete de abogados y, a su lado, otro nombre impreso en un trozo de papel, pegado con celo.

Stirling Security, lee. Le resulta familiar, pero no sabe decir de qué le suena.

—¿Eres abogado? —pregunta, y hace lo mejor que puede para parecer impresionada y sumisa.

Lööw endereza la espalda y carraspea.

—No exactamente —dice—. Soy jurista. Pero me dedico a las relaciones públicas, se podría decir.

—Ah, ya, pensaba que ibas al bufete de abogados ese —dice Yasmine y señala la placa de latón.

—No —dice Lööw—. Podría haber sido, pero voy a la otra empresa, uno de mis clientes.

Le guiña un ojo. A Lööw le brilla la mirada, pero Yasmine también puede ver algo más ahí dentro, algo que parece un profundo estrés. Hay algo bajo esa fachada impoluta, es evidente. Tiene unas arrugas sorprendentemente marcadas en la frente y sus ojos están ligeramente enrojecidos. Al mismo tiempo, no puede dejar de ligar con ella. Los *shunos* son iguales en todas partes.

El ascensor se detiene con un breve restallido y los periódicos crujen bajo el brazo de Lööw cuando este se pelea con el complicado cerrojo de la puerta de rejilla del ascensor.

—Adiós —dice, y le arroja una última sonrisa.

No es un buen momento, Yasmine lo sabe incluso antes de abrir la boca, pero hay algo en aquella sonrisa y en ese rostro inseguro y presionado, algo en los periódicos que lleva bajo el brazo, que hace que no pueda contenerse:

—¿Por qué le pagas a gente en el Barrio para generar caos?

Lööw ya ha salido del ascensor cuando ella lo dice y sus palabras hacen que pare en seco, un león joven y hambriento abatido en mitad del salto por un sedante.

Da media vuelta, se le caen dos periódicos al suelo y tiene que agacharse para recogerlos. Ella bloquea la puerta del ascensor con un pie. Lentamente, Lööw se incorpora y se le acerca. La sonrisa se ha borrado por completo, ahora es otra persona, ni rastro de la de hace tres segundos, pero no la amenaza, solo está asustado.

—¿Quién eres? —susurra cuando está pegado a ella.

—¿Son esos los que pagan por los disturbios? —dice Yasmine, y señala a la insignificante puerta donde han pegado un cartelito con el logotipo rojo de Stirling Security.

—Escúchame bien —responde cortante Lööw—. No tengo la menor idea de lo que estás diciendo.

Lanza una mirada nerviosa por encima del hombro. En el zaguán, abajo del todo, se oye abrirse el portal, pasos sobre el mármol. Después alguien parece llamar al ascensor, pero no pasa nada puesto que ella lo tiene bloqueado en la planta quince.

—Ahora tengo una reunión —continúa él—. Y los que acaban de entrar allí abajo deben de ser ellos.

Ella permanece en el sitio y oye cómo los de abajo aprietan el botón para llamar al ascensor mientras ella pesca el móvil de su bolsillo y abre la galería de fotos de anoche. Sin ninguna prisa, le muestra una imagen en la que Lööw le entrega un paquete al *shuno* de los tatuajes.

—Esto es de anoche, capullo —dice—. Tu coche, *len.*

Abajo, alguien sigue apretando con fuerza el botón del ascensor. Lööw traga saliva y se queda pálido.

—Esto no puede estar pasando —resopla—. Mierda, mierda, mierda.

Clava la mirada en Yasmine.

—¿Eres periodista?

Ella niega con la cabeza.

—Solo estoy buscando a alguien —dice—. Alguien que está metido en esto. Tú me la sudas, *George Lööw.*

Él da un respingo cuando oye su nombre. La desazón de que él no sepa nada de ella, mientras ella parece saber un montón sobre él.

—Pero, si no hablas conmigo, tendrás a todos los periodistas que quieras persiguiéndote, *bre.* ¿Te enteras? Mandaré la foto a su departamento de chivatazos y luego se te acabó el juego, amigo.

Señala con la barbilla los periódicos que George tiene apretados contra el pecho a modo de escudo.

—En serio —susurra él—. No podemos hacer esto. Aquí no. Ahora no. Esto no es lo que parece, ¿de acuerdo?

Tiene pequeños espasmos en un ojo, un tic de estrés y algo más, algo más profundo. Miedo.

—Pues ¿cuándo?

—Dame hasta mañana, ¿vale? Déjame tu número.

Yasmine se queda mirándolo.

—¿Estás de broma? —dice—. Un sitio y una hora. Pronto.

—Vale, vale —contesta él—. Pues las escaleras de la Biblioteca de Estocolmo a las nueve.

—No llegues tarde —dice ella, y por fin deja que se cierre la puerta—. Recuerda que hoy te he encontrado. Así que te volveré a encontrar.

Y con ello el ascensor baja al vestíbulo oscuro.

Cuando Yasmine llega hay un hombre bajito con traje liso de color azul marino esperando el ascensor. Rondará los sesenta, tiene la coronilla calva y una corona de pelo rapado. Hay algo esbelto en su cuerpo, como si fuera muy ágil, un gimnasta o un luchador profesional. Sus ojos son fríos y verdes, tan intensos como indiferentes, como los de un dragón.

—¿Por qué bloqueas el ascensor? —dice en inglés con un fuerte acento eslavo.

—*Sorry* —responde Yasmine, y aparta la mirada cuando pasa por su lado.

¿Es él con quien ha quedado Lööw? ¿Trabaja en Stirling Security? En ese caso, entiende los espasmos y tics en los ojos de Lööw.

Se siente aliviada al salir a la mañana de verano de fuera. Hay un Mercedes negro subido a la acera. Parece tan malo e impasible como el hombre del ascensor. Yasmine observa que tiene una matrícula inusual. Azul y con una combinación de letras y cifras diferente a la sueca. DL012B. Saca el teléfono y la teclea. ¿Cómo coño puede Fadi estar metido en esto? Nota que su desesperación crece.

A lo mejor no es más que una vía muerta.

41

Londres
Viernes, 21 de agosto de 2015

Son casi las diez y media cuando Klara sube la escalinata de la entrada del instituto en la calle Surrey Street. Siente las piernas igual de pesadas que la cabeza. Parece como si solo tuviera recuerdos inconexos del día de ayer. Solo destellos breves de una copa tras otra en el pub mientras esperaba delante de lo que resultó ser la casa de Patrick. Después, los dos hombres. Siente una especie de abismo que se abre en su interior. ¿Por qué había estado tan segura de que seguían a Patrick? Habían aparecido en el momento oportuno, de acuerdo. Pero en verdad no había nada que apuntara a que lo estaban siguiendo a él. Nada, excepto la paranoia y demasiadas copas de vino. Nada, excepto una esquirla de intuición clavada muy hondo y que se niega a salir.

Luego los destellos de la cara pálida de Patrick en las vías. Sus ojos inertes, abiertos, vacíos. Destellos del agente de policía que le insinuó que estaba borracha. Klara cierra los ojos, llena de arrepentimiento y culpa. Se había emborrachado. Mucho. ¿Era por eso por lo que Patrick estaba muerto? ¿Habría hecho algo diferente si no se hubiese tomado aquella última copa de blanco?

—No, no, no… —susurra, y empuja la pesada puerta—. ¡No, no, no!

La puerta abierta que da a Surrey Street genera una corriente propia y Klara la cierra a su paso con un estruendo.

En el descansillo frente a la puerta de Charlotte alguien ha colocado una mesa con un pequeño ramo de lilas y una vela encendida; la llama titila suavemente con la corriente de aire que se cuela por la ventana mal aislada. Hay una tarjeta abierta delante de la vela y Klara puede ver que cuatro de sus compañeros ya han escrito sus condolencias para la familia de Patrick. Titubea un momento y luego se acerca a la mesa y coge el sencillo bolígrafo azul, pero hay algo que la frena. Algo dentro de ella que chapotea y tiembla y Klara se siente inestable. Las imágenes de Patrick en la vía. Tiene que agarrarse a la mesa para no perder el equilibrio.

—¡Klara! —se oye la voz de Charlotte a sus espaldas—. Supongo que ya te ha llegado la terrible noticia.

Klara se da la vuelta y ve a Charlotte en el umbral de la puerta de su despacho. Parece cansada, con los ojos hundidos, casi transparente, con la melena grande y rizada sin recoger, suelta y oscilante a su alrededor como si de una aureola se tratara.

Klara se limita a asentir con la cabeza y se queda muda en el sitio. Quiere contarle lo de ayer. Lo del ordenador y los hombres con cazadora de cuero y Patrick en la vía. Pero recuerda la voz de Charlotte en la comida cuando ella le mencionó Stirling Security, y de pronto está tan asustada. Todo parece venírsele encima de golpe y le centellean los ojos.

—¿Cómo estás, Klara? —dice Charlotte.

Su voz está cerca de su oreja y nota la mano en el hombro, el pelo de Charlotte sobre su mejilla. Klara gira la cara para que Charlotte no perciba los restos de olor a alcohol en su aliento.

—Estoy bien —dice con voz queda—. Estoy bien.

Abre los ojos lentamente.

—Pero me parece una locura.

Charlotte asiente en silencio y le busca la mirada.

—¿Quién lo habría dicho? —dice—. Quizá siempre sea así, pero aunque fuera un tipo especial no parecía que estuviera deprimido.

—¿Por qué iba a estar deprimido? —replica Klara, y se cruza con la mirada de Charlotte.

Tiene una fachada de compasión. Pero por debajo se intuye un abismo gélido y sin fondo.

—Klara —dice Charlotte, y la coge suavemente del brazo—. La policía me ha contado que han encontrado una carta de suicidio impresa en su casa.

—¿Impresa?

Charlotte se encoge de hombros.

—Yo qué sé. Es lo que han dicho.

—¿Impresa con una impresora o qué?

—Sí, eso me han dicho, pero eso no es lo importante.

Una ráfaga de aire frío la atraviesa de pronto y Klara se vuelve a quedar de piedra. Si Patrick no usaba ordenadores, ¿por qué iba a escribir su carta de suicidio en un ordenador?

—Pero, por muy mal que suene —continúa Charlotte—, no podemos dejar que esto nos distraiga. Mañana nos vamos a Estocolmo. El informe está listo. En eso es en lo que nos debemos centrar ahora. Todo lo demás lo tendremos que dejar para cuando volvamos. ¿Tú también lo tienes claro?

«¡No! —le gustaría gritarle a Klara—. ¡No está nada claro! ¡Esto es una auténtica locura! ¡Tú te comportas de forma extraña y alguien acaba de morir!».

Pero no lo hace. Solo puede asentir con la cabeza.

—Haré todo lo que pueda.

Se detiene en el descansillo delante del despacho de Patrick y espera hasta que oye a Charlotte cerrar la puerta de su despacho en el piso de abajo. Necesita saber a qué se estaba dedicando ahí dentro. Por qué le cogió el ordenador. Qué es Stirling Security y por qué Charlotte tiene un comportamiento tan extraño. Y, sobre todo, por qué murió Patrick.

Respira hondo, se acerca a la vieja puerta de madera y aprieta la manilla.

Para su gran asombro, la puerta no está cerrada con llave, sino que cede con un chirrido de los goznes. Despacio, para que el ruido no la delate, la abre del todo. Las persianas están bajadas y el despacho, en penumbra, como siempre. Klara da un paso para cruzar el umbral y aguza el oído por si Charlotte o cualquier otra persona suben por las escaleras.

Cuando se ha asegurado, enciende la lámpara del techo y se vuelve hacia la pizarra blanca en la que Patrick había trazado su mapa mental. Pero está vacía y relucientemente blanca a la luz de la bombilla.

Klara se pone justo delante. La pizarra parece nueva, no se ve ni una raya ni un solo punto. Pasea la mirada por el escritorio y ve que también está vacío. Ni una libreta, ni una hoja de papel. Ni siquiera un pósit. El martes pasado la mesa se arqueaba bajo las diligentes y claramente organizadas pilas de papel de Patrick.

Cuando se gira hacia la estantería ve que ahora está llena con libros de Patrick sobre derechos humanos. Pero las carpetas que habían ocupado como mínimo dos baldas han desaparecido.

Klara recuerda haber leído que las personas que han decidido suicidarse suelen procurar arreglar sus asuntos antes de ejecutar el plan. Esa debía de ser la explicación de Charlotte.

Pero está segura de que esto no es obra de Patrick.

42

Bergort
Domingo, 9 de agosto -
Domingo, 16 de agosto de 2015

Espero hasta que abren las tiendas, luego bajo al centro y robo ropa nueva, tejanos y camisetas, zapatillas nuevas y una gorra de los Lakers. En Gallerian me probé primero una gorra negra con NY impreso, pero tuve que soltarla, me vi sorprendido por un torrente de recuerdos tuyos. Cómo piensas en mí ahora, cómo tú, igual que todos los demás, te crees que estoy muerto y lo triste que eso me pone, lleno de culpa, pero al mismo tiempo tan furioso. Pero no sé qué hacer al respecto. En cierto modo parece como si estuviera muerto, como si mi cuerpo solo fuera cáscara y una fina carcasa, deshabitada y hueca. Como si mi consciencia fuera débil, como si apenas funcionara, y solo estuviera programada para una cosa: mi misión, el único motivo que tengo para vivir.

Cada noche estoy con mi ropa nueva, con mi nuevo y frágil cuerpo, mi cabeza y barbilla rapadas, a la vuelta de la esquina del piso del hermano Dakhil, donde nos encontrábamos con los hermanos casi a diario hace lo que ahora me parece una eternidad, en otra vida, en otro mundo, en otro cuerpo.

Los veo ir y venir. Veo a Dakhil y su barba roja y mullida, al hermano Tasheem, al hermano Taimur. Pero no a al-Amin.

No sé muy bien qué estoy haciendo. A lo mejor les estoy haciendo un seguimiento, a lo mejor estoy buscando el momento adecuado para dar el golpe. Quizá solo esté reuniendo coraje o buscando mi propio fondo en lo más profundo de mi odio. ¿Y cuando haya encontrado ese fondo? ¿Cuando haya terminado de observar los movimientos de mis traidores?

¿Qué haré entonces?

Toda su charla. Las veces que rezamos juntos y el día en que lloramos cuando perdimos Kobane. Cuando maldijimos las bombas de los americanos y el ensañamiento de los kurdos. Lo mucho que nos alegramos con los avances en al-Hasakah y el ímpetu de cuando los combatientes se iban acercando cada vez más a Alepo.

Lo orgullosos que estaban cuando al fin me pude ir.

—Lo peor ya ha pasado, después de lo de Kobane —dijeron—. Los kurdos son fuertes, pero en Hasakah son los hombres de Al Asad. Y están cansados. *Inshallah*, saborearás la victoria, hermano.

Todo una sarta de mentiras. Todo mera pantomima. Todo para aniquilar a sus propios hermanos.

Así que cuando haya terminado de espiarlos, cuando haya recobrado el valor, ¿qué haré entonces?

Aniquilarlos.

Por las noches duermo en un pequeño cuarto para la limpieza al lado del de las basuras en el sótano del edificio de Mehdi. Es ese tipo de espacio del que siempre hay alguien que tiene la llave. Un sitio parecido a aquellos en los que nos emborrachábamos de pequeños o dormíamos cuando nos habían echado de casa o estábamos demasiado jodidos para volver a ella. Pero ahora Mehdi es mayor aquí, tiene controlados a los chavales y es el único que guarda esta llave, así que nadie me molesta mientras estoy tumbado en el colchón, a oscuras, envuelto en un saco de dormir sintético que robé junto con las zapatillas blancas de baloncesto en una tienda de deportes. Mehdi me consigue restos de comida y a veces vamos al McDonald's juntos, pero no en el Barrio, no en nuestra casa, sino a algún otro sitio, donde nadie me conoce ni a mí ni a aquel que fui un día.

Pasan algunos días. Hoy Mehdi libra y hemos bajado al lago en un pequeño Mazda cochambroso que le han prestado. Son unos días calurosos y nos hemos alejado de los pantalanes y la calita, de los chavales y el ruido, nos hemos metido en el bosque, descalzos, y la pinaza nos penetra la planta de los pies como agujas. Estamos sentados en el saliente de una roca al lado de un hoyo que solíamos usar de barbacoa.

—Joder, ¿te acuerdas? —dice Mehdi—. ¡Aquí fue donde te liaste con Aisha!

Él se ríe y se golpea los muslos.

—Joder, hermano, en serio, ¡no era nada guapa! ¡Pero no veas lo caliente que estabas, *brush!* ¡Como un animal! ¡Un puto conejo, *len!*

No puedo evitar sonreír yo también. Hace tanto tiempo. ¿Qué teníamos? ¿Trece?

—*Khalas!* —digo—. Calla, era bonita, hermano.

Mehdi niega con la cabeza y la risa se diluye y nos quedamos un rato en silencio en el calor. Después él se vuelve hacia mí.

—¿Recuerdas que te dije que podríamos ayudarnos el uno al otro? —dice.

Me quedo mirándolo, entorno los ojos al sol, asiento en silencio.

—Claro —digo—. Lo que sea, *brush.* No estaría aquí si no fuera por ti.

Mehdi se me acerca un poco. Se pone en cuclillas a mi lado, para poder susurrar.

—Sabes que se está cociendo algo en el Barrio, ¿no? ¿Lo has visto? ¿El símbolo que está pintado en todas partes? Puedes percibirlo en el aire, ¿verdad?

El sol me calienta y relaja la cara y me hundo un poco más en el hoyo, me recuesto en las piedras y la pinaza. Es verdad, ahora que lo dice, ya he visto lo que han pintado en el hormigón, por todas partes, y lo he visto en los ojos de los chavales, los he oído mascullar y crepitar cuando iba de camino al sótano por las noches. Sin embargo, al mismo tiempo estoy tan sumido en mi mundo que no le he dado mayor importancia, solo lo he observado, nada más.

—Claro —contesto—. He visto que hay algo en marcha, desde luego.

Mehdi asiente fervoroso con la cabeza.

—Bien, bien —dice—. Ya sabes, a veces pasa. Algo pasa. *Aina* maltrata a algún tipo o alguien muere. Y todo el Barrio se vuelve loco, ¿verdad? Nosotros también lo hemos hecho, ¿no, hermano?

Asiento y recuerdo que era un verano caluroso, hará como cinco años, y que el Barrio estalló durante dos noches. La *aina* vino con sus malditos escudos y porras y mierdas, pero no tenían ninguna posibilidad, éramos mercurio y agua, siempre encontrábamos otros canales por los que deslizarnos todo el rato. Pero ya no recuerdo por qué, ni cómo empezó ni terminó todo.

—Pero esta vez es distinto —continúa Mehdi—. Esta vez está *planeado*. ¿Entiendes? Contamos con la ayuda de algunos que conocen esta mierda, algunos que quieren ayudarnos a empezar una guerra en toda regla. Empezamos con esto, los símbolos. Psicología, hermano, levantamos expectativas, miedo, ¿verdad?

Me encojo de hombros.

—Si tú lo dices, *len*.

—Y luego la cosa arranca. ¡Al cien por cien, hermano! No solo nosotros, los demás barrios también. ¡Una puta guerra! Y tú nos puedes ayudar, *ghost!* Solo puedes salir de noche. Lo mínimo que puedes hacer es pintar el símbolo por todas partes de noche, ¿no?

Recuerdo lo que se sentía al empezar así. Recuerdo lo embriagador que era. La idea de participar, de devolvérsela con los hermanos. Hacer pagar por cada jodido porrazo y estrangulamiento, por cada noche en la celda, cada tarde perdida en la parte trasera del furgón. Hacer correr por fin a esos cerdos, desconcertarlos y ponerlos a la defensiva. ¡El poder que había en ello! Enseñarles el poder del Barrio.

Pero ahora no siento nada de eso. Solo vacío. Solo un sinsentido que vibra y doblega los pinos por encima de mi cabeza, ahuyenta la luz del sol y amenaza con oscuridad. ¿Unas cuantas piedras contra la *aina*, cuando los hermanos mueren a miles? ¿Unos cuantos coches ardiendo cuando los hermanos son reventados en mil pedazos por drones? No es nada, menos que nada. Pero se lo debo a Mehdi. A pesar de todo, he podido contar con él, así que me obligo a sonreír.

—De acuerdo, hermano —digo—. Haré pintadas para ti, no hay problema.

De vuelta a Bergort oscurece por el camino y Mehdi sigue dando el coñazo con su maldita revuelta, lo potente que va a ser. Me dice que van a llenar todo el Barrio con un símbolo que me enseña: un puño dentro de una estrella. Que eso va a hacer que todo el mundo empiece a preguntar y a temer lo que está pasando, que es todo confidencial, que solo hay un par de *shunos* que lo pueden saber. Y me endosa unas cuantas plantillas del símbolo y algunos botes de espray.

Cuando estamos de nuevo en el Barrio, reina la oscuridad y las farolas brillan amarillas y pálidas en el entorno gris. Le pido a Mehdi que me deje delante de nuestra antigua casa y él me mira sin entender cuando se detiene y yo me bajo con mi pesada bolsa de nailon.

—¿Qué coño vas a hacer aquí, hermano? Pensaba que ibas a mantenerte escondido.

—Están durmiendo —respondo, y echo un vistazo a las ventanas negras.

—¿Qué llevas en la bolsa? La vas arrastrando como si fueras una mula. Tiene que ser importante.

Titubeo un segundo, pero no logro resistirme. No puedo aguantar el impulso de abrir la bolsa delante de Mehdi. Mostrarle que la cosa va jodidamente en serio. Así que dejo la bolsa en el asiento del acompañante y tiro de la cremallera con cuidado. Él se inclina por encima y sus ojos se abren tanto que por un momento creo que le van a saltar de la cara.

—Pero ¿qué cojones, hermano? —exclama—. ¿Qué cojones?

—Ahora va en serio —digo, y levanto la pistola, fría y pesada en mi mano—. Ojo por ojo, hermano. Los que me engañaron van a pagar por ello.

Él asiente en silencio con gravedad mientras yo me meto la pistola en los pantalones y cierro la bolsa.

—Esconderé aquí el kalash —digo—. No hay sitio más seguro, *bre*. Si quieres, puedo enseñarte a disparar la pipa.

El piso está a oscuras y en silencio, si no trabajan se acuestan temprano. La bolsa de nailon azul celeste es pesada y me roza el hombro cuando cruzo el pasillo a hurtadillas. Noto que el aire denso y encerrado me llena los pulmones. Han pasado varios meses desde que estuve aquí por última vez. Parece como si fuera otra vida.

Podría haber escondido las armas en el bosque, igual que antes escondíamos toda la mierda que queríamos. Podría haber cavado un hoyo y cubrirlo con pinaza y hojas. Allí habrían estado a salvo, quizá incluso más que aquí.

¿Qué es lo que me empuja hasta aquí? ¿Es la seguridad que infunde el pasado? ¿O la vaga esperanza de que se entreabra una puerta? ¿Que se encienda una lámpara y se oigan unos pasos amortiguados en el dormitorio? ¿Voces susurrantes preguntándome qué hago aquí, qué llevo en la bolsa? Un enfrentamiento que me obligaría a mirarme con sus ojos.

Me quedo quieto en el pasillo y aguzo el oído. A lo mejor habría bastado con eso. A lo mejor habría bastado con un rayo de luz, un paso silencioso, una voz preguntando. A lo mejor habría bastado para no tener que hacer lo que debo hacer.

Nuestra antigua habitación tiene el mismo aspecto que cuando la dejé atrás, solo que más limpia. Sin hacer ruido, tiro de mi viejo colchón y aplasto el contenido de la bolsa, la meto en el hueco de debajo de la cama donde he escondido tantas otras cosas en el pasado. Pero esta será la última vez.

Al salir al pasillo me detengo. Me quedo como petrificado, el pelo de mi nuca se eriza. Juraría que he oído un ruido al otro lado del salón. Juraría que algo ha crujido o pitado.

Me vuelvo despacio. El salón está oscuro, casi negro tras la pantalla de cortinas siempre corridas. La puerta de su dormitorio está cerrada. Me esfuerzo y escucho de nuevo con atención. ¿No estaba antes la puerta un poco entreabierta? Permanezco inmóvil, inseguro sobre qué hacer, con el corazón palpitando con fuerza. Pero no se oye nada más. Solo el sonido de algún ventilador, el zumbido apenas perceptible del extractor con humedades de debajo del edificio. Me quedo así hasta que me da un calambre en un gemelo y entonces me giro lentamente, camino con sigilo hacia la puerta y vuelvo a salir a la noche gris y cálida.

En el carril bici de fuera me detengo, lleno a partes iguales de alivio y decepción. Nadie me ha visto, el plan se mantiene intacto. En esto es en lo que se ha vuelto la vida ahora, por esto es por lo que vivo ahora, con esto es con lo que vivo.

43

Bergort
Viernes, 21 de agosto de 2015

El sol de mediodía está muy alto. El cielo, azul y vacío sobre los diez coches quemados en el aparcamiento. Esquirlas de cristal en el asfalto y las ventanas reventadas en la tienda del Asirio. Él mismo está allí ahora, delante, con una escoba en la mano y la mirada sombría y enfadada, los labios murmurando y balbuciendo.

—Putos niñatos. Putos niñatos.

Yasmine ve las miradas vacías y cansadas en todas las personas con las que se cruza. Son sus coches los que han sido destrozados en el aparcamiento. Su súper Ica en la plaza el que ha sido calcinado, sus hijos los que ya no se atreven a salir por las tardes, apenas durante el día. Y en todas partes la pintada del puño rojo y la estrella. En todas partes la sensación de amenaza, de asedio, de cuenta atrás para el caos.

Yasmine continúa hacia el centro. La pistola le roza un poco en las lumbares, pero se sorprende de la velocidad a la que se ha acostumbrado a llevarla. Después de lo del matón aquel delante del Lydmar incluso le ha puesto un cargador.

Ha pasado medio día desde la última vez que estuvo por aquí, pero, aunque los destrozos de la noche sean evidentes, se sorprende de lo diferente que está todo, la normalidad de ahora.

Escaparates rotos en el Ica, paquetes de leche reventados sobre el cemento sucio y a cuadros blancos y negros. Pero, aun así, todo muy lejos del caos que experimentó anoche. Nada comparado con los gritos y el fuego y las carreras de los chavales sin rostro perseguidos por policías sin rostro.

En la plaza hay dos coches de policía a las puertas del Ica, un furgón y un coche patrulla normal y corriente, y hay cuatro polis apoyados en la pared de chapa en mangas de camisa y con vasos de cartón del quiosco Pressbyrån en las manos y las gorras subidas en la frente. Ahora hacen lo mejor que pueden para parecer inofensivos, como si no tuvieran nada que ver con las sombras oscuras que anoche corrían en líneas rectas por todo el Barrio. Pero hagan lo que hagan siguen pareciendo soldados rasos de permiso. Como hijos de campesinos que se han convertido en un ejército de ocupación sin entender del todo cómo. Ahora no parecen desafiantes, sino ingenuos, casi inocentes, como si no estuvieran al corriente del odio que los rodea.

Yasmine casi siente pena por ellos, pero sabe que, tan pronto caiga la noche, volverán a ponerse la máscara. Cuando caiga la noche se esconderán tras sus escudos y rejas y tendrán las manos llenas de porras y golpes.

Y los polis también saben que todos saben. Hay algo forzado en sus posturas, algo tenso y antinatural. Ven los símbolos pintados por todo el Barrio. Ven los coches en llamas. Se imaginan que pueden proteger el polvorín de la mecha encendida. Pero en el fondo saben que es demasiado tarde.

Siente un desasosiego en el cuerpo al sentarse en el banco bajo un rayo de sol que se cuela entre las casas. La lluvia ha pasado de largo y el mediodía vuelve a ser cálido, pero la arena bajo las palas olvidadas y los coches rotos y sin ruedas en el cajón de arena sigue estando húmeda. Son casi las tres cuando oye la voz de Parisa por detrás.

—¿Yazz? —dice—. Siento llegar tarde.

Cuando Yasmine se da la vuelta, ve a Parisa junto a la puerta torcida de la valla del parque infantil y cruza la arena mojada para llegar hasta ella.

—No pasa nada —dice, y se encoge de hombros.

Ahora está junto a Parisa y la mira a los ojos, barre el aire con el brazo señalando el hormigón.

—Vaya caos —dice—. Anoche, claro.

Parisa asiente alerta, como si no hubiese reparado en ello.

—Ey —añade luego—. Es lo que pasa, *len*. Ya sabes cómo es. La *aina* empieza a meterse con nosotros y nosotros les respondemos.

Yasmine titubea. ¿Parisa no sabe que su novio está metido en esto? ¿Que de alguna manera está liderándolo?

—¿De quién era el niño? —pregunta para cambiar de tema—. ¿De tu hermana?

Parisa aparta la mirada y la desliza sobre el parque infantil y la plaza y la tienda destrozada cuyo interior está bañado de luz. Sacude la cabeza.

—No me digas que tu madre ha tenido un rezagado.

Se ríe, hace lo mejor que puede para disipar el manto de tensión que se les ha posado encima. Pero Parisa solo niega con la cabeza y la vuelve a mirar, ahora con algo duro y rebelde en los ojos.

—Es mío, Yazz. Nour es mío.

Yasmine da un paso atrás empujada por la sorpresa.

—¿Qué? ¿Bromeas? Tú…

Se detiene, insegura de cómo continuar.

—¿Se te hace raro, Yazz? —dice Parisa—. ¿De verdad es tan *wack* para ti? ¿Que yo pudiera tener hijos?

—No, no. Quiero decir, no sé, Parisa.

—¡No todo el mundo puede largarse! No todo el mundo puede mandarlo todo a la mierda y pirarse a Nueva York.

—No quería decir eso, hermana. O sea, solo quiero decir que... ¿Por qué no dijiste nada?

—¿Que por qué no dije nada? —exclama Parisa, con una sonrisita maliciosa en la comisura de la boca—. ¿Por qué no dije nada? No estabas aquí, *hermana.* No es que me llamaras cada día, precisamente, ¿o sí? No es que mandaras muchos mensajes por Facebook, *hermana.*

La manera en que dice ahora *hermana.* La misma en que Yasmine se lo dijo ayer en la puerta de su piso. Ahora se encoge de hombros, siente cómo el Barrio le trepa por el cuerpo, se le sube encima y la aplasta. Siente sus largos tentáculos tirando de vuelta de ella. No importa lo lejos que te vayas.

—Da igual —le dice a Parisa—. Es guapo, *len.*

La mirada en el suelo. Era ella la que tenía que echar las culpas. Aquí siempre se le da la vuelta a la tortilla a todo. Aquí nada perdura excepto el caos.

—¿Es de Mehdi? Quiero decir, ¿él es el padre?

Parisa no responde, solo señala hacia atrás con la cabeza.

—Ven, Yazz —dice—. Quiero enseñarte algo.

Yasmine se queda mirándola.

—¿El qué?

—¿Quieres saber qué es de Fadi? Es eso lo que dijiste. Todo lo demás te la suda, pero a él lo estás buscando, ¿no?

—No me la suda todo lo demás, sea lo que sea a lo que te refieres. Pero, si él está vivo, tengo que encontrarlo. ¿Lo entiendes o no?

Yasmine nota la ola de ira. Parisa y todo el maldito Barrio. Toda aquella mierda y el estancamiento y las conexiones misteriosas y la culpa, la culpa, la culpa.

—Pues ven —dice Parisa, da media vuelta y empieza a caminar.

44

Bergort
Lunes, 17 de agosto -
Jueves, 20 de agosto de 2015

Los días siguientes son fáciles. El lunes nos sentamos en el puto Mazda desastroso y nos largamos a algún sitio alejado como el infierno. Solo Mehdi y yo. Escuchamos viejos clásicos de Pirate Tapes y Mehdi rapea los estribillos con su funesto y estresado *flow* asmático, siempre medio compás fuera de lugar, siempre las palabras equivocadas. Me entra la risa y casi, por un breve segundo, logro olvidarme de quién soy, olvidarme de quién he sido.

Aparcamos el coche y cogemos senderos que llevan a ninguna parte, como unos buscadores de setas, lo juro, caminamos por el bosque como un par de suequitos. Allí fuera reina el silencio, solo el tintineo de la bolsa de plástico con botellas y latas vacías que Mehdi carga consigo. Cuando estamos lo bastante lejos del camino de tierra como para sentirnos seguros, ponemos las latas en fila sobre algún tronco viejo y nos alejamos unos veinte metros. Abro la bolsa que me he traído desde Siria y saco la pistola rusa desgastada.

Es obvio que ya ha visto un arma antes. Recuerdo el careto de Zorro hace muchos años cuando nos enseñó un viejo revólver oxidado. Qué orgulloso estaba. Pero en aquel momento ya sabíamos que no llegaría lejos, se le veía la heroína en aquellos putos ojos muertos, se notaba que estaba cerca, así que ni siquiera nos alborotamos, sino que más bien nos entró la depre, y apenas unos meses más tarde ya estaba muerto, el muy cabrón.

Pero esto es otra cosa. Esta viene de la guerra y las manos de Mehdi tiemblan cuando la coge por primera vez, los ojos le brillan.

—Joder, *brush* —dice—. ¿De dónde las has sacado?

—Las cogí cuando me largué —respondo—. Nadie tiene controladas todas las armas, allí abajo. Y tardé una semana en llegar a casa en camiones y autobuses. No podía facturarlos en el aeropuerto, ¿no?

Alza la pistola y apunta a los abetos.

—¿Has entrado en combate con esta?

Me mira con una admiración que jamás le había visto, el deseo de creerse lo que le cuente, sea lo que sea. Así que le hablo del frente, de los barriles que los cerdos de Al Asad sueltan desde el aire, de nuestras granadas caseras y de cómo los hermanos sujetan los rifles por encima de la cabeza y disparan a través de los agujeros abiertos en el hormigón de las ruinas, del olor a azufre y del desierto y de todos los cerdos que han matado los hermanos. Y cuando me pregunta si yo he matado a alguien me limito a asentir con la cabeza y a apartar la mirada.

Porque a los únicos a los que he matado es a los hermanos.

Estamos sentados en dos tocones y Mehdi va pegando bocados a un Twix, pero no invita, como de costumbre, lo cual me irrita a pesar de saber que ya me ha ayudado bastante. Pero, cuando lo veo llenarse la bocaza con la chocolatina y chasquear mientras mastica, me irrito. ¿Qué cojones hacemos aquí, en medio del bosque? ¿Para qué va a aprender a disparar? Su maldita respiración jadeante en el tocón. Me reclino en un árbol y lo miro.

—¿Me vas a contar algún día de qué va todo esto? —digo—. ¿Qué coño hacemos aquí en el bosque como dos rubios?

Levanta la cabeza y mastica de manera tan descontrolada que el espeso caramelo le rezuma por la comisura de la boca.

—¿Qué coño te pasa? —pregunta—. ¿Estás mosqueado o qué?

Niego con la cabeza.

—Da igual. Pero podrías contarme qué mierda se está cociendo en el Barrio, hermano. ¿Las revueltas? ¿Qué coño es eso?

Él asiente tranquilo y, mientras mastica el viscoso chocolate, su mandíbula va oscilando.

—Ya empieza a crecer. El fin de semana va a explotar, hermano. Tenemos un *shuno* que nos coordina, ¿sabes?

Me encojo de hombros.

—¿Y qué pasará cuando lo haga, hermano? —digo—. ¿De qué coño va todo eso? Que ni se te pase por la cabeza disparar a nadie, mamón.

Es lo único que le pregunté antes de venir, no es que me importe, en realidad, pero me parece tan inútil. Dispararle a la *aina* en el Barrio. Pienso en los chavales que vi la primera noche, cuando llegué. En sus graznidos y aleteos alrededor del Camp Nou y el parque infantil. ¿Qué les hace a ellos ver a tipos como Mehdi haciendo puntería con los polis?

—No, relájate —dice Mehdi—. No soy imbécil. Eso a mí me la suda. El serbio me paga, ¿sabes? Mil coronas por noche, hermano. ¿Por sembrar el caos? ¡Joder, si nosotros lo hacíamos gratis!

Él se ríe y yo escupo en el musgo antes de mirarlo con la cabeza un poco ladeada. Y entiendo. Es evidente. Nos hemos criado con eso. Nos hemos entrenado en eso. Siempre hay un trabajito en alguna parte. Siempre una vuelta más, siempre una posibilidad retardada, imaginada, bajo capas de mierda y caos. Siempre una cosa más que se puede ir al garete.

Nunca más de dos dedos de frente. Nunca más allá del siguiente puto dinerillo.

Por la tarde Mehdi y yo estamos delante de mi escondrijo, mi maldita cueva gris. Lo veo estresado, resopla y pita más de lo habitual, los ojos van saltando por el cuartito como dos liebres, lo juro.

—*Shoo,* hermano —dice, y me da la mano a modo de medio abrazo.

—¿Qué pasa? —contesto—. Te veo de los nervios.

Él cierra la puerta metálica a nuestras espaldas, entra en el cuartito y me mira con seriedad.

—Alguien te tiene echado el ojo —dice—. Alguien que sabe que has vuelto. Ya conoces cómo va esto, solo es cuestión de tiempo antes de que todo el mundo se entere.

Me siento en el colchón. Supongo que solo era cuestión de tiempo. Por mucho esmero que le haya puesto. Aquí las cosas van deprisa.

—¿Cómo te has enterado?

—Tengo mis contactos. Y esta persona también hace preguntas sobre las pintadas que hacemos, lo cual me preocupa. Aquí hay cosas gordas en marcha, ¿sabes? Los que lo controlan… ¿Sabes? Los que pagan. Se pondrán como locos si viene alguien y empieza a hurgar ahora, créeme. Y, si alguien te ve, se esfumarán tus posibilidades de venganza. Tenemos que ir con cuidado.

—¿Quién me ha visto?

Los ojos de Mehdi se escabullen antes de mirarme irritados.

—Alguien que no conoces. Tendrás que quedarte dentro si no quieres que se sepa que estás aquí. Joder, eres yihadista, hermano. Podría ser la puta Säpo, la secreta. No queremos a la

Säpo aquí ahora, apenas faltan unos días para que demos el golpe.

Me siento desconcertado.

—Pero, joder, hermano —digo—. ¿Quién es? ¿Es alguno de los traidores que está preguntando? ¿Alguno de los que me mandaron a Siria?

Noto que se me seca la boca. Me he mantenido apartado, me he movido a hurtadillas y apenas he salido de día. ¿Cómo pueden haberme descubierto?

—No importa —dice Mehdi—. Tendrás que pasar desapercibido unos días, después tendrás tu venganza, si es lo que quieres.

Así que bajamos una vieja Playstation y un televisor al sótano. Lo enchufamos en una toma del pasillo. Mehdi es demasiado rata para prestarme su nueva consola, así que me quedo sentado con una tres antigua y un Fifa y un Halo más que resobados. El martes Mehdi viene a buscarme y salimos al bosque, donde le enseño a disparar con la pistola mientras él sigue rajando sobre disturbios y caos.

Observo la inseguridad de Mehdi y su cuello silbante, sus respingos cuando dispara la pistola, sus ojos cerrados cuando deja el gatillo apretado y falla tan descaradamente que casi me rompo a reír a carcajada limpia. Mil pavos por noche por incendiar el Barrio. Pasamontañas y bates de béisbol y piedras contra la *aina.* Ya no somos críos y me llena de tanta nostalgia, tanto vacío. Que nunca nos salga nada, que nunca lo logremos, que nunca podamos descansar de verdad.

Así que llega el jueves por la tarde y estoy al otro lado de la calle del lugar donde se reúnen los traidores. Los veo acudir uno tras otro al piso de Dakhil. Desde la otra punta del centro, desde la otra punta del Barrio, oigo los gritos y el jaleo de los chavales que están cargando para el motín de la noche. Todavía es demasiado pronto, reinará la calma antes de que estalle. Igual que las dos últimas noches. Cada día más intenso, cada día más fuerte y más extenso.

No sé por qué lo hago esta noche, pero me quedo allí fuera en el banco delante del piso. Normalmente vuelvo a casa en cuanto veo que se han marchado, en cuanto veo que al-Amin no está con ellos. Pero esta noche no tengo fuerzas para moverme, a pesar de las advertencias de Mehdi.

La tarde noche es cálida y estoy tan cansado y solo. A lo mejor no tengo ningún otro sitio al que ir. A lo mejor, lo presiento. La cuestión es que decido esperar.

Y pasa un rato, me adormezco en la penumbra, veo encenderse las farolas. Deben de haber rezado las oraciones nocturnas allí arriba y luego se han quedado.

Es al incorporarme en el banco cuando lo veo al final del todo en el asfalto agrietado, en el aparcamiento. Parece que está cerrando la puerta de un coche pequeño, puede que un Golf, con un chasquido y un pitido y luego se acerca a los bloques de alquiler a paso rápido.

El hermano al-Amin. La misma ropa, la misma cazadora de cuero y el mismo pequeño *kufi*. Tiene un teléfono pegado a la oreja y habla en voz baja, no parece estar escuchando en absoluto. Me quedo helado en el banco, atrapado, incapaz de moverme. En lo único en lo que puedo pensar es en si es el mismo teléfono que utilizó cuando me llamó a mí hace un par de semanas. Si es el mismo teléfono que exterminó a los hermanos.

Se mete en el portal antes de que pueda reponerme, antes de que pueda tranquilizarme y meditar un momento.

O sea que al-Amin no está desaparecido. Quizá ahora siempre venga más tarde. Quizá hoy sea la primera vez que viene esta semana. Quizá sea la última vez. Quizá haya estado en alguna de sus jodidas misiones. Siento que la adrenalina se despierta en mi interior. ¿Es esta mi oportunidad? ¿Mi única oportunidad? Todos los hermanos reunidos allí arriba. Todo mi cuerpo está vibrando. Ni siquiera he pensado más allá de esto. Pero he soñado con ello. Y ahora va en serio.

Me levanto del banco, intento mirar por la ventana, pero no se puede ver nada, las cortinas están corridas.

No sé cuánto tiempo me quedo allí de pie, paralizado, incapaz de tener un mísero pensamiento claro. Pero, antes de soltarme, el portal se vuelve a abrir y los hermanos salen todos juntos. Uno tras otro desaparecen por el asfalto hasta que solo quedan el imam Dakhil y al-Amin. Están demasiado lejos como para que pueda oír lo que dicen, pero entonces parecen haber terminado y se dan la mano, se dan un corto abrazo, después el imam Dakhil se vuelve para subir de nuevo a su piso, y al-Amin empieza a caminar en dirección al aparcamiento. Pero, antes de separarse, los oigo decirlo.

—Nos vemos mañana, después de la plegaria del viernes.

Siento cómo me hundo de nuevo en mí mismo, siento que recupero la concentración, más lúcida, más dura que nunca.

Nos vemos mañana.

«Sí —pienso, y cierro los ojos—. Nos vemos mañana».

45

Bergort
Viernes, 21 de agosto de 2015

Caminan al sol en dirección al centro, bajan hacia los bloques de tres plantas donde ella y Fadi se criaron, pasan por delante, salen al pequeño prado sucio con sus cardos y dientes de león. Allí detrás está el bosquete donde ella y Fadi jugaban de pequeños, donde ella le habló de Ronja y él se asustó tanto con las arpías y los ladrones que se puso a temblar. Donde simulaban asar salchichas al atardecer y volvían a casa pelados de frío y riendo en la oscuridad, el silencio y el ruido de casa.

—¿Adónde vamos, Parisa? —dice ahora.

—Ya lo verás —responde Parisa en voz baja—. Enseguida llegamos.

La hierba está alta y Yasmine reprime la idea de que allí debajo haya serpientes y bichos escondiéndose en lo desconocido y procura caminar a la altura de Parisa.

Cuando llegan al pie del bosquete esta se detiene.

—Arriba, en la arboleda —dice.

Hay algo forzado y un tanto impaciente en su voz.

—Sube tú primero.

Yasmine para y se queda mirándola.

—Y una mierda —dice—. Eras tú la que quería venir aquí. Tendrás que enseñarme eso que quieres que vea.

Parisa suelta un suspiro y se encoge de hombros.

—Como quieras —contesta, y sube con facilidad por las rocas calentadas al sol.

Yasmine espera unos segundos y luego la sigue.

En cuanto suben al bosquete entiende que la han engañado y nota que de golpe tiene frío y se queda vacía por dentro, como si su cuerpo quedara despojado de todo su interior. Dos hombres en tejanos y camisetas oscuras de manga larga están de pie justo delante de ella. No dicen nada y en lo único en lo que Yasmine puede pensar es en sus diminutos ojos que asoman por los orificios de sus pasamontañas. Iguales que los que llevaban los chavales ayer noche.

Nota el chute de adrenalina en la sangre, ve el mundo centellear y titilar a su alrededor y gira la cabeza para mirar a Parisa, pero ella ya se ha dado la vuelta, corre y baja a saltos por la cuesta, sin ni siquiera dedicarle una mirada.

Ahora los hombres se le acercan y ella retrocede, no se atreve a darse la vuelta del todo. Ellos no dicen nada, solo avanzan lentamente hacia ella como para atraparla. Al final Yasmine se vuelve para correr, huir, abandonar todo esto, sea lo que sea, dejarlo atrás. Pero entonces ve a un tercer encapuchado acercándose desde el pie de la cuesta y comprende que no hay escapatoria.

Ve que el que viene lleva pantalón de chándal brillante y un tatuaje de líneas verdes que suben serpenteando por su espalda y cuello, por debajo del pasamontañas. El pánico la hace salir de sí misma, contemplarse desde fuera, de pie en una arboleda pálida bajo un sol pálido, rodeada por tres encapuchados. Está sola. Completamente sola con estos hombres.

Le grita a Parisa:

—¡Maldita sea, *sharmuta!* ¿Qué coño has hecho?

Pero Parisa no dice nada y su espalda ya ha desaparecido entre los árboles.

46

Londres
Viernes, 21 de agosto de 2015

A pesar de que solo sea mediodía, la tarde del viernes ya ha empezado en The Library Bar y, cuando ella abre la puerta, la convulsa música electrónica francesa se le echa encima como una ola de píxeles de Atari. Klara se abre paso hasta la barra entre cuerpos delgados embutidos en vestidos delgados, entre camisetas Breton a rayas y barbas húmedas de sudor.

La gente se apretuja mucho en la barra, pero ella ya está acostumbrada y no tarda demasiado en establecer contacto visual con Pete.

—Te veo un poco cascada —dice él por encima de la música mientras le llena una copa de chardonnay hasta arriba y se la pasa por la pegajosa barra.

—Gracias —murmura ella, y da un buen trago.

Hace que se sienta un poco mejor. Un agradable calor se le esparce por dentro y Klara cierra los ojos. Menos mal que ya había lavado toda la ropa para el viaje a principios de semana. Basta con meterlo todo en la maleta cuando llegue a casa.

Le apetece volver a Estocolmo, aunque tenga que lidiar con los remordimientos de no haber avisado aún a Gabriella. Lleva pensando en ello constantemente desde hace semanas.

Que va a volver a verla en Estocolmo. Pero luego pasó lo de Patrick y todo quedó patas arriba.

«La llamaré dentro de un rato», piensa ahora mientras da otro trago largo. Media copa. Cuando abre los ojos, ve un atisbo de preocupación en los ojos de Pete. Nota cómo él opina que está bebiendo demasiado deprisa. Probablemente esté pensando en cómo acabó el domingo. Sin dejar de mirarlo, Klara se termina lo que queda en la copa. Que lo jodan a él y a su preocupación. Que los jodan a todos.

Se inclina sobre la barra, le hace una señal a Pete para que se acerque lo suficiente como para oírla.

—¿Has vuelto a ver al tipo que te entregó mi ordenador?

Pete niega con la cabeza.

—Ya te dije que no era ningún parroquiano. No lo había visto antes. ¿Estás bien, Klara? Quiero decir, parece que estás…

—No —lo interrumpe—. No estoy bien. En absoluto.

Después da media vuelta y se abre paso para salir de nuevo a la calle.

Hace una parada en Tesco, como de costumbre, con el piloto automático activado. Compra la misma botella fría de chardonnay australiano por 7,99 libras y un pollo al curry para calentar en el microondas. Paga y sale a la calle; de pronto se siente un poco demasiado veloz, acelerada, como si no lograra retener los pensamientos, como si estos solo surgieran y desaparecieran en cuanto ella intenta concentrarse en ellos.

En cuanto se queda sola es como si no pudiera controlar el cerebro, como si este se moviera y saltara de vuelta a ayer y saliera disparado hacia delante, haga lo que haga. Es Patrick en la vía, peculiarmente intacto, pero claramente inerte, una mera carcasa, nada más. Se alegra de que esa imagen asome solo un instante. Después chaquetas de cuero, copas de vino blanco,

Estocolmo, qué ropa tiene para lavar, Gabriella, el abuelo, Patrick de nuevo. Dios santo, solo faltan dos días para que presenten el informe. ¿Por qué está pasando esto? Y luego Patrick en la vía otra vez. Las chaquetas de cuero otra vez y el despacho.

Se cansa de pensar y Klara nota que no tiene fuerzas para dar un paso más, a pesar de estar casi en casa. Al final se desploma en el borde de la acera. Pero se olvida de lo que tiene en la mano y la botella en la fina bolsa de plástico golpea con fuerza el asfalto, tintinea y se vuelca, se rompe y el líquido se derrama dentro de la bolsa, en la calle.

—¡Mierda, mierda, mierda! —exclama, y salta a un lado para no mojarse con el vino.

Se siente impotente. Por un segundo cree que se va a poner a llorar y esconde la cara en las manos y se inclina hacia delante. Pero las lágrimas no salen y entre los dedos ve las grietas en el asfalto, colillas, envoltorios de caramelos, gravilla.

Aun así, cuando al final abre los ojos el pánico se apodera de ella, pesado y asfixiante como una ola. Al otro lado de la calle, a menos de diez metros, hay un hombre que la está mirando fijamente. Nota en él algo familiar, algo que hace que se le erice el vello de la nuca. Klara tarda unos instantes en comprender de quién se trata. Pero luego todo se coloca en su sitio: la noche en el callejón, la pérdida de conocimiento, el ordenador. Está completamente segura. No fue Patrick quien se llevó su ordenador.

Fue él.

47

Bergort
Viernes, 21 de agosto de 2015

Los hombres ya están cerca. Se detienen, como a unos cuatro, cinco metros de distancia, con los brazos colgando, los guantes de piel negros, los pasamontañas negros. De fondo oye el tren del metro saliendo a toda máquina del túnel, el sol achicharrando, la cabeza palpitando y apretando por dentro. Yasmine camina hacia atrás y se va girando para tenerlos a todos todo el rato controlados.

—Por favor —dice, y levanta las manos, ella misma oye lo vacía que suena, lo indefensa y patética—. Seáis quienes seáis... Solo estoy buscando a mi hermano.

Ellos permanecen quietos, solo mirándola, neutrales bajo los pasamontañas. Ella pasea la mirada de uno a otro, intenta mirarlos, intenta entender o buscar algo a lo que agarrarse, alguna forma de contacto visual. El de los tatuajes y el pantalón de chándal la mira tranquilo y sus ojos son como dos piedrecitas, gris oscuro y resbaladizas en los orificios de los ojos. El de en medio también la mira fijamente con ojos castaños llenos de calma e impasibilidad. Pero hay algo en los ojos del hombre del otro lado. Parece como si no pudiera concentrarse, sus ojos saltan de un lado a otro, tanto hacia ella como hacia los otros dos. Hay algo en ellos, algo familiar.

Yasmine intenta tragar saliva, pero tiene la boca seca y pegajosa. Se vuelve hacia los ojos familiares, intenta captar su atención, rogarles.

—Estoy buscando a mi hermano —repite.

El del chándal da un paso al frente, extiende las manos abiertas, como para mostrar que no tiene intención de hacerle daño. Pero ella reconoce ese gesto, lo ha visto miles de veces. Tiene el significado invertido, no es pasivo, sino agresivo, y Yasmine da un paso atrás. Ve que al hombre de los ojos inquietos le tiembla la pierna y se vuelve hacia él.

—Joder, si yo soy de aquí —dice—. *Wallah*, si pertenezco a vuestro bando.

—Ya te lo advertimos —dice de pronto el del chándal; tiene la voz grave y apagada como si estuviera en una celda—. Hemos sido explícitos con lo que queremos, que dejes de hurgar. Pero tú no muestras ningún respeto, *len*. Así que no nos dejas otra opción.

No le ha dado tiempo de verlo, pero de pronto él tiene una navaja en la mano. La hoja brilla y reluce, refleja las manchas del sol sobre los árboles y le ciega los ojos.

—Por favor —vuelve a decir ella—, solo estoy buscando a mi hermano...

—En serio —dice el de los ojos inquietos y familiares—. Te dijimos...

—*Khalas!* —le bufa de lado el del chándal y se vuelve un poco hacia aquel que lo ha cuestionado—. Cierra el pico, maricón.

Se vuelve de nuevo hacia Yasmine, todavía con las manos en los costados, un poco echado hacia atrás al caminar, seguro de sí mismo, como si esto fuera el pan de cada día para él. La navaja brilla y relampaguea en su mano.

Yasmine da otro paso atrás, nota que empieza la bajada, los árboles a su alrededor.

—Me parece que no lo entiendes —dice, ahora con la voz como dirigida a una niña, ligeramente aclaratoria—. Vas a pasar de esto. Aquí no hay nada para ti. No hay nada en lo que tengas que hurgar. El yihadista de tu hermano está muerto. Nosotros no somos nada, ¿entiendes? Somos fantasmas.

Los ojos nerviosos están ahora fijos en la navaja, no la sueltan.

—No está muerto —murmura ella.

—¿Qué has dicho, puta? —dice el del chándal.

Él ya casi ha llegado hasta ella, quizá a un brazo, una puñalada, de distancia. Y hay algo en ello que hace despertar a Yasmine, algo en su manera de decir que Fadi está muerto, su forma de llamarla puta. Su presencia allí de pie con sus tatuajes cutres, su puta navaja y sus pantalones Adidas de moñas. Parece como si Yasmine cayera de bruces en un pozo, por una montaña, una caída libre hacia el sitio de donde ella misma proviene. ¿Cuántas veces los habrá visto, con sus navajas y puños americanos y sus cabezas rapadas, sus narices rotas, sus jodidas vidas desperdiciadas? Son como David, como todos los de aquí. Sus propias reglas y expectativas, su propia violencia y amenazas. Y Yasmine piensa en Fadi y en las armas y en el puño de David en su sien. Piensa que ya es suficiente, que ya no aguanta ni un segundo más nada de esto, que se termina aquí.

Y, antes de saber cómo, tiene la pistola en la mano. Antes de ser consciente de su propia reacción, ya ha echado hacia trás la corredera para meter una bala en la recámara, tal como recuerda que hacían en el campo de tiro. Antes de que la adrenalina siquiera se haya extendido por su cuerpo, está sujetando la pistola con las dos manos, apuntando directamente a la frente del hombre del chándal.

Aguantó los golpes en el salón y la cocina y el dormitorio durante toda su infancia. Aguantó los moratones y la vergüenza. Pero lo hizo por Fadi. Aguantó el maltrato y los golpes de

David. Lo dejó hacer, se lo pidió, lo provocó para hacerlo. Pero lo hizo por ella misma. Fue la última vez. Y todo el odio que ha ido acumulando, contra esto, contra Fadi y David y su madre y su padre y Parisa y todo el puto Barrio de mierda, está de pronto entre sus manos. Como si lo estuviera abrazando con ella, como si estuviera hecho de acero y muerte.

Puede ver cómo los ojos en el pasamontañas cambian de signo, cómo algo relampaguea ahí dentro. Ve cómo los otros dos se echan hacia atrás, cómo el de los ojos inquietos levanta las manos y retrocede.

—A mí no me llames puta —dice—. Mi hermano no está muerto.

Él se queda mirándola, el atisbo de pánico o de desconcierto ha pasado de largo.

—¿Qué vas a hacer con eso? —pregunta—. ¿Me vas a disparar, puta?

Dice la última palabra despacio y tranquilo, y la última sílaba queda ahogada en el ruido ensordecedor del disparo de Yasmine.

48

Bergort
Viernes, 21 de agosto de 2015

Me incorporo antes de que sean siquiera las seis. Veo las cifras en el teléfono móvil, me siento aliviado de que por fin despunte la mañana, aunque el día sea más complicado aquí abajo en la oscuridad. Esta noche no he podido pegar ojo. ¿Cómo puedes dormir cuando toda tu vida se retuerce y culebrea por tu interior? ¿Cómo vas a dormir cuando ves la cara de tu hermana cada vez que cierras los ojos, oyes su voz, ves hileras de hermanos muertos, hileras de decisiones equivocadas, una vida breve y totalmente tirada por la borda?

En algún momento de la noche he abierto la pesada puerta del pasillo, he tanteado en la oscuridad hasta las escaleras y he respirado tranquilo cuando he visto que se podía abrir la puerta sin llave. Recuerdo una vez, hace una eternidad, que subimos al tejado de uno de esos bloques, y sentí que era la único que importaba en ese momento. Llegar a lo más alto, arriba del todo, lo más cerca posible del cielo. Y he subido a hurtadillas por las escaleras, mis pasos suaves y casi imposibles de distinguir, los pasos de un fantasma. Hasta la última planta, hasta la buhardilla, hasta la última escalera que conduce al tejado.

El aire de la buhardilla era tan pesado y húmedo, tan lleno de hormigón y porquería abandonada que era como absorber todo el puto Barrio con los pulmones, y me ha desanimado tanto que he acelerado el paso por las escaleras. Los escalones de dos en dos, salir por la portezuela, al tejado, diez plantas más arriba, el viento cálido y tibio, las estrellas pálidas en la noche gris de verano. He ido a cuatro patas hasta el borde. La escuela parecía quedar justo a mis pies, tan pequeña que podría habérmela metido en el bolsillo. Los bloques de diez plantas a mi alrededor, una parte de una fortaleza, una defensa y una cárcel. He visto el Camp Nou como un jodido sello, he visto el parque infantil y los bloques de tres plantas. He girado la cabeza y he visto los coches en llamas en el gran aparcamiento, diminutos como velitas redondas e insignificantes. Las voces me llegaban hasta allí arriba, he visto filas de chavales, filas de *aina* con su baile inútil.

Cuando me he acercado al otro borde he visto nuestra casa, tan pequeña, tan idéntica a todas las demás, y he pensado que allí es donde empezó, hermana. Allí empezamos. Podría haber sido otra cosa, hermana, pero ha sido esto.

Ha sido esto.

Y he girado la mirada unos grados, sobre el bosquete donde jugábamos, donde me reunía con los hermanos. Solo un poco más y allí estaba el piso de Dakhil. «Allí es donde termina, hermana», me he dicho. A apenas un milímetro de donde empezó. Y luego he ido hasta el centro del tejado y me he tumbado de espaldas. He contemplado el firmamento, las estrellas y todo lo demás. Y he hecho un último intento. Quizá el único intento sincero que he hecho jamás. Por un instante he pensado que es ahora cuando pasa, que pasa cuando la necesidad lo exige.

Me he levantado, me he colocado en la dirección correcta, he hecho los movimientos, murmurado las palabras, me he puesto de rodillas. Lentamente me he dejado caer hacia delante, la cabeza sobre la tela alquitranada y seca del tejado. A mi alrededor y por debajo de mí, la luz del amanecer y coches en llamas, bosque y cemento y toda mi vida. «Si Dios está en alguna parte —he pensado—, está aquí». Y he recitado los versos con una sinceridad que jamás había sido capaz de sentir. Justo entonces, en ese momento, he buscado la gracia y la expiación y la humildad con más fuerza que nunca.

No sé cuánto tiempo he estado allí tumbado, cuánto tiempo he esperado y rezado. Lo suficiente como para ya no poder más, lo suficiente como para al final sentirme tan exhausto que me he dejado caer de costado, sobre la tela asfáltica, bajo la luz gris del amanecer. Lo suficiente como para saber que nada responde. Lo suficiente como para saber que estoy completamente solo.

«Quizá la soledad sea un alivio, a pesar de todo», pienso ahora mientras me pongo de pie en el suelo de hormigón caliente en mi cuarto del sótano. Lo único que desearía es haberme reconciliado antes. ¿Por qué no habré entendido mucho antes que nunca hubo ninguna coherencia más allá de nosotros dos? ¿Que no había nada que pudiera llenar lo que tú dejaste?

Pero no es cierto, no es eso todo lo que desearía. Más que ninguna otra cosa, desearía no haber permitido jamás que desaparecieras. No haberte dado jamás motivos, no haberte obligado jamás a irte. Pero son pensamientos que resultan tan pesados que mi cuerpo se queda clavado en el suelo. Son pensamientos que me exigen una fuerza de la que no dispongo. Así que me obligo a llenarme con lo último que me queda por hacer. Los traidores van a responder por su traición. Fuera de eso, todo es oscuro.

Meto la mano en el saco de dormir, hasta los pies, y extraigo la vieja pistola rusa. Compruebo el cargador. Es todo cuanto me llevé de Siria. Dos pistolas, un rifle. Las herramientas para llevar a cabo mi venganza. Compruebo dos veces el seguro y me meto la pistola en la cintura de los tejanos. Respiro y me siento en el colchón, con la espalda apoyada en el cemento frío.

Solo queda una cosa por hacer antes de que llegue la hora y arranco una página de la libreta, cojo el bolígrafo azul. Y empiezo a escribir.

Primero le escribo a Mehdi. Le doy las gracias por todo. Después le pido que guarde el resto de la carta. Que la esconda y que te espere. Si es que vuelves algún día.

Y luego empiezo por el principio y lo redacto todo. Cuento cómo te esperaba cada día en los arbustos delante de la escuela, cómo nos quedamos dormidos en el suelo del piso frío. Hablo de los hermanos y el Asirio y los incendios y toda aquella mierda. De cómo aleteaba y graznaba y perseguía tu sombra por el Barrio. Pero, sobre todo, explico que no ha sido culpa tuya, que nada de lo que ha pasado es culpa tuya. Solo fui yo, solo fue el hormigón y los hermanos y los que se hacían llamar nuestros padres y la escuela y la oscuridad que oprime y forcejea y presiona. Pero, sobre todo, fui solo yo.

Escribo sobre Dakhil y al-Amin, escribo sobre la traición y las bombas, las piernas desgarradas y las hileras de cuerpos. El papel se me acaba y arranco otra hoja y luego otra. Escribo hasta que se me acaba la tinta del boli, hasta que el texto se vuelve más pálido y más fino y al final son meros rasguños en el papel.

Cuando ya no queda nada, me desplomo sobre el colchón, libre de todo lo viejo, libre de todo lo que me ha traído hasta aquí. Libre de todo excepto de lo único que me queda por hacer.

49

Bergort
Viernes, 21 de agosto de 2015

Ahora todo sucede muy deprisa. Todo permanece inmóvil. Los ruidos han cesado y por un instante todo queda en un silencio absoluto. Uno de los hombres encapuchados se ha dado la vuelta y está corriendo y saltando entre los arbustos y la maleza como una liebre, baja por la cuesta hacia los cardos del prado de abajo. Yasmine apenas lo ve, pero lo deja ir, aturdida por lo que acaba de hacer, desconcertada por el silencio y la quietud.

El hombre del chándal y los tatuajes está tendido a sus pies en la hierba alta, hecho un ovillo, inofensivo y gimoteando como un gatito, con las manos apretadas sobre el muslo donde ella le acaba de disparar.

El otro hombre, el de los ojos inquietos y agitados, está ahora de rodillas, con las manos en alto.

—¡Yazz! —dice—. ¡Por favor, Yazz, no me hagas daño! No sabía, no quería…

Ella se limita a mirarlos. Le parece tan inverosímil. La luz del sol. El hombre que gimotea. El otro pidiendo clemencia. Se da cuenta de que todavía tiene la pistola en la mano. Que todavía está apuntando con ella al otro hombre, directamente a su pasamontañas. Y Yazz cae en la cuenta de que sabe quién es. De que lo ha sabido todo el rato.

—Quítate el pasamontañas, Mehdi, puto *sharmuta* de mierda —le dice.

Él obedece y, cuando se lo quita, de su ancha cara ella ve que le están cayendo lágrimas por las mejillas.

—Yazz —dice—. ¡Ahora soy padre, Yazz! Déjame vivir.

Ella se limita a mirarlo fijamente y a bajar la pistola.

—Vaya pedazo de mierda estás hecho, Mehdi —dice—. No voy a dispararte. Tampoco le habría pegado un tiro a él si no me hubiese sacado una navaja, ¿verdad que no?

Mehdi se apresura a decir que sí con la cabeza, en un gesto patético de servidumbre.

—Te lo juro, Yazz, no sabía nada de esto.

Pero ella no le presta atención, se inclina sobre el hombre al que ha disparado y le quita el pasamontañas de un tirón.

—Será mejor que te pongamos algo en esa herida —le dice.

Pero él le clava una mirada fría y llena de odio y, por un momento, se quita una mano de la herida y trata de golpear a Yazz. Ella lo esquiva dando un saltito.

—Pues que te jodan —dice—. Te acaban de pegar un tiro, *bre*. Por mucho que te odie no quiero que la palmes.

Se vuelve hacia Mehdi.

—Quítate la camiseta y hazle un torniquete. ¿Tienes un móvil?

Mehdi asiente con la cabeza y se quita la chaqueta, luego el jersey.

—Pues llama a una ambulancia, *len*. Tu amigo necesita ayuda.

—Pero ¿qué les digo? Es una herida de bala...

—¡Ninguna puta ambulancia! —dice el herido, y trata de incorporarse.

Pero el dolor de la pierna es demasiado agudo y cae de espaldas otra vez, con las manos apretando la herida.

—Di que le han disparado. En serio, me da igual. Pero a mí no me metes en esto, eso que te quede muy claro.

Mehdi se inclina sobre el otro hombre y le enrolla la camiseta fuertemente alrededor del muslo. El hombre se niega a quitarle los ojos de encima a Yasmine.

—Vas a morir por esto, puta —espeta—. No sabes a quién te estás enfrentando.

Intenta reír, pero el dolor hace que resople.

—No es solo el Barrio el que está metido, pequeña *sharmuta.* Esto va muy en serio.

Yasmine vuelve a inclinarse sobre él.

—Pues ¿qué es? —dice—. ¿De qué va todo esto? Y ¿qué tiene que ver con mi hermano?

—Lo único que sé es que vas a morir, puta —le amenaza con las mandíbulas apretadas.

Mehdi le da un tirón del brazo a Yasmine.

—Tenemos que irnos —dice—. Antes de que llegue la *aina.*

—Yo no me voy a ninguna parte —responde ella.

De pronto vuelve a sentir el peso de la pistola y apunta con ella al hombre en la hierba, a su otra pierna.

—No me iré a ningún lado hasta que este capullo me cuente dónde está Fadi y qué pinta él en todo esto. Es hora de hablar, *bre,* si no quieres despedirte de tu otra pierna.

Hay algo embriagador en esto. Algo casi excitante. Todo lo que ha tenido que aguantar, todos los golpes y toda la porquería. Ahora es ella la que tiene el poder. Ahora la violencia está en sus manos. Casi desearía que el otro le plantara cara. No hay nada que le apetezca más que plantarle una bala en la pierna derecha también. Pero Mehdi la tira del brazo y solloza.

—No, Yazz —dice—. Lo juro, él no sabe nada de Fadi. ¡Lo prometo! Nadie sabe. Nadie, solo yo.

Ya han llegado a los bloques de diez plantas, donde Mehdi y Parisa viven junto con la madre de ella, cuando oyen silbar por la autovía las sirenas de la ambulancia y los coches patrulla, que aminoran la marcha y entran en el Barrio desde la otra punta.

—Joder, qué rápidos —murmura Mehdi.

Yasmine no responde, se concentra en abrir de un tirón el portal, le importa un carajo lo que acaba de pasar. Lo único que tiene en mente es que Fadi está aquí, que Mehdi ha estado con él todo el tiempo.

En el espacio húmedo y retumbante del vestíbulo Yasmine se vuelve hacia Mehdi y abre los brazos.

—Y ¿ahora? —dice—. ¿Adónde vamos?

Mehdi pasa junto a ella, abre con llave la puerta de la escalera que baja al sótano y entra primero. Sus pasos hacen eco a sus espaldas. Él sigue bajando a la humedad, pasan junto a cañerías oxidadas y goteantes y extractores en continuo ronroneo. Al final se detienen delante de una puerta de acero pintada de blanco, idéntica al resto de puertas de allí abajo.

Yasmine nota que la cabeza le palpita y centellea, le cuesta respirar. Mehdi se acerca a la puerta y se inclina para meter la llave.

—Espera —dice ella.

Se pone en cuclillas y se nota la garganta gruesa y áspera por el llanto. Hace cuatro años que lo abandonó. Cuatro años de la traición y el vacío y la vida sin él y sin el Barrio. Hace apenas unas semanas que le dijeron que estaba muerto. Yasmine cierra los ojos y ve el gato ahorcado en la farola, los símbolos en las paredes, los coches en llamas. Ve a Fadi de pequeño, durmiendo en sus brazos. Ve sus ojos aquella última noche, cuando ella lo abandonó a su destino. Ve la sangre en la hierba en el bosquete hace apenas unos minutos. «¿Qué va a pasar ahora? —piensa—. ¿Adónde iremos ahora?».

Traga saliva y mira a Mehdi, le señala la puerta con la cabeza para que abra. Él llama con cuidado con los nudillos.

—Solo soy yo, hermano —dice él.

Después abre la puerta del trastero y Yasmine cierra los ojos, insegura de si podrá con esto. Cuando los abre, Mehdi ha encendido la lámpara en el cuartito vacío y austero.

—No está —dice él.

Pero tiene algo en la mano, un puñado de papeles manuscritos.

—Pero creo que ha dejado algo para ti.

50

Londres
Viernes, 21 de agosto de 2015

La visión del hombre al otro lado de la calle deja a Klara paralizada. Lo único que puede ver es su camiseta negra, sus tejanos negros y su pelo largo y descuidado. De pronto recuerda sus manos huesudas tirando y bregando con su bolsa. De pronto recuerda lo que le había susurrado al oído.

Recupera el control sobre su cuerpo y consigue ponerse en pie, camina de espaldas hacia el edificio que tiene detrás, sin quitarle los ojos de encima. Ve que el hombre levanta las manos, como para indicarle que no va armado.

Un coche avanza despacio por la calle, genera un segundo de distancia entre ambos. Pero, en cuanto pasa de largo, es como si ella volviera a quedar hipnotizada, no puede dejar de mirarlo, no puede marcharse corriendo, solo puede seguir retrocediendo hasta la fachada.

Remember, remember, the fifth of November.

Fue lo que le susurró, es lo que lleva tatuado en la muñeca, y ahora cruza la calle sin prisa, aún con las manos en alto, las palmas hacia fuera, para mostrar que no es ninguna amenaza. Pero ya le ha dejado claro que sí lo es, ya le ha demostrado de qué es capaz.

Remember, remember, the fifth of November.

Klara retrocede hasta que su espalda topa con el escaparate de una tienda *vintage*. Él se le acerca sin prisa, sube a la acera, hay ahora apenas unos metros de separación. Un grupo de jóvenes españoles salen riendo de la tienda que Klara tiene detrás y desaparecen calle abajo.

Él espera a que se hayan alejado.

—Klara —dice luego, tranquilo.

Su inglés parece de Estados Unidos y su voz es peculiarmente aguda y más afable de lo que cabía esperar, un timbre casi infantil e inofensivo que da miedo.

—Klara, perdóname, tenemos que hablar.

Ahora está cerca, casi a su misma altura, podría rozarla con tan solo alargar una mano. Su cara es pálida y lisa como una luna de invierno. Sus dedos, largos y finos. No parece acostumbrado a estar al aire libre.

Ella levanta las manos en un gesto que deja claro que no quiere tenerlo cerca, que ya está demasiado cerca.

—No sé qué sabes —dice él—. Fui yo quien te cogió el ordenador.

Ella asiente con la cabeza, se recompone, cierra los puños. Un mínimo movimiento y ella le dará una patada entre las piernas, igual que hizo con Calle en sexto de primaria cuando intentó tocarle las tetas. Después de aquello ningún tío intentó meterle mano. Y ahora está cerca, lista para explotar.

—Lo lamento tanto —dice él—. Fue un error, ¿vale? Una estupidez.

Ella se limita a mirarlo, no se relaja, aunque haya algo en él que parezca totalmente auténtico, sincero. Klara no dice nada. Solo espera a que él continúe.

—Patrick está muerto —dice—. Lo empujaron a la vía del metro.

Ella traga saliva.

—¿De qué conoces a Patrick? —susurra al final—. ¿Quién coño eres?

—Puedes llamarme Cross —dice, y lanza miradas nerviosas a un lado y a otro de la calle—. No tengo demasiado tiempo, pero ¿te importa que demos un paseo?

—Fue idea mía —dice Cross cuando suben despacio por Virginia Road en dirección a las largas sombras que proyectan los árboles de Ravenscroft Park—. Una pésima idea. Patrick se puso hecho una furia, obviamente. Pero yo llevaba unas cuantas horas en marcha, no sé si me explico. Había estado codificando y tomando algo de *speed* un par de noches. Y Patrick estaba tan cerca de descubrir de qué iba todo. Yo sabía que necesitaba acceso a uno de vuestros ordenadores, que él ya lo había intentado antes. Y yo también.

Klara sacude la cabeza, se detiene.

—¿Qué estás diciendo? —dice—. ¿De qué narices estás hablando?

Pero a Cross parece darle lo mismo. Tan solo le hace un aspaviento con la mano para que siga caminando. Ella no le quita del todo los ojos de encima, lo mira de reojo, está dispuesta a pelear o huir, si fuera necesario. ¿Acaso debería siquiera acompañarlo?

—Patrick me dijo que estuviste en Suecia el fin de semana pasado, así que miré los vuelos y te estuve siguiendo desde el aeropuerto, esperaba que soltaras el maletín. Pero no lo hiciste. No hasta que entraste en aquel bar de *hipsters*. Llevaba encima algunos tranquilizantes para consumo propio, iba bastante puesto de *speed*. Pero en el bar se me ocurrió otra idea. Así que esperé un rato y luego deshice un par de pastillas en tu copa, y tú bebiste con ganas, así que no tardó demasiado en hacerte efecto.

Ella se queda mirándolo. ¿De qué carajo está hablando? Deprisa y sin pausas, con aquella voz aguda tan singular.

—Espera un segundo —dice ella y para, vuelve a sacudir la cabeza—. ¿Qué coño dices? ¿Que me echaste algo en el vino? Esto es demencial.

Cross asiente, salta con la mirada.

—No es la mejor idea que he tenido en mi vida, lo reconozco. Habría sido mejor si hubiese dejado que Patrick lo hiciera a su manera. A lo mejor él habría…

Han llegado al parque, entran por uno de los caminos de grava y pasean hasta sentarse en un banco. Ella saca sus cigarros y se enciende uno sin invitar.

—¿Piensas contarme de qué cojones va todo esto? —dice Klara.

Cross sigue paseando los ojos de aquí para allá por todo el parque. Al final se tranquiliza otra vez y se vuelve hacia ella.

—Se trata de tu trabajo —dice—. Algo sobre quién paga vuestra investigación.

Klara intenta aguantarle la mirada, pero la de Cross ya se ha alejado por el parque y él se ha puesto de pie, rígido y ansioso como un niño hiperactivo.

—¿Stirling Security? —dice ella.

—Él ya había descubierto unas cuantas cosas —continúa Cross como si no la hubiera oído.

Se quita la mochila y saca una carpeta gruesa de color rojo.

—Toma —dice, y se la pone en el regazo a Klara—. No sé qué es. Patrick lo tenía escondido en el patio interior del instituto donde trabajáis. En cuanto comprendí que había desaparecido la fui a buscar. Cuando volví, alguien había puesto el piso patas arriba.

Klara nota el peso de la carpeta en las rodillas. Pone las manos encima, se la acerca y mira a Cross. Ahora él tiene lágrimas en los ojos.

—Era nuestra cultura, ¿sabes? —dice—. Anonymous. Rebelión digital. ¿Pero que terminara así? ¿Que fuera a morir?

—¿Erais pareja? —dice ella tranquila—. ¿Era tu novio?

Cross asiente dubitativo.

—Él era la razón por la que me vine a Londres. Le dieron el trabajo después de Harvard, ¿sabes? Era tan ideal. Derechos humanos por aquí y por allá. Pero enseguida empezó a olerse algo sospechoso con tu jefa. Con todo el instituto.

Klara se pone de pie, ella también. Con cuidado lo agarra de la mano.

—¿Qué es lo sospechoso? —dice—. Y ¿por qué cogiste mi ordenador?

Él parece calmarse un instante cuando ella lo toma de la mano.

—Es algo del informe que estás redactando —dice—. La conferencia de Estocolmo. Patrick tenía el convencimiento de que vuestra jefa está comprada, ¿entiendes? Que está escribiendo un informe encargado por alguien, una empresa o un lobby. Él creía que el informe podía tener una influencia enorme. Pero no logramos dar con lo que ella está escribiendo, ni con las conclusiones a las que ha llegado. Entonces Patrick dijo que tú también trabajabas en el informe, así que pensé que a lo mejor podríamos encontrarlo en tu ordenador. Pero tampoco lo tenías.

Klara niega con la cabeza.

—Nuestra jefa no me ha dejado ver las recomendaciones —dice—. Pero ¿por qué confías en mí? A lo mejor yo también estoy comprada.

Cross la mira a los ojos, se encoge de hombros.

—¿En quién, si no? —dice—. Yo ni siquiera sé de qué va esto. Solo sé que ahora tengo que salir de aquí. Ya no es un sitio seguro para mí. Y, si se enteran de que tú tienes eso, tú tampoco estarás a salvo.

Señala la carpeta que Klara ha dejado en el banco del parque.

—Tengo que seguir mi camino —dice—. Lejos de Londres. Haz lo que quieras con eso. En cualquier caso, para mí se ha acabado todo. Pero te pido disculpas por lo del ordenador.

Y con ello le vuelve la espalda a Klara y desaparece en las sombras de los árboles del parque.

Después, ella está rígida y con la espalda erguida en el asiento trasero de un taxi negro. Se siente sedada, fría y totalmente confusa, sola. En el regazo tiene la carpeta roja que ni siquiera ha intentado abrir.

¿Qué va a hacer con ella? ¿Qué se atrevería a hacer? Patrick está muerto, probablemente asesinado. El viaje a Estocolmo es mañana. No ha hecho la maleta. Todo el mundo está patas arriba. Necesita una copa.

El taxi se detiene delante de The Library, pero, cuando ella ve la luz cálida y el gentío que se ríe y se mueve dentro, le entra el mareo otra vez. Se inclina hacia delante y le dice al taxista que siga, y con un suspiro este arranca de nuevo. Tiene que ir a alguna otra parte. Donde sea. Donde nadie la conozca.

51

Bergort
Viernes, 21 de agosto de 2015

Ya ha caído la tarde cuando al final estoy de nuevo delante de la casa en la que nos criamos. Parece como si el tiempo se hubiera detenido. Ahora un segundo es una hora. Un minuto, una mañana. Cuatro o cinco horas para que sea la hora. Trato de no pensar en ello, lo postergo, lo aparto, pero aun así la adrenalina me agita la cabeza y me provoca un zumbido. No es que me dé miedo. Puede que sea al contrario. Lo estoy anhelando. La imagen de los ojos de al-Amin cuando esté de rodillas delante de mí. ¿Rezará por su vida? Él, que estuvo dispuesto a aniquilarme, ¿qué aspecto tendrá cuando yo lo extermine?

Los que son nuestros padres no están en casa, el piso está a oscuras y en silencio y limpio. Me detengo en el salón. Me pongo en cuclillas. Era aquí donde nos tumbábamos, hermana. En el suelo, cada tarde. Era aquí donde me leías los subtítulos y me preguntabas cosas del diccionario. Era aquí donde nos peleábamos para entrar en calor, era aquí donde yo descansaba la cabeza en tu regazo y sentía un recogimiento que jamás he vuelto a sentir desde entonces.

Por un momento creo que voy a ponerme a llorar, pero sé que no sirve de nada, que no hay ningún camino de vuelta. Que todo se ha acabado, que hace tiempo que se ha acabado.

Pero, cuando abro la puerta de nuestra habitación, es como si el mundo diera una sacudida, como si todo el universo titubeara y volviera a empezar. Me detengo en el umbral con las sienes palpitando, lleno de un sentimiento que no logro definir. Una sensación de que algo ha sido alterado en sus cimientos, que nada es como antes. La luz se cuela por las persianas, sobre el suelo, como ha hecho siempre. Tu cama está hecha y alisada tal y como la dejaste cuando te marchaste. Nada es diferente, y aun así todo es diferente. Me giro hacia mi propia cama, la sábana azul celeste. Y veo que está arrugada, no está lisa y uniforme como yo la dejé hace alguna semana.

Despacio me acerco al colchón. Despacio lo levanto, lo saco, cierro los ojos. El tiempo vuelve a ser irregular. Me da la sensación de que lo que son dos segundos es una hora, pero al final noto que el colchón se vuelve pesado en mis manos, lo siento caer del somier al suelo.

Cuando abro los ojos ya sé que la bolsa no está. El corazón me palpita con fuerza cuando me acerco a la cama y me inclino por encima. Allí hay una nota. Una hoja DIN A4 doblada. La recojo y tu letra angulosa hace que mi mundo se detenga, deje de existir. Solo una línea.

«Siempre te protegeré».

Y tu número.

Nada más.

52

Bergort
Viernes, 21 de agosto de 2015

Es como si no pudiera moverse. Como si todas sus articulaciones se hubieran desencajado, una tras otra. Como si ya no hubiera nada que la mantuviera erguida y ella se desploma lentamente sobre el delgado colchón del suelo con la carta apretada al pecho, los ojos cerrados con tanta fuerza que el mundo que la rodea deja de existir.

La letra irregular de Fadi. La desesperación en lo que ha escrito, la confusión que aumenta a lo largo del texto hasta que este se diluye. La última hoja, donde la tinta se ha terminado y él ha grabado las palabras en el papel con la punta seca del bolígrafo.

En algún sitio, de fondo, oye a Mehdi moverse por el cuartucho, levantar y apartar cosas, como si estuviera buscando algo.

Ella creía que Fadi estaba muerto, pero ha descubierto que sigue vivo y que está a punto de morir, que se está dirigiendo a su propia muerte. Si tan solo lo hubiera cogido de la mano hace cuatro años. Si tan solo lo hubiera rodeado con los brazos y abrazado. Si tan solo hubiera huido con él. Si tan solo él hubiese hecho lo que le pide a Mehdi en la carta, esperar a que ella volviera.

A lo mejor era eso lo que estaba intentando. Pero el Barrio no lo soltaba. Sus lazos eran elásticos y tiraban de él para que volviera. Igual que ahora están tirando de ella. Nota que Mehdi le pone una mano en el hombro y Yasmine abre los ojos.

—Yazz —dice—. Se ha llevado la pistola. Y tiene una pistola y un kalashnikov en casa de vuestros padres.

Ella niega con la cabeza.

—Ya no. Los encontré y me los llevé.

Se quita la pistola de la cintura.

—¿De dónde te crees que he sacado esto?

Mehdi asiente en silencio y se pone en cuclillas con las manos en la cara.

—Vale, vale —dice con el desconcierto recorriéndole por dentro.

Ella se incorpora y lo mira, está sentado con la cabeza colgando, la mirada brincando, sus tejanos holgados, sus zapatillas. Tiene la misma pinta que cuando era pequeño. Que cuando Fadi era pequeño. Que cuando ella era pequeña. Ahora toda esa actitud se ha esfumado, se ha revelado lo que realmente es: mera fachada y bravuconería. Máscaras para ocultar lo que siempre son decisiones erróneas y caos. Toda la vida de Yasmine. Toda la vida de Fadi. Solo decisiones equivocadas. Solo caos.

Se arrastra por el colchón y agarra los brazos de Mehdi, le quita las manos de la cara. Él abre los ojos y la mira sorprendido.

—Eh —dice ella—. Mehdi, hermano, tenemos que solucionar esto. Lo entiendes, ¿verdad?

Él sigue mirándola en silencio y asiente débilmente con la cabeza.

—¿Cómo? —pregunta.

—Tienes que contarme todo lo que sepas. Todo lo que acaba de pasar allí arriba en el bosque ese. Todo sobre esos putos símbolos y esa mierda. Todo sobre Fadi y lo que tiene entre manos. ¿Me entiendes, *len*? Es hora de sacarlo todo, ¿de acuerdo?

Mehdi le cuenta lo que Fadi le ha dicho. Todo sobre Dakhil y los que lo reclutaron. Todo sobre ese misterioso hermano al-Amin, sobre el teléfono por satélite. Todo lo que le ha dicho y las piezas que él mismo ha podido encajar. Todo eso que le parece una película. Sobre drones y hermanos muertos en la arena de Siria. Todo sobre los ojos de Fadi, las armas.

—Lo juro —dice—. Si no lo hubiese mirado a los ojos, *len*. Si no hubiese visto las armas y a él disparando con ellas. Si no le hubiese visto los ojos, Yazz. Te lo prometo, habría pensado que estaba loco, habría pensado que estaba loco.

Y le habla del Barrio. Del matón, Rado, al que ella ha disparado en la pierna. Apareció de la nada con unos cuantos tipos parecidos hace unas semanas. Mehdi le habla de sus tatuajes y de sus ojos inertes. De que son algo así como serbios, veteranos todos.

—Te lo juro, Yazz, recién salidos de la prisión de Kumla. Psicópatas totales. Trajo un gato muerto, *len*. ¡Y lo colgó de una farola! Cosas muy locas.

—Pero ¿por qué, Mehdi? —dice—. Y ¿por qué lo seguiste? ¿Qué coño te pasa? ¡Ahora tienes hijos, hermano!

Él se encoge de hombros y pasea la mirada, se restriega la cara con las manos.

—Joder, no lo aguanto. Parisa tampoco. No estábamos preparados, ¿sabes? Yo no. Vivimos en casa de su *maman*. En una habitación. Con el niño. Como unos putos mendigos. El *shuno* este, Rado, al que disparaste, me hizo jefe. ¡Los chavales me miran como a un rey! Y me pagaba. Joder, Yazz, Parisa y yo no tenemos nada. Mil coronas cada día durante dos semanas. Para mí eso es mucha guita.

Se queda callado y carraspea, parece ruborizado. Pero Yasmine no tiene fuerzas para preocuparse por él y su jodida angustia.

—Eres todo un gilipollas. Te lo juro, si no reinara este caos me partiría de risa, hermano. ¿Te crees que la gente reparte dinero gratis? Qué tonto eres, de verdad.

—Perdón —balbuce él—. Claro que lo he hecho mal, Yazz, chivándoles que estabas buscando a Fadi. Pero estábamos en mitad de los preparativos de las revueltas, y pensé que, si tú te mantenías apartada una semana, todo iría sobre ruedas. Yo me llevo mi pasta y Fadi podrá obtener su venganza. Si te manteníamos alejada, todo el mundo saldría ganando. Pero nunca pensé que fueran a hacerte daño, lo sabes. Solo les dije que había alguien haciendo preguntas sobre los símbolos y los disturbios y que debíamos procurar cortarlo. Y lo que ha pasado hoy… ha sido culpa de Parisa.

Yasmine se queda sin aliento y se inclina hacia Mehdi.

—¿Culpa de Parisa? —dice muy despacio—. ¿En qué sentido?

—Yo te quería contar lo de Fadi, lo juro. Quiero decir, él se merecía saberlo, ¿no? Que tú lo estabas buscando. Pero a Parisa le parecía demasiado peligroso. Nadie debía saberlo, ni siquiera tú. Necesitábamos la pasta, Yazz. Y yo no sé…

—¿Qué no sabes?

—Tú te largaste, sin más —dice Mehdi y la mira a los ojos—. Nunca contestaste a ningún mail, vivías la buena vida. A lo mejor ha sido su manera de devolvértela.

Mehdi parece avergonzado.

—Así que hice como ella quería, no le dije nada a Fadi. Les pedí que te asustaran. Pero prometieron que no te harían daño, Yazz.

—Pero, joder, Mehdi, ¿qué te creías? Tú mismo has dicho que están chalados, hermano.

Guardan silencio un rato. Mehdi no la mira a los ojos. No les sobra tiempo, pero hay demasiadas cosas que asimilar. Demasiado Barrio que asimilar de una sola vez.

—Y ¿qué pasa con Rado y los disturbios y todo ese rollo? —pregunta ella—. ¿Quién es él? ¿Cuál es el puto objetivo, hermano? ¿Solo generar caos? Qué cosa más inútil.

Mehdi se encoge de hombros, la mira por debajo del flequillo.

—Corren rumores —responde.

—¿Sí?

—Se dice que hay alguien detrás. Alguien que quiere caos en el Barrio.

Ella asiente.

—Pero ¿quién? Y ¿por qué?

Él se encoge de hombros.

—Se rumorea que es un rubio que reparte pasta en el aparcamiento de la escuela. Dicen que hay una empresa o algo así detrás. No sé, Yazz. Tampoco pregunté mucho, necesitaba la pasta, ¿vale?

—Sé algo del tema —dice ella—. Pero ¿ese tal Rado? ¿Quién es?

Mehdi se encoge de hombros.

—Supongo que es otro como yo. Un simple *shuno* que quiere ganarse un dinero. Se la suda la revuelta. Solo es pasta. Pero ahora van a estar muy cabreados.

Siente un escalofrío y parece sollozar, totalmente indefenso.

—Rado no es un *shuno* que olvida, me atrevo a decir —continúa—. Es un auténtico mafias, Yazz. No un aspirante como yo. Nos van a matar después de lo de hoy.

Ella sabe que tiene razón. No puedes ir por ahí disparando a matones como ese. No puedes desafiar su juego. Yasmine sabe el precio que se paga.

—No importa —dice.

Se inclina y le pone las manos en los brazos.

—Ahora lo único que importa es Fadi —añade—. Lo demás lo dejamos para luego.

—Joder, soy tan tonto —dice él—. ¿Todo esto? ¿De qué coño ha servido?

—No pienses en eso. Tenemos que descubrir dónde está Fadi, adónde se dirige. Dónde están esos yihadistas. Eso es todo.

Mehdi alza la cabeza y la mira, por fin, a los ojos.

—Sé adónde va —dice.

53

Londres
Viernes, 21 de agosto de 2015

No sabe por qué le pide al taxi que vaya al One Aldwych Hotel. Ha leído sobre él en alguna parte, se supone que es lujoso y, de alguna manera, anónimo, alejado de todos los sitios que ella suele frecuentar. Después de pagar y apearse ve, a través de los altos ventanales del bar, a hombres vestidos con trajes a medida pidiendo elaborados cócteles para damas maquilladas con sobriedad y peinados recogidos. Es perfecto. Klara ve el reflejo de sí misma en el cristal y se sorprende de no estar más cascada después de la semana que ha tenido.

Tarda media copa de vino en reunir fuerzas o coraje, o lo que sea, para sacar la carpeta de plástico y dejarla sobre la mesita de centro de caoba. Le da otro trago al vino. Y luego otro. Nota que se relaja, que el estrés se disipa de su cuerpo. Coge la carpeta y se acerca a la barra para pedir otra copa. Respira hondo y extrae la primera página.

La carpeta es más gruesa de lo que había creído en un primer momento, parece contener un total de treinta páginas. Se estira para coger la copa, tragos más pequeños, ahora que está más tranquila, no tan ávida, y al mismo tiempo se inclina sobre la pila de documentos. Las primeras hojas son impresiones de la página web de Stirling Security. Las mismas por las que ella estuvo navegando el otro día. Las mismas descripciones vagas de lo que hacen. Los mismos textos de ostentación sin fundamento.

Nota que se le acelera el pulso. Otra vez Stirling Security, pero al mismo tiempo nada que ella no supiera.

El siguiente documento es una impresión de la página web del banco de Liechtenstein. Ribbenstahl & Partners. «Banca privada confidencial líder del mercado». Vale. Pero esta conexión también la había hecho ella.

Hojea rápidamente las pocas páginas y encuentra algo que parece ser un artículo publicado en una importante revista inglesa de finanzas hace unos meses. El título es «El Kremlin corporativo entra en el espacio de lobbies de la UE».

Extrae el fajo de la pila de documentos y se reclina en la silla con la copa en la mano. El artículo es un estudio de cómo algunas empresas con conexiones con el gobierno ruso han empezado a posicionarse en Bruselas de distintas maneras. Los ejemplos más claros, según el autor del artículo, son la forma en que Gazprom y otras empresas rusas del sector energético han recurrido a grandes lobbies estadounidenses y bufetes de abogados para esquivar la legislación europea.

Klara suspira y da otro trago de vino. Tampoco eso es ninguna novedad, recuerda ese debate en Bruselas hace varios años. Le da la vuelta a la página y echa un vistazo a los comentarios de los lectores del artículo. A medio camino de la lista de treinta comentarios sus ojos topan con un nombre conocido: Stirling Security. Se detiene y retrocede por los comentarios hasta que vuelve a dar con el nombre, en medio de un comentario que está firmado por *RedThreat99*.

Lee rápidamente el texto en el que *RedThreat99* parece advertir de que no son solo empresas del sector energético con turbias estructuras de propiedad las que están activas en Bruselas y otras partes. En especial, el comentario señala empresas de la creciente rama de la seguridad, dentro de la cual el propio

RedThreat99 dice trabajar: «En un tiempo de incrementada aceptación de las contratas de algunas tareas policiales es especialmente importante que quienes toman las decisiones sepan quién está detrás de empresas como MRM, Vienna Continental y la agresiva y rica en recursos Stirling Security, que en los últimos meses se ha establecido en varios países europeos. Yo mismo he participado en reuniones donde los representantes de esta última empresa se han presentado en compañía de diplomáticos rusos. ¡Es importante que no entreguemos las llaves de una ciudad en nuestra intención de ahorrar dinero!».

Klara le da la vuelta a la hoja, pero nadie ha respondido al breve comentario de *RedThreat99*. Deja los papeles sobre la mesa. ¿Empresas de seguridad rusas que quieren entrar en el mercado europeo? Pero si aquí no hay nada en concreto. De momento, lo que ha leído hasta ahora son cosas que cualquiera puede encontrar en la red.

El vino casi se ha acabado y Klara se levanta para pedir otra copa. Pero le quedan unas pocas hojas en la carpeta, así que cambia de idea y se vuelve a sentar y saca las últimas siete u ocho hojas, que parecen ser copias de recibos de pago.

Cambia la hoja de sitio para que el foco de luz de la lamparita caiga sobre ella y el texto resulte más fácil de leer. Primero sus ojos son atraídos por la suma de la primera página. Asciende a quinientas mil coronas y está fechada hace dos meses. Pasa páginas y encuentra un pago igual el mismo día del mes corriente, hace apenas dos semanas. Vuelve atrás y ve que el dinero ha sido ingresado en un número de cuenta identificado como Ribbenstahl & Partners, con dirección en Vaduz, Liechtenstein. El pagador es Stirling Security. ¡Es la conexión entre la empresa de seguridad y el banco! Pero ¿qué significa?

Nota que se le dispara el pulso y se abalanza sobre las últimas hojas de la carpeta. Parecen la impresión de una correspondencia por mail. El remitente del primer correo es alguien cuyas iniciales son GL seguidas de *@stirlingsecurity.* Pero es al ver el destinatario cuando Klara se queda de piedra y le da la sensación de que el bullicio de la sala se apaga al instante: Charlotte Anderfeldt.

Es con una creciente sensación de falta de veracidad como lee los pocos mensajes que se cruzan GL y Charlotte. Están escritos en sueco y hay algo en la manera que tiene GL de expresarse que le resulta familiar, pero no logra decir el qué. Tampoco consigue concentrarse en ello. El primer correo fue enviado por GL hace casi dos meses:

> ¡Gracias por la constructiva reunión en Londres! Tanto yo como toda Stirling Security nos alegramos de que podamos trabajar juntos en esto y ansiamos poder apoyar tu importante investigación. Te adjunto una copia del pago para que puedas comprobar que la primera fracción ha sido ingresada en la cuenta que abrimos en Ribbenstahl. Como ya mencioné, no puedo más que remarcar de nuevo lo importante que es mantener nuestra colaboración fuera de todo ámbito oficial. Te ruego borres nuestra conversación por mail, tal como ya acordamos. ¡Confío enormemente en una colaboración productiva!

Después siguen un par de correos sobre una reunión en Estocolmo hace menos de un mes. Klara recuerda vagamente que Charlotte estuvo en Estocolmo, pero viaja tanto que resulta difícil recordarlo con exactitud. Y luego, el último mail de GL, fechado hace tan solo una semana:

> ¡Charlotte!
> Aquí tienes una copia del segundo pago, el cual me imagino que ya habrás visto en la cuenta. Tal como dijimos por teléfono, iría

perfecto vernos el día antes de la conferencia en nuestras oficinas de la calle Kungsgatan 30. Te propongo a las 11. Le he enseñado tu borrador a Orlov y va a chequearlo con la dirección internacional, pero en general se muestra muy positivo. Solo algunos detalles a revisar, a mi parecer. ¡Buen trabajo!

Saludos, GL

A Klara le zumban los oídos. Levanta la mirada y de pronto le da la impresión de que los elegantes clientes del local la miran de reojo. Recoge rápidamente los papeles y sale a la calle.

La tarde es cálida y pegajosa. Se apoya en el cristal del bar, saca un cigarro y siente una especie de calma que la invade cuando le prende fuego.

Una empresa rusa de seguridad. Un banco en Liechtenstein en el que a Charlotte le han ingresado un millón de coronas. La conferencia en Estocolmo en la que Charlotte va a presentar su recomendación de experta a los ministros de Justicia de la UE respecto a las posibilidades de privatizar algunas secciones de los servicios policiales. Una recomendación que Klara aún no ha podido leer.

Y el cuerpo de Patrick en las vías de Little Venice. El contenido de la carpeta que tiene en la mano, el cual, probablemente, ha sido la causa de su muerte. Y los hombres con chupa de cuero negro que lo seguían. No estaba loca, los había visto.

—Charlotte —murmura para sí—. ¿En qué te has metido?

54

Bergort
Viernes, 21 de agosto de 2015

Están sentados en la cuesta que sube a la vía del metro, al otro lado del paso peatonal, y el sol de mediodía centellea y titila en las ventanas polvorientas del bloque de cinco pisos que Mehdi había señalado. A la derecha del edificio Yasmine ve el campo de matorrales por donde ha cruzado esta mañana. Le parece imposible que no haga ni dos horas de aquello. Aún se pueden ver las marcas de la ambulancia y los coches patrulla que han atravesado el campo.

Levanta la cabeza para mirar a Mehdi y se hace visera con la mano para protegerse del sol.

—Joder, Mehdi —dice—. ¿Estás seguro de que es aquí?

Llevan casi una hora sin que haya pasado nada y Yasmine nota un creciente desasosiego en el pecho. Fadi está a punto de hacer algo terrible, algo imperdonable. Algo que lo hará desaparecer para siempre, antes de que haya podido siquiera volver. Al mismo tiempo, Yasmine lo entiende perfectamente. Lo traicionaron y lo convirtieron en un asesino. Todo el mundo ha traicionado a Fadi. Al final devuelves el golpe sin pensar ni un segundo en las consecuencias. Ella lo entiende tan bien, al final ya nada importa.

Mehdi solo asiente con la cabeza, pero de un modo no demasiado convincente.

—Por lo menos aquí es donde esos barbas se juntan —dice—. En un sitio arriba del todo.

—¿Te lo contó Fadi?

Mehdi se encoge de hombros.

—Todo el mundo lo sabe. Si va a meterse con unos barbas del Barrio, es aquí.

Yasmine se reclina. Lo que más desearía es hacerse un ovillo y acurrucarse en una profunda oscuridad hasta que todo esto haya pasado. Pero apenas le da tiempo de cerrar los ojos antes de que Mehdi le zarandee la pierna.

—¿Qué te he dicho? —dice, y señala al paso peatonal.

Yasmine se medio incorpora y sigue con la mirada la dirección que señala su dedo.

Más abajo suben dos hombres caminando por el asfalto. Uno es norteafricano y lleva una camisa larga y pantalones holgados. Un *kufi* en la cabeza y barba larga y enmarañada. El otro chico es más joven y viste ropa más occidental. Pero también tiene barba. Sus voces son bajas, un leve murmullo que desaparece por completo cuando abren el portal y se meten en el edificio.

—Parece que se reúnen allí arriba —dice Yasmine entre dientes.

Se inclina sobre la bolsa que han ido a buscar entre los matorrales detrás de la escuela y, con cuidado, saca el raído kalashnikov que hay dentro.

Ve a Mehdi darse la vuelta. Ve sus ojos temerosos y agitados cuando descubre el arma.

—Pero ¿qué coño vamos a hacer, Yazz? —dice—. No lo entiendo.

—Me la suda lo que tú hagas, perdedor —contesta—. Yo haré lo que hay que hacer, *len.* Eso es todo.

Levanta el fusil y siente el peso en las manos. Otea el paso peatonal, pero lo único que ve es un hombre corpulento que se acerca correteando. No lleva barba, pero sí un *kufi* en la cabeza.

—Ahí viene otro —dice, y señala el paso con la barbilla.

El hombre desaparece en el portal, que se cierra con un estruendo a su paso.

Yasmine sale de los arbustos para poder tener una vista general de todo. No puede verlo, pero aun así es como si pudiera percibir la presencia de Fadi, como una radiofrecuencia, una vibración en el aire que solo ella puede captar. Se gira de nuevo y se pone de rodillas para sacar el fusil y terminar de prepararlo.

No ha tenido tiempo ni de agarrarlo por el pistolete cuando un trueno hace que dé un salto y casi se cae. En alguna parte, como por encima de su cabeza, oye voces que gritan por una ventana abierta o un balcón. Ruido de algo que cae al suelo y se hace añicos. Más voces que gritan y suplican. Yasmine se levanta, las piernas le tiemblan, tiene el fusil en la mano.

—Mierda —dice—. Está ahí dentro. ¡Está ahí dentro!

55

Bergort
Viernes, 21 de agosto de 2015

El papel en una mano. Al final de la escalera, delante de la buhardilla. La pistola en la otra. De repente estoy tan cerca de ti. A una conversación por teléfono de distancia, no más. Al mismo tiempo, estoy tan cerca de aquello que me ha traído hasta aquí, mi única razón de vivir el último mes. A escasos minutos de distancia, la luz ya penetra en otro ángulo, por la ventana sucia que hay más abajo a mitad de la escalera.

Los hermanos llegarán de un momento a otro. Dejo de apretar la nota y la vuelvo a desplegar. Tu letra, tus palabras. ¿Por qué has vuelto? ¿Por qué ahora? Cuatro años, hermana. ¿Por qué ahora?

A veces el hermano Shahid nos hablaba de los mártires algunas noches, y todos lo escuchábamos, medio aterrorizados, medio impresionados. De cómo se preparaban para sus misiones suicidas. De cómo se retraían de todo, ajenos a toda influencia externa. De cómo alguien se encargaba de la comida y todo lo demás durante la semana previa, para que ellos pudieran concentrarse en rezar y en pensar en la misión, en el paraíso del más allá. Y de cómo, al final, cuando las bombas habían sido colocadas alrededor de sus torsos, eran conducidos casi todo el camino hasta su objetivo. Para que pudieran limitarse a ir directos

342

sin ser distraídos, para que ningún pensamiento, salvo el del paraíso, pudiera hacerse un hueco en sus cabezas, para que sus misiones fueran simples y breves.

Así es como he pensado en mí mismo desde que llegué. Así pensé todos los días en el sótano. Como preparativos, horas para aprestarse. Aunque haya dejado de rezar. Aunque ya no tenga esperanzas en el paraíso. Un último acto de valentía. Un último acto de caos y justicia. Después, nada.

Después, tú. Después, tu nota.

Y con ella me vienen pensamientos que no debo tener. Pensamientos sobre mi vida, sobre mí mismo. Los pensamientos que he echado a un lado, que ya no tengo derecho a pensar. No desde que los hermanos fueron aniquilados. No desde que yo los aniquilé. Desde entonces no tengo vida más allá de esto. Aprieto la pistola más fuerte con la mano. Compruebo el cargador por enésima vez. Desde entonces no puedo permitirme otra cosa que no sea venganza.

Vuelvo a sacar el papel. Leo tus palabras una última vez antes de romperlo lenta y meticulosamente en mil pedazos y los tiro. Revolotean hasta el suelo como confeti, como nieve, como olvido.

Cuando se posan en silencio sobre la escalera de piedras gastada, oigo el portal abrirse, abajo del todo del edificio. Y oigo las voces de los hermanos resonar en el cemento. La pistola me pesa fría en la mano.

Cierro los ojos y aguzo el oído. Primero es la voz del hermano Taimur, queda, casi un susurro entre el hormigón.

—No quiero decir que las manos no sean *awrah*, hermano, pero cuando se ponen tan estrictos corren el riesgo de que la gente se mosquee, ¿entiendes?

La charla de siempre sobre la vida en el califato. El otro se limita a asentir con un sonido gutural y yo me imagino que se trata del hermano Tasheem. Él siempre es más silencioso, deja que el otro hable y parlotee sin parar. Me centellean los ojos. En mi cabeza ya los he ejecutado a todos cada hora que he estado despierto durante un mes entero. A uno tras otro. Los he tenido de rodillas delante de mí con las manos en la cabeza. Después, simplemente he dejado que las balas los atravesaran. Pero ahora, ahora que estoy tan cerca... Me obligo a recordar las partes amputadas de los cuerpos en la arena roja. Me obligo a recordar las hileras de muertos. Se merecen esto. Lo han creado ellos mismos.

El corazón se me dispara y saco el otro cargador del bolsillo. Le doy la vuelta. Lo compruebo. Catorce balas en total. No era así como lo había planeado. Iba a tener el fusil. Pero ya no puedo esperar más. En especial ahora, después de haber encontrado tu nota. No sé por cuánto tiempo estaré tan decidido. Ya siento que empiezo a flaquear.

Los que fueron mis hermanos ya están delante de la puerta. La misma puerta que yo mismo he cruzado tantas veces. El timbre sigue estropeado y los oigo llamar a la puerta y esta abrirse. Luego, la voz de Dakhil.

—*As-salamu alaykum*, hermanos. Pasad.

Y la puerta se cierra detrás de ellos. Tres. Solo falta uno. El mayor traidor de todos. Siento el sudor bajarme por la nuca a pesar de que haga frío entre el hormigón. Siento la sangre correr por todo mi cuerpo, demasiado deprisa, y desearía poder hacerla fluir más despacio, poder forzar que me invada la calma.

Entonces oigo abrirse la puerta de abajo. Oigo pasos apresurados por la escalera. Alguien subiendo los escalones de dos en dos. Y yo mismo bajo a hurtadillas un par de escalones para poder observar a través de la verja negra de metal. Oigo acercarse su respiración cada vez más pesada. Lo juro, puedo percibir su olor.

De repente lo tengo delante, de espaldas, con el puño cerrado sobre la puerta de Dakhil. Tiene el mismo aspecto de siempre. Hombros anchos y el gorrito. Tejanos y botas. Apenas le da tiempo de llamar cuando la puerta se abre.

—Llegas tarde, hermano —dice Dakhil.

No le da tiempo a más, porque yo me he lanzado escaleras abajo, los escalones de dos en dos, de tres en tres, con la pistola en ristre con ambas manos. No le da tiempo a más, porque he bajado al mismo rellano que ellos y le he puesto la pistola en el cogote a al-Amin y lo he empujado contra Dakhil. No le da tiempo a más, porque el mundo gira y tropieza a mi alrededor y él grita algo, asustado, y retrocede de espaldas por el pasillo y yo voy empujando a al-Amin y grito algo yo también.

Agito la pistola y se me dispara una bala y resulta ensordecedor. Los oigo gritar a todos y lloriquear, algo tintinea y se rompe y cae al suelo. Y yo grito otra vez, ahora más fuerte:

—¡Haced lo que os digo! ¡Haced lo que os digo!

Una y otra vez. Parece como si oyera mi propia voz desde fuera, y es alta y estridente. Al-Amin intenta girar la cabeza, pero yo lo golpeo sin contemplaciones en la cabeza con el cañón y veo que se le abre la ceja, veo sangre de color rojo claro rezumando por su cara y su cuello y sobre la camiseta y la chaqueta. Pero me la suda, yo solo grito y empujo y los llevo al salón. Los obligo a plantarse delante de mí en la sala en la que nosotros, en la que *yo*, solía sentarme. Y grito y grito y zarandeo la pistola. Es el caos, es como estar en mitad de una ola, no puedo ver bien, no sé discernir entre espacio y tiempo. Solo los obligo a ir a la gruesa alfombra, a ponerse de rodillas. Los obligo a poner las manos detrás de la cabeza y ellos hacen lo que les digo. Pueden ver mi locura y hacen lo que les digo. Y yo los miro. Oigo la voz de Dakhil en alguna parte por debajo de la mía.

—Hermano Fadi, esta es mi casa, nuestra casa, por favor, hermano…

Y lo golpeo a él también con el cañón de tal manera que su cabeza se tuerce con fuerza hacia un lado. Él se desploma en el suelo.

—¡Cierra el pico! —grito—. ¡Tú cierra el pico!

Y se callan, por un momento se hace el silencio. Los miro y en sus ojos veo una conmoción tan grande, un pavor tan grande, que por un momento me lleno de dudas. Pero ahora no puedo soltarlo, no puedo dejar que este sentimiento desaparezca. Y vuelvo a alzar el arma contra ellos. Pero al mismo tiempo hay algo que no encaja.

Son más de lo que pensaba. Me controlo y veo que son más de cuatro. En la punta hay un chaval de rodillas. O al menos parece un chaval, más joven que yo. Tiene la mirada fija al frente y una lágrima cae por su mejilla. Vuelvo a perder la concentración, lucho con ello, me acerco a él.

—¿Tú quién eres? —grito—. ¿Qué coño haces aquí?

Agito la pistola y veo que sus labios se mueven, están rezando.

—Soy el hermano Firas —dice—. Los hermanos me han enseñado el camino a Alá, alabado sea Su nombre.

Y cierra los ojos y vuelve a rezar, con labios trémulos, las aletas de la nariz no paran de moverse. Y siento el vacío y la angustia creciendo en mi interior. El hermano Firas soy yo. Otro como yo. Otro que han encontrado y al que van a convertir en un traidor.

Pero la rabia y la desesperanza me han cegado. Entiendo que es demasiado tarde cuando me doy la vuelta y mis ojos se quedan clavados en la boca de un cañón de una pistola mucho más grande y moderna que la mía. Noto que me retuercen la mano y me quitan el arma. Que ya no hay nada que hacer.

—Dame eso —dice al-Amin, y me mira con sus ojos vacíos—. Esto termina aquí.

56

Bergort
Viernes, 21 de agosto de 2015

Cuesta abajo. Parece como si estuviera volando otra vez, como si pasara planeando sobre el paso peatonal y por el pesado portal, dentro del frío y la humedad de la escalera. El ruido más arriba, quizá por una puerta entreabierta. El fusil, pesado y frío en sus manos. Escaleras arriba, escalones de dos en dos, y oye a Mehdi más atrás, su silbido, su jodida respiración de pito. Segundo piso. Tercer piso. Ahora hay silencio allí arriba. No más truenos, no más gritos. Y eso la asusta por igual.

Cuarto piso. Solo queda una escalera y Yasmine se detiene en el rellano y presta atención, recupera el aliento, sigue oyendo los pasos de Mehdi y sus pulmones agonizantes en algún lugar mucho más abajo.

Yasmine se recupera y coge el fusil con ambas manos, quita el seguro tal como le enseñaron en el campo de tiro, en lo que ahora le parece otra vida. Está puesto en disparo simple, no en fuego automático. Echa un vistazo arriba. ¿Qué la espera? ¿Qué va a hacer cuando llegue? Despacio, a hurtadillas, da un primer paso en dirección al quinto piso. Después otro. Y otro.

Cuando dobla la esquina, ve que la puerta está entreabierta. No ha salido ningún vecino. Quizá sepan que aquí es mejor no meterse en lo de los demás. O a lo mejor están trabajando o en la mezquita o en el centro. Cuando se acerca a la puerta oye voces en el interior. Y de repente se alzan. De repente alguien habla a gritos, y no es Fadi, es otra persona.

—¡Esto termina aquí! —oye.

Y le sigue un estruendo, como si algo cayera al suelo. Y después se oyen más voces, agitadas, desconcertadas.

Yasmine ya está delante de la puerta. Apoya la espalda sobre el hormigón frío, con el fusil apoyado en el antebrazo, el cañón apuntado hacia abajo. Por el rabillo del ojo ve a Mehdi llegar al rellano. Le lanza una mirada, le hace un gesto para que se mantenga alejado, no quiere tener que preocuparse de que él también la líe.

Ahora se oyen las voces del interior del piso otra vez.

—¿Qué estás haciendo aquí? —dice la voz grave—. Estabas muerto, perro. ¿Qué estás haciendo aquí?

Después algo que suena como una patada, seguida de un sonido apagado, adolorido.

«Fadi —piensa—. Fadi, Fadi, Fadi».

—Es un puto perro —dice la voz grave—. Es la única explicación. Es un *takfir* o, peor que eso, peor que un apóstata. ¡Un asesino!

Una nueva voz ahí dentro, tensa, apagada y forzada:

—¿Hermano Fadi? ¿Qué ha pasado? ¿Qué haces aquí?

Yasmine oye sollozos, respiraciones profundas, quejidos. Después, otras voces. Primero interrogantes, después enfadadas o rendidas. Mantiene el fusil pegado al hombro. Nota el corazón tronando por dentro, el pulso. Está a medio camino de cruzar el umbral, de entrar en el piso, pero no osa revelar su presencia. Miedo y desconcierto. ¿Qué está pasando?

Entonces el aire se llena de caos otra vez. Ruido que se abre paso entre las voces. Como si alguien rodara por el suelo, tirara algo abajo, cuerpos contra cuerpos y luego voces otra vez. Sobresaltadas y confusas.

—¿Qué hace?

—¡Sujetadlo!

Y luego oye la voz de Fadi. Tenue y solitaria y casi imposible de discernir entre el barullo. Pero es él y Yasmine nota que la mano que abraza el fusil se relaja, el mundo se ralentiza, todo lo que la rodea cobra sentido.

—¡Calla! —grita alguien ahí dentro—. ¡Dejad que hable!

Callan y Yasmine puede oír su timbre, suena como sonaba entonces, antes, cuando se sentía presionado y rechazado. Cuando todo estaba en su contra, cuando nadie estaba de su lado. Oye cómo se da la vuelta, le oye escupir las palabras y las acusaciones.

—¡Fuisteis vosotros! —solloza—. Vosotros lo hicisteis. ¡Fuisteis vosotros quienes los matasteis!

—¿De qué estás hablando? —dice la voz más calmada.

Pero se ven interrumpidos otra vez por la voz grave.

—Ya hemos oído suficiente, *takfir*. ¿Entras aquí armado y con amenazas? ¿Quién te crees que eres? Ya conoces el castigo por abandonar la fe.

—El castigo —escupe Fadi—. ¿El castigo? ¡Fuisteis vosotros quienes matasteis a los hermanos! ¡Era vuestro teléfono! Vosotros enviasteis los drones. ¡Tú me diste el teléfono!

La voz más aguda otra vez, ahora lenta y titubeante.

—¿Qué teléfono? ¿De qué estás hablando?

—El teléfono satelital del hermano al-Amin —se oye la voz de Fadi.

Y al no obtener una reacción inmediata continúa:

—¿Qué? ¿No sabéis nada? ¿El teléfono que al-Amin me entregó?

Un golpe sordo lo interrumpe y Yasmine da un salto detrás de la puerta.

—¡Cierra la boca! —dice la voz grave—. ¡Está mintiendo! ¡Es un asesino y un espía, lo juro!

—¿De qué teléfono está hablando, hermano al-Amin? —dice la más sosegada de las voces.

A sus espaldas se oyen ahora las demás voces, preguntando, desorientadas.

—No hay ningún teléfono, son todo patrañas. Tiene miedo a morir. Miedo a que Dios lo castigue como se merece, eso es todo, hermano Dakhil.

Pero ahora la voz suena diferente, estresada. Hay desesperación en ella. Un tono medroso que asusta a Yasmine. Despacio, con manos temblorosas, empuja la puerta del piso. Con cuidado mira a la vuelta del marco de la puerta y examina el oscuro pasillo. Tiene las sienes húmedas de sudor, los nudillos se emblanquecen alrededor del rifle. La puerta del otro lado del recibidor también está entreabierta y Yasmine puede ver espaldas y hombros moverse en lo que parece ser el salón. La espalda más ancha de todas se agacha sobre alguien que está tendido en el suelo. No puede verlo con suficiente claridad, solo lo que quizá sean piernas, lo que quizá sea Fadi. Con los pulmones bombeando sin parar, el corazón latiéndole con fuerza, se mete por el estrecho y oscuro pasillo.

—¡Deja de mentir! —ruge la voz grave allí dentro—. ¡Todo el mundo sabe que estás mintiendo!

El otro intenta coger aire. Unas voces gritan, agitadas. Yasmine solo oye a la voz aguda decir:

—Suelta el arma, hermano al-Amin, vamos a aclarar esto.

Pero la espalda ancha no parece atender. Parece estar de pie con las piernas separadas, inclinada hacia delante, con los brazos estirados. Como si se estuviera preparando para disparar.

Se hace un instante de silencio. Después la voz de Fadi, baja y medio ahogada.

—Fuisteis vosotros —murmura—. Vosotros los matasteis.

—¡Cállate! —ruge la voz grave—. Se acabaron tus mentiras.
Y luego el disparo.

El ruido en el pequeño piso es ensordecedor, contundente y comprimido. El mundo se encoge alrededor de Yasmine y cree que va a vomitar en el silencio que sigue a continuación, pero de forma instintiva se encaja el fusil en el hombro, siente las pulsaciones en las sienes, palpitaciones y convulsiones en el pecho. Da tres pasos rápidos y cortos por el pasillo, coge aire y le asesta una patada a la puerta del salón. La estancia gira y se retuerce, un mosaico en movimiento de caras y cuerpos, un caleidoscopio, de sangre y confusión. Yasmine lo excluye todo. Solo apunta a los hombres que tienen armas en la mano. Excluye a los demás que se dan la vuelta. Lo excluye todo menos las armas.

Hasta que ve a Fadi. Está tendido sobre la alfombra del suelo, con la cabeza hacia abajo. En un charco de sangre. Cuando al fin toma conciencia de la imagen es como si todo terminara. Como si todo el mundo estuviera hecho de pequeños trozos que se desprenden y desploman a su alrededor. Ya no queda nada. El mundo ya no es nada. Nota las manos alrededor del cañón. El dedo sobre el gatillo. Abre la boca y solo brama a voz en grito.

57

Bergort
Viernes, 21 de agosto de 2015

Es al oírte cuando me doy cuenta de que no estoy muerto. Es al oír tu voz, al oír tu grito, como hizo aquella mujer siria cuando los hermanos volvieron del frente con su hijo muerto en una camioneta. Descarnada y eterna, como la de un animal o un monstruo. Una pena terrible e instantánea, nada más.

Pero yo no estoy muerto y trato de moverme, intento decir algo.

—Yasmine —resoplo con la boca aún pegada a la alfombra, llena de sabor a sangre y angustia.

Levanto la mirada y veo a Dakhil de pie. Tiene la pistola en una mano. Pero ahora se agacha y la deja despacio en el suelo, con la mirada fija en la puerta donde he oído tu voz. Pienso que es él quien ha disparado, que ha disparado al aire, a lo mejor solo quería asustar a al-Amin. Al-Amin, que parece haberse rendido.

Cuando me percato de que al-Amin ya no me está apuntando con la pistola, me vuelvo hacia ti, me incorporo con un codo. Te veo por primera vez. Veo tus ojos, primero vacíos, como no los había visto nunca, inhumanos, ojos dispuestos a matar, ojos que no juzgan las consecuencias. Veo lo delgada que estás, la hinchazón en tu ojo, tu boca entreabierta al principio y luego tus labios que se mueven, sin hacer ruido. Y veo que sostienes el arma que me traje a casa, entre tus brazos se ve enorme, grotesca, veo que apuntas con ella a los hombres de la sala, a los que por un instante casi he olvidado por completo.

Veo que estás a punto de hacerlo. A punto de apretar el gatillo y cruzar el límite que te separa de otra cosa, un mundo en el que jamás deberías verte metida. Un mundo en el que nadie debería verse metido. Grito:

—¡Yasmine! ¡Estoy vivo, Yasmine! ¡Estoy aquí!

Por un segundo quitas los ojos de los hombres y me miras a mí, sorprendida, casi asustada. Como si yo fuera un fantasma, y quizá sea justamente eso lo que soy. Parpadeas y tus ojos cambian, pasan de ser huecos e impasibles a ser otra cosa, algo que yo recuerdo. Algo que perdí, sin lo cual y con lo cual no podía vivir. Bajas el arma, das un paso desconcertado a un lado.

Es todo lo que necesitan, es todo lo que al-Amin necesita. Tiene las manos vacías —debe de haber soltado el arma al verte entrar—, pero ahora se agacha rápidamente sin quitarte los ojos de encima. Tú estás tan conmocionada o tan confusa que apenas reaccionas, tu boca entreabierta, el fusil vibrando en tus manos.

Ruedo por el suelo y tanteo para coger el arma que Dakhil ha soltado, la pistola que yo he traído. Es escurridiza, pero consigo agarrarla y me giro, siento cómo mis manos se aferran a la culata, noto la sangre que tengo pegada a la cara. No pienso, solo me muevo para ponerme de costado, con ambas manos estiradas, a apenas unos metros de al-Amin. Cierro los ojos y aprieto el gatillo.

58

Bergort
Viernes, 21 de agosto de 2015

Ella se deja caer de rodillas, de nuevo con el fusil contra el hombro, los nudillos emblanquecidos al aferrarse al arma. Se vuelve hacia Fadi, lo ve sujetar la pistola con una mano y tratar de levantarse con la otra, con su cara cubierta de sangre.

—¡Quietos! —brama ella, y agita el cañón del arma que apunta a los hombres—. ¡Al rincón! ¡Todos! ¡Ahora!

Ellos obedecen de inmediato y en silencio, se desplazan hasta el rincón de la casa con las manos a la altura de los hombros, con los ojos abiertos de par en par y atemorizados.

—¡Mehdi! —grita hacia el rellano—. ¡Ve a buscar el puto coche!

Él no responde, pero ella oye sus pasos pesados al bajar las escaleras, resonando en el más completo silencio. Fadi se ha levantado, se vuelve hacia ella.

—Yasmine.

Sus ojos están llenos de algo, quizá amor, pero también algo más.

—Has vuelto —dice.

Pero no se acerca a ella, sino que avanza hasta el corpulento hombre que yace en el suelo y cuya cara está estriada por los rayos de sol que se cuelan por la persiana. Respira y jadea débilmente, se abraza a sí mismo. Fadi se inclina sobre él.

—¿Quién eres, en verdad? —dice—. ¿Para quién trabajas?

El hombre levanta la mirada hacia Fadi, y Yasmine ve que se está agarrando el hombro.

—No sé de qué estás hablando —contesta.

Fadi tiene la mirada vacía y, con la pistola colgando a un lado, mira al hombre con algo que parece una sonrisa en la comisura de la boca. Despacio, desplaza la pistola en el aire hasta que apunta con ella a la frente del hombre.

—En realidad, da igual —dice Fadi—. Me la suda. Asesinaste a los hermanos, eso es lo único que importa. Y para eso solo existe un castigo, hermano.

Escupe las últimas palabras y la sangre que le cubre la boca motea la cara del hombre. Yasmine va saltando con la mirada de Fadi a los hombres que siguen apretujados en el rincón. No puede terminar así.

—¡Fadi! —dice—. ¡Se acabó, hermano! ¡Déjalo ya!

—¿Para quién trabajas? —repite él—. *Wallah,* no hay nada que desee tanto como ejecutarte, perro.

—¡Fadi! —grita ella—. ¡Joder, Fadi, ya está, se acabó!

El hombre aparta la mirada, hacia el suelo, murmura algo, entre dientes, casi imperceptible.

—¿Qué has dicho? —pregunta Fadi, y se agacha a su lado.

El hombre cierra los ojos y carraspea, tose.

—Trabajo para la policía —murmura.

—¿Cómo que para la puta policía? —grita Fadi.

—Säpo. Policía secreta, hermano, te juro que es verdad —dice.

Fadi parece desconcertado, de pronto inseguro.

—¿Säpo? ¿Has trabajado para la Säpo todo este tiempo?

El hombre vuelve la cara hacia Fadi y lo mira directamente a los ojos.

—Fadi —dice Yasmine con la voz más tranquila que puede—. Tenemos que desaparecer de aquí. No podemos quedarnos. Sobre todo si ese es un poli.

El estrés la invade y Yasmine señala la puerta con la cabeza, da medio paso hacia ella. Fadi no parece escucharla, se queda donde está con la pistola apuntando al hombre en el suelo.

—Pero ¿quién mandó los drones? —dice.

—No seas tan ingenuo, joder. ¿Te crees que no colaboramos en Occidente?

—O sea que yo no era más que vuestro cebo. Un imbécil al que podíais sacrificar para alcanzar a otro.

Fadi aprieta más fuerte el cañón contra la cabeza del hombre y respira de forma pesada. Yasmine la ve expandirse en los ojos de su hermano: una oscuridad tan inmensa y negra que toda la sala parece taparse de pronto.

—Fadi —dice—. No ha sido así. Has sobrevivido.

Se le acerca un paso y alarga la mano.

—Has tenido una segunda oportunidad. No lo estropees ahora, por favor.

Unos espasmos recorren la cara de Fadi cuando se inclina hacia delante y empuja al poli contra el suelo con la pistola.

—Yo confiaba en ti —susurra, y Yasmine ve cómo las lágrimas ruedan por su mejilla.

Pone una mano tranquilizadora sobre la mano de Fadi y poco a poco aparta la pistola de la frente del hombre, hacia el suelo.

—*Jalla*, Fadi —susurra—. Vamos.

59

Estocolmo
Viernes, 21 de agosto de 2015

Hemos salido del Barrio. Recuerdo haber oído a la *aina* mientras nos alejábamos, las luces azules y el furgón, pero por una vez en la vida Mehdi se lo ha tomado con calma. Recuerdo que iba tirando con el coche siempre por debajo del límite de velocidad, como si fuera el padre de alguno.

Ya estamos en la autovía y permanecemos tranquilos. El coche se encuentra lleno de pipas, pero no pasa nada, los hermanos estaban confusos y airados, y es más que seguro que se encargarán de que al-Amin no tenga ninguna posibilidad de cantar antes de que nos hayamos escapado.

La vergüenza en los ojos de Dakhil cuando hemos abandonado el piso. Todas las medidas de seguridad que habían tomado siempre y resulta que tenían a un infiltrado en casa. Si tuviesen más pelotas se lo habrían cargado. Pero todo no es más que palabras y billetes de avión. Al final son como todos los demás. No saben nada de la guerra.

El sol brilla sobre el hormigón y las fábricas y yo intento limpiarme la sangre de la cara con unas toallitas húmedas que Mehdi ha encontrado en una bolsa con pañales en el suelo del asiento de atrás.

Sé que me estás mirando. Noto tus ojos sobre mi mejilla, sobre mi cabeza rapada, mis ojos entornados al sol. Pero no puedo volverme hacia ti, no puedo mirarte. Hay demasiado entre medio, demasiado tiempo, demasiado de mí.

—¿De verdad eres Fadi? —dices tú.

Yo asiento en silencio y dejo que mi mirada siga las chimeneas y los almacenes, ladrillo marrón que luego se convierte en carteles de propaganda y en bloques de oficinas nuevos y endebles de chapa delgada y cristales reflectantes. Y luego llegamos al puente. Después es todo agua titilante y fachadas relucientes. El mundo ha tardado diez minutos en transformarse y ahora estamos volando de nuevo y entonces yo no puedo dejar de mirarte de reojo.

El cielo te alumbra el pelo, sentada como estás mirando por la sucia ventanilla a la ciudad, al paisaje que es imposible no contemplar. Resulta imposible comprender que hayas vuelto. Y lo digo entre dientes, en silencio, para que a lo mejor no lo oigas.

—¿Cómo me has encontrado? —digo, y mi voz ya no es ni un graznido, sino solo aguda y fina.

Tú te vuelves y me cruzo con tu mirada por primera vez sin evitarla. Tus ojos están cansados y llenos de algo que no logro reconocer, algo con lo que no sé qué hacer, aún no. Algo que parece amor.

—Fadi —dices—. Tú querías que te encontrara, *habibi*.

Mehdi avanza junto al agua, por delante de la Operan y aquellos barcos blancos que salen a pasear entre las islas, por los Jardines Reales y de nuevo junto al agua, por delante de edificios bonitos y museos. Al final aminora la marcha y se detiene enfrente de un edificio que también parece un museo. Al otro lado del agua, detrás de barcos y muelles, se yergue el palacio, gris y lúgubre. Se inclina hacia delante y mira otro edificio, un poco metido en la calle, con grandes árboles delante.

—¿Te hospedas ahí? ¿En el Lydmar? —dice por encima del hombro—. ¡Vaya lujo, hermana!

—¿En serio? —digo yo—. ¿Cómo coño se come eso, Yazz?

—Es una larga historia —respondes.

—Mirad —dice Mehdi en el asiento de delante.

Señala a dos tipos que están sentados más abajo. Dos *shunos* con tejanos y sudadera, y unas gorras bajadas hasta la frente.

—¿Quiénes son? —dices tú.

Mehdi se encoge de hombros.

—Ni idea, pero no parecen ser huéspedes de tu hotel, precisamente.

Su teléfono empieza a sonar otra vez. Ha estado sonando sin parar todo el camino hasta la ciudad, pero él lo ha ignorado. Ahora lo coge y lo mira nervioso.

—Mierda —dice—. Parisa.

Se pega el teléfono a la oreja y toda su presencia se transmuta. Ya no es el tipo de la calle, sino un novio afable, dispuesto a servir.

—Hola, cariño —dice. Yasmine y yo nos miramos con asombro, sonriendo.

Pero luego él no dice nada más y, al mirarlo por el retrovisor, veo que se queda pálido, como si toda su cara se convirtiera en ceniza gris y luego en nieve blanca.

—No sé dónde están —dice conteniéndose.

Pasan unos segundos antes de que cuelgue sin decir nada más, se queda ahí mudo con el teléfono en la mano.

—¿Mehdi? —dice Yasmine—. ¿Cuál es el problema? ¿Qué pasa?

—¡Eh, hermano! —tercio yo—. Di. ¿Qué pasa?

—Quieren a Yazz —contesta tranquilamente.

—¿Qué?

Siento que todo empieza a dar vueltas, que no entiendo nada. Estamos fuera. Tú has venido y me has salvado. Ya no hay nada que nos retenga aquí, ¿no? Somos libres, ¿no? No pueden dar con nosotros.

—¿Qué pasa? —digo—. ¿Qué es esto, Yazz?

Tú te vuelves hacia mí otra vez, ahora tus ojos están cansados y te pesan.

—Los matones de Mehdi —dices—. Ya sabes, toda esa mierda del Barrio, los disturbios y todo eso, ¿sabes? Es una larga historia, pero Mehdi intentó hacer que me dieran un susto para que no pudiera encontrarte. Es leal. Estúpido, pero leal. Da igual, al final todo acabó con que le pegué un tiro en la pierna a uno de ellos.

Te encoges de hombros, como si tampoco fuera nada del otro mundo.

—Y supongo que ahora quieren asegurarse de que mantenemos la boca cerrada, o vengarse, o yo qué sé —concluyes.

Me reclino en el asiento y cierro los ojos.

—¿Disparaste a alguien en la pierna? —digo yo.

Tú no contestas, solo te inclinas para observar a los dos tipos que están haciendo guardia en la entrada del hotel. Yo sacudo la cabeza con la esperanza de despejarla un poco.

—¿Qué pasa con Parisa? —pregunto.

Mehdi coge aire y lo suelta lentamente.

—Estaban con ella —contesta—. Se lo he notado en la voz. La han hecho llamar. Es su manera de mandar un mensaje, ¿verdad?

Asiento en silencio. Todos sabemos de qué va. Los mensajes y las alianzas y las amenazas y todo el puto sinsentido de nunca acabar.

—Tengo hasta mañana para encontrarte —añade Mehdi—. ¿Qué coño hacemos?

Guardamos silencio un momento.

—A lo mejor sé por dónde podemos empezar —dices tú al final.

60

Estocolmo
Viernes, 21 de agosto -
Sábado, 22 de agosto de 2015

Ya ha caído la tarde cuando llegan a la callé Tegnérgatan número 10 y están todos cansados, casi desfallecidos. Ella mira a Fadi, ve que apenas logra mantenerse erguido en el asiento, lo ve transparente, aún más espectral que antes.

Pasan lentamente de largo la dirección y giran por Döbelnsgatan. Son casi las siete. ¿En qué han gastado la tarde?

—Para ahí —dice Yasmine, mientras señala un hueco entre dos coches en el carril contrario.

Mehdi hace un cambio de sentido en el siguiente cruce, deshace el camino y mete el Mazda en la plaza. Después, se reclina en el asiento con los ojos cerrados. La presión lo está desgarrando, está claro. No había contado con esto, no había contado con que esos *shunos* fueran a amenazarlo a él y a su familia.

Mehdi nunca fue el más listo, y gran parte de esta mierda la ha provocado él mismo con su estúpido comportamiento, pero aun así ella siente lástima por él. Siente lástima por Parisa, también, a pesar de su traición. Recuerda cómo es, o cómo era, todas las alianzas que se van pisoteando, todos los líos. Y ahora están entrando en terreno pantanoso y Yasmine es la única que tiene algo que a lo mejor los puede salvar.

Se inclina entre los asientos y otea la calle Tegnérgatan por el parabrisas. Puede ver claramente el portal del número 10.

—Hay un albergue un poco más allá, en Observatorielunden —dice, y se vuelve hacia Fadi—. Tienes que dormir, *habibi*. Yo me quedo aquí.

—¿Cómo que te quedas? —dice Mehdi, y se frota los ojos.

—Es aquí donde vive —contesta ella—. Lööw, el que paga a tocateja a tus *shunos* cada noche. Viene a ser tu jefe, Mehdi. He quedado con él mañana, pero quiero tenerlo vigilado. Ve con Fadi y mantén el teléfono encendido, ¿vale? Nos vemos mañana.

Cuando vuelve a abrir los ojos la calle sigue estando desierta, la luz es gris con motas de oro y verde más arriba, en el parque, y Yasmine tiene tanto frío que tirita con la primera luz del día. Su nuca y su espalda están tiesas cuando se acomoda en el asiento, le rechinan los dientes. ¿Cuántas horas ha dormido? El reloj del móvil marca las siete menos unos minutos.

Lööw había vuelto al piso ayer por la noche a última hora, pasadas las once, y en un primer momento Yasmine había sopesado la posibilidad de sorprenderlo. Pero al final había decidido esperar y seguirlo hasta la cita que habían concertado en la Biblioteca de Estocolmo.

No se fía de él. ¿Quién sabe lo que puede tener entre manos?

Yasmine tiene frío y en el coche no hay nada con qué calentarse, solo lleva puesta su camiseta negra y una bómber delgada. La cabeza le crepita y raspa por dentro por la falta de sueño acumulada estos últimos días, y Yasmine abre la puerta para salir a la calle. Reina el silencio y cuesta creer que la ciudad pueda estar así de vacía y desierta.

En el lado del copiloto hay una vieja gorra roja tirada en el suelo. Haciendo una mueca, Yasmine intenta recogerse la melena en un moño y cubrirlo con la gorra. No es el disfraz más moderno del mundo, pero es todo lo que tiene en estos momentos.

Poco a poco empieza a corretear hacia la calle Tegnérgatan, solo para mantener el calor en el cuerpo.

Casi dos horas más tarde ha conseguido mendigar un café y un bocadillo de queso del día anterior en una cafetería que en realidad no abría hasta dentro de una hora. Ahora está sentada de nuevo en el coche y la mañana ha pasado de ser una cosa gélida a llenarse de una calidez estival, y Yasmine siente cómo la vida poco a poco vuelve a llenarle el cuerpo y las articulaciones.

Le manda un mensaje de texto a Fadi: «¿Todo bien? Te llamo después de hablar con Lööw, ¿ok?».

Mira la hora en el teléfono. 08:35. «El hombre no debería de tardar mucho en salir para la reunión», piensa.

Aun así, casi le da tiempo de quedarse dormida otra vez, reclinada en el asiento del conductor, cuando con los ojos entornados atisba que alguien sale del portal número 10 y empieza a caminar en dirección a la avenida Sveavägen. Yasmine apenas tarda un segundo en despertar y en incorporarse. George Lööw lleva pantalones de pinza rectos y estrechos y zapatos marrones. Un bléiser también estrecho y azul marino. El pelo igual que ayer, medio largo y repeinado hacia atrás.

Sin perderlo de vista, Yasmine se baja del coche, lo cierra y sigue a Lööw calle abajo.

Es consciente de que tiene que ir con más precaución; por mucho que él no se espere que ella lo siga hasta el lugar de la cita, ahora él ya sabe qué cara tiene.

Pero, cuando Lööw saca el teléfono y se lo pega a la oreja, Yasmine acelera el paso y recorta distancia a tan solo un par de metros. Las calles están casi desiertas, si ahora él se diera la vuelta la vería directamente. «¿Acaso importa?», piensa ella. Le parece más importante tratar de oír lo que está diciendo por el móvil de camino a la cita.

La persona a la que llama tarda un momento en cogerlo. Luego le oye decir en inglés:

—Estoy en camino.

Un par de coches pasan por su lado y ahogan las palabras siguientes de Lööw. Lo único que Yasmine puede captar es que repite varias veces: «Me hace sentir incómodo». Al mismo tiempo, con la mano que tiene libre se mesa el pelo con nerviosismo varias veces seguidas. Como si de verdad se sintiera físicamente incómodo.

Cuando por fin se aparta el teléfono de la oreja y lo desliza en el bolsillo de su pantalón, Yasmine se mete en un portal y deja que Lööw se vuelva a alejar una distancia prudencial.

Al llegar a la facultad de Economía, él cruza la avenida Sveavägen, mientras que ella continúa por la acera derecha. Ahora caminan más o menos a la misma altura, Lööw con la mirada al frente y Yasmine sin quitarle los ojos de encima. Se le ve estresado y parece estar buscando algo o a alguien por la acera, al mismo tiempo que sigue pasándose la mano compulsivamente por el pelo, como si por mucho que lo intentara no se viera satisfecho con lo repeinado que lo lleva.

A la altura del McDonald's él aminora el paso y vuelve a sacar el teléfono. Son las 08:50, han quedado dentro de diez minutos. Al otro lado de la calle, enfrente de la entrada de la biblioteca, hay una furgoneta blanca aparcada que Yasmine utiliza para ocultarse. A través de sus ventanillas laterales puede ver que él se planta en mitad de la escalinata de la biblioteca, solo y bien visible desde cualquier ángulo. Sus compañeros se mantienen alejados.

El tiempo pasa despacio. Veinte minutos se le antojan una mañana entera. Lo mismo debe de ser para George Lööw, porque parece tener dificultades para estarse quieto al otro lado de la calle, donde se pasea impaciente de un lado para otro, ora mirando el teléfono, ora oteando la entrada de la biblioteca.

Diez minutos más. Y otros cinco. El reloj se acerca a las 09:30 y parece que el desasosiego de Lööw empieza a tornarse apatía. ¿Cuánto tiempo va a esperar antes de rendirse y darse cuenta de que ella no se va a presentar?

Lööw vuelve a pegarse el teléfono a la oreja, echa un vistazo a la sombra que proyecta el lateral de la biblioteca. ¿Es allí donde se esconden, sean quienes sean? El hombre extiende rendido sus brazos y gira la muñeca para comprobar la hora en su enorme reloj gris mate. Al final corta la conversación, se encoge de hombros y baja de nuevo a la avenida Sveavägen. El tráfico ya se ha desperezado y por un instante Yasmine lo pierde de vista. Siente el cuerpo rígido por la noche que ha pasado y por llevar casi una hora de pie detrás de la furgoneta blanca. Cuando vuelve a encontrarlo, está cruzando Sveavägen, de vuelta a la acera en la que está ella. Ahora camina más tranquilo, de vuelta en la dirección por la que han venido.

Yasmine espera un momento y sigue observando la biblioteca. Y, en efecto, de pronto bajan por la escalinata. Son dos, uno delante del otro, no juntos, pero es obvio que hacen equipo. Yasmine entorna los ojos para ver mejor. No acaban de ser unos matones sacados del barrio, pero caminan con piernas separadas y con la espalda erguida. Miradas impasibles que barren la calle. Uno lleva gorra y parece casi sueco. Yasmine se encoge de hombros. Qué más da. Es evidente que eran los refuerzos de George. Un Volvo se detiene junto a la acera y los dos tipos se suben al asiento de atrás.

Yasmine espera, Lööw ya está solo. Siente el peso reconfortante de la pistola contra sus lumbares. Sin prisa, baja correteando en dirección a la espalda de Lööw y su madeja oscilante. Ahora sí está preparada para una cita.

61

Estocolmo
Sábado, 22 de agosto de 2015

Espera en un portal diez metros más abajo en la avenida Sveavägen mientras Lööw se mete en la cafetería Sosta. No tarda ni dos minutos en volver a la calle con un vasito en la mano. Encuentra una fina estría de sol en la que se planta, apoyado en la fachada. Tiene el vaso de cartón en una mano y con la otra va mirando el móvil, la expresión de su cara es tensa.

Yasmine mira a un lado y a otro de la calle sin ver ni rastro de los tipos de la biblioteca ni el Volvo en el que han desaparecido. A la mierda. Que sea lo que tenga que ser.

Con calma, se dirige a la cafetería y de repente está al lado de Lööw sin que él siquiera levante la mirada del teléfono.

—Tengo una pistola debajo de la chaqueta —dice tranquilamente, y lo mira directa a los ojos mientras se levanta con discreción la bómber para demostrarle que lo que dice es cierto.

Él da un brinco y se echa el poco café que le quedaba en el vaso sobre la manga del bléiser oscuro.

—¿Qué? ¡Qué cojones! —exclama, y se aparta un paso de ella.

—No te muevas —le ordena—. Deja el vaso de los cojones en la mesa y acompáñame.

Él parece tenso, pero obedece sin rechistar mientras se alejan juntos de la terracita.

—No tienes por qué hacer esto —intenta él—. Habíamos quedado hace una hora. No te has presentado.

Cuando ella se vuelve para mirarlo, ve que él está saltando con la mirada por el tráfico, la facultad de Economía y el cielo. Parpadea con tanta frecuencia que, por un momento, Yasmine cree que le va a dar un ataque epiléptico.

—He visto a tus gorilas, capullo —dice—. Por eso lo hacemos de esta manera.

Le hace cruzar la calle, de vuelta a la Biblioteca de Estocolmo.

Al pie de la colina de Observatoriekullen hay un parquecito desolado adonde se dirigen y ella le hace señas a Lööw para que se siente en un banco. Después Yasmine se coloca delante de él y lo obliga a mirarla a los ojos.

—¿Te crees que soy tan estúpida como para caer de bruces en tu mierda de trampa? —dice—. Espabila, atontado.

Él se reclina en el banco y pasea nervioso la mirada.

—No ha sido idea mía —murmura—. ¿Qué es lo que quieres, en verdad? Es más, ¿quién eres?

Sus miradas se cruzan un instante antes de que él vuelva a apartarla hacia los columpios y las barras del parque.

—Tú me importas una mierda —dice ella con calma—. Me importa una mierda todo lo que estés haciendo en el Barrio y quien sea Stirling Security. ¿Te enteras? Pero de alguna manera mi hermano y yo hemos acabado metidos en esto. Y tú te vas a ocupar de que dejemos de estarlo. No sé qué estás haciendo, pero los gorilas tienen que dejarnos en paz. ¿Te ha quedado claro?

Él niega lentamente con la cabeza.

—Yo... —empieza, pero se interrumpe y se vuelve a mesar el pelo—. Yo no tengo ningún control sobre esto —dice—.

Hay fuerzas poderosas en el movimiento. Mucho más de lo que te puedas imaginar.

—¿El ruso con el que tuviste una reunión ayer en Stirling Security? —dice ella—. ¿Qué pasa con Stirling Security? ¿Quiénes son?

Lööw se vuelve hacia ella y ahora la mira a los ojos, su mirada es más sosegada, menos estresada y agitada.

—No puedo hablar de ello. Les interesa que los disturbios en Bergort continúen. Es todo lo que puedo decir ahora. Incluso están detrás de parte de ellos. Por ejemplo, el símbolo aquel. La estrella y el puño. ¿Lo has visto?

Yasmine asiente en silencio.

—Todo el mundo lo ha visto.

—Ellos son los que lo han creado. Stirling Security. Fueron ellos los que lo sacaron y fui yo quien se lo pasé a esos tipos que coordinan los disturbios. Pero créeme cuando te digo que ahora mismo no te puedo contar más.

—¿Y el ruso? ¿Por qué se pasea en un puto coche diplomático?

Lööw niega con la cabeza.

—Es el jefe de Stirling Security, se podría decir —contesta—. Pero te pido que ahora mismo no hurgues en eso. Hay mucho en juego.

—Y ¿cuál es tu papel en todo esto?

—Yo hago lo que me piden. Stirling Security es mi cliente.

Él la mira suplicante.

—Pero no todo es lo que parece —prosigue—. Estoy de acuerdo, todo esto es una locura. Pero debes entender que ya he dicho demasiado. Esto es jodidamente complicado.

Se queda callado y se recompone.

—Tengo una reunión dentro de media hora más o menos —dice suplicante—. Una reunión que tiene que ver con Stirling Security. Si no me presento…

—Entonces, ¿qué? —dice Yasmine.

Él solo niega con la cabeza.

—Tienes que dejarme ir —insiste—. No lo entiendes, no puedo dejar de presentarme a la reunión. Simplemente, no puedo.

—Me la suda tu mierda de reunión. La única posibilidad que tienes es sacándonos de esto. No pintamos absolutamente nada en ello.

—Lo entiendo. De verdad que lo entiendo. Créeme, haré lo que pueda, ¿de acuerdo?

No tardan ni diez minutos en bajar por Sveavägen hasta las oficinas de Stirling Security.

—Pero entiendes que no puedes subir conmigo, ¿verdad? —dice él nervioso, y extiende los brazos, se mesa inquieto el pelo. Ella lo mira impasible cuando se detienen delante de una cafetería.

—Te espero aquí —dice—. Y si intentas engañarme con una emboscada o un chivatazo…

Deja las palabras en el aire y observa cómo Lööw levanta las manos atento antes de dar media vuelta y alejarse hasta una mujer de unos cincuenta años que está esperando junto al portal. Acaban de meterse en este cuando Yasmine nota el zumbido del teléfono en el bolsillo. Se pone a la sombra de los edificios. Es un mensaje que contiene un vídeo. Saca un auricular, se lo mete en la oreja y, cuando abre el vídeo, vuelve a sentir cómo se precipita, cómo el mundo que la rodea se derrumba y se desploma a su alrededor.

62

Estocolmo
Sábado, 22 de agosto de 2015

M e despierto porque Mehdi está en la puerta. Se le ve exhausto, como si no hubiera pegado ojo. Su respiración silba y resopla cuando apoya sus noventa y cinco kilos en el marco de la puerta de nuestro cuartito en el albergue. El sol entra por una ranura debajo de la persiana.

—*Shoo*, Mehdi —digo, y me incorporo—. ¿Dónde te has metido, hermano?

Él cierra los ojos y respira deprisa, por lo visto las dos escaleras que hay que subir han acabado con él.

—No podía dormir —murmura—. He salido a dar un paseo.

Lo veo estresado y está toqueteando el móvil sin parar.

—Te entiendo —digo yo, y me paso la camiseta por la cabeza, me levanto y me acerco los tejanos—. Todo esto... es un auténtico coñazo.

Cojo mi móvil de al lado de la cama y veo un mensaje de Yasmine. Me llamará después de la reunión con Lööw. Le contesto rápidamente: «Todo bien. Hablamos luego», y me levanto.

—Yazz es lista, hermano —digo—. Sabes que lo arreglará, ¿no? Ella lo arregla todo.

Mehdi se encoge de hombros y se acerca a la ventana, levanta la persiana y mira a la calle. Le tiemblan las manos cuando se vuelve de nuevo hacia mí con los ojos alterados, con sus pulmones jadeantes. El estrés parece carcomerlo por dentro.

—Vamos —dice—. No aguanto más aquí dentro. Salgamos a comer o algo.

El barrio de Vasastan es cálido y está bañado por el sol a pesar de que no sean ni las diez de la mañana; por lo visto el verano pega un último estirón, y, a pesar de todo este jaleo que aún no logro comprender del todo, no recuerdo cuándo fue la última vez que me sentía tan en paz.

Yazz ha vuelto.

No fue culpa mía que los hermanos fueran asesinados. No solo culpa mía. La culpa no es mía, no solo mía. Por un instante me siento casi libre. Ni siquiera recuerdo haber soñado con piernas desgarradas y luz blanca esta noche.

—¿Has hablado con Parisa? —digo después de que nos hayamos comprado dos cafés y estemos caminando por la calle, de vuelta al lugar donde aparcamos el coche ayer.

Mehdi tiene los ojos puestos en el móvil y parece distraído y ajetreado. Me pone enfermo que le cueste tanto concentrarse, así que paro y extiendo los brazos.

—Eh, hermano —digo—. Lo vamos a resolver, ¿de acuerdo? ¿Le estás escribiendo a Parisa? ¿Cómo está?

Él levanta los ojos para mirarme y tira la mitad del café que le queda a una papelera.

—Sí, sí —dice—. Lo siento, está bien. Está preocupada, eso es todo.

—¿Qué les has dicho?

—¿De qué? ¿De esto?

Sus ojos están en todas partes menos en mí.

—Ejem, sí. ¿De qué, si no?

Nunca lo he visto así. Ni siquiera cuando éramos pequeños. Da la sensación de que la semana pasada, cuando era todo un macho con ese discurso sobre revueltas y caos, disturbios, fuera hace mil años.

—Por lo menos parece que esta noche se las han apañado sin ti —le digo señalando un titular de letra grande y gruesa: «Arde Bergort».

Mehdi se limita a asentir con la cabeza.

—Vamos —dice—. Demos una vuelta en coche mientras esperamos a Yazz.

El viejo Mazda de color rojo sigue donde lo dejamos. Pequeño y pobre como un coche de juguete abandonado entre todos los SUV y BMW.

—¿Adónde quieres ir? —le pregunto—. Yazz dijo que nos mantuviéramos alejados de Bergort hasta que haya finiquitado lo suyo.

Mehdi no parece escucharme, va derecho al coche con la llave en la mano, totalmente concentrado. Yo aligero el paso y lo alcanzo en el coche. Él ya ha metido la llave de contacto.

—Hermano —le digo—. Háblame. ¿Qué coño pasa?

Él abre la puerta y echa el asiento hacia delante para que yo pueda subir a la parte de atrás. Me da tiempo de preguntarme por qué tengo que sentarme ahí detrás. Cuando Mehdi se vuelve hacia mí, lo hace con tal expresión de pesar en la cara que yo me quedo de piedra.

—Lo siento, hermano —resopla con los pulmones jadeantes—. Lo siento, Fadi.

Es lo último que oigo antes de notar que alguien me empuja contra el coche y me sujeta las manos a la espalda. Es lo último que oigo antes de que alguien me ate las muñecas con una brida y me arroje dentro del coche con la cabeza por delante. Intento gritar y darme la vuelta, pero alguien me golpea el cogote con lo que me parece que es un martillo o una pistola. Por el rabillo del ojo veo la sombra de alguien, solo una silueta borrosa, veo que tiene una capucha en las manos y no hay nada que yo pueda hacer cuando la sombra me la pasa por la cabeza y todo el coche sucumbe a la oscuridad, todo Vasastan se desvanece, todo el verano se borra.

Yazgo de costado en el coche, con el brazo de alguien inmovilizándome la cabeza mientras atravesamos tranquilamente la ciudad. La oscuridad de mi alrededor me desconcierta y lucho por respirar, por mantener una respiración relajada. Oigo voces agitadas, pero no lo que dicen. Después Mehdi se dirige a mí en su deplorable y mal pronunciado árabe de inmigrante para que los demás no lo entiendan:

—Lo siento, Fadi. Lo siento de veras. Es a Yazz a la que quieren. Han prometido que a ti te van a soltar.

Me importa una mierda lo que me diga, sigo quieto en el asiento de atrás. Noto que la oscura capucha se va empapando con mis lágrimas.

63

Estocolmo
Sábado, 22 de agosto de 2015

Con los últimos días a sus espaldas debería sentirse bastante peor de lo que lo hace cuando se hunde en el asiento del tren Arlanda Express de camino a Estocolmo. El dolor de cabeza no es tan grave, apenas lo nota. Ayer por la noche, cuando al fin llegó a casa después del One Aldwytch, se comió un par de *samosas* secas de un quiosco y se tomó casi medio litro de agua como medida preventiva. Pero no podía dormir, a pesar de sentir la cabeza pesada y con un agradable zumbido de vino y cansancio. Estuvo hasta las tres dando vueltas en la cama hasta que al final se quedó dormida. Hacía demasiado calor en la habitación, el ruido de la calle era demasiado fuerte, los pensamientos estresantes se habían ido sucediendo, imágenes de Patrick en la vía, Stirling Security, los misteriosos mails de Charlotte. Debió de levantarse una decena de veces para comprobar que la puerta estaba cerrada con llave, que la cocina eléctrica estaba apagada, que el pasaporte estaba en la maleta...

En realidad tenía que haber volado al mediodía, puesto que su presencia no era necesaria hasta el domingo por la mañana, pero por un pago extra de 50 libras pudo cambiar el billete para poder llegar a las oficinas de Stirling Security en la calle Kungsgatan a tiempo para la reunión de Charlotte. Si no por otra cosa, quería ver quién se ocultaba detrás de la firma GL.

Dirige la mirada a las pantallitas LCD del tren de alta velocidad que va alternando anuncios con noticias destacadas dirigidas a los pasajeros con asuntos de negocios. Las pantallas muestran coches en llamas y jóvenes encapuchados tirando piedras contra policías en retroceso. Los acontecimientos que comenzaron en Bergort a principios de semana parecen haberse extendido a todos los demás barrios periféricos de Estocolmo durante la noche.

Lo mismo aquí que en Londres, donde los disturbios y las manifestaciones se han ido sucediendo todo el verano. Es un verano de disturbios.

Pero, antes de que haya podido comprender del todo lo que está ocurriendo en la periferia de la capital, el programa ha empezado a pasar un anuncio sombrío y serio de una empresa que ofrece «soluciones de seguridad exhaustivas y globales a gran escala». Klara nota que el flujo de sangre en sus venas deja de correr cuando la pantalla se vuelve negra y un nombre de empresa más que familiar va surgiendo poco a poco en rojo: Stirling Security.

No son ni las diez cuando llega al número 30 de la calle Kungsgatan, que resulta ser una de las Torres Reales. No han elegido mal sitio para establecerse.

A menos de diez metros del portal hay una cafetería y Klara encuentra una mesa junto al aparador. Si se estira, puede echarle un ojo a los que entran y salen del portal.

Sin demasiado ánimo, pide un croissant, un capuchino y un agua Ramlösa en la barra. Cuando se sienta a su mesa, cae en la cuenta de lo mal que se ha alimentado durante estos últimos días, pero aun así no tiene hambre, y de nuevo piensa en la terrible semana que ha pasado.

Lo único que en realidad le apetece ahora es una copa de vino blanco. El mero hecho de pensarlo hace que se sienta vacía por dentro y comprende que no es saludable. No debería beber a diario. No tanto como para tener lagunas y no poder dormir si no se ha tomado como mínimo media botella. Y, sobre todo, no debería apetecerle una copa a las diez de la mañana, ni aun llevando despierta desde las cinco.

Saca el teléfono y mira la hora. 10:15. Tres cuartos de hora para que empiece la reunión.

Sobre las once ve que llega un taxi y se detiene delante del portal. Klara se estira para ver lo que pasa, pero se echa para atrás en cuanto descubre que es Charlotte la que se baja del asiento trasero y se acerca al portal. Una vez allí, Charlotte saca el móvil y parece hacer una breve llamada. Cuando termina se queda allí de pie, en la acera.

Pasan unos minutos, pero de repente ocurre algo. Klara se levanta de la silla. Primero cree haber visto mal y se inclina hacia el escaparate para tener mejor ángulo. Pero no cabe ninguna duda: delante de la entrada de la cafetería ve a George Lööw; lleva ropa fresca de verano, pantalón de pinza claro y a medida y un bléiser de club azul marino con un pañuelito asomando por el bolsillo frontal. Zapatos marrones relucientes. El pelo un tanto más largo de como ella lo recordaba, repeinado hacia atrás y más claro gracias a todas las tardes en Sandhamn y las travesías a vela en las costas de Marstrand. Pero su mirada agitada está igual de angustiada e inquieta que como ella la recuerda.

«George —piensa—. Qué casualidad que él también esté aquí justo hoy».

El volver a verlo hace que todo lo que sucedió aquella Navidad en el archipiélago de Sankt Anna empiece a burbujear hasta salir a la superficie. George Lööw, el del lobby de Bruselas que, sin saberlo ni él mismo, casi había conseguido que la mataran en el archipiélago mientras estaba con sus abuelos. George Lööw, que en el último momento se había aferrado a una especie de brújula moral y le había salvado la vida tanto a ella como a Gabriella.

Klara cierra los ojos un segundo y sacude la cabeza. Ahora le parece un sueño. La nieve y la tormenta. Su padre, a quien en verdad jamás había visto antes, pero que murió entre sus brazos. George, que al final la salvó de una muerte segura.

Solo han mantenido contacto esporádico desde entonces. Él le ha mandado un par de mails preguntándole cómo le iba por Londres, pero últimamente ella no ha tenido ánimos para responderle.

George se detiene justo delante de la cafetería y Klara ve que va acompañado. Una chica joven inmigrante, con tejanos y chaqueta bómber, pelo largo y ondulado que asoma en un moño por debajo de una gorra roja. Parece maja, irradia una especie de seguridad en sí misma que hace que no puedas dejar de fijarte en ella. Su juventud y actitud son opuestas a la fachada conservadora y pulida de George, no cabe ninguna duda de que forman una pareja muy singular.

Se quedan de pie delante de la puerta de la cafetería y George parece intentar convencer a la chica de algo. Klara observa los saltos y aspavientos que dan sus manos, ve que se mesa nervioso el pelo. Al final se marcha dejando allí a la chica y sube por la calle. Cuando lo hace, pasa justo por delante de la ventana en la que ella está sentada; si no fuera por el cristal, Klara podría alargar la mano y tocarlo.

Está a punto de levantarse para correr tras él cuando recuerda que Charlotte está un poco más allá en la calle. Y es entonces cuando cae en la cuenta de adónde se dirige George.

Sin titubear, este va directo hacia Charlotte y le estrecha la mano antes de subir juntos los escalones, abrir el portal y desaparecer en la oscuridad.

Klara nota que la cabeza se le expande y amenaza con estallar. Entonces recuerda la dirección de correo electrónico de la carpeta de Patrick: *gl@stirlingsecurity.com.* GL. George Lööw. De entre todas las cosas extrañas que le han pasado, esto sí que no se lo esperaba. No se había esperado que Stirling Security estuviera representada por George Lööw. Al mismo tiempo, no se sorprende ni lo más mínimo. Lo último que pudo deducir de él fue que se movía por los rincones más turbios del mundo de los lobbies, ya tenebroso de por sí.

Vuelve a dirigir la mirada a la calle y ve que la chica joven sigue delante de la cafetería con el móvil en la mano, como si estuviera mirando algo en la pantalla y con un auricular metido en la oreja.

De repente la joven da un paso atrás hasta la fachada y se desploma, como si le hubieran dado un golpe en el estómago.

64

Estocolmo
Sábado, 22 de agosto de 2015

El vídeo no dura más de quince segundos y no es especialmente violento. Alguien con pasamontañas negro y bridas blancas en las muñecas y los tobillos yace tirado en una cama hecha. Aparecen dos manos, le quitan el pasamontañas de un tirón y se descubre que es Fadi. Su labio está partido y sus mejillas, demacradas. Sus ojos permanecen entornados por la intensa luz que lo sorprende al retirarle la capucha. Escupe, se retuerce en la cama y grita: «¡Que se jodan! ¡No hagas lo que dicen!». Hasta que alguien le suelta un guantazo en la cara con la mano abierta. Luego la cámara se gira hacia otro rostro encapuchado. Los mismos pasamontañas que vio en el Barrio la otra noche. Los mismos que Mehdi y el matón llevaban ayer.

—Tienes hasta las cinco de la tarde, perra —dice el hombre—. Seis horas. A lo mejor te encontramos antes. Pero si no estás delante de la escuela a las cinco, como muy tarde, despídete de tu hermanito. ¿Queda claro?

Yasmine apaga el teléfono y mira a su alrededor. De pronto el mundo no tiene ya el aspecto de hace quince segundos, todo se funde y se separa, coches y asfalto y edificios. Retrocede hasta la pared y se apoya en ella. Ya no puede enfocar con la mirada y se deja caer y, por un momento, cree que va a vomitar. Es demasiado. Demasiados hilos y nudos. Demasiadas cosas tirando y bregando con ella. Demasiadas cosas para que puedan salir definitivamente del Barrio.

¿Cómo han encontrado a Fadi?

¿Mehdi?

Las traiciones se amontonan. No puede haber sido nadie más que Mehdi, ha tenido que chivarse otra vez. Es la única explicación.

Las lágrimas ruedan por sus mejillas y no hay nada que pueda hacer para evitarlo. Solo está ella y nadie más. Solo ella, como siempre.

Y no se percata de que no está sola hasta que oye una voz en algún lugar a su derecha. Despacio, se vuelve hacia allí. Una mujer delgada con ojos grandes y castaños y pelo corto del mismo color está en cuclillas a su lado. Le ofrece una servilleta. Yasmine la coge de forma instintiva, pero se encalla en el movimiento y se queda allí sentada con el papel en la mano, como si no supiera para qué sirve. Entonces nota que la mujer de pelo oscuro le pone una mano en el hombro.

—¿Te puedo ayudar? —dice—. ¿Cómo te llamas?

65

Estocolmo
Sábado, 22 de agosto de 2015

Mira a la chica que llora sentada en la acera con la servilleta en la mano. Se la ve desconcertada, como si apenas supiera quién es, como si un armazón de acero la hubiera mantenido erguida, pero de repente se hubiera roto bajo un peso desmesurado y la hubiera dejado caer sobre las baldosas de cemento.

No hay sentimiento en el mundo con el que esté más familiarizada en este momento, así que Klara pone una mano sobre el hombro estrecho de la chica.

—¿Te puedo ayudar?

La chica no contesta, pero Klara la ayuda a levantarse, la reclina contra la pared.

—No puedo quedarme aquí —murmura—. No puedo...

La chica se libera de su débil abrazo. Al mismo tiempo, una especie de chispa se enciende en sus ojos y mira a Klara como si no se hubiera percatado del todo de su presencia hasta ahora.

—Estoy bien —dice—. Ya puedes soltarme.

Hay una agresividad refleja y reprimida en su manera de decirlo. Como si fuera una persona que no suele recibir ayuda. Alguien que no se fía de las buenas intenciones. Como si estuviera acostumbrada a sentirse decepcionada, y se da la vuelta y empieza a caminar a paso ligero hacia la plaza de Stureplan.

—Espera —dice Klara. Se queda un segundo y sopesa las distintas opciones. A George Lööw puede volver a encontrarlo. Pero hay algo en esa chica, algo que la empuja a querer saber más.

—Oye —grita—. ¡Espera!

La chica lanza una mirada por encima del hombro, pero no aminora el paso. No piensa seguir hablando.

Con un par de pasos rápidos, Klara corre a su lado y le pone una mano en el hombro. Pero la chica se la aparta de un golpe.

—Te he dicho que no me toques, tía —dice—. Perdón. Gracias por la servilleta, pero ya estoy bien, ¿vale?

—Yo también conozco a George Lööw —empieza Klara—. Te he visto con él.

La chica solo la mira, pero luego niega levemente con la cabeza.

—No tengo tiempo para dramas —dice—. Créeme, amiga, es todo tuyo. Seguro que folla de lo lindo, pero no conmigo.

Klara no puede evitar sonreír.

—Seguro —dice—. Pero ¿de qué lo conoces?

—En serio —responde la chica—. Me la suda. Adiós.

Se vuelve y empieza a caminar otra vez calle abajo.

—¿Sabes algo de Stirling Security? —grita Klara, en un último intento desesperado.

Entonces la chica para en seco y se gira. Mira a Klara un instante allí en mitad de la acera. Después se le acerca lentamente.

—¿Qué has dicho?

—Stirling Security. ¿Sabes algo de ellos? Es importante, te lo prometo.

—¿Cómo que importante? —dice la chica—. ¿Qué coño sabes tú qué es importante?

Klara traga saliva y aparta un segundo la mirada, hay algo en la reacción de la chica que hace que continúe, algo en sus ojos que hace que Klara esté convencida de que va por buen camino.

—Sé que ha muerto gente —dice con calma—. Y que tiene que ver con ellos. Y que, de alguna manera, también tiene que ver con George.

Algo pasa, algo cambia en los ojos de la chica. La desesperación se abre paso por su dura fachada.

—¿Qué sabes? —dice—. Voy muy, muy mal de tiempo.

—Me llamo Klara. Conozco a George del pasado, se podría decir, y sé que trabaja con asuntos turbios. Sé que Stirling Security tiene algo podrido entre manos. Algo que podría tener que ver con Rusia, o al menos con una empresa rusa.

Ella misma oye lo vaga que suena y hurga en el bolsillo hasta que encuentra un cigarro y el mechero. Tiene la boca seca por la tensión y el humo le sabe amargo tras la primera calada.

—Creo que tiene que ver con el congreso de ministros de Justicia que empieza mañana —continúa—. Algo con un informe que ha redactado mi jefa.

Da otra calada. Los coches les pasan de largo por la calzada. Un flujo irregular de cuatro transeúntes y turistas pasan por su lado en la acera. El mundo se mueve como de costumbre, pero ellas están dentro de su propia burbuja de irrealidad.

—Un compañero de trabajo ha sido asesinado —continúa—. Cuando empezó a hurgar en esto.

Ha bajado la voz hasta que no es más que un susurro y la chica se acerca para oír mejor. Mira a Klara con ojos intensos, escrutadores, mientras toquetea el teléfono que tiene en la mano. Parece estar intentando tomar algún tipo de decisión, como si tuviera que tomar partido. Luego abre la boca:

—Han secuestrado a mi hermano pequeño —dice con una voz apocada y solitaria y totalmente hueca.

Un aire gélido recorre la espalda de Klara; el vello de los brazos empieza a erizarse.

—Dios mío —susurra—. Y ¿crees que tiene algo que ver con George?

La chica se frota la cara con las manos y luego el pelo. Asiente en silencio.

—De alguna manera —dice—. De alguna puta manera.

—¿Has llamado a la policía? Quiero decir, ¿puedes llamar a la policía?

La chica se queda mirándola.

—¿Bromeas?

Klara asiente tranquilamente.

—Pero ¿qué ha pasado? —dice—. ¿Por qué lo han secuestrado?

—Una larga historia —responde la chica—. Fadi, mi hermano, desapareció. Se fue a Siria. Creíamos que estaba muerto, pero luego volvió y, de alguna manera, está involucrado en los disturbios.

—¿En los disturbios?

—En Bergort. Su amigo estaba metido y Fadi se vio arrastrado. Y ahora se lo han llevado.

—¿Quiénes?

—Los que lo organizan. Los que están detrás. O sus matones a sueldo.

Señala calle arriba.

—Stirling Security o como coño se llamen —continúa—. Ese tal Lööw trabaja para ellos, él es quien ha pagado dinero a los chavales para que generen ese caos noche tras noche. Y además hay algún puto ruso detrás de Stirling Security. Se pasea en un coche con matrícula azul, un coche diplomático. Con chófer.

Klara ve la pizarra del despacho de Patrick. La embajada rusa. Ve los pagos a cuenta para Charlotte. El banco en Vaduz. Y en medio de todo: George Lööw.

—Pero ¿qué quieren a cambio? —dice Klara—. Quiero decir, ¿qué quieren los secuestradores?

—A mí —dice la chica en voz queda—. Me quieren a mí. Solo tengo unas horas.

Y allí de pie, junto a alguien que necesita ayuda mucho más de lo que la necesita ella, es cuando Klara entiende que no funcionará. Que no podrá resolver esto sola.

—Necesitamos ayuda —dice—. Necesitas ayuda. Y, si me dejas, creo que conozco a alguien que a lo mejor puede echarnos una mano. No puedo prometerte nada, pero es mejor que nada.

La coraza de la chica se ha resquebrajado por completo y ahora las lágrimas caen a raudales por sus mejillas. Asiente despacio con la cabeza.

—No sé qué voy a hacer —dice—. No tengo ni idea.

—Ven —dice Klara, y se la lleva en dirección a Stureplan.

Piensa llamar a alguien a quien debería haber llamado hace mucho tiempo.

66

Estocolmo
Sábado, 22 de agosto de 2015

El agua del torrente es tan brillante y gris que parece piedra pulida, como si pudiera dar un paso desde la calle Skeppsbron y cruzar a pie el canal de Strömmen hasta su habitación en el Lydmar, en la otra orilla. Pero ese cuarto pertenece al pasado y no piensa volver a poner un pie en él.

Allí dejó una antigua versión de sí misma. Empezó cuando el puño de David la golpeó en la sien hace una semana, un recuerdo que ya está amarillento y agrietado y que le parece haber sido experimentado por otra persona. A lo largo de la última semana Yasmine se ha ido reduciendo, cada día una capa menos, hasta que solo le queda el corazón. El origen. El que sobrevive. El que protege.

Mira de reojo a la mujer que va a su lado, Klara, con el teléfono aún pegado a la oreja. ¿Quién es? ¿Por qué confía en ella? Quizá sean esos ojos castaños con las patitas de gallo tristes. Quizá sea su manera de hablar, con ese débil acento rural y su manera de tocarla. Quizá sea porque se interesa. Quizá sea porque a ella ya no le quedan fuerzas.

Son más de las doce y media. Tienen cinco horas para inventarse algo. Cinco horas antes de que tenga que subirse a un metro e ir a Bergort por última vez.

Por fin Klara cuelga el teléfono, lleva hablando sin parar todo el trayecto desde la calle Kungsgatan, por la frondosidad de los Jardines Reales y luego hasta aquí, el extremo más alejado del barrio de Gamla Stan. Yasmine ha intentado no escucharla, pero era obvio que la conversación ha empezado tanteando y con cierta congoja. Parecía como si Klara tuviera que pedir disculpas por algo. Pero luego su voz había cambiado y había cobrado vida y se había vuelto más alegre, a pesar de estar hablando de alguien a quien habían empujado a las vías del metro, bancos misteriosos, institutos de investigación y, por último, Yasmine.

Ahora Klara se vuelve hacia ella.

—Mi mejor amiga, Gabriella, es abogada —dice—. No solo eso, es realmente lista. Y tiene contactos en todas partes.

Yasmine asiente, a la expectativa. «Joder —le gustaría gritar—. ¿Cómo coño me va a ayudar una abogada?».

—O sea —continúa Klara—, puede conseguir cosas. Si hay alguien que te puede ayudar en esto, es ella.

Yasmine se detiene y se gira hacia el agua. Hacia los barcos blancos, hacia aquel maldito barco de los mástiles altos que está amarrado en Skeppsholmen, al otro lado. Siente cómo se queda sin energía, sus fuerzas la abandonan por un grifo abierto. Poco a poco se va agachando hasta ponerse en cuclillas.

—Joder —murmura—. No saldrá bien, no lo entiendes… ¿Cómo va a poder funcionar?

Klara se sienta a su lado y la rodea con el brazo.

—A lo mejor no —dice con calma—. A lo mejor se va todo a la mierda.

Yasmine se vuelve lentamente y observa los pómulos serios de Klara y sus ojos agitados, que van saltando por las rocas de Södermalm, antes de volver a dirigir la mirada hacia ella.

—No puedo prometerte nada —dice—. ¿Cómo podría? Pero a veces no hay más remedio que saltar, cerrar los ojos y cruzar los dedos. A veces es lo único que tienes.

67

Estocolmo
Sábado, 22 de agosto de 2015

Están sentadas en los escalones del número 28 de la calle Skeppsbron, donde el bufete de abogados Lindblad y Wiman tiene su oficina, cuando un taxi aminora la marcha en la calle justo delante de ellas. Las piernas de Yasmine saltan y tiemblan y Klara ha observado que ha mirado la hora en el teléfono por lo menos cinco veces por minuto desde que han llegado.

Cuando Gabriella salta del asiento de atrás Yasmine ya está de pie, aún con el móvil en la mano.

—¿Es ella? —dice por encima del hombro.

Klara asiente con la cabeza, se levanta sin prisa y sale al sol, se acerca al coche. Gabriella lleva tejanos ajustados de color oscuro y una camisa larga de algodón a rayas azules que le llega casi por las rodillas. Su pelo rojo rizado está mal repartido en dos trenzas apresuradas. Parece más una hippie recién salida de la ducha que una abogada criminalista y copropietaria de uno de los bufetes de abogados más prestigiosos de Suecia.

Cuando Klara lanza una mirada a Yasmine, no puede evitar sonreír ante la suspicacia que expresa su rostro.

Gabriella ya está junto a ellas. Atrapa a Klara entre sus brazos y cuando se abraza con fuerza a su cuerpo Klara queda inundada por el familiar aroma de su perfume. «Madera de sándalo y magnolia —piensa—. A eso huele la amistad».

—Lo siento tanto —le murmura al oído a Gabriella—. Pensé tantas veces en...

—Chist, chist —susurra Gabriella—. Yo también, Klara. Yo también.

La aparta con delicadeza y alarga una mano para saludar a Yasmine.

—Tú debes de ser Yasmine —dice—. Yo me llamo Gabriella. Sé que ahora mismo a lo mejor no lo parece, pero soy abogada.

Se saca un manojo de llaves y un pase sofisticado del bolsillo.

—Mira —dice—. Incluso puedo meterme en la oficina durante el fin de semana.

Gabriella abre la puerta con la llave, desactiva la alarma con el pase y las conduce por unas impresionantes y oscuras escaleras hasta la tercera planta, donde queda su despacho actual. Para acceder al rellano abre bien un ojo delante de una diminuta cámara y un suave y agradable chasquido avisa de que su retina ha sido admitida. Abre con la llave y las invita a cruzar una puerta hermosa pero sorprendentemente gruesa que se abre sin hacer el menor ruido. Cuando Gabriella repica sobre ella apenas emite ningún sonido.

—Acero blindado forrado con láminas de roble —dice satisfecha—. Es como un fuerte ultramoderno dentro de un palacio de Gamla Stan. ¡Me encanta!

—¡Vaya! —exclama Klara—. Así no lo teníais antes.

Gabriella se ríe y la mira.

—Tú estuviste aquí cuando yo hice las prácticas de verano en el cuchitril de la planta dos. No, ha llovido desde entonces.

El pasillo que atraviesan se va encendiendo con focos de luz invisibles que parecen activarse por sí solos cuando Gabriella abre la puerta. En las paredes hay fotografías en blanco y negro, hombres serios, tatuados, en lo que parece ser un reportaje sobre algún centro penitenciario. Con la cuidada y cálida iluminación da la impresión de que estuvieran en la sede de una compañía discográfica de moda más que en un bufete de abogados. Gabriella se detiene delante de la puerta alta y blanca del final del pasillo y la abre con otra llave.

La sala no es enorme, pero debe de tener por lo menos quince metros cuadrados. Lo bastante espaciosa como para poner un conjunto de butacas y sofá claros delante de la puerta, y tras él un antiguo y sólido escritorio de madera oscura. Y detrás de este: una ventana con vistas abiertas a la ensenada de Estocolmo.

—¡Vaya! —dice Klara otra vez, y se acerca a la ventana—. No me creo que ahora seas socia.

Klara se vuelve y se cruza con su mirada. De pronto Gabriella parece triste.

—¿Qué querías que hicieran después de lo que pasó en el archipiélago? —dice—. Y todo el trabajo que realicé antes de eso. Me tocaba.

Klara se limita a asentir con la cabeza. Gabriella fue la que resolvió el embrollo. Fue ella la que negoció con el alto cargo del servicio secreto estadounidense. Fue ella la que consiguió calmarlo todo, la que evitó que alguien quedara al descubierto. Fue ella la que convenció a la CIA de que Klara y ella no pensaban seguir adelante con la información que habían encontrado, que no pensaban filtrarla, sino vigilarla. Fue ella la que pactó el equilibrio que impidió el terror.

A Klara no se le ocurre nadie que se haya ganado más estas vistas que Gabriella. Aun así sabe que incluso Gabriella piensa en Mahmoud cada día, que no puede evitar del todo pensar que su muerte ha costeado su carrera laboral.

Cuando se aparta de la ventana, Gabriella ya está sentada en el sofá al lado de Yasmine con un portátil en el regazo. A pesar de las trenzas y las pecas es imposible no ver que es una de las abogadas más competentes del país.

—Bueno —dice tranquila, sin ningún tipo de emoción—. ¿Han secuestrado a tu hermano? Empieza contándome cómo te has enterado, y partiremos de ahí.

68

Estocolmo
Sábado, 22 de agosto de 2015

L a oficina es alucinante, como sacada de una película, o quizá más, sí, más lujosa incluso que el hotel Lydmar. Porque esto es real, no un decorado que te puedes comprar con una tarjeta de crédito.

Yasmine piensa en los capítulos de *Ally McBeal* con Fadi en el suelo del salón en el Barrio y apenas logra asimilar que era una realidad que existía a tan solo un par de paradas de metro.

Le cuesta estarse quieta, le cuesta no mirar la hora sin parar, así que se sienta en el sofá gris.

Sus piernas no paran de agitarse. El tiempo vuela. Quiere gritarles que ya va siendo hora de que hagan alguna cosa, lo que sea, pero, antes de darse cuenta, Gabriella ya está a su lado, aún con el mismo aspecto de hippie de ciudad, como si fuera a ponerse a pintar o a tornear barro. Pero sus ojos están abiertos y frescos y dan la impresión de tener experiencia acumulada, lo cual hace que Yasmine se relaje por un momento.

—Así que tu hermano está secuestrado —dice Gabriella—. Cuéntame.

Y ella empieza a contar, de forma apresurada y ajetreada, las palabras se tropiezan en su boca porque el tiempo no deja de correr y ya han malgastado mucho. Le habla del vídeo que ha recibido hace tres cuartos de hora en el móvil y luego de las fotos que su madre le había enviado. De los símbolos en las paredes del Barrio y las armas en la bolsa. De los disturbios y George Lööw y sus fajos de dinero en el aparcamiento de la escuela.

Cuando menciona a Lööw ve que Klara y Gabriella intercambian una mirada fugaz, como si en verdad supieran mucho más de todo esto, de él, de ella. Pero Yasmine continúa haciendo referencia a las traiciones y a la arboleda de detrás del campo de dientes de león, donde le disparó al matón aquel, que por lo visto se llama Rado, en la pierna.

Y luego le cuenta todo sobre Fadi, sobre su viaje a Siria y su regreso con sed de venganza. Le dice que Fadi tuvo tiempo de pegarle un tiro en el hombro a un hermano que aseguraba trabajar para la Säpo. Que luego huyeron a la ciudad, que Fadi debe de haber sido traicionado por Mehdi. Y luego le explica todo lo que sabe de George. Lo que él le dijo de la caja con plantillas y el dinero y Stirling Security.

Y después le cuenta lo del vídeo otra vez porque se ha olvidado de que ahí era por donde había empezado.

Mientras tanto, Gabriella no dice nada, no despega los ojos de la pantalla y escribe tan deprisa y de manera tan irregular que parece que alguien esté haciendo palomitas.

Pero cuando Yasmine le vuelve a hablar del vídeo Gabriella le pone una mano delicada en el brazo.

—Podemos detenernos aquí —dice.

Después guarda un instante de silencio mientras repasa lo que ha escrito, y Yasmine mira a Klara, que se ha inclinado para ver también ella el texto. Pasan un par de minutos antes de que Gabriella la vuelva a mirar a los ojos.

—Háblame otra vez del hombre que afirmaba ser agente de la secreta —dice—. Todo lo que sepas.

Yasmine sacude la cabeza y nota que la pierna le empieza a saltar otra vez. Están perdiendo el tiempo. Se están encallando en las cosas equivocadas. ¿Cómo va esto a servir de ayuda?

Ha sido un error venir aquí, así que se pone de pie, se pasa las manos por el pelo.

—¿En serio? —dice—. Te lo aseguro, no es la Säpo la que lo ha cogido. Ni tampoco los yihadistas. Esto es para conseguir que yo no abra la boca. Y una venganza por haberle disparado a ese tal Rado. Son los mafiosos que Stirling Security contrató para los disturbios los que han cogido a Fadi. Que Stirling Security sepa algo al respecto o no ya es otra cosa. No lo entiendes, en el Barrio no le disparas a alguien y como si no hubiera pasado nada.

Se queda callada y sus ojos son negros por el estrés y la frustración.

—¿Podemos centrarnos en salvar a mi hermano pequeño en lugar de repasar esa mierda de la Säpo?

Gabriella se inclina y abraza la mano de Yasmine con las suyas, tira de ella para que se vuelva a sentar en el sofá.

—Créeme —dice—. Es lo que estoy haciendo.

Y hay algo en esos ojos, algo en esa sala que hace que Yasmine ya no pueda protestar. Así que Yasmine se lo vuelve a contar. Pero todo lo que tiene es lo que Mehdi le ha dicho y lo que Fadi decía en la carta, con tinta que se iba secando hasta que no quedaba más que las marcas de relieve en el papel. Ni siquiera le ha dado tiempo de hablar sobre ello con él.

—Y ¿luego? —dice Gabriella—. Cuando estuvisteis ayer en el piso de los que defines como yihadistas, ¿entendisteis que solo era el tal al-Amin el que estaba detrás de la traición?

—Sí —dice ella—. Él mismo reconoció que trabajaba para la secreta. Los demás parecían conmocionados.

—¿O sea que tu impresión es que al-Amin se había infiltrado en el grupo y que condujo a Fadi hasta esos combatientes en Siria que luego fueron masacrados?

Yasmine asiente con impaciencia.

—¿Te atreverías a hablar con la prensa de esto? —pregunta Gabriella.

Yasmine niega en silencio.

—En serio —dice—. Sé que intentas ayudarme, pero yo solo quiero salvar a Fadi, ¿vale?

—Pero, si eso ayudara a Fadi, ¿te atreverás a salir con foto y todo en las páginas de *Aftonbladet*? A ver, no creo que vaya a hacer falta, pero tengo que saberlo.

—Si eso ayudara a Fadi, desde luego. Por supuesto. Haría cualquier cosa.

Gabriella le sonríe y le acaricia la mano.

—Bien —dice—. Entonces sí que tenemos algo en marcha. Deja que haga un par de llamadas y luego seguimos, ¿vale?

69

Estocolmo
Sábado, 22 de agosto de 2015

Gabriella se ausenta casi un cuarto de hora y, por cada minuto que pasa, Klara ve cómo Yasmine va desapareciendo cada vez más en sí misma. Ahora ya apenas comprueba la hora, sino que tiene la mirada perdida en el vacío y responde con monosílabos a los intentos de establecer conversación que hace Klara.

Cuesta asimilar todo lo que Yasmine ha contado, incluso después de haber leído las notas que ha tomado Gabriella en su ordenador. El hermano que se radicalizó y fue utilizado de la manera más brutal. Se le hace un nudo en el estómago y tuerce la mirada para observar a Yasmine. Si hubiese leído en los medios que la Säpo, junto con el servicio de inteligencia de Estados Unidos, se había infiltrado en un grupo yihadista y que eso había llevado a eliminar a un dirigente del Estado Islámico, ¿cómo habría reaccionado entonces? A lo mejor habría arqueado las cejas, pero también le habría sonado a operación exitosa. Ahora que Yasmine ha compartido la lamentable historia de su hermano pequeño y su infancia, lo único que siente es asco por la actuación de la policía secreta. ¿De verdad pueden estar tan faltos de escrúpulos como para reclutar y sacrificar a ciudadanos suecos?

Y luego hay que añadir a George Lööw y Stirling Security.

Se reclina en la silla. Trata de comprender de qué va todo ese asunto. ¿Puede una empresa llegar tan lejos? Comprar a un investigador no es nada nuevo, hay que reconocerlo, aunque en este caso parece demasiado evidente, con sumas ingresadas a cuenta en un banco de Liechtenstein. Pero Patrick, ¿matar a alguien que ha empezado a encajar las piezas del puzle? ¿Es tan elevada la apuesta?

Vuelve a pensar en el relato de Yasmine. En los disturbios de los barrios marginales, que parecen estar orquestados por Stirling Security. En que incluso los símbolos pintados en las paredes han sido creados por la empresa. Incluso los pasamontañas que los chavales llevan por las noches.

Poco a poco va comprendiendo lo que Patrick había descubierto, poco a poco va surgiendo la imagen.

Los objetivos de Stirling Security deben de ser generar un nuevo mercado de empresas privadas de seguridad, un mercado que esperan dominar, obviamente. Si pueden conseguir apoyo político para la privatización de algunas áreas que, a día de hoy, son competencia policial, tendrán la posibilidad de ganar un montón de dinero al ofrecer sus servicios. De ahí la importancia que tiene el informe de Charlotte desde una perspectiva «académicamente independiente».

Y si, además, se hace énfasis en que las fuerzas policiales no logran cumplir su objetivo, si la población es alimentada con imágenes de coches en llamas y hordas de manifestantes encapuchados lanzándose al ataque… Entonces esperan que incluso la gente se canse y se dé cuenta de que no hay otra alternativa que la de un cuerpo de policía privado.

¿Puede ser así como encaja todo?

Le viene a la memoria la pantalla del Arlanda Express. Las noticias de caos en los suburbios interrumpidas por el anuncio de quien puede ofrecer una solución: Stirling Security. Obviamente, no tiene por qué ser verdad, basta con que parezca sencillo. Y, por si no fuera suficiente, ¿va a resultar que Stirling Security tiene algún tipo de conexión con el Kremlin?

Nota que se le acelera el corazón. Debe ponerse en contacto con su jefa, Charlotte. Debe hacerle entender que sabe cómo encaja todo e impedirle que presente el informe de mañana. En cuanto este se haga público, la semilla estará sembrada, independientemente de si consiguen desvelar o no cómo encaja todo.

Pero Patrick fue asesinado por esto. Y Yasmine está claramente en peligro. Así que ¿en qué está implicada Klara personalmente? ¿En qué peligro se encuentra?

No hay otra salida que hablar directamente con Charlotte. Y con George Lööw.

Saca el teléfono, pero antes de que le dé tiempo a llamar a nadie, Gabriella ya aparece de nuevo por la puerta.

—Yasmine —dice con calma, y se sienta a su lado—. Ahora va a ir todo muy deprisa y va a haber bastante jaleo. Pero vamos a liberar a tu hermano, ¿de acuerdo?

70

Estocolmo
Sábado, 22 de agosto de 2015

Gabriella apenas tiene tiempo de empezar a explicar en qué consiste el plan cuando oyen la voz de Klara desde la ventana:

—Creo que ya están aquí.

Entonces Gabriella acaricia a Yasmine en la mejilla, se levanta y desaparece para abrir la puerta y dejar entrar a los que han venido a buscarla.

Pero por dentro le duele todo. Esto es un error en toda regla. Le hierve la cabeza, le da vueltas. Han cogido al toro por los cuernos, Gabriella y Klara, y tienen la mejor intención. Pero no entienden que su solución es *suedi,* no del Barrio. Creen en el orden cuando esto es caos, y lo único que quiere hacer es protestar y gritar: «¡Escuchadme! ¡No tenéis ni idea de cómo funciona!».

Pero las palabras se han encallado en su interior. No salen ni del estómago, sino que yacen allí apiladas y empujan y chapotean entre el resto de cosas que están mal hechas. Porque sabe que lo único que va a funcionar es que ella misma se entregue a los secuestradores y al Barrio. Es ojo por ojo, diente por diente. No existen los atajos. Al Barrio solo le sirve la sangre. Ella lo sabe. Se odia a sí misma por haber dejado que estas tías de clase media hayan tomado las riendas. Ellas no saben nada de esto. Y odia a Klara y a Gabriella por haber encendido una lucecita en el horizonte, la luz de otra solución en lugar de la única que hay. Las odia por haber dejado que tuviera esperanzas y que se saliera del sendero negro y serpenteante, el único que conduce a casa.

Pero ya es demasiado tarde, porque ahora está la *aina* en el despacho de *Ally McBeal,* con sus tejanos de suequito planchados y sus chupas de cuero, sus peinados cortos y canos y sus fundas para el móvil en el cinturón. Ahora abren la boca y se presentan con sus acentos rurales como Bronzelius y Landeskog de la Säpo, y hablan tranquilos y se sientan a su lado en el sofá y hacen como que son amigos, como que no odian a los que son como ella.

—Por lo que he entendido —dice el que se llama Bronzelius—, solo quedan unas horas para que se termine el tiempo límite.

Ella no dice nada, solo mira al vacío, con la cabeza espesa y llena de lágrimas de frustración y desconcierto. Ahora Gabriella está a su lado.

—Yasmine —dice—. Comprendo que no confíes ni en mí ni en estos dos hombres. Pero te prometo que no te van a hacer nada. Le he explicado a Bronzelius lo que le ha pasado a Fadi y, de ser cierto, es un gran escándalo. Le he dicho que si os pasa algo a ti o a él, cualquier cosa, acudiremos a la prensa de inmediato. Y te puedo asegurar que es lo último que quieren. Así que no hace falta que confíes en que son buenos, pero puedes confiar en que no se atreverán a inventar nada. Nosotros tenemos más contra ellos que lo que ellos tienen contra nosotros. ¿Entiendes? Lo que le ha pasado a Fadi es un escándalo para ellos.

—Pero es que no va a servir, no lo entendéis —murmura ella.

Gira la cabeza y mira a Gabriella. Quiere confiar en ella. Pero también quiere pedirles que se vayan al infierno, todos. Pero esa lucecita juguetea y baila en el horizonte. Esa diminuta esperanza de que por primera vez todos pueden ganar sin que nadie pierda. *Win-win*. Sabe lo falsa que es esa esperanza, pero ¿qué alternativa hay? ¿Salir y entregarse a esos putos exconvictos veteranos? El riesgo es que la maten tanto a ella como a Fadi.

—A la mierda —dice entre dientes—. ¿Qué hacemos?

—Lo primero que necesitamos es tu móvil —dice el que se llama Bronzelius—. Después te pondremos a salvo y repasaremos al detalle todo lo que sabes.

Suelta un suspiro cuando oye «a salvo», pero aun así saca el teléfono y se lo da.

—¿Puedes desprotegerlo? —dice él—. ¿Y enseñarme el mensaje que te ha llegado con el vídeo del que me ha hablado Gabriella?

Ella hace lo que le pide y él parece apuntar el número desde el cual ha sido enviado el mensaje en su propio móvil y luego lo manda a alguien.

—Con un poco de suerte, nuestros técnicos podrán rastrear el número —dice.

Luego se inclina y se quita unas esposas que lleva en un bolsillo a la espalda. Las deja sobre la mesa que tienen delante. Yasmine nota que su cuerpo se echa para atrás de forma involuntaria.

—¿Vas armada? —dice él.

Ella titubea un segundo antes de poner la pistola de Fadi al lado de las esposas. Nota los ojos de Klara como platos por la sorpresa desde la otra punta de la sala.

—Para que funcione —dice Bronzelius—, debo ponerte las esposas. Es puro teatro. Si alguien te tiene puesto un ojo encima es mejor que parezca que estás arrestada a que nos acompañes por voluntad propia. ¿Entiendes?

Yasmine vuelve la cabeza y mira a Gabriella.

—¿Qué coño es esto? —dice—. ¡No me habías dicho nada de unas putas esposas!

Gabriella la mira tranquila.

—Es por tu propia seguridad —contesta—. Si alguien te ha seguido hasta aquí, creerá que has sido arrestada. Eso explicaría por qué no acudes a la escuela en Bergort a las cinco si algo sale mal. ¿Entiendes?

«¡No! —quiere chillar—. ¡No entiendo nada de todo esto! ¡No me fío de ninguno de vosotros! ¡Y no puede salir mal! ¡No puede!».

Pero, en lugar de gritar, agacha la cabeza y alarga las manos para que Bronzelius la pueda encadenar como un animal y llevársela por el tenue resplandor del pasillo, por la resonante escalera y hasta el Volvo oscuro que está en la acera, delante del bloque. Se siente vacía, casi muerta, cuando el Volvo sale a la calle Skeppsbron con ella en el asiento de atrás.

«Fadi —piensa—. *Habibi*, ¿qué está pasando?».

71

Estocolmo
Sábado, 22 de agosto de 2015

Después, Klara y Gabriella se quedan de pie bajo el sol delante del portal de la calle Skeppsbron y Klara se enciende un cigarro. El humo flota casi inmóvil a su alrededor.

—¿Qué ha pasado en verdad? —dice, y se vuelve hacia Gabriella—. ¿De veras lo van a resolver?

Apenas han pasado unos minutos desde que el Volvo oscuro se ha alejado calle abajo en dirección a Slussen.

Gabriella se encoge de hombros, después asiente y se gira para mirarla.

—Yo creo que sí —responde.

—Y si lo hacen, si consiguen liberar a su hermano, ¿qué pasará con ellos? Él es yihadista y los dos han cometido varios delitos en los últimos días. Quiero decir, tienen motivos para evitar a la policía, ¿no es así?

—Sí —dice Gabriella—. Pero esa es la clave. Tienen tanta mierda contra la Säpo que la secreta pasará de ellos en cuanto haya terminado todo. Me ha bastado con decir «*Aftonbladet*» y «testigos oculares» para que se pusieran las pilas en comisaría.

—Pero ¿crees que es cierto lo de la Säpo? Suena desquiciado —replica Klara.

—Hay mucha porquería de la que no nos enteramos y que tiene lugar detrás de puertas cerradas —murmura—. Demasiada.

Alarga la mano y le pide un cigarro a Klara.

—Era el último —dice Klara y se lo ofrece a Gabriella, que da un par de caladas antes de devolvérselo.

Por un momento se siente como antes. Como cuando fumaban en la escalera de la biblioteca universitaria Carolina Rediviva de Upsala durante sus años de estudiante, sin un duro, siempre compartiendo los pocos cigarros que había. Hace tiempo de aquello. Han pasado muchas cosas.

—La verdad es que creo que es cierto —continúa Gabriella—. Porque Bronzelius ha reaccionado muy deprisa. Pero estoy contigo, suena increíble. Que hayan colaborado con los estadounidenses y se hayan infiltrado en una célula yihadista para eliminar a un líder terrorista. Quiero decir, se han pasado por el forro todas y cada una de las normas y derechos humanos que jamás han regulado su actividad.

—¿Acaso forma parte siquiera de su cometido? —dice Klara—. Se ocupan de proteger Suecia, ¿no? No de participar en misiones en Oriente Próximo. ¿Crees que el ministro de Justicia está al tanto?

Gabriella se encoge de hombros.

—Puede que sí, puede que no. Pero han reaccionado quizá con demasiada prisa cuando me he puesto en contacto con Bronzelius. Lo cual es muestra de que, lamentablemente, la actividad no es del todo desconocida dentro de comisaría. ¿Y si es un proyecto mayor? Quiero decir, a lo mejor hay más Fadis.

Gabriella da otra calada al cigarro de Klara y se apoya en la pared.

—¿Te imaginas los titulares para esto?

Klara solo asiente en silencio. Es una locura demasiado grande. Piensa en Bronzelius, al que conocieron a raíz de lo que pasó en el archipiélago de Sankt Anna. Un hombre normal y corriente con chupa de cuero y tejanos y pelo corto de color gris. Como un padre. Pero había resultado ser una especie de araña en la telaraña de la Säpo, lleno de secretos y recursos. Él fue quien las puso en contacto con el aparato de inteligencia estadounidense y les dio la oportunidad de salir de la terrible situación que había llevado a la muerte tanto de Mahmoud como del padre de Klara.

Había sido un golpe maestro de Gabriella ponerse en contacto con Bronzelius justo ahora y Klara no podía entender que no se le hubiera pasado por la cabeza a ella misma. Pero, seguramente, era por eso por lo que Gabriella era socia de un bufete de abogados a pesar de tener solo poco más de treinta años, mientras que ella no era más que una eterna metedora de patas que siempre le complicaba la vida a todo el mundo.

—Perdona —dice ahora, y aplasta la colilla en la acera, aparta la mirada de Gabriella.

—¿Por qué? —pregunta esta.

—Por todo —responde, y se apoya en la pared—. Por no haberte contestado a los mails y no haberte llamado. Por no haberte dado las gracias por lo que hiciste las Navidades pasadas. Por no haber desaparecido. Dios mío, ni siquiera estaría de pie si no hubiese sido por ti. Y encima tienes que venir y arreglarlo todo otra vez.

Gabriella se apoya en la pared a su lado y sus hombros se tocan mientras miran al sol con los ojos entornados.

—Aún no se ha acabado —dice—. Con suerte, la panda de Bronzelius resolverá esto de Yasmine y Fadi. Pero, en cuanto al informe y George, te toca a ti ensuciarte las manos.

Ella asiente en silencio. A pesar del leve dolor de cabeza, siente una suerte de bienestar. Hallarse aquí con Gabriella. A pesar de todo lo que ha sido. A pesar de todo lo que queda.

Apoya la cabeza en el hombro de Gabriella, nota su pelo en la mejilla.

—No me encuentro bien, Gabi —dice.

Gabriella le acaricia la cara, el pelo.

—Lo sé, Klara —contesta en voz baja—. Pero lo resolveremos. Te lo prometo.

72

Bergort
Sábado, 22 de agosto de 2015

No me dejan quitarme la capucha, pero aun así sé dónde estamos. Da igual que vea o no, ya pueden sacarme los ojos que seguiré sabiendo todo de Bergort. Reconozco cada eco aquí, cada olor a *harissa*, o a comino, o a salchicha de Falun. Reconozco las escaleras y los portales, reconozco los tonos de voz entre los edificios, reconozco las grietas en el asfalto y sé cuántos pasos hay entre los aparcamientos y los portales. Me lo sé todo del Barrio. Todo.

Y ahora estamos en los bloques de diez plantas, en algún piso muy arriba que huele a hierba y palomitas requemadas. Me han encerrado en el dormitorio y ellos están ahí fuera jugando al Fifa y hablando serbio. A veces entreabren la puerta para comprobar que sigo aquí, como si tuviera adónde ir.

Después de hacer el vídeo me han dejado solo aquí dentro y al principio estuve contando segundos. «1.001, 1.002, 1.003». No sé por qué. Supongo que por hacer algo. Solo para mantener la oscuridad fuera de mis párpados, para que no entrara, para no dejar que los pensamientos corran libremente.

Pero luego he recordado lo que el hermano Shahid dijo en Siria una noche mientras estábamos sentados alrededor de la cocina de campaña en nuestro frío piso. Hablábamos de cautiverio y martirio y todo eso que ahora me queda tan lejos, que me parece un sueño, una vida que vivió alguien que no era yo; dijo que, si los perros de Al Asad te hacían prisionero, te tenía que dar igual, serías un mártir antes de que se pusiera el sol. Pero, si te cogían algunas de las fuerzas rebeldes, podías estarte semanas, meses, años. Y cuanto antes dejaras de lado lo terrenal y subieras a Alá, más posibilidades tendrías de no perder la razón.

Ahora ya no tengo a Alá, ni siquiera el sueño de justicia y yihad. Ahora no tengo nada, excepto un repentino deseo de vivir.

He cortado los puentes a mi paso y ahora no quiero nada más que volver. Pero estos pensamientos son demasiado grandes para la oscuridad de la capucha. Necesito luz. Si no puedo reconciliarme con la muerte, pienso reconciliarme con la vida.

Así que pienso en ti. Pienso en lo rápido que lo entendiste, y que trataste de enseñármelo. Pienso que para eso era para lo que estaban los diccionarios, para eso estaban para ti los grafitis y la música. Para eso estaban los garitos del centro. Quizá incluso para eso era para lo que estaba el perdedor aquel de David.

¡Vida!

Yo pensaba que huías. Del Barrio. De mí. Pero lo único que hiciste fue vivir. Lo único que hiciste fue ser mejor. Lo único que hiciste fue intentar crear algo más grande que las condiciones que nos habían puesto. Y yo lo único que hice fue adaptarme. Lo único que hice fue asumir las peores expectativas.

La tarde es larga y hago todo lo que puedo para tener pensamientos rectos y simples y no pensar en lo que tú estarás haciendo ahora, lo que piensas hacer o lo que estarás planeando. Así que me obligo a pensar en que nos liberaremos. Que no puede terminar así, que tiene que haber algo más, algo mayor y más hermoso. Un cielo más azul que podamos atravesar volando hasta que no seamos más que dos puntos y estrías que se alejan hasta desaparecer para siempre. En algún lugar tiene que haber un mar con un barco en el que quepamos los dos.

Y luego todo el mundo estalla.

Primero oigo algo. Junto a la ventana. Quizá haya un balcón fuera. Es el sonido de algo que raspa, algo que se arrastra, y giro la cabeza hacia allí, de modo inconsciente, a pesar de no ver nada. Pienso que es un pájaro, una paloma o una gaviota que ha aterrizado en la barandilla. Luego lo vuelvo a oír. Una vez, dos veces. No sé por qué, pero me pone nervioso. Quizá porque estoy tan aislado con la capucha en la cabeza y las bridas en las muñecas. El sonido me genera malestar y noto que se aceleran los latidos de mi corazón. Pasan unos segundos de silencio, quizá unos minutos.

Y luego ocurre. Luego estalla toda la habitación, todo el piso, de forma muy violenta y a un volumen que me hace sacudir la cabeza y abrir la boca y chillar sin poder evitarlo. Son varias explosiones, rápidas, seguidas, tan ensordecedoras que lo cierto es que pierdo el oído. Algo centellea con tanta intensidad que vislumbro la luz a través de la capucha, como si estuviera dentro de la explosión, dentro de una bomba. No sé qué hago, no tengo ningún control, pero creo que me hago un ovillo en la cama, como un niño, como un embrión.

Lo único que oigo es un pitido constante en los dos oídos, pero percibo cómo la habitación se llena de gente. Y noto que alguien me agarra por los hombros y me arrastra al suelo. Percibo que alguien me grita. Después el pitido cesa, o disminuye, y oigo gritos, cosas que se rompen. Oigo a alguien rugiéndome en la oreja:

—¡Policía! ¡Quieto! ¡No te muevas! ¡Policía!

Lo grita una y otra vez y yo no entiendo por qué, porque no me muevo. Permanezco inmóvil y oigo cómo todo me cae encima, todo se rompe a mi alrededor.

Y de repente la oscuridad desaparece cuando alguien me quita la capucha de la cabeza. Hipo en busca de aire y aprieto los ojos ante la repentina luz.

Ahora reina el silencio, solo se oye un ruido de botas y algunas órdenes sueltas que llegan de la sala contigua.

—¡No te muevas!

—¡Mírame!

Cuando abro los ojos veo a un hombre con pasamontañas y casco, vestido de arriba abajo con *kevlar* de color azul marino, que se pone en cuclillas a mi lado. Veo su arma y su máscara antigás en el suelo a su lado. Sobre el pecho izquierdo lleva cosido un parche azul oscuro: «Policía», las letras son doradas.

Con cuidado se quita el casco, se desenfunda el pasamontañas de abajo hacia arriba y me sonríe. Es oscuro, casi negro, y no logro encajarlo. Que no sea rubio como un poli. Que sea como nosotros. El sudor le corre por las mejillas.

—Tranquilo, hermano —dice, y sonríe—. Ya ha pasado todo. Te tenemos.

Detrás de él, a través de la puerta abierta que da al salón, veo cómo otros hombres, idénticos, aún con la cabeza tapada y el casco puesto, se llevan a rastras por el parqué hasta el pasillo a los que intuyo que son mis secuestradores. Cierro los ojos. Cuando los vuelvo a abrir, ya han desaparecido, pero en el suelo del salón yace un cuerpo tieso, inmóvil.

Ahora el mundo se mueve despacio y tengo la sensación de tardar varios segundos en ponerme de rodillas, varios segundos en gatear un paso hacia la puerta, varios segundos para que el policía que tengo delante se levante, me ponga las manos en los hombros, me empuje con cuidado de vuelta a la habitación y cierre la puerta con la bota.

—Tranquilo —dice—. Se han efectuado un par de disparos. Pero tú ya estás a salvo.

Pero yo ya he visto aquello de lo que me intenta proteger.
Ya he visto la cara pálida de Mehdi. Ya he visto la mirada vacía
de sus ojos inertes.

73

Estocolmo
Sábado, 22 de agosto de 2015

Así que le han mentido, obviamente, y ahora está tumbada en el catre de la celda mirando fijamente al techo gris. Le han mentido, igual que mienten siempre, y ahora su cabeza arde de desesperanza y angustia y de pensar que se acabó todo.

Cierra los ojos, se los aprieta con los puños cerrados y empuja con todas sus fuerzas, suelta un grito desgañitado.

¿Cómo ha podido confiar en ellos? ¿Cómo ha podido? ¿Cuántas veces no habrá visto esa mirada azul entre pedagogos y profesores y los putos trabajadores de campo? Rubitos de las casas de alquiler en Bagarmossen o Aspudden que quieren tanto bien, pero lo único que hacen es destruir con sus promesas vacías y falsas esperanzas. Joder, se pasó toda la infancia esquivando su ingenuidad y su retórica barata, su «creencia en el individuo» y su maldita compasión. Como si tuvieran algo de qué compadecerse con sus vidas cansadas, llenas de viajes a la guardería y de cajas de vino. Los que llegan con su orden al Barrio y se creen que existe un método, una manera de sobrevivir o salir adelante. Cuando lo único que hay es caos.

Pero ahora Yasmine tenía tantas ganas de creer. Se ha obligado a creer, a pesar de que el plan fuera tan vacuo y a pesar de que implicara que pusiera su destino y el de Fadi en manos del enemigo. Y ahora está aquí tumbada y se obliga a no pensar en lo que le pasará a Fadi o a ella misma.

Lo único que sabe es que la han interrogado sobre Mehdi y sus amigos matones y que ella les ha contado todo lo que sabía, pero sin mencionar a George Lööw. Klara y ella se habían puesto de acuerdo en eso con Gabriella. Era algo que mirarían más adelante, para que la pasma no se confundiera, para que se concentraran en salvarle la vida a Fadi primero. Después de contarle su versión reducida de la historia a ese tal Bronzelius, él se había largado a toda prisa y la había dejado sola en una sala de interrogatorios, hasta que un poli normal y corriente, con la típica actitud de rubito, la había traído hasta aquí, sin molestarse en escuchar sus preguntas y protestas. Simplemente, la había sentado a la fuerza en el catre, a pesar de sus gritos y golpes. Había cerrado la puerta con llave y la había dejado sola.

No sabe cuánto tiempo lleva en la celda cuando oye el ruido de la llave en la cerradura. Cuando la puerta se abre ella ya se ha incorporado y tiene los pies en el suelo. Es el mismo poli gordo de antes, las migas de galleta en la camisa del uniforme siguen ahí.

—Te toca interrogatorio —dice—. Levántate.

La mira como si ella no estuviera allí o como si fuera intercambiable, distintos rostros, pero la misma figura.

—Muéstrame las manos —dice.

—¿Qué?

Yasmine se ha levantado del catre y ve que el poli tiene unas esposas en la mano.

—¿No me has oído? —dice—. Interrogatorio. Muéstrame las manos.

La humillación recorre su cuerpo y se mezcla con la preocupación por Fadi. Pero no tiene elección y cualquier cosa será mejor que esta celda, así que alarga las manos y él la encadena como un animal o una esclava, y cruzan lentamente el pasillo verde grisáceo y aséptico hasta la misma salita de interrogatorio en la que ha estado hace un rato.

—¿Qué hora es? —pregunta ella.

Pero el poli gordo hace como que no la oye y se limita a abrir la puerta de la sala y la hace pasar con un leve empujoncito.

—Siéntate —dice—. Enseguida vendrán.

Pero tardan, y las esposas le rozan las muñecas. En esta sala está tan cerca de la desesperación, le quita todas las fuerzas el mero hecho de estar erguida y no dejar que la cabeza le vaya de aquí para allá. Al final oye que alguien abre la puerta y se endereza en la silla, hace de tripas corazón, se prepara para cualquier cosa, para lo peor. Pero se niega a volverse, se niega a darles eso, así que permanece rígida y erguida, de espaldas a la puerta.

—¿Dónde está mi hermano? —dice impasible a la pared.

Oye al hombre entrar en la salita y rodear la mesa. Por el rabillo del ojo ve que es Bronzelius que ha vuelto.

—¿Quién coño te ha puesto las esposas? —dice.

Pero ella no lo oye. El pánico crece en su interior, un motor de reacción que acelera fuera de control.

—¿Dónde está mi hermano? ¿Dónde está Fadi? —grita.

Golpea la mesa con las manos esposadas. Se levanta de golpe y la silla sale despedida hasta caer al suelo con un estruendo.

Bronzelius se le acerca un paso y levanta las manos para tranquilizarla.

—Fadi está bien —dice—. Lo hemos llevado a urgencias para examinarlo. Es pura rutina, no hay nada de qué preocuparse.

Suena como si estuviera hablando dentro de una lata o un túnel, porque su voz es grave y resuena y resulta imposible creer lo que dice.

Yasmine se desploma, de pronto es demasiado débil para mantenerse en pie, y nota el suelo de linóleo frío y resbaladizo

al sentarse. Antes de que toque el suelo, Bronzelius ya se ha aga-
chado a su lado.

—Respira tranquila —dice—. Tu hermano está a salvo.

Se vuelve a levantar y abre la puerta del pasillo.

—¿Algún capullo puede venir a quitarle las putas esposas? —grita.

Media hora más tarde Yasmine vuelve a estar sentada a la mesa,
sin esposas, y con Gabriella al lado. Los ojos de esta, que hace
un par de horas eran tan cálidos que la habían hecho aceptar el
plan, son ahora tan duros que parecen poder atravesar de cuajo
a Bronzelius.

—De verdad que no me entra en la cabeza —dice Gabriella con tanta calma y concentración que el aire de la sala empieza a vibrar—. ¿No hay límite para lo incompetentes que llegáis
a ser? ¿Encerrarla? ¿Negarme la visita? ¿Esposas? Después de
lo que ha pasado mi clienta. ¿Cómo es posible?

Cada palabra que dice intenta abrirse paso por el cuerpo
de Yasmine. Cada palabra la hace luchar por no dejar caer las
lágrimas. ¿Acaso se ha mostrado alguien jamás tan incondicio-
nalmente de su lado? ¿Acaso se ha puesto alguien jamás de su
parte?

—Tranquilízate —murmura Bronzelius, y lanza una mirada tajante por encima de la mesa—. Un gracias a lo mejor no habría estado de más. Hemos resuelto el ejercicio, por así decirlo.

—Está bien —le dice Yasmine con cuidado a Gabriella—.
En serio, Fadi está a salvo, eso es lo único que cuenta.

—Fadi no habría tenido que ser salvado si no fuera por la
implicación de esta panda de chapuceros —murmura Gabriella.

Bronzelius solo las mira con ojos de hielo.

—Fadi Ajam es un terrorista —dice cortante—. Yo de vo-
sotras vigilaría muy mucho las acusaciones.

—Sí, un terrorista que vosotros habéis creado —responde Gabriella, y clava la mirada en la de él.

Bronzelius no la aparta y se quedan así un par de segundos antes de que este se vuelva hacia Yasmine.

—Después de un poco de trabajo de rastreo concluimos que estaban en un piso en Bergort —dice—. En ese momento recurrimos a lo que llamamos el cuerpo nacional de operaciones especiales, puesto que la valoración que hemos hecho era que los secuestradores no estaban demasiado abiertos a la negociación, y así luego el piso podía ser asaltado con el mínimo riesgo.

Se queda callado y Yasmine se reclina en la silla. Poco a poco empieza a asimilar que Fadi está vivo. Pase lo que pase ahora, él no está muerto. La conciencia de esto se va extendiendo como una red bajo sus pies, una red que impide la caída libre en la que se ha encontrado durante este último tiempo. Un nuevo y profundo cansancio se apodera de ella. Están vivos los dos. Todo lo demás puede esperar.

—Lamentablemente, el asalto no ha resultado ser tan sencillo como habrían deseado nuestros compañeros de los uniformes de *kevlar* —continúa Bronzelius.

—¿Qué? —dice Yasmine, y alza la cabeza.

Se vuelve hacia Gabriella.

—¿Qué quiere decir?

Pero Gabriella solo le hace una señal a Bronzelius para que prosiga y agarra con delicadeza la mano de Yasmine.

—Mehdi Fadim —dice Bronzelius—. Por lo que tengo entendido, era amigo de tu hermano.

Yasmine traga saliva y cierra los ojos. Lo único que le viene a la mente es la imagen de Parisa con el crío en los brazos. Lo único que ve son los pisos apretujados, los portales sin cerrojo, los cielos azules, los coches en llamas, los sueños que siempre se hacen pedazos.

—Estaba en el piso y en este momento estamos investigando cómo ha podido pasar. Por lo visto solo se han efectuado dos disparos. Pero por algún motivo han dado en Mehdi Fadim. Lo más probable es que haya sido por error. No iba armado y, por lo que me han dado a entender, él era más o menos otro rehén. No queda claro cómo encaja todo.

Ahora Yasmine ya no puede retener las lágrimas. Ruedan despacio por sus mejillas. Son tanto de alivio como de pena. Esperanza y la constante desesperanza. Mehdi los traicionó. Pero también protegió a Fadi. Parisa los traicionó, pero ¿cuántas veces no la había protegido antes? Ojo por ojo, diente por diente. Siempre hay alguien que paga el precio.

A su espalda oye que alguien llama a la puerta y la abre.

—¿Yasmine Ajam? —dice una voz.

Ella se vuelve y ve a una agente de policía uniformada asomar la cabeza por la puerta entreabierta.

—Si ya ha terminado, puedo llevarla con su hermano.

Lo único que puede hacer es asentir con la cabeza y mirar interrogante a Gabriella, todavía con lágrimas corriendo por su cara. Gabriella encuentra un pañuelo en su bolso y se lo ofrece.

—Vete —dice—. Yo tengo un par de cosas que comentarle a Bronzelius.

74

Estocolmo
Domingo, 23 de agosto de 2015

Está chispeando cuando el taxi abandona la autovía E4 en dirección a Brunnsviken y el hotel Radisson Blu, donde se va a celebrar la conferencia. El corazón de Klara palpita con latidos cortos y lentos en su pecho. El estrés por el informe y por lo que le va a decir a Charlotte la han tenido despierta casi toda la noche. Al mismo tiempo, se siente aliviada de, por una vez en la vida, no tener resaca. Casi se había olvidado de lo que es no tener dolor de cabeza.

Ayer por la noche ella y Gabriella estuvieron levantadas hasta tarde en el nuevo piso de dos habitaciones de Gabriella en Mariaberget, pensando en cuál sería el siguiente paso. Por lo visto, con la copropiedad del bufete de abogados iban incluidas las vistas sobre Estocolmo, y habían estado las dos sentadas en el balconcito de Gabriella hasta última hora de la noche. Klara ha visto pocas veces algo tan bello. El cielo de agosto y el casco antiguo de Gamla Stan. Y el agua de abajo, totalmente quieta. Habían sacado unas mantas gruesas y se habían acurrucado alrededor de dos tazas de té. Ni siquiera vino: por primera vez en semanas no había sentido la necesidad de tomar alcohol.

Pero el tema de conversación no había sido tan divertido. Juntas habían repasado lo sucedido durante la tarde y estudiado al detalle lo que Klara había vivido en Londres. Gabriella también había hablado de su frustrante reunión con Bronzelius en comisaría. Él había escuchado a medias lo que ella le había contado sobre Stirling Security, George Lööw, Bergort y la conferencia de la UE, pero al final lo había despachado como meras especulaciones y le había preguntado con irritación qué le parecía a ella que debería hacer con todo eso.

—A fin de cuentas, supongo que tiene razón —había dicho Gabriella—. En realidad no hay nada en concreto. Vale, tenemos los pagos al banco. Pero se han efectuado desde una cuenta suiza a una cuenta en Liechtenstein y en los mails no se dice nada de a qué se deben. Vale, parece que a tu compañero de trabajo lo empujaron delante del tren, pero nadie vio cuándo pasó. Además, la institución de tu jefa está en Londres, ¿qué puede hacer la Säpo allí? Y en cuanto a George…

Gabriella había sacudido la cabeza, rendida.

—Ni siquiera eso hay por dónde agarrarlo. ¿Un testigo ocular de que le ha pagado dinero a alguien de quien se dice lidera los disturbios? Ahí no hay nada para Bronzelius y sus amigos.

—Pero, joder —había dicho Klara—. ¿La idea no es que la Säpo vaya un paso por delante, que actúe deprisa y antes de que sea demasiado tarde…?

—Sí, hice hincapié en ello y a regañadientes ha aceptado echarle un vistazo a Stirling Security y llamarme mañana. Lo que pasa es que lo realmente interesante no empezará hasta que tu jefa se presente mañana y lea su informe ante los diplomáticos de la UE. Cuando ella recomiende que parte de las competencias policiales se podrían privatizar, entonces todo esto tomará un cariz distinto, ¿no te parece? Los mails y los pagos a cuenta y todo. ¡Menudo escándalo! Pienso que solo nos viene bien esperar hasta mañana, luego sacaremos a la luz todo el asunto.

Ahora Klara pasea la mirada por el frondoso Hagaparken mientras el taxi sube despacio hasta el hotel. Nubes grises y pesadas y casi diez grados menos que ayer. El verano se ha acabado en una noche.

Es un alivio percibir el olor a otoño en el aire. El taxi se detiene al fin ante el vestíbulo de Magasinet, el local de conferencias donde se celebrará la reunión preliminar.

—¿Crees que hay suficiente policía? —dice el taxista y señala los cordones policiales que rodean el Magasinet.

Klara esboza una sonrisa torcida y paga.

—Esperemos que sí —dice.

El hombre tiene razón, Klara se da cuenta cuando se apea en la gravilla. Puede contar por lo menos diez coches patrulla y furgonetas repartidos por el aparcamiento, y rodeando la entrada han levantado una valla antidisturbios. Dos policías están descargando escudos y cascos al resguardo de uno de los furgones. Claro, un encuentro de los ministros de Justicia de la UE para el tema de «Los efectos de la liberalización» es un objetivo clarísimo para el movimiento antiglobalización. Mañana todo Hagaparken estará abarrotado de activistas.

Hoy solo es la reunión preliminar. Los ministros no llegan hasta mañana. Pero si Klara ha aprendido algo en sus años en política europea es que lo importante son las reuniones preliminares. Es aquí, entre los altos funcionarios y los secuaces de los políticos, donde se define el programa y se marcan las directrices. Es aquí donde nacen las resoluciones y se sientan las bases. De ahí la importancia del informe de Charlotte.

Son las siete y media y Klara se coloca en la cola de trajes de los representantes de la serena y ambigua democracia europea. El control de seguridad es riguroso, como en un aeropuerto o el Parlamento Europeo; hay que escanear bolsos y todo el mundo tiene que pasar por el detector de metales antes de poder entrar en el antiguo almacén del ejército que actualmente se ha transformado en una gran sala de reuniones fresca y nórdica de quinientos metros cuadrados en blanco y madera ligera.

Klara se registra y obtiene su placa identificativa.

—¿Ya ha llegado Charlotte Anderfeldt? —le pregunta a la chica en prácticas con traje ajustado que está detrás del mostrador.

Esta teclea en su tablet.

—No. La profesora Anderfeldt no se ha presentado aún. Pero, según el programa, su presentación es a las ocho y media, justo después de la introducción, así que no puede andar lejos.

Klara asiente con la cabeza y se acerca a la mesa donde sirven café y panecillos con queso. Mira el móvil. Ninguna llamada perdida. Ningún mensaje. Son las ocho menos cuarto. Un cuarto de hora para que empiece todo. Después, media hora más hasta que le toque el turno a Charlotte. ¿Qué estará haciendo? Klara nota que empieza a sudar. No es propio de Charlotte llegar en el último minuto. En absoluto.

Entonces se da cuenta de que alguien la coge suavemente del codo y ella se vuelve tan deprisa que el café negro salpica el platillo.

—Klara —dice George Lööw—. Tengo que hablar contigo.

Tiene el aspecto de siempre, recién duchado y perfumado. El traje parece nuevo. Igual que la camisa blanca y la corbata roja. Otro participante —un hombre redondo de unos cuarenta años— le estrecha la mano de pasada.

—¡George! ¡Han soltado a los zorros entre los armiños! —dice el hombre con un fuerte acento alemán, y se ríe con un borboteo.

George fuerza una sonrisa y le da una palmadita cariñosa en el hombro.

—¡Otto! ¡Me alegro de verte!

Le hace un gesto para que sobrentienda que está ocupado, pero que con gusto hablarán más tarde. Se lleva a Klara entre la multitud, en dirección al control de seguridad mientras va saludando con la mano, sonriendo y haciendo la señal de «¡llámame!» con la mano con la que no coge a Klara del codo. No cabe duda de que está en su salsa.

Al final salen al vestíbulo, donde el número de participantes es notablemente menor.

—¡George! —dice ella, y hace un esfuerzo por sonreír—. ¡Cuánto tiempo!

—Desde luego —responde George, y parece igual de forzado—. Después hablamos más. La cuestión es que ahora mismo tenemos un pequeño problema.

—Vale —dice ella—. ¡Pero qué sorpresa verte aquí!

—¿De verdad? —replica él, y la mira con asombro—. ¿No te ha contado Charlotte que iba a estar aquí?

Klara frunce la frente y trata de cruzarse con su mirada, pero le flaquea y se pierde entre la masa de gente que tiene detrás. Él se pasa nervioso una mano por el pelo.

—No —responde ella expectante—. No te ha mencionado en ningún momento.

—Ah, ¿no?

La sorpresa de George parece sincera y él la mira directamente a los ojos.

—Si fui yo quien te recomendó para el trabajo, para empezar. ¿Por qué crees, si no, que te lo dieron?

Klara siente un vahído y da un paso hacia atrás.

—¿Perdón? —se asombra—. ¿Qué has dicho?

Pero él está estresado, demasiado agobiado para continuar con esa conversación.

—Klara —dice, y vuelve a centrar en ella la mirada—. ¿Dónde está Charlotte?

Ella aún se halla desconcertada por lo que él le ha dicho.

—Espera —le pide—. ¿Qué quieres decir con que fuiste tú quien me consiguió el trabajo?

—Ahora eso da igual —dice él, aún más impaciente—. Ella necesitaba a alguien que supiera sueco y yo le mencioné tu nombre. Eso es todo. Pero ¿dónde está, Klara? ¡Es importante, joder! No te imaginas todo lo que está en juego.

Klara se queda mirándolo. Está a punto de decirle que sabe bastante bien lo que está en juego, y lo importante que es para él, pero se arrepiente en el último momento.

—De verdad que no lo sé —contesta—. Debería llegar en cualquier momento. ¿De qué la conoces, George?

Pero, antes de terminar la frase, él le ha dado la espalda y se ha vuelto a perder entre la marea de trajes idénticos.

75

Estocolmo
Domingo, 23 de agosto de 2015

Media hora más tarde ya han repasado el procedimiento para la reunión y el encargado de dar el discurso de presentación —un famoso inversor en capital de riesgo con un reciente interés en cuestiones democráticas— ya se acerca al final. No faltan más de diez minutos para que le toque el turno a Charlotte.

Klara siente un hormigueo en todo el cuerpo. ¿Qué harán si ella no se presenta? El informe ya está escrito y se hará público a la hora del almuerzo independientemente de si Charlotte está presente o no. Una mujer de unos cincuenta años, con pelo rubio y corto, se agacha a su lado.

—¿Trabajas con Charlotte Anderfeldt? —dice en inglés con un leve acento francés—. Soy la responsable de la organización de esta conferencia. ¡Y esto es una catástrofe!

Aunque hable entre susurros, su desesperación francesa se puede apreciar con total claridad.

—¿Dónde está la profesora Anderfeldt? ¿Ha hablado contigo?

Klara niega con la cabeza.

—He intentado localizarla, pero sin éxito —dice.

—Entonces no veo ninguna otra salida —replica la mujer—. Tendrás que presentar tú el informe. Quiero decir, tú y Charlotte lo habéis redactado juntas, ¿no?

Klara siente cómo se le comprime el pecho. Sacude con energía la cabeza.

—¡Yo solo he escrito una parte! —dice, y lucha por no alzar la voz—. Solo el capítulo de los límites legales. Ni siquiera he podido leer la versión definitiva. Además, creo que la profesora Anderfeldt y yo sacamos conclusiones totalmente distintas.

La mujer se queda mirándola.

—Catástrofe —declara—. Catástrofe total.

En el podio que tienen delante, el moderador ha terminado su breve resumen de la introducción del presentador y pasea desconcertado la mirada por el público.

—Y ahora ya llegamos al primer punto del orden del día —dice, y mira intranquilo a su alrededor—: La presentación del informe sobre la posibilidad de privatización de las fuerzas policiales desde una perspectiva europea. Ha sido elaborado por Charlotte Anderfeldt del King's Centre for Human Rights de Londres. Pero me han comunicado que debido a un imprevisto la profesora Anderfeldt aún no ha podido presentarse. Por ello propongo que aplacemos este punto y empecemos con…

Se ve interrumpido por una puerta que se abre al fondo del Magasinet. Toda la sala vuelve la cabeza. Por la puerta aparece Charlotte.

—Retiro lo último —dice el moderador en respuesta al leve murmullo que se ha levantado en la sala—. ¡Parece que la profesora Anderfeldt por fin a ha podido llegar!

—Pido mis más sinceras disculpas por este drama innecesario —dice Charlotte cuando ha tomado asiento entre el moderador y los demás participantes de la mesa.

Klara solo puede mirarla fijamente. Apenas cree lo que ven sus ojos. Charlotte parece bastante tranquila, pero sus ojos saltan continuamente del portátil que está abriendo al público presente de una manera que Klara no reconoce.

Charlotte suelta un suspiro, como si cogiera carrerilla, mientras su presentación se va abriendo en las innumerables pantallas de la sala.

—Estoy aquí para presentar el primer estudio del caso sobre el que nos debemos posicionar durante esta conferencia —empieza—. Y gira en torno a una pregunta que ha surgido en varios países de la UE en los últimos tiempos, es decir, qué se consideraría necesario para privatizar ciertas competencias policiales. Esto ha sido de especial actualidad sobre el telón de fondo de las protestas ciudadanas masivas que hemos podido presenciar durante los últimos meses.

Alza la mirada y la pasea por la sala.

—No deja de ser un ejemplo magnífico Estocolmo, donde en la última semana hemos sido testigos de continuos disturbios en los barrios de la periferia. Disturbios en los cuales el cuerpo de policía se ha visto claramente infradimensionado y no lo suficientemente flexible como para gestionar de forma efectiva los problemas que se han presentado.

Charlotte hace un barrido con la mano.

—Y tampoco esta reunión está libre de oposición ciudadana y agresiones, lo cual deja más que patente la gran presencia policial que hoy tenemos aquí.

Por toda la sala hay cabezas que asienten y se inclinan hacia delante para prestar atención. Klara nota que se le eriza el vello de la nuca. Resulta increíble la astucia con la que George y sus clientes han logrado generar una atmósfera adecuada para la presentación de Charlotte. ¿Cómo se puede uno proteger contra estos lobbies salvajes? ¿Qué se puede hacer cuando una empresa logra crear su propia realidad a base de atizar y aprovecharse de las desigualdades en los barrios periféricos y, al mismo tiempo, compra a un «experto independiente» para presentar una solución que les sirva a ellos?

Es de un cinismo vertiginoso y de una total falta de escrúpulos. Klara se vuelve y cruza por un instante su mirada con la de George. Ahora se le ve más tranquilo, piensa ella. En la tarima Charlotte sigue hablando.

—Es evidente que nuestras sociedades están delante de grandes desafíos en lo referido a la distribución de recursos y la efectividad en la esfera policial, por lo que resulta natural que surjan preguntas sobre soluciones alternativas.

Hace que suene tan seco y obvio, tan natural, que a Klara le entran ganas de vomitar.

—En varios países miembros se han alzado voces para que actores privados sean más flexibles y, además, más conscientes de los costes. Se han trazado paralelismos con los aspectos económicamente positivos que han aportado las privatizaciones dentro del ámbito de la salud, entre otros países, en Suecia, en los últimos años.

Charlotte gira la cabeza y clava los ojos en Klara. Se queda callada un instante. Después dirige lentamente la mirada de nuevo al auditorio.

—Pero lo que nuestro análisis muestra es que los problemas de la privatización de la policía son prácticamente infranqueables desde una perspectiva puramente democrática.

Klara intenta recobrar el aliento. No cree haber oído bien. ¿Qué está diciendo Charlotte? Debe de ser todo lo contrario a lo que Stirling Security le ha pagado para que diga. ¿Ha cambiado de bando?

—En lo que hemos decidido centrarnos en nuestro trabajo es en la problemática legal y en los grandes riesgos democráticos que surgen cuando se sopesa la privatización de funciones centrales del Estado, como son las fuerzas policiales. En esta parte del trabajo debo agradecerle a mi colaboradora Klara Wall-déen su minuciosa labor tanto por subrayar la problemática legal como por su trabajo a la hora de resumir los estudios de casos en esta área.

Es como estar metida en un caleidoscopio en el que las piezas giran y crean una figura distinta de la que creías estar viendo. Klara permanece inmóvil en la silla, con los ojos abiertos de par en par por la sorpresa cuando Charlotte va repasando al detalle desde el escenario la parte del informe que ella misma ha redactado.

Klara se vuelve para ver cómo reacciona George. Pero el sitio en el que estaba se encuentra ahora vacío, y cuando Klara mira hacia la entrada le da tiempo de ver su espalda saliendo por el vestíbulo con el teléfono pegado a la oreja.

En las pantallas de la sala puede ver sus propias conclusiones siendo presentadas una tras otra. Ninguna duda, solo se hace hincapié en los problemas constitucionales y en las limitaciones democráticas.

Por un instante cree haberse inventado todo lo que ha pasado la última semana: el mail entre Charlotte y George. El dinero pagado en Liechtenstein y en el Barrio. Los símbolos en las paredes de los que Yasmine ha hablado. ¿Todo eso para nada?

—El informe en su totalidad podrá consultarse en la web a partir de mediodía —dice Charlotte para concluir.

Y, de pronto, ha terminado. Klara apenas se da cuenta de que la presentación se ha acabado, de que las pantallas se apagan, de que el presentador anuncia una pausa y de que los participantes se levantan a su alrededor y se mueven con bullicio en dirección a la mesa del fondo donde están sirviendo café. Las palabras de cierre de Charlotte resuenan en sus oídos: «La privatización de competencias policiales, más allá de las cuestiones meramente administrativas que implica, como el trabajo de archivo y apoyo general, resultan muy difíciles de defender desde una perspectiva democrática y jurídica».

El informe de Charlotte coincide al dedillo con lo que Klara ha redactado. Si Stirling Security, sean quienes sean, había apostado por generar una imagen positiva de la privatización de las fuerzas policiales, ha fracasado estrepitosamente.

¿Qué ha pasado? Ella misma ha visto las transferencias para Charlotte, la ha visto reunirse con George, quien trabaja para Stirling Security. Todo apuntaba a que estaban a punto de conseguir lo que estaban persiguiendo, que tenían a Charlotte en el bolsillo. ¿Qué es lo que Klara no sabe?

Como en una niebla, Klara se dirige a la entrada entre la muchedumbre de participantes en la conferencia. Y ¿dónde se ha metido Charlotte? Klara está tan trastornada que ha perdido de vista a su jefa por completo. Pero en el vestíbulo ve la espalda de Charlotte cruzando el detector de metales. Parece tener prisa, así que Klara aligera el paso.

¿Adónde va? Lo normal es que la persona que ha hecho una presentación se quede para responder a las preguntas.

Klara sale al sol y al aire fresco de la mañana apenas veinte metros por detrás de Charlotte y está a punto de llamarla cuando la ve subirse a un taxi que la estaba esperando. Cuando el coche empieza a rodar lentamente por delante del hotel, Charlotte alza la cabeza y por un segundo sus miradas se cruzan, pero luego su jefa la vuelve a bajar sin saludarla. En sus ojos ya no queda ni rastro de aquella confianza en sí misma que solía irradiar. Solo derrota y algo que parece miedo. Klara nota que los pensamientos se arremolinan en su cabeza. ¿Qué está pasando?

Cuando da media vuelta ve a George justo detrás de ella y Klara se sorprende tanto que da un paso atrás. Ahora él parece distinto. Sus ojos ya no están estresados y agobiados, sino enormes y casi tristes.

—Acompáñame —dice, y señala un Audi que está aparcado en la rampa de acceso—. Realmente, tenemos que hablar.

76

Estocolmo/Bergort
Domingo, 23 de agosto de 2015

Son los hermanos los que me despiertan. He estado sumido en una gran oscuridad, pero de repente los oigo susurrar y moverse a mi alrededor y, cuando abro los ojos, estoy de pie en la Plaza Pirata, junto a los bloques de diez plantas. Las baldosas de hormigón agrietadas están cubiertas de arena roja que revolotea y tiñe el mundo entero. Delante de mí hay largas hileras de cuerpos reventados y a mi espalda los pulmones de Mehdi silban como después de una tarde en el Camp Nou. Cuando me vuelvo, él sonríe y me saluda con la mano antes de retroceder despacio hasta desaparecer en el viento colorado. Después llegan ellos, uno tras otro. Bounty, Zorro y Dakhil. Al-Amin y Umar. Yo estoy allí plantado, delante de las hileras de hermanos muertos, como un vigilante o un representante. Nadie dice nada. El viento aumenta de fuerza, la arena roja lo tiñe todo, hasta que ya no los veo. Hasta que no queda nada excepto la arena, y comprimo los ojos y me dejo caer de rodillas con las manos apretadas contra la cara.

Y luego te oigo a ti, tu voz en mi oreja.

—*Habibi* —susurras—. Despierta, *habibi*, estás soñando.

Cuando abro los ojos la arena roja se ha esfumado. La plaza se ha esfumado. El hormigón y los hermanos se han esfumado. Estoy tumbado en una cama en una habitación blanca llena de cables, tubos y cortinas, llena de tenue luz matinal, respiraciones y murmullos. Me giro hacia ti y tengo la sensación de verte por primera vez. Ahora llevas tu larga melena suelta, es gruesa y salvaje, y la hinchazón del ojo ya no es más que una sombra. Te inclinas sobre mí y pones tu mano fría en mi frente, aprietas como hacías cuando era pequeño y tú creías que tenía fiebre.

Yo levanto también mi mano y te cojo con cuidado por la muñeca y la presiono un poco más fuerte contra mi frente. Tu mano está muy fría y recuerdo cuando nos quedábamos así de pequeños. Tú hacías novillos cuando yo estaba enfermo y aguardabas sentada a mi lado días enteros. ¿Cómo he podido olvidarlo? ¿Cómo he podido olvidar los cuentos que me contabas después de que tu profesora los hubiera leído en la escuela una y otra vez, hasta que daba la sensación de que te los habías inventado tú? Ahora los recuerdo. Ahora lo recuerdo todo y siento que ya no puedo retener esto dentro de mí, que ya no puedo estar solo ni un minuto más en la vida.

—¿Recuerdas lo que Birk le dijo a Ronja? —balbuceo, y aprieto los ojos para que no me veas llorar como un crío.

Noto que apartas la mano de mi frente y te inclinas hasta que nuestras mejillas se tocan. Noto que asientes tranquilamente con la cabeza.

—¿Cuántas veces vas a salvarme la vida, hermana mía? —susurro.

Y tú pegas la mejilla aún más a la mía y estás tan cerca que puedo notar tus latidos a través de tu piel. Pero tú no respondes lo que Ronja le contesta a Birk. No respondes que me salvarás la vida tantas veces como yo te salvaré la tuya. Y entonces ya no puedo contener más las lágrimas, sino que las dejo caer por mis mejillas hasta la almohada. No lloro por los hermanos ni por todo lo que ha pasado. Lloro de alivio. Lloro porque eres mi hermana y porque no exiges nada a cambio. Lloro porque solo es en las historias donde el amor está en equilibrio, solo es en los cuentos donde el sacrificio es simétrico.

Me dan el alta a primera hora de la mañana, en verdad podría haberme ido ayer, pero tú te negaste a que me despertaran y convenciste a los médicos para que nos dejaran quedarnos una noche. Quizá más que nada porque no tenemos adónde ir.

Un policía nos espera en la puerta y me siento de nuevo absorbido por el pozo de oscuridad, pero tú me coges de la mano cuando él se acerca a nosotros.

—Todo va a ir bien —dice él—. ¿Tenéis a alguien que se pueda ocupar ahora de vosotros? Podemos llevaros a donde queráis.

Pero tú solo niegas con la cabeza.

—No más policías —dices—. Gracias por la ayuda.

—¿Qué hace la *aina* aquí? —pregunto mientras bajamos en ascensor.

—Querían asegurarse de que estamos bien. ¿Recuerdas que te habían secuestrado? Pero ahora tenemos una abogada, Fadi.

Tú sonríes al ver el asombro con que te miro.

—Luego te lo cuento —continúas—. Pero ella se ha encargado de esto. Todo lo pasado es historia.

En la calle del hospital Södersjukhuset nos espera tu amigo Igge con un viejo BMW lleno de polvo. Yo ni siquiera sabía en qué hospital estábamos, no había pensado en ello. Él te abraza y me abre la puerta del asiento de atrás.

—*Wallah*, estáis los dos flacos como dos briznas de hierba —dice, y gira la llave—. ¿Adónde vamos?

Tú te hundes en el asiento del acompañante.

—Aeropuerto de Arlanda —dices—. Pero primero tenemos que pasar por casa.

Nos quedamos fuera mientras Igge sube al piso de Parisa. Vuelve al cabo de cinco minutos con la bolsa que Mehdi me guardó con mis cosas en una mano y mi pasaporte en la otra. Sus ojos están oscuros y tristes cuando me entrega mis pertenencias y se vuelve hacia ti.

—Tenías razón —dice en voz baja—. Ella no quiere verte. El entierro es mañana. Ya sabes, desean hacerlo deprisa, siguiendo el Corán. Parece que no sois bienvenidos.

Tú asientes en silencio y yo apenas logro respirar cuando dais media vuelta y comenzáis a subir sin prisa por el paso peatonal hacia el aparcamiento. Parece como si mis pies se hubieran enraizado en el asfalto y yo miro hacia arriba, busco sus ventanas en la fachada agrietada.

—¡*Jalla*, Fadi! —te oigo gritar—. ¡Vamos!

Al final la encuentro. Y justo antes de volverme veo la cara de Parisa detrás de las cortinas, veo el pequeño hatillo que tiene en los brazos. Nuestros ojos se miran un segundo. Después ella vuelve a desaparecer en la oscuridad del apartamento. No es perdón, no es nada, pero es suficiente para que mis pies se despeguen del suelo. Poco a poco, doy media vuelta y lo dejo atrás.

—Solo una cosa más, Ignacio —dices—. Luego nos largamos.

Él asiente y lo entiende sin que tengas que decirlo. El sucio BMW sale a la calle, baja por delante de la escuela y el bosque y el Camp Nou, por entre los bloques de cinco plantas, sube por el carril bici hasta nuestro portal, todo el camino de vuelta hasta donde empezó todo.

Pero, cuando llegamos, ni siquiera somos capaces de bajarnos del coche, sino que solo asomamos la cabeza para tratar de ver algo por las ventanas. Pero no funciona. Son todo pantallas negras y reflejos del sol y los abetos de enfrente.

—Jodidas persianas —dices entre dientes.

—Ella está trabajando —señalo yo—. Y él aún no se habrá levantado.

Tú asientes, te reclinas en el asiento y me miras.

—¿Es así como acaba? —pregunto.

Tú sacudes la cabeza. Después te inclinas hacia atrás y me acaricias la cara.

—No, *habibi* —respondes—. Así es como empieza.

77

Estocolmo
Domingo, 23 de agosto de 2015

No intercambian ninguna palabra mientras George maniobra con el coche entre los cordones policiales y sale al acceso de la E4. Las noticias van sonando de fondo por la radio. Los disturbios en los barrios de la periferia se han moderado. La noche ha sido más tranquila. George apaga.

—Joder —dice—. Menudo viaje.

Klara se vuelve hacia él. El hombre parece cansado, mucho mayor de lo que ella recordaba.

—¿Qué está pasando, George? —pregunta—. ¿Me lo piensas contar o qué? ¿Qué ha pasado ahí dentro, por ejemplo? Con Charlotte y el informe.

Él la mira de reojo, pero vuelve a dirigir rápidamente la mirada a la carretera.

—Es una historia bastante complicada —dice.

Ella lo mira suspicaz. Se le hace extraño estar sentada en su coche. De pronto le parece que fue ayer cuando atravesaban la tormenta de nieve en el archipiélago de Sankt Anna a bordo del barco de su abuelo.

—Me debes una explicación, George —dice ella con calma.

—Sí, supongo que sí. ¿Cuánto sabes?

—Que Stirling Security ha pagado a Charlotte por el informe y que pagaron a los chavales de los suburbios para alimentar los disturbios. Y que tú estás metido en todo esto. Pero ¿podemos empezar por lo que ha pasado en Magasinet?

—Algo ha convencido a Charlotte para que no presentara el informe que había escrito para Stirling Security —dice George tranquilamente—. Cuando comprendió que la habían descubierto, fue rápida en hacer lo mejor para ella. Charlotte es buena en eso. Tiene, cómo decirlo, una comprensión intuitiva para lo que es bueno para ella.

Él esboza media sonrisa. Ella niega con la cabeza.

—¿Cómo que la ha convencido? —dice Klara—. Tú trabajas para Stirling Security. Pero no pareces especialmente alarmado.

George respira hondo y suelta un suspiro.

—Stirling Security es algo así como el gobierno ruso. Hay cierto número de empresas iguales. Más ahora que antes. Se pusieron en contacto con nosotros, o sea, con mi empresa, Merchant & Taylor, hace casi un año, cuando se empezó a hablar en la UE sobre escribir el informe y celebrar esta reunión, ya sabes. Querían una buena empresa lobista que no hiciera demasiadas preguntas incómodas. Obviamente, mis jefes estaban muy interesados. Los rusos no piden descuentos, ¿me sigues? Justo para que nadie pregunte demasiado. Y yo empecé a trabajar con ellos casi directamente después de las pasadas Navidades, hace un año y medio. Fue uno de mis primeros encargos después de volver de... Ya sabes, lo que pasó en el archipiélago.

—Tienes la habilidad de atraer a cierto tipo de clientes —dice ella.

Él se encoge de hombros.

—Supongo que es parte del trabajo... Pero, después de lo ocurrido aquellas Navidades, me volví un poco..., ¿cómo decirlo?..., más escrupuloso con mis clientes.

Sonríe fríamente y mira otra vez de reojo a Klara. No necesita decir más. Lo que casi había hecho que los mataran a todos las Navidades pasadas había empezado por los clientes de George.

—Y entonces ya estábamos en contacto con la Säpo, no sé si recuerdas.

—Bronzelius —dice Klara en voz baja.

—Exacto, yo no aguantaba verme metido en otra mierda de esas, así que decidí contarles lo de Stirling Security a la secreta. Les dije que aún no existían oficialmente en Suecia, sino que solo alquilaban unas oficinas bajo otro nombre y que su director general parecía ser una especie de agregado de la embajada rusa. A Bronzelius le pareció interesante.

Ella asiente con la cabeza, pero no acaba de creerse lo que está oyendo. No hace ni doce horas que Gabriella le contó todo eso a Bronzelius, quien aparentó hacer caso omiso. Qué cabronazo más frío.

—Esperaba que arrestaran a alguien y liberarme de esta asquerosa misión —continúa George.

—¿Pero?

—En vez de eso me pidieron que continuara trabajando con ellos como si no hubiese pasado nada. Así que seguí trabajando con Charlotte. No fue tan difícil, yo ya sabía de qué pie cojea. Ambiciosa y con sed de dinero. No tan escrupulosa. Y los rusos pagan bien, como ya te he dicho. Además, lo que querían era un informe que no fuera demasiado claro, solo lo bastante como para darles el margen suficiente.

Ella asiente y cierra los ojos. A pesar de todo lo que ha pasado, es demasiada información de golpe. Es excesivo estar aquí sentada con George en la E4 de camino a…, bueno, ¿adónde?

—Pero en las últimas semanas se ha ido todo a pique —continúa George—. Stirling Security empezó a financiar los acontecimientos de Bergort; ya estaban en marcha, pero no tardaron en ver una posibilidad de sacarles provecho. Me mandaron a los suburbios con plantillas para hacer pintadas en las paredes, a lo mejor las has visto, un puño dentro de una estrella. Una chaladura en toda regla. Y el otro día apareció una tipa del gueto diciendo que me había visto en su barrio. Bronzelius se puso nervioso, cómo no, y, cuando la chica y yo habíamos quedado en vernos delante de la Biblioteca de Estocolmo, él mandó a un par de polis que iban a detenerla. ¡Pero al final la tía acabó apuntándome con una pistola! ¡Te lo puedes creer! ¡Una auténtica locura, todo esto!

Klara asiente en silencio, no quiere interrumpirle el monólogo diciendo que en verdad ya se sabe esa parte. Aún no.

—Pero ¿qué dijo la Säpo al respecto? —pregunta.

—Frialdad máxima: «Tú solo sigue, haz lo que te pedimos».

—Me cago en… —dice Klara, y se vuelve rápidamente hacia él—. ¿O sea que dejaron que Bergort volara por los aires cuando podían haber intervenido para evitarlo? Es tan jodidamente cínico que se me revuelve el estómago.

George se limita a asentir con la cabeza.

—Era más importante reunir pruebas, dijeron. No estaban interesados en un puñado de jóvenes que tiran piedras, querían llegar más arriba en la jerarquía. Pero el único al que podemos coger es a Orlov, parece ser, y oficialmente él no es más que un diplomático intermedio de la embajada. Son buenos cubriéndose las espaldas.

Klara nota cómo le crece la rabia. Rabia contra la brutalidad y la indiferencia en todo el asunto. La actuación de la Säpo, ¿cómo demonios podían, simplemente, dejar que todo continuara? ¿Primero Fadi y luego esto?

—Pero ¿qué quieren en verdad los rusos? —pregunta Klara—. ¿Es un asunto económico? ¿Es una empresa que solo quiere ganar dinero o hay más propósitos?

George se encoge de hombros.

—Creo que ambas cosas. Esas empresas rusas… Siempre están vinculadas a la política de alguna forma. Aquí la empresa puede ganar un dineral, si los países de la UE empiezan a privatizar los cuerpos policiales. Al mismo tiempo, Rusia consigue una posición estratégica, si empresas de propiedad rusa de pronto controlan competencias de la policía. ¿Me sigues?

—Menudo disparate.

—Sí, pero Bronzelius dice que esto es más o menos como un incidente con un submarino. No acaba de ser una invasión o como se deba llamar, sino un disparo al aire: «Miradnos, tenemos músculo suficiente como para provocar el caos político más absoluto».

—No me entra en la cabeza que Charlotte estuviera dispuesta a venderse —dice Klara.

—Bah, los informes comprados tampoco son ninguna novedad. Pero supongo que no se mostraría tan chula ayer cuando Bronzelius se la llevó a comisaría y puso las cartas sobre la mesa. Obviamente, ella lo negó. Juró que el dinero que había recibido en Liechtenstein en nada afectaba a su independencia académica.

Suelta una risa seca.

—Pero entonces Bronzelius le enseñó el borrador que ella me dio en la reunión de ayer. Una versión en donde las conclusiones eran las opuestas a las que ha presentado hoy. Por lo visto se quedó blanca y luego se fue a casa y se ha pasado toda la noche despierta reescribiendo el informe. Lo dicho, ella sabe lo que es mejor para ella.

—¿Ese era el plan todo el tiempo? Quiero decir, ¿delatarla ahora, justo antes de la presentación? ¿O Bronzelius tenía pensado llevarlo todavía más lejos y lo cortó porque empezaba a correr prisa?

—Por lo que tengo entendido, el plan era cortarlo ahora, antes de que los rusos hubieran conseguido alguna influencia real.

Supongo que querían llevarlo lo más lejos posible sin que tuviera un efecto real, para ver cuánta información podían recopilar.

Klara asiente pensativa.

—¿Y qué pasará ahora con Charlotte?

George se encoge de hombros.

—Supongo que volverá a Londres a lamerse las heridas antes de que le llegue la hora otra vez.

Se ríe.

—A diferencia de una persona sin carácter como yo, supongo que hace falta algo más para que alguien como Charlotte vea la luz.

—Pero, joder, si ha muerto gente por culpa de esto —dice Klara entre dientes.

Las imágenes del metro de Londres le cruzan por la mente. El cuerpo rígido y pálido de Patrick en las vías.

George asiente con la cabeza.

—No me enteré hasta ayer. Stirling Security no había contado con que un loco de Anonymous fuera a olerse lo que Charlotte estaba haciendo. Ni tampoco que tú empezarías a hurgar. Ahora los rusos están muy nerviosos.

—Entonces, ¿por qué me metiste en esto? —dice Klara—. Si ya sabías qué coño estaba pasando.

George se encoge de hombros y la mira con cuidado de reojo.

—Quería ayudarte. Sabía que querías terminar de redactar la tesis de Mahmoud y yo podía conseguir que Charlotte te dejara hacerlo porque era yo quien le pagaba. No contaba con que terminarías así de involucrada. Y tampoco sabía que todo esto iba a alcanzar estas proporciones. Bronzelius dio a entender que estábamos a punto de terminar ya a principios de verano. Pero luego solo quería apretar más y más.

Se queda callado. Han llegado a la plaza de Sergel y George gira por la avenida Sveavägen, desolada como cada domingo.

—¿Adónde vamos? —pregunta Klara.

—Ya lo verás. Hay alguien que quiere verte.

Se sube a la acera delante de una de las torres de Kungstornen.

—Planta quince —dice—. Te espera allí.

—¿Tú no vienes?

George parece sentir un escalofrío y mete una marcha.

—Ni en broma. Ya he disfrutado lo suficiente de las vistas de esa oficina.

Ella asiente con la cabeza.

—¿Nos vemos luego? —pregunta.

George suelta una risotada.

—Cuando quieras. Creo que después de esto los dos tendremos bastante tiempo libre.

—¿Por qué? ¿Crees que te van a echar?

Él se encoge de hombros.

—¿Quién sabe? Yo diría que no es del todo buena política empresarial trabajar activamente contra tus propios clientes. Sean rusos o no. Ya veremos. Supongo que me las apañaré.

Le pasa una tarjeta de visita.

—Llámame cuando te apetezca —dice.

78

Estocolmo
Domingo, 23 de agosto de 2015

Una de las puertas de la planta quince parece ser de un bufete de abogados y la otra no tiene señas y está entreabierta. Klara la abre vacilante.

—¿Hola? —llama en voz alta, y se adentra un paso en el recibidor.

—¡Aquí dentro! —se oye una voz en alguna parte.

Cruza el pasillo con cautela y entra en una gran sala con unas vistas increíbles de Estocolmo. La sala está vacía, a excepción de un escritorio de madera clara y dos sillas en un rincón. Bronzelius se pone de pie y se acerca a ella.

—¡Bienvenida a Stirling Security! —dice.

Ella pasea confundida la mirada. Bronzelius lleva su uniforme habitual de tejanos oscuros y camisa a cuadros de manga corta. La cazadora de piel reluciente está tirada en un alféizar.

—Está... ¿vacío? —dice ella.

Bronzelius asiente con la cabeza.

—No es que antes hubiera gran cosa, tampoco —responde él—. Pero parece que ayer por la noche les entró prisa por recoger lo poco que tenían.

—¿Los habéis dejado escapar?

Siente de nuevo una ola de rabia. Toda esta mierda, todos los que han tenido que sufrir por esto. Y él allí de pie sonriendo y encogiéndose de hombros.

—El que organizó esto salió del país en un avión a Moscú hace casi veinticuatro horas —dice—. Y, de todos modos, tiene inmunidad diplomática. El resto de Stirling Security no existe en Suecia. Ni siquiera están registrados como empresa aquí. De hecho, lo único que existe de ellos en Suecia es el cartel de la puerta. Y ahora también ha desaparecido.

—Pero… —dice ella—. No puede acabar así. Por Dios, están detrás de los disturbios en Bergort. Han sobornado a una profesora. Y asesinaron a mi compañero de trabajo.

—Fue George Lööw quien pagó a esos chavales del suburbio, ¿no? —dice Bronzelius—. Y también fue él quien le pasó el dinero a tu jefa. En cuanto a tu compañero de trabajo, nos mantenemos en estrecho contacto con nuestros colegas ingleses y están de acuerdo con la situación, pero lamentablemente parece que no hay por dónde agarrarla.

—Y, entonces, ¿qué sentido tiene? —Ahora Klara ha alzado la voz, ya no le importa guardar la compostura—. Si no se va a responsabilizar a nadie, ¿qué puto sentido tiene?

Bronzelius espera a que su voz deje de hacer eco en el despacho vacío.

—¿Que qué sentido tiene? —repite él—. Mandar una señal. Mostrar que sabemos a qué se dedican. No somos solo nosotros, evidentemente, esto ha sido un intento de obstaculizar el trabajo de la UE y hemos trabajado en colaboración con nuestros colegas europeos. Que los rusos hayan desmantelado estas oficinas y hayan mandado a casa al de la embajada que estaba al cargo es en sí una victoria. Su prestigio no se ve dañado, pero entienden que los estamos viendo. Como cuando la flota sueca persigue submarinos en el archipiélago. Lo peor que puede pasar es que pesques algo. Es entonces cuando empiezan los problemas de verdad. Lo que pretendemos es disuadir sin llamar la atención. Eso es una victoria de verdad.

Ella sacude la cabeza. Todo esto para nada.

—¿Y Yasmine, qué? —dice conteniéndose—. ¿Y Fadi?

Bronzelius se acerca a la ventana y pasea la mirada por los tejados que titilan con los últimos rayos de sol del verano.

—No es mi operación —dice—. No sabía nada al respecto hasta que Yasmine apareció ayer con su historia.

—¿Pero es cierto? —dice Klara—. ¿Que la Säpo se ha infiltrado entre extremistas y ha ayudado a radicalizar a gente? ¿Es cierto que habéis colaborado con Estados Unidos o quien coño sea el que controla los drones?

Bronzelius guarda silencio. Permanece de espaldas a ella. Pasan un par de segundos. Después se vuelve y la mira con indiferencia con sus ojos azules.

—Lo que se hizo era necesario. Esos grupos reclutan a terroristas, ¿lo entiendes? ¿Acaso has mirado las noticias, Klara? En general, esto ha sido una operación exitosa.

—¿Operación exitosa? Habéis provocado la radicalización de Fadi y lo habéis engañado para ir hasta Siria a buscar su propia muerte. ¿Eso te parece una operación de éxito?

—Un alto cargo del EI fue abatido junto con una veintena de sus fanáticos seguidores. Es una operación exitosa desde todos los ángulos.

No aparta la mirada.

—Y en lo que a Fadi Ajam respecta, no fuimos nosotros quienes lo radicalizamos. Él mismo fue a buscar a este grupo radical. No éramos nosotros los que queríamos matarlo, lo buscó él mismo.

Bronzelius las había ayudado en el archipiélago de Sankt Anna. La Säpo también había estado implicada en la búsqueda de ella y Gabriella en aquella ocasión, pero Bronzelius había encontrado la manera de ayudarlas. Klara había creído que lo hacía porque le importaba, porque tenía un buen corazón. Ahora comprende que lo hizo porque sus intereses se habían cruzado de una manera u otra con los de ella. No es más que un cínico oportunista del servicio de inteligencia.

—Guardé silencio en su momento —dice Klara con calma—. Sobre todo lo que pasó hace un año y medio. Y seguiré guardándolo. Pero esto no me lo puedo callar. Que Fadi y Yasmine hagan lo que quieran. Es asunto suyo. Pero yo no me puedo callar lo que he vivido. Se lo debo a Patrick. Y a mí misma.

Un espasmo recorre la cara de Bronzelius y da un paso al frente para acercarse a Klara; la mira a los ojos con todavía mucha más intensidad.

—Te recomiendo encarecidamente que no digas nada al respecto —dice sin prisa—. No me querrás tener de enemigo, créeme.

Ella permanece en el sitio, sin moverse, sin titubear con la mirada.

—Tú haz lo que tengas que hacer —dice—. Y yo haré lo que tenga que hacer.

79

Arkösund
Lunes, 24 de agosto de 2015

Están sentadas al final del pantalán y tiritando en la ventisca cortante. Frente a ellas, el cielo y el mar han adquirido el mismo tono gris que las rocas. Los árboles y los arbustos seguirán verdes algunas semanas más, pero el verano ya se ha acabado, de eso no cabe ninguna duda. Se abrocha el chubasquero hasta la barbilla y entorna los ojos bajo la llovizna mientras mira a Gabriella.

—¿Estás segura? —dice esta.

Klara dirige la mirada de nuevo a todo lo gris antes de responder. Dos gaviotas están totalmente quietas en el viento sobre la isla de Hästö. Es la primera vez en dos años que se siente segura de algo. Mira a Gabriella y asiente con la cabeza.

—Sí —contesta—. Completamente.

—Y ¿no quieres que se mencione tu nombre ni que se pongan en contacto contigo? ¿También estás segura de eso?

Klara asiente tranquilamente otra vez.

—No se trata de mí —dice—. Y creo que en este momento no me iría bien demasiada atención. Supongo que no soy la persona más estable del mundo.

Esboza media sonrisa y rodea a Gabriella con el brazo.

—Además, a ti siempre se te ha dado mejor hablar que a mí. ¿No es así, socia?

Apoya su cabeza tapada con la capucha en el hombro de Gabriella.

—Lo importante es que salga —aduce—. Que la gente sepa el cinismo con que la Säpo ha actuado aquí. Que podrían haber puesto fin a los disturbios en la periferia, pero que se quedaron mirando mientras los instigadores iban siendo alentados y se iban organizando. Y que estaban implicados en el soborno de una experta de cara a un congreso de la UE. Pero ni una palabra sobre lo otro, ni una palabra sobre Yasmine y su hermano.

Gabriella niega con la cabeza.

—Joder —dice—. Eso es un escándalo aún mayor, ahí sí que se han pasado con creces de la raya. Da tanta rabia que se escaqueen de eso.

Klara se endereza y asiente.

—Pero sobrevivieron —señala—. No era seguro que fueran a hacerlo, sobre todo el hermano. Tenemos que contentarnos con lo que podemos coger. Y no es nuestra historia. No tenemos ningún derecho a compartirla.

—¿Y Bronzelius?

Klara se encoge de hombros.

—Me amenazó —responde—. Pero ¿qué coño va a hacer? Yo creo que es más de boquilla. A veces hay que hacer lo correcto y no pensar tanto, ¿no es así?

Se pone de pie y otea las islas del archipiélago. Un barco familiar se acerca meciéndose en la pantalla gris de fondo. Klara nota que el ritmo de su corazón cambia, que una paz la inunda por dentro. A lo mejor todo saldrá bien también en esta ocasión.

—Pues eso —dice Gabriella y se levanta a su vez—. Llamaré a George desde el coche y veré hasta dónde está dispuesto a participar en esto. Al menos como fuente anónima, espero. Luego hablaré con mi periodista de contacto en el *Dagens Nyheter* y después de eso supongo que la cosa cogerá velocidad.

El barco ya casi ha llegado al embarcadero y Klara puede ver la cara redonda de Bosse, su amigo de la infancia, a través del limpiaparabrisas en la consola de mando. Klara levanta la mano para saludar y se prepara para subir a bordo. Pero primero se gira para abrazar fuerte a Gabriella.

—Gracias —dice—. Por todo. Por cuidar de mí.

Nota los labios fríos de Gabriella en su mejilla húmeda.

—Cuídate —se despide Gabriella—. Te llamo en cuanto sepa algo más, así que mantén el teléfono encendido hasta que llegue el momento de publicar. Después sí que será mejor que lo apagues.

Klara asiente con la cabeza. Con un salto ya interiorizado aterriza en la cubierta del viejo barco de Bosse. Emana un fuerte olor a pez, gasóleo y algas.

Huele a casa.

80

Brooklyn, Nueva York
Miércoles, 26 de agosto de 2015

La brisa que entra de East River sigue siendo templada, pero también arrastra consigo algo diferente, un olor a hojas secas, algo que hace agitarse los menús en la terraza de The Ide's y erizarse los brazos desnudos de Yasmine. Alza la mirada y contempla el *skyline* de Manhattan, que en el crepúsculo de la tarde refleja dinero y tensión. Solo ha estado fuera una semana, pero ahora que ha vuelto es todo nuevo, excepto la tarjeta de crédito de Shrewd & Daughter, con la cual se ha pagado los pasajes y la habitación en el Wythe Hotel en Williamsburg. Pero ni siquiera la tarjeta le dará para mucho más cuando cuente que no tiene absolutamente nada que aportar sobre los símbolos del Barrio, que no había nada detrás de ellos.

—*Wallah*, Yazz —dice Fadi al otro lado de la mesa—. Te lo juro, hemos vivido dos vidas distintas.

Fadi no puede quitar los ojos de los rascacielos sobre el cielo azul marino, hechizado por las luces y la vida del otro lado del río.

Ella lo mira de reojo por encima de la mesa y piensa que es como verse a sí misma cuando vino por primera vez. Solo quiere rodearlo con los brazos, solo quiere retener este loco encantamiento, estos días de incertidumbre en los que todavía todo es posible.

—Te aseguro que mi vida no era así, Fadi —dice ella—. Vivía en un pequeño guardarropa con Dávid en Crown Heights. Dormía en el suelo de hormigón mientras él se estaba drogando. No es un estilo de vida muy *skyline*, precisamente.

Él asiente con la cabeza, pero apenas parece haberla oído. Ya llevan aquí dos días sin pensar ni un segundo en el futuro. Dos días de despertarse por el desfase horario antes del amanecer y de pasear por las calles y los puentes y, poco a poco, volver a conocerse de nuevo. A veces no se dicen nada, sino que caminan uno al lado de la otra mientras despunta el día, mientras la ciudad despierta a su alrededor, como si bastara simplemente con estar vivos.

—Aun así —dice Fadi—. Está muy lejos del Barrio.

La noche ha caído por completo y la luz de Manhattan se refleja en el río más allá de los almacenes y las galerías cuando Yasmine ve a Brett salir a la terraza y siente la presión de la angustia como un cinturón en el pecho.

—*Jalla*, Fadi —dice—. Ya viene el tipo con el que tengo la reunión. Brett, trabajo para él. Joder, esto se me va a hacer muy pesado.

Fadi se endereza en la silla y se vuelve para verlo. Yasmine se lo ha contado todo: que su madre envió las fotos del símbolo y que Yasmine las usó para que Shrewd & Daughter le pagara el billete a Estocolmo. Y que Brett fue quien lo arregló todo. Y ahora ella lo va a dejar tirado.

Brett ya ha llegado junto a ellos, con un maletín en una mano y algo así como una copa de whisky en la otra. Se agacha y le da un beso a Yasmine en la mejilla.

—Me alegro de verte —dice él, y sonríe con sus dientes blancos perfectos.

—Yo también —contesta ella con un poco menos de entusiasmo en la voz—. Este es mi hermano, Fadi.

Se dan la mano y Brett se sienta a la mesa y saca su ordenador.

—¿Tu primera vez en Nueva York? —le pregunta a Fadi y sonríe.

Fadi asiente en silencio.

—¿Cómo lo sabes?

Brett se reclina en la silla, da un trago a su copa y barre Manhattan con la mirada.

—Tus ojos —contesta—. Todavía están como dos pelotas de fútbol.

—Brett —dice Yasmine—. Será mejor que te lo confiese directamente. En Estocolmo pasaron muchas cosas que no son de este mundo.

Respira hondo. Que sea lo que tenga que ser. No puede contarle que los símbolos habían sido diseñados por una empresa rusa que intentaba fomentar los disturbios en el Barrio y que ella aún no acaba de entender el porqué. Es mejor decir que no ha encontrado nada. Que no era nada. Que sea lo que tenga que ser, ya buscará la manera de pagar a Shrewd & Daugther los gastos que ha hecho, si hace falta. Fadi está vivo, eso es lo único que cuenta. Pero Brett no parece prestarle atención, está ocupado buscando algo en YouTube.

—Mira esto —dice, y gira la pantalla para que ella y Fadi puedan ver.

El clip parece mostrar un escenario en algún sótano. Por los altavoces enlatados del portátil vibra un bajo grave y en la pantalla aparece un hombre de espaldas al público. Lleva tejanos gastados y una camiseta negra y un pasamontañas en la cabeza. El monótono bajo se transforma en un ritmo apagado y oscuro y el público se apretuja contra el escenario, gritando y agitando las manos en el aire. El beat se detiene y por un instante solo se oye el júbilo y los chillidos del público. En el local se respira una intensidad eléctrica, una expectación que amenaza con convertirse en una revuelta. Sin embargo, justo antes de que el público estalle y se líe a palos, se retoma el beat como al doble de velocidad y el hombre encapuchado se gira y se lanza con un rap que es rápido y sincopado; pero aun así tan inteligible que todas y cada una de las palabras se pueden distinguir con tan solo prestar un poco de atención.

—¿Qué es eso? —dice Yasmine.

Escucha un par de compases y mira de reojo a Fadi, que mece la cabeza.

—Qué bueno —dice.

El rapero está junto al público, a veces les acaricia las manos, a veces golpea hacia ellos. Salta y lanza patadas, baila, se acurruca en el escenario y se estira del todo delante del público. Parece más un concierto de punk que de hip-hop. Después el ritmo se vuelve a sosegar y el rapero se queda quieto un momento. Brett para el clip y se vuelve hacia Yasmine.

—Mírale la camiseta —dice.

Yasmine se inclina hacia la pantalla. En la camiseta del rapero se ve un puño dentro de una estrella de cinco puntas de color rojo.

—¿Qué...? —empieza Yasmine y mira a la cara sonriente de Brett.

—Es un símbolo la hostia de simple, ¿verdad? —dice él—. Y un rapero con mucha fuerza. Un poco como un joven Eminem, pero aún más cabreado. Se hace llamar Starfist.

—¿Starfist? —dice Yasmine—. ¿Puño de estrella? ¿Como el símbolo? No entiendo nada.

Brett se ríe y cierra el ordenador.

—Shrewd & Daughter lleva tiempo con el ojo puesto en él. Viene de Baltimore. Muy político. Lleva actuando de forma anónima un par de meses. Geneviève ha filtrado sus temas en

Soundcloud y YouTube sin darle un nombre. Rollo «sin marca», ¿sabes? Sobre todo durante los disturbios en Baltimore en primavera se convirtió en una especie de símbolo sin rostro para algunos círculos. Fue todo idea de Geneviève, para generar gancho entre las personas adecuadas. Y ahora ya está bien trabajado como concepto y les parece un buen momento para lanzarlo a una escala más convencional. Y para eso necesita un nombre, obviamente. Y, a ser posible, algo más, algo con lo que se lo pueda identificar fácilmente. Cuando apareciste con el símbolo… Era perfecto, y el símbolo se convirtió en su marca comercial, o él se convirtió en la cara del símbolo. Cada uno lo puede ver como quiera. El tipo ya lo está reventando, se va a hacer grande. Ya ha hecho varias entrevistas para la CNN y Vice ya tenía preparado un documental sobre él desde hacía tiempo. Ahora siempre lleva esa camiseta y el pasamontañas, claro. Mucha fuerza.

Brett levanta la copa a modo de brindis.

—El origen del símbolo ya no le importa a nadie, Yasmine. De hecho, las instrucciones son no hablar en absoluto del símbolo. Ahora viene de Baltimore. La gente lo pinta en las paredes. Starfist. Las discográficas van como locas. Podría ser el mayor negocio desde que la industria musical se fue a pique.

Brett se ríe y da un trago de whisky.

—No entiendo nada —dice Yasmine—. ¿Cuándo ha pasado? Y ¿qué gana Shrewd & Daughter con ello?

—Lo dicho, llevan trabajando con él desde la primavera, pero la cosa se ha acelerado ahora —dice Brett—. Si te mandé un mail… Los disturbios en Baltimore y otras ciudades de por aquí han ido oscilando. Pero después de nuestro *pitch*, Geneviève decidió que por fin tenían algo que colocarle, así que le dieron el nombre de Starfist y ella ha pasado a ser oficialmente su agente. Le ha prometido convertirlo en una estrella si él la deja hacerse cargo de las relaciones públicas. Ella se llevará el veinticinco por ciento de todos sus ingresos, claro. Es un buen pellizco si tienes en cuenta que parece que será un trato valorado en quizá unos diez millones de dólares por tres discos. Y eso solo para empezar.

Se interrumpe y mete la mano en el maletín.

—Lo cual me hace pensar —prosigue—. Aquí tienes tu parte. Después de quitarte mi veinticinco por ciento, vaya. Esta vez pienso que me lo he ganado. Es un pago único, solo para que lo sepas. Un *finder's fee,* una recompensa. Pero creo que te parecerá bien.

Encuentra lo que estaba buscando en el maletín y le pasa un cheque por la mesa. Después se termina la copa de un trago.

—Bueno, chavales —concluye—. Ya es hora de que me vaya. Quedaos aquí algunas noches más, Geneviève está como unas pascuas, así que pagará con gusto. Nos llamamos esta semana, tengo algunas cosillas en marcha para ti.

Se agacha, besa a Yasmine en la mejilla y estrecha la mano de Fadi antes de desaparecer entre las mesas en dirección a la barra hasta que lo pierden de vista. Y luego se quedan solos otra vez, solo ella y Fadi y la increíble vista de Manhattan. Aún sin planes. Nada a lo que volver. Solo dos vidas nuevas. Solo ellos dos y un cheque de ciento cincuenta mil dólares que se agita suavemente con la primera brisa del otoño.

Agradecimientos

Gracias:

A mi editora Helene Atterling, mi redactor Jacob Swedberg, mis agentes Astri von Arbin Ahlander y Christine Edhäll por todas las discusiones, lecturas y puntos de vista de valor incalculable.

Al profesor Leif Stenberg del Center for Middle Eastern Studies en Lund por las interesantes conversaciones sobre la radicalización y el EI y por toda la ayuda con la terminología y el árabe.

A los alumnos de noveno de la escuela Värner Rydénskolan en Rosengård por dejarme estar con vosotros algunas veces durante la primavera.

A todos los de Södra Esplanaden en Lund por enseñarme Systema y mucho más.

A Tobias Almborg por la amistad y por leer los primeros capítulos antes de que yo mismo supiera dónde estaba.

A Johan Jarnvik por la amistad y las risas.

A Daniel Zander por ser mi hermano.

A Liisa, Milla y Lukas. Sin vosotros, nada.